목만치3

초판 1쇄 인쇄 2007년 2월 20일   초판 1쇄 발행 2007년 2월 25일

지은이 이익준 **펴낸이** 김태영

기획 H2 기획연대_ 박현찬

기획편집 1분사_ 분사장 박선영 **책임편집** 성화현
1팀_양은하 이둘숙 도은주   2팀_오유미 가정실 김세희   3팀_최혜진 한수미 정지연
4팀_이효선 성화현 조지혜   디자인_김정숙 하은혜 차기윤

COO 신민식   **상무** 신화섭   **콘텐츠 사업** 노진선미 이유정 김현영 이화진   **제작** 이재승 송현주
마케팅 정덕식 권대관 송재광 박신용 김형준   **영업관리** 김은실 이재희   **HR기획** 송진혁
인터넷 사업 정은선 왕인정 김미애   **홍보** 김현종 허형식 임태순   **광고** 김정민 이세윤 김혜선 허윤경
경영혁신 하인숙 김도환 김성자   **재무** 고은미 봉소아 최준용

펴낸곳 (주)위즈덤하우스   **출판등록** 2000년 5월 23일 제13-1071호
주소 서울시 마포구 도화동 22번지 창강빌딩 15층   **전화** 704-3861   **팩스** 704-3891
전자우편 yedam1@wisdomhouse.co.kr   **홈페이지** www.wisdomhouse.co.kr
출력 엔터   **종이** 화인페이퍼   **인쇄·제본** (주)현문

값 9,800원   ⓒ이익준, 2007
ISBN 978-89-5913-196-9 04810
ISBN 978-89-5913-193-8(전3권)

이익준 장편소설

3 **인물화상경**

열도와 대륙을 뒤흔든 백제의 혼

예담 WISDOM

차례

불타는 위례성 ... 9

웅진 천도 ... 18

토사구팽 ... 30

백강의 눈물 ... 54

열도 상륙 ... 72

응왕 곤지 ... 91

정벌 ... 101

정략결혼 ... 120

열도의 태풍 ... 138

기사회생 ... 164

모즈노 대회전 ... 203

복마전 ... 228

환국 ... 249

신검 ... 269

명장 ... 276

황사풍 ... 295

초혼가 ... 342

작가 후기 ... 353

부록_ 인물화상경 ... 356

동성왕 시대의 백제 영토 ... 357

소아 가문과 야마토 정권 ... 358

백제와 야마토 왕실의 계보 ... 359

그랬다, 그것은 감히 말하건대 제왕의 상징이었다.

은은하면서도 기품을 잃지 않은, 천격과는 거리가 먼,

대백제국 사마 용의 위엄을 온 세상에 떨치기에

조금도 모자람이 없는 인물확상경의 찬란한 위용 앞에

제자들은 놀란 입을 다물지 못했다.

그것은 스승이 평생을 추구해온

미의 철학이었으며, 완성이었으며, 궁극의 추구였다.

불타는 위례성

　　목만치 이하 모든 군사들이 죽기를 각오하
고 치양성을 악착같이 지키며 고구려군의 남침을 저지하고 있을 때
였다.

　조정에서는 난국을 타개하기 위해 신라에 구원을 요청하기로 결정
하고, 상좌평 여도를 청병사로 삼았다. 개로왕의 명을 받은 여도가 말
했다.

　"청이 있습니다, 대왕마마."

　"말하라."

　"목만치를 데려가고 싶습니다."

　"목만치를?"

　개로왕의 눈썹이 치켜 올라갔다.

　"그렇습니다."

　"목만치는 최전선에서 필사적으로 적들을 맞아 싸우고 있다. 그런

목만치와 구태여 동행하려는 이유가 무엇인가?"

"목만치의 선친 목라근자 대장군은 그 명성이 삼한에 널리 알려져 있습니다. 그의 아들 목만치를 대동한다면 아쉬운 대로 청병하러 가는 우리의 위신에도 큰 도움이 될 뿐 아니라 목만치의 사내다운 언변이라면 능히 서라벌의 자비마립간을 설득하리라 믿기 때문입니다."

"내 그대가 목만치를 그처럼 높이 평가하리라고는 생각하지 못했다. 그리하라."

그러나 여도의 속셈은 다른 데 있었다. 파격적으로 총사령이 된 목만치에게 모든 병권이 쥐여져 있었다. 자신에 대한 목만치의 감정이 좋지 않다는 것을 모르지 않는 여도였다. 서라벌에 가서 군사원조를 받아오는 동안 한성을 떠나야 하는 여도가 가장 두려워하는 것은 거련이나 고구려군사가 아니라 목만치였다. 그래서 서라벌 청병길에 목만치와 동행하겠다는 것이었다. 다시 말해서 목만치를 볼모로 삼겠다는 이야기나 다름없었다.

개로왕은 여도의 그런 속셈까지 파악하지 못했다. 그는 여도가 목만치에게 호감을 표하는 것을 진심으로 받아들였고, 여도의 말에도 일리가 있다고 생각했다. 목만치가 적들을 맞아 싸우고 있는 상황에서 그를 빼낸다는 것이 마음에 걸리기는 했지만, 지금은 서라벌에서 군사원조를 받아오는 것이 급선무였다. 전국에 총동원령을 내렸지만 이미 떠나버린 민심을 되찾기에는 역부족이었다. 수많은 국인들은 관헌의 힘이 닿지 않는 산간오지로 숨어버리거나 국경을 넘어 신라와 왜로 망명해버렸다.

개로왕의 윤허가 떨어지자 사자가 치양성으로 향했다. 사자는 사방팔방 고구려군이 점령한 포위망을 간신히 뚫고 치양성으로 들어갔다.

다음날 목만치가 급하게 말을 몰아 입궐했다. 사정을 들은 목만치는 여도를 따라 서라벌로 향했다. 촌각을 다투는 일이라 개로왕과는 변변한 작별인사도 할 수 없었는데, 목만치로서는 그것이 개로왕과 마지막이 되리라고는 생각하지 못했다. 그 점은 여도도 마찬가지였다.

말을 몇 번이나 갈아탄 끝에 서라벌에 도착한 청병사 일행은 숨을 돌릴 틈도 없이 그대로 입궁했다. 자비마립간은 흔쾌히 여도 일행을 맞이했지만 내심 불안함을 억누르고 있었다. 백제에서 급하게 사신이 달려온 이유를 너무나 명확하게 알고 있는 것이다. 만일 군사를 지원한다면 이제 신라는 고구려와 정면으로 부닥치게 될지도 모른다. 강국 고구려의 비위를 거슬러 적대관계가 될 것인가. 아니면 백제를 도와 완충지대를 확보할 것인가. 자비마립간은 신하들과 며칠 동안 머리를 맞대고 궁리했지만 그때까지도 명쾌한 결론을 내지 못한 상태였다.

여도가 예를 갖추어 자비마립간에게 부복했다.

"백제국의 상좌평 여도입니다. 북적 고구려가 군사를 일으켜 우리 백제국의 사직이 위태로운바 소신, 대왕마마께 급히 원조를 부탁하러 여기까지 찾아왔습니다."

"……."

자비마립간은 침묵을 지켰다. 청병사 일행뿐 아니라 신라의 대신들도 자비마립간을 주시했다. 과연 어떤 대답이 나올 것인가. 마침내 자비마립간이 입을 열었다.

"순망치한脣亡齒寒이라 했소. 일찍이 우리 신라와 백제는 선린의 의를 나누며 북적과 대치해왔소. 백제가 위급함을 당했는데 이를 모른 척하면 도리가 아니오. 게다가 오늘은 백제의 차례지만 내일은 우리 군사가 북적의 말발굽 아래 유린될 수도 있지 않겠소. 걱정하지 마시오. 내 군사를 서둘러 모아드리리다."

"성은이 망극하오이다, 대왕마마."

"더벅머리 거련이 마침내 발톱을 드러냈소이다. 우리 두 나라가 힘을 합쳐 기필코 거련의 콧대를 꺾어야 할 것이오."

"꼭 그리하겠나이다."

자비마립간의 눈길이 여도 옆에 부복한 목만치에게 머물렀다.

"상좌평 옆에 있는 이의 풍채며 기상이 보통이 아니오. 내 듣기에 백제국에 최고가는 용장이 있다고 하는데, 내 짐작이 맞다면 저이가 바로 목만치 장군이 아닌가 하오."

"그러하옵니다, 대왕마마."

여도가 대답하자 목만치는 부복하여 예를 표했다.

"신 목만치, 대왕마마께 문후드리옵니다. 신의 나라가 위급함을 당한 처지에 대왕마마께서 이처럼 은혜를 베풀어주시니 머리를 풀어 신을 해 바쳐도 대왕마마의 은덕을 다 갚지 못하겠나이다. 성은이 망극하여이다."

"참으로 장군감이로다! 목만치, 그대의 명성은 일찍이 들었다. 호랑이 새끼로 고양이가 태어나지 않는다 하더니 목라근자 대장군의 자제답게 과연 명불허전이로구나. 그대는 한성으로 돌아가 기필코 거련을 꺾어서 그대 나라의 사직을 길이 보존토록 하여라."

"대왕마마, 성은이 망극하여이다."

자비마립간이 서둘러 군사를 모으니 1만이었다. 신라가 자랑하는 최정예 철기군이었다.

신라군들을 사열하는 자리에서 목만치는 이 정도의 병력이라면 거련을 물리칠 수 있다는 자신감이 생겼다. 원기왕성하고 한창 사기가 오른 병사들이었다. 다만 한 가지, 개로왕이 얼마나 버텨주느냐가 관건이었다.

'7일만 버텨준다면, 그렇다면 승산이 있다.'

7일, 한성을 떠나와 군사들을 이끌고 돌아가기까지 걸리는 시간이었다. 목만치는 이를 악물었다. 아무리 거련이 천하에 명성을 떠르르 울리는 용장이라 할지라도 목만치는 이대로 물러설 수 없었다. 그리고 자신 있었다. 개로왕이 일주일만 버텨준다면. 군사들을 독려해 한성으로 달려가면서 목만치는 그것만 기원했다.

그러나 운명은 사람의 힘으로 어쩔 수 없는 법이다. 한성백제의 몰락은 그렇게 하늘의 섭리로 정해져 있었다. 목만치와 여도가 천신만고 끝에 신라 구원병 1만을 이끌고 한성으로 돌아왔을 때 목만치의 그 절절한 바람과 염원을 저버리고 개로왕은 비참한 최후를 맞이했던 것이다.

끝내 치양성을 함락시킨 고구려군은 선봉장 대로 제우를 앞장세우고 욱리하를 건너 궁성으로 밀어닥쳤다. 고구려군은 제일 먼저 욱리하에 면해 있는 북궁(풍납토성)을 포위했다.

개로왕은 남궁에 머물러 있었다. 그는 애를 태우며 북궁의 상황을 주시하고 있었는데 7일 만에 북궁이 무너졌고, 이내 고구려군은 남궁으로 밀려들었다. 궁성이 함락될 지경에 처하자 개로왕은 궁성을 빠져나가 몸을 피하려고 했다. 하지만 고구려군의 포위망을 빠져나가지 못하고 재증걸루에게 잡히고 말았다.

재증걸루는 개로왕을 사로잡자, 일단 왕에 대한 예를 갖추기 위해 말에서 내려 절을 하였다. 그리고 일어나 개로왕의 얼굴에 세 번 침을 뱉고 죄목을 따졌다고 사기는 기록하고 있다.

또한 사기에 의하면 개로왕은 재증걸루에 의해 한성 북쪽의 아차성으로 압송되었다. 개로왕이 아차성으로 압송되었다는 것은 당시 그곳에 장수왕이 머물고 있었다는 뜻이다. 따라서 개로왕은 장수왕 앞에 끌려가 치죄를 당한 뒤 참형에 처해진 것으로 보인다. 장수왕은 죽은 그의 시신을 백제에 돌려주지 않았다. 개로왕의 시신은 봉분도 하나 없는 채로 아차성 근처 어느 산비탈에 묻혔다. 명색이 일국의 왕인데 봉분도 없이 버려지듯 산에 묻힌 사실 하나만으로도 개로왕의 죽음이 얼마나 비참했는지 짐작할 수 있다. 황음에 빠져 백제를 도탄지경으로 몰고 간 개로왕의 최후가 그러하였다.

그렇게 고구려는 오랜 숙원이던 고국원왕의 죽음에 대한 은원을 갚았다. 밖으로 팽창할 기회를 유보하고 수도를 평양성으로 천도하면서까지 선대왕의 복수를 꿈꾼 장수왕의 오랜 일념이 마침내 결실을 맺은 것이다.

그랬기에 장수왕은 한성에 대한 미련이 더 이상 없었다. 척후에게서 서라벌로 간 여도가 구원병 1만을 이끌고 돌아오고 있다는 사실을 들은 장수왕은 즉각 철수 명령을 내려 고구려군을 욱리하 이북으로 물렸다.

한성은 처참할 정도로 파괴되었다. 5백 년 도읍지는 흔적을 찾아볼 수도 없이 완벽하게 유린당했고, 거리에는 미처 수습하지 못한 시체가 즐비하였다. 노도처럼 밀려온 고구려군은 약탈물을 마음껏 챙겨 일사분란하게 철수했다.

여도와 목만치가 한성에 도착했을 때 그들을 기다리고 있는 것은 폐허뿐이었다. 아직도 궁궐에서는 화재가 잡히지 않아 검은 연기가 곳곳에서 피어오르고 있었다. 살아남은 병사들에게서 그간의 정황을 보고받은 여도는 그 자리에 엎드려 통곡했다.

"대왕마마! 이게 웬 참변이옵니까? 이로써 5백 년 백제국 사직이 문을 닫게 되었으니 이 원통함을 어찌 갚으리까!"

원통해하는 여도를 바라보는 목만치의 심정 또한 착잡하기 이를 데 없었다. 비록 여도와는 견원지간이지만 그 역시 이 나라의 국인이며, 이 산하의 지기를 받고 태어난 사람이다. 왕도가 적에게 유린당하고 쑥대밭이 되었는데 결코 무심할 수는 없었다.

그러나 언제까지나 그러고 있을 수는 없었다. 고구려의 강군은 바로 욱리하 너머에 포진해 있었다. 중원을 호령하던 일당백의 철기군이었다. 오랜 숙원을 달성한 포만감 때문에 장수왕은 철수했지만, 마음만 먹으면 이쪽의 1만 군사쯤은 단번에 휩쓸어버릴 수도 있었다.

목만치는 냉정하게 사태를 분석한 후 여도에게 말했다.

"상좌평 나리, 이렇게 원통해하고만 있을 수는 없습니다."

"그럼 어떻게 하란 말이냐?"

"비록 대왕마마께서 비명에 승하하셨지만 그 적통을 잇고 있는 나리께서 계십니다. 아직 이 나라 사직은 대가 끊어지지 않았다는 말씀입니다."

"……!"

여도의 눈이 빛났다.

"어떤 복안이라도 있느냐?"

"통한의 눈물은 훗날에도 얼마든지 흘릴 기회가 있을 것입니다. 우선 흩어진 병사들과 백성들을 끌어 모아 민심을 다스리고, 아직 이 나라 사직이 살아 있음을 만천하에 알려야 합니다. 그러기 위해서는 우선 나리께서 냉정을 되찾고 극상의 자리에 오르십시오."

"목만치…… 네 말이 맞다."

"그런 후에 웅진으로 천도하는 것이 상책입니다."

"뭐라? 웅진이라 했느냐?"

"예."

여도가 한동안 목만치를 바라보았다. 이윽고 여도가 고개를 끄덕였다. 그 역시 머리가 비상한 인물이었다. 목만치가 웅진 천도를 권유한 까닭을 깨달았던 것이다.

웅진이 어디인가.

396년 고구려 담덕, 곧 광개토왕에 의해 짓밟히기 전까지 비류백제, 그러니까 사라진 왕국 비류백제의 수도였던 곳이다. 아니 사라진 것이 아니라 왜로 옮겨간 형제국이 있던 왕도가 아닌가.

그곳이라면 왕궁도 그대로고, 비류백제의 영화를 꿈꾸는 사람들도 많이 남아 있었다. 한 가지 흠이라면 호족세력의 힘이 강대하여 사사건건 왕권과 마찰을 빚는다는 점이었다.

그러나 이 상황에서 천도할 곳으로 웅진을 떠올린 것은 기막힌 발상이었다.

여도는 비로소 목만치를 새로운 눈으로 바라보았다. 한때는 제거해야 할 대상이었지만 지금 이 순간 여도는 목만치 외에는 기댈 데가 없었다. 여도는 목만치의 주청을 받아들여 신라에서 온 구원병 1만으로 고구려군의 재침입에 대비하게 하는 한편 가근방으로 피란간 국인들을 돌아오게 했다.

죽은 사람이 있으면 살아 있는 사람도 있는 법이다. 개로왕과 끝까지 최후를 같이한 신료들은 얼마 되지 않았다. 그것이 조변석개하는 세상인심이었다. 입 안의 혀처럼 굴다가도 제 목숨이 위태하다 싶으면 제일 먼저 살 궁리부터 하는 것이 바로 세상살이의 속성이었다.

한성으로 돌아온 벼슬아치들은 면목 없는 얼굴로 한동안 여도의 눈치를 보았지만 이내 그런 염치조차 벗어던졌다. 모두가 피장파장, 누가 누구를 나무랄 수 없는 처지였던 것이다.

철저하게 폐허가 된 위례성에 임시로 설치한 행궁에서 개로왕의 뒤

를 이어 여도가 백제 22대 문주왕으로 즉위하였다. 이는 일찍이 법륭
사 주지 도법의 예언이 맞았음을 뜻했다. 왕위에 오른 문주왕은 목만
치의 뜻을 받아들여 웅진 천도를 명했다.

　이로써 온조왕 13년(서기전 6년) 이후 약 5백 년 동안 지속된 한성백
제 시대는 종말을 고했다.

웅진 천도

웅진 천도 과정에서 가장 큰 걸림돌은 웅진 지역의 토호세력들이었다. 그들은 예전부터 비류백제의 집권층이었고, 온조백제의 왕권과는 일정한 거리를 두고 있었다. 그런 터에 한성이 몰락했다고 해서 왕실이 웅진으로 천도하는 것을 곱게 받아들일 리만무했다. 게다가 왕실이 고구려군의 말발굽 아래 참담하게 유린당하는 것을 지켜본 토호세력들이었다. 당연히 강력한 반발이 일었다.

이번에도 위기를 돌파하기 위해 목만치가 나섰다.

"대왕마마, 소신에게 기병 2천을 주십시오. 소신이 앞장서서 반대하는 세력들을 평정하겠습니다."

"그리하겠느냐? 그렇다면 조미걸취를 함께 데려가라."

문주왕이 반색하며 기병 2천을 떼어주었다. 그리고 자신의 심복인 조미걸취를 딸려보내는 것을 잊지 않았다. 원래부터 의심이 많고 협량한 성품의 문주왕은 목만치가 자신에게 칼을 겨누게 되는 것을 가장 두려워했다. 명목상으로는 부장의 역할이지만 조미걸취가 감군監軍이라는 사실을 목만치 역시 잘 알고 있었다. 하지만 어쨌든 상관없는 일이었다. 이대로 이 나라 사직이 무너지는 것을 지켜볼 수는 없었다.

목만치는 조미걸취와 함께 기병 2천을 이끌고 웅진으로 향했다. 그리 먼 길도 아니었고, 가벼운 행장만 꾸린 참이어서 2천의 기병들은 구름처럼 흙먼지를 일으키며 수십 리 길을 좁혀갔다. 이틀째 되던 날, 웅진을 바로 코앞에 두고서 날이 저물자 목만치는 행군을 멈추고 숙영하도록 했다.

"장군, 이왕 나선 길이니까 내처 오늘 밤에 웅진성을 칩시다!"

조미걸취가 의아한 얼굴로 목만치에게 말했다.

"무리할 것 없소. 우리 병사들은 지쳐 있고, 적들은 척후를 통해서 우리의 움직임을 읽고 있소. 게다가 만만치 않은 세력이오. 오랫동안 이 지역을 지배해온 세력이라 사병들의 힘을 얕잡아 볼 수 없소."

"하지만 우리 2천 기병이면 충분합니다. 제게 선봉을 맡겨주십시오. 단숨에 무너뜨리겠소."

"시키는 대로 하시오!"

목만치가 엄하게 명령하자 조미걸취는 더 이상 고집을 내세우지 않았다. 하지만 얼굴에 떠오른 불만이 사라지지는 않았다.

그날 밤 자정이 갓 넘은 시각이었다. 조미걸취는 자신의 직속 휘하 병력을 조용히 움직였다. 미리 일러둔 터라 5백의 기병들은 한몸인 듯 일사불란하게 숙영지를 빠져나갔다. 편자는 헝겊으로 싸두었고, 재갈을 물려놓았기에 큰 소리가 나지 않았다.

조미걸취의 부대는 천천히 어둠을 헤치고 앞으로 나아갔다. 웅진성이 저 앞에 어슴푸레 모습을 나타냈다. 백강이 휘돌아가는 산 정상에 세워진 웅진성은 천혜의 요새지답게 난공불락의 위세를 자랑하듯 서 있었다.

조미걸취는 한동안 산성의 형세를 주의 깊게 살펴보았다. 급경사 때문에 단숨에 휘몰아치는 정공법으로는 성을 함락시키기가 어려웠다. 그렇다고 해서 지루한 공성전을 할 수도 없었다. 공성전이 벌어지면 공격하는 쪽이 수성하는 쪽보다 열 배 정도의 강한 화력이 있어야 하는 게 병법의 기초였다. 게다가 행장을 가볍게 꾸리느라 충차衝車며 운제雲梯 같은 공성기구들도 가져오지 않았다.

조미걸취가 취할 수 있는 방법은 단 하나, 산성을 타고 넘어가는 기습전이었다. 하지만 상대는 척후를 통해서 이쪽의 군사가 다가오는 것을 잘 알고 있을 터였다.

조미걸취는 여기서 멈출 수는 없다고 생각했다. 이미 목만치의 명을 어기고 몰래 군사를 움직였다. 말하자면 군령을 어긴 단독행동인데, 전공을 세워 문주왕에게 인정받고 싶다는 욕심 때문이었다.

외직으로만 나돌던 조미걸취를 주목한 사람은 다름 아닌 국강이었다. 여도의 등극을 위해 노심초사하던 국강은 목만치에 필적할 만한 무장의 필요성을 절감했지만 쉬운 일이 아니었다. 여황의 반란을 겪으면서 해위 같은 내로라하는 무장들이 죽었고, 고이만년과 재증걸루 같은 용장들은 고구려로 넘어갔다.

쓸 만한 무장을 물색하던 국강은 마침내 조미걸취를 찾아냈다. 집안 대대로 무장을 배출해낸 가문 출신인 데다가 조미걸취의 무공 또한 걸출했다. 몇 대 사이에 몰락한 가문의 배경 때문에 요직에 오르지 못한 조미걸취는 변방만을 떠돌았다. 조미걸취는 그런 자신의 처지에 불만을 품고 있었는데, 위인의 성품이 다소 편협하고 용렬한 것이 흠이었다. 그러나 조미걸취의 소문을 들은 국강은 그를 여도에게 천거하여 일약 내직으로 끌어올렸다.

조미걸취가 여도와 국강의 말이라면 죽는 시늉까지도 서슴지 않게 된 것은 그러한 내력 때문이었다. 조미걸취 역시 자신의 발탁이 목만치를 견제하기 위해서라는 점을 잘 알고 있었다. 조미걸취가 총사령 목만치의 명을 거역하고 자신의 직속 휘하부대를 이끌고 웅진성 야습을 감행한 것은 바로 이런 배경 때문이었다.

그러나 조미걸취가 간과한 것이 있었다. 웅진 지역 토호세력의 힘을 얕보았다는 점이다. 웅진은 광개토왕의 상상을 초월한 기습전에 휘말려 성을 빼앗기기 전까지 해상강국으로 그 위명을 떨치던 비류백제의 오랜 도읍지이며 토호세력들의 힘이 막강한 곳이었다. 그들의 사병세력은 정규군사에 버금가는 힘을 가지고 있었다.

토호세력의 중심은 해씨와 연씨였다. 특히 해씨세력은 중앙정권에까지 그 영향력을 끼칠 정도로 대성 집안이었다. 대대로 많은 왕비들을 배출해 외척세력이 막강했다.

목만치와 조미걸취를 필두로 진압군을 보냈다는 소식을 들은 해씨 집안의 장로 해성은 연씨 집안과 연합전선을 형성했다. 주변에서 이리저리 끌어 모은 병사들이 2천에 가까웠다. 게다가 백강이 휘돌아가는 산 정상에 세운 웅진산성은 쉽게 공략하기 어려운 천혜의 요새였다.

해성은 척후를 통해 진압군의 동태를 샅샅이 파악하면서 혹시 있을지도 모를 야습에 대비했는데, 조미걸취의 부대가 움직인다는 기별을 받았다.

적들이 정면으로 들어온다면 길은 한군데였다. 해성은 주도면밀하게 병사들을 매복시켜놓고, 웅진성으로 들어오는 길 중에서 급하게 좁아지는 목을 노렸다.

조미걸취는 웅진성에 기껏해야 수백 정도의 향군이 있으리라 짐작했다. 야습이 발각되더라도 이쪽은 정예기병 5백이었다. 그깟 향군쯤은 단숨에 휘몰아버릴 수 있을 것으로 여겼다.

그는 병사들을 재촉해 웅진성으로 향하는 길목을 통과했다. 말 세 필이 간신히 어깨를 나란히 해야 할 정도로 좁은 길목 양옆으로는 높은 산이 솟아올라 있었다. 소리를 죽여야 했으므로 말들은 천천히 길목을 빠져나가고 있었다. 조미걸취는 묵묵히 양쪽 산들을 올려다보았는데 어둠 속에서 희미하게 윤곽만 드러났다. 조미걸취는 그 순간 싸늘한 야기를 느꼈다. 온몸이 부르르 떨리는 듯한 기분이었다.

"어서 가자! 왠지 기분이 나쁘구나."

그의 말이 떨어지기가 무섭게 앞서 가던 기병들이 비명을 지르며 고꾸라졌다. 연신 바람을 가르는 소리가 났다. 여기저기서 비명이 터져 나왔고 말들이 울부짖었다. 적들은 양쪽 산등성이에서 계속해서 화살을 쏘아댔다.

조미걸취가 이를 악물고 독려했다.

"대오를 흩트리지 마라! 적들은 얼마 되지 않는다! 정면돌파하라!"

조미걸취가 칼을 뽑아들고 앞장서서 말을 달리기 시작했다. 화살은 비 오듯 쏟아졌고, 기병들은 조미걸취의 뒤를 따랐다. 그들이 골짜기를 빠져나오기 위해 말에 박차를 가했을 무렵이었다. 앞서 가던 기병들이 이번에는 목책에 걸려서 곤두박질쳤다. 뒤통수를 억누르는 공포심 때문에 무작정 박차를 넣었던 탓이었다. 기병들은 서로가 서로를 덮치면서 아수라장이 되었다.

그때였다. 산비탈 양쪽에서 고함과 함께 해성의 병사들이 쏟아져 내려왔다. 이쪽은 우왕좌왕하는 입장이었고, 피아가 구별되지 않는 상황이었는데 적은 그저 내려와 닥치는 대로 베기만 하면 되었다.

조미걸취가 자랑하는 5백의 기병에게는 그곳이 무덤이었다. 조미걸취는 닥치는 대로 칼을 휘둘러 죽음의 골짜기에서 간신히 빠져나왔다. 그의 뒤를 따르는 자는 20여 기 남짓한 병사들이었다.

조미걸취가 간신히 추격병들을 따돌리고 한숨을 돌리는데, 멀리 웅진성에서 불길이 치솟는 것이 보였다. 조미걸취와 병사들은 어리둥절한 눈으로 웅진성을 바라보았다. 먼동이 터오고 있었다.

"저기, 총사령의 깃발이 올라가고 있습니다!"

장교 하나가 손을 뻗어 웅진성을 가리켰다. 성문 누각에 걸려 있는 것은 분명 총사령 목만치를 상징하는 붉은 깃발이었다. 귀신이 곡할 노릇이었다. 지금쯤 목만치는 숙영지에 있어야 했다.

"어떻게 된 일이냐?"

조미걸취가 중얼거렸는데 딱히 대답을 듣고자 한 질문은 아니었다. 누가 대답을 해줄 수 있단 말인가. 그저 조미걸취는 상상도 못한 일이 눈앞에 벌어지고 있었다.

"저길 보십시오!"

다시 장교 하나가 손을 뻗어 가리켰다.

웅진성 아래로 1천 5백여 병사들이 달려가고 있었다. 조미걸취는 한눈에 간밤에 자신들을 공격한 매복군이라는 것을 알아차렸다. 그들이 허겁지겁 달려가는 곳은 웅진성이었고, 이제는 입장이 바뀐 것이다. 굴러온 돌이 박힌 돌을 빼낸다는 말은 바로 이를 일컬음일 것이다.

갑자기 함성과 함께 성문이 열리고 한 떼의 기마병들이 쏟아져 나왔다. 기병들은 일직선으로 해성의 병사들을 향해 덮쳐들었다. 급경사를 이루고 있는 데다가 말까지 탄 기병들이 위에서 내리 덮치자 해성의 병사들은 채 싸우기도 전에 전의를 잃었다. 기병들은 우왕좌왕하는 보병들 사이를 종횡무진으로 오가며 닥치는 대로 베거나 찔렀다. 순식간에 시체들이 즐비하게 널렸다. 기병들을 이끄는 덩치 큰 사내는 방천화극을 앞세우고 거침없이 내달렸다. 말할 것도 없이 곰쇠였다. 그리고 그 뒤를 받치고 있는 장교들은 수달치 패거리들이었다.

이내 승패가 결정되었다. 살아남은 병사들은 무기를 버리고 투항했지만 태반이 죽음을 면치 못했거나 치명적인 부상으로 고통스런 신음을 내뱉었다.

곰쇠 앞에 웅진성주 해성이 끌려왔다. 여기저기 부상을 당해 피를 흘리면서도 해성은 기죽지 않은 얼굴이었다. 웅진성주다운 기상이 엿보였다.

"이놈! 감히 대왕마마의 명을 거역하다니, 죽으려고 칠성판을 짊어지고 누웠구나!"

"헛소리 마라!"

곰쇠의 호통에 해성도 지지 않고 맞받았다.

"네놈의 대왕마마인지는 몰라도 내게는 야차 같은 놈이다! 이 땅은 대대로 우리 땅이다. 그런 땅을 그놈의 대왕인지 야차인지 하는 놈 한마디에 내놓으란 말이냐?"

"이놈, 정말 죽고 싶어서 환장했구나!"

"죽여라! 패장으로서 더 이상 할 말이 없다!"

해성이 눈을 감았다. 곰쇠는 부하들에게 해성을 포박해 웅진성으로 끌고 가라고 명령했다.

웅진성 기습공격은 조미걸취가 기병들을 이끌고 숙영지를 출발한 뒤에 전격적으로 결정되었다. 곰쇠가 허겁지겁 목만치의 진막을 찾아가 조미걸취가 독단적으로 군사를 움직였음을 알렸을 때 목만치는 별반 동요를 보이지 않았다.

"주인, 조미걸취가 군사를 움직였소. 군령을 어겼단 말입니다."

"짐작하고 있었다."

"하오면?"

"조미걸취는 이미 제 속을 보였다. 전공을 세우고 싶어서 안달복달하고 있었다."

"주인의 독심술은 갈수록 그 경지를 모르겠소. 벌써 그것을 파악하고 있었단 말이오?"

곰쇠가 눈을 크게 떴다. 목만치가 쓴 입맛을 다시며 곰쇠를 희떱게 바라보았다.

"지금 흰소리할 때냐? 군사들을 모아라!"

"군사들을 모으라뇨?"

"조미걸취는 스스로 적이 파놓은 함정으로 갔다. 기특하게도 자청해서 놈들에게 미끼가 되어주었다. 우리는 그 기회를 노린다."

"……."

잠깐 생각하던 곰쇠의 눈이 한순간 빛났다. 그 역시 그동안의 경험으로 목만치가 상상 외의 수를 두는 것을 몇 번이나 목격한 터였다. 그리고 언제나 성공했다.

피비린내를 예감한 곰쇠는 전율을 느꼈다. 익숙한 감정이면서도 매번 두려움을 함께 느꼈다. 무사로서 최고의 영예는 싸움터에서 목숨을 거두는 것이다. 누구보다 그것을 잘 알고 있는 곰쇠지만 매번 전투를 앞두고는 어쩔 수 없는 긴장으로 몸이 굳어졌다.

그것은 목만치 역시 마찬가지였다. 천하에 감히 칼을 겨룰 자 없다고 하지만 목만치는 언제나 외줄을 타듯 아슬아슬한 심정이었다. 공포, 극한의 공포……. 그것을 극복하는 과정이 지금껏 목만치가 살아온 날이었다. 공포심을 떨쳐버리기 위해 안간힘을 쓰는 과정에서 자신도 모르게 무예가 날로 발전해온 것이다. 언젠가 해월이 말하였다.

"진정한 용기란 두려움을 극복하는 과정에서 나오는 것이다. 공포와 두려움을 느끼지 못한다면 그건 용기가 아니다. 만용이며, 불길을 향해 날아드는 나방과도 같은 어리석음이다. 진정한 무사는 그 두려움을 극복하기 위해 평생을 노력해야 한다. 너는 공포와 두려움을 친숙한 친구처럼 항상 끼고 살거라. 그런 정신이야말로 끊임없이 너를 단련시키는 원동력이 될 게다."

전투에 참가하기 위해 갑옷과 투구를 매는 손은 항상 떨렸다. 그리고 사랑하는 애마 추풍오 위에 올라타서 고삐를 부여잡고 심호흡을 할 때까지 가슴은 매번 방망이질하듯 두근거렸고, 호흡은 가빠졌다. 그러나 막상 전투가 벌어지고 목숨을 내놓고 적들과 부딪쳐 갈 즈음이면 공포심은 씻은 듯이 사라졌다. 오직 적을 베어야 한다는 확실한 목표, 적을 베어 넘길 때의 찰나적 희열감이 그의 영혼을 지배했다.

그랬다, 그것은 또 다른 의미에서의 희열감이었다. 단지 상대의 목을 벤다는 의미에서가 아니라 자신의 공포를 극복했다는 그런 충족감이었다.

조미걸취가 군령을 어기고 독단적으로 웅진성을 습격했을 때, 목만치는 그의 패배를 예상했다. 해성이라면 이 지역 토호세력을 대표하는 인물일 뿐만 아니라 뛰어난 무장이기도 했다. 그가 이쪽의 야습에 대해 아무런 방비도 해놓지 않을 리 만무했다. 게다가 조미걸취는 제 무술실력과 위세만 믿고 적을 경시하는 버릇이 있었다.

짐작대로 조미걸취가 참담한 패주를 계속하는 동안에 목만치는 백강으로 나아갔다. 군사들을 풀어 포구에 있는 모든 나룻배들을 징발한 목만치는 돌격대를 조직해 배를 띄웠다. 돌격대는 웅진성 뒤편, 깎아지른 듯한 절벽을 기어 올라갔다. 감히 이쪽으로 오리라고는 짐작도 하지 못한 웅진성 병사들의 허를 찔러 50여 명의 돌격대는 성벽을 타 넘었다. 고르고 고른 최정예 병사들이었고, 게다가 목만치가 앞장섰다. 성안에 뛰어든 50여 명의 돌격대는 신속하게 움직여 적장들의 군막을 기습했고, 불과 한 식경도 안 되어 모조리 도륙했다.

그러는 사이에 곰쇠는 여러 부장들과 함께 나머지 기병들을 총동원해 웅진성 공략에 나섰다. 조미걸취가 매복에 걸려 군사들을 모조리 잃고 있을 때, 곰쇠는 다른 길을 통해 웅진성에 당도했다. 성안은 불과 50여 명의 돌격대에 의해 장악되어 있었다. 전의를 잃은 병사들이 항복하고 만 것이다. 해성이 직접 1천 5백여 명의 보병들을 끌고 나가 달리 지휘부가 없었던 것도 원인이었다.

그리하여 웅진성은 끝내 목만치에 의해 함락되고 말았다.

사기에 의하면 웅진 천도는 음력 10월의 쌀쌀한 날씨 속에서 이루어졌다. 문주왕은 백강을 건너 웅진성에 도착했다. 하지만 웅진성은 예전 고구려 담덕의 침공 이후 파괴된 궁궐과 종묘가 채 보수되지 않아 그는 행궁 생활을 하며 궁궐이 중수되기를 기다려야 했다.

문주왕은 이듬해 2월에는 대두산성을 지어 그곳으로 한강 이북의 민가를 대거 이동시켰다. 3월에는 남송에 사신을 보내려고 하였으나 고구려가 뱃길을 막아버린 탓에 성사시키지 못했다.

문주왕은 도읍을 옮기는 극단적인 조치로 왕실을 유지하였지만, 백제 왕실의 체면은 말이 아니었다. 국인들은 부여씨 왕실에 대한 믿음을 저버렸고, 조정대신들 역시 왕실을 깔보고 마음속으로 승복하지 않았다. 특히 정권을 장악하고 있던 외척 해씨세력은 왕권을 능가하는 힘을 행사하며 기강을 문란케 했다. 거기에다가 곳곳에서 도적이 일어나 설쳐댔고, 대신들은 도적들을 소탕하기는커녕 제 사익을 챙기기에 혈안이었다.

날로 민심이 흉흉해졌다. 하수상한 시절이었다.

하늘 아래 두 개의 태양은 존재할 수 없었다. 그것은 만고불변의 진리였다.

문주왕은 요즘 들어서 부쩍 그런 생각에 자주 잠겼다. 웅진성으로 천도하는 과정에서 기존 토착세력들이 크게 반발했다는 것을 누구보다 잘 아는 문주왕이었다. 한성 위례성이 함락당한 이후부터 왕실의 위엄은 바닥에 떨어졌다. 영이 서지 않는 것은 물론이거니와 대신들의 눈초리도 예전 같지 않음을 피부로 느끼고 있었다.

웅진 천도가 가능했던 것은 어디까지나 목만치의 공이 절대적이었다. 그러나 웅진성에 자리를 잡고 나자 문주왕은 생각이 달라졌다. 목만치를 제거해야 한다는 강박감에 사로잡히게 되었다. 여기에는 국강 부자의 부추김도 있었다.

국강은 한성 위례성 몰락 이후, 자신의 입지가 급하게 추락하는 위기감을 느꼈다. 용케도 전란의 와중에서 목숨을 건졌지만 난세에는 무장의 역할이 돋보이는 법이었다. 국강은 무장과는 거리가 멀었고, 위기 시에는 소용이 별로 없는 인물이었다.

하지만 웅진 천도로 급한 불을 끄게 된 문주왕은 다시 국강 부자를 중용했다. 왕실의 위엄을 되찾는 방법 중의 하나는 막대한 재화였다. 그것을 충당할 수 있는 인물로는 국강 부자만 한 이들이 없었다. 국강 부자는 문주왕에게 입 안의 혀처럼 굴면서 전란 전의 위치를 되찾았다.

난세를 맞은 백성들은 새로운 영웅의 출현을 목매어 고대했다. 그리고 마침내 그들의 바람을 충족시켜 줄 인물이 나타났으니 그가 바로 목만치였다. 이러한 민심을 빠르게 읽은 국강 부자는 문주왕에게 전했다.

"이대로 가다가는 대왕마마께 큰 위해가 될 듯싶습니다."

"하면 어찌하면 좋겠나?"

"지금은 군사를 움직일 수도 없습니다. 목만치가 모든 병권을 장악하고 있는 것이나 다름없는 형편이니 다른 방책을 강구해야 합니다."

"꼭…… 목만치를 제거해야 하는가?"

"아뢰옵기 황송하오나 왕실의 위엄이 땅에 떨어져 있는 형편입니다. 호족세력들은 호시탐탐 기회만 노리고 있습니다. 여기서 물러났다가는 왕실의 존망이 위태롭게 될까 소신은 그것이 걱정입니다."

"……."

문주왕이 머리를 조아린 국강을 한동안 내려다보았다. 마침내 문주왕이 입을 떼었다.

"방책이 있는가?"

"정공법으로는 승산이 없습니다. 간계를 써야지요."

"간계라……."

"소신에게 좋은 방법이 있습니다."

국강이 소리 없이 웃었는데 그 두 눈에 살기가 번뜩였다.

토사구팽

한성 위례성이 함락되던 그날, 진연은 해반의 가족을 따라 한성을 떠났다. 해반은 멀리 떨어진 남쪽까지 갔다. 좌평이므로 군사를 독려해서 적과 마주 싸워야 마땅하지만 이미 저승 갈 날을 받아놓은 해반은 그런 기상을 잃은 지 오래였다.

해반은 가잠성에서 전쟁의 추이를 숨죽인 채 지켜보았는데, 다행히 고구려군은 한성을 함락시켰을 뿐, 더 이상 남진하지 않았다. 그러는 와중에 신라에서 구원병 1만이 오자 확전을 원치 않은 고구려군은 욱리하 이북으로 군사를 물렸다.

그때쯤 해서 해반은 폐허가 된 한성으로 돌아가 문주왕 일행과 합류했다. 문주왕도 오랫동안 조정의 원로대신이었던 해반을 노골적으로 박대할 수 없었고, 민심수습 차원에서라도 해반의 좌평 직을 그대로 유지하도록 했다. 왕실의 권위가 바닥에 떨어진 상황에서 한 명이라도 친왕파가 있는 것이 유리했다.

폭풍이 밀어닥치듯 워낙 많은 일들이 일어났으므로 해반의 집에 머물러 있던 진연에게 신경 쓰는 사람은 없었다. 그러나 웅진 천도 후 한숨을 돌리게 되어 목만치를 제거할 필요성이 생기자 새삼 진연에게 주목한 사람이 있었다. 다름 아닌 국강 부자였다.

목만치의 약점이 바로 진연임을 너무나 잘 알고 있는 국협이었다. 게다가 국협은 목만치를 영원히 잊을 수 없었다. 자신의 한쪽 눈을 앗아간 장본인이 아닌가. 거울을 볼 때마다 국협은 온몸을 부들부들 떨면서 맹세하곤 했다.

'목만치, 언젠가는 내 너를 잔인하게 죽이리라. 눈 하나가 아니라 네 두 눈을 모두 뽑아버리고, 네가 고통스럽게 죽어가는 모습을 하나도 놓치지 않고 차근차근 즐겨주리라.'

국협의 목표는 오직 목만치에 대한 복수였다. 목만치의 뼈를 갈아마셔도 분이 풀릴 것 같지 않았다. 그리고 그런 아들의 심정을 누구보다 잘 알고 있는 국강이었다. 국강 역시 하나밖에 없는 아들의 한쪽 눈을 빼앗아 간 목만치에 대한 증오심은 더하면 더했지 못하지 않았다.

게다가 거만금의 재산 중 절반이나 들여 마련한 금은을 몽땅 해적들에게 강탈당한 사건이 있었다. 거기에 엎친 데 덮친 격으로 또 하나의 주된 수입원이었던 노예장사마저 큰 타격을 받았다. 모두가 난데없는 해적들의 소행으로 보았지만, 국협에 의해 그 일의 장본인이 바로 목만치임을 알게 된 국강은 거의 제정신이 아니었다. 목만치를 어떻게 해서든 꼭 죽여야만 했다. 이제 한 하늘을 머리에 이고는 살 수 없는 관계가 된 것이다.

국강은 국협에게 수단과 방법을 가리지 말고 해적들을 붙잡으라고 명했다. 국협은 죽은 유성 대신 우복지라는 전직 군관을 새로 발탁했다. 우복지는 자그마한 체구에 잘 웃지 않는 성격이었고 항상 음습한 기운이 떠도는 듯한 인상이었다. 그러나 국협은 그가 얼마나 집요하고 잔인한지 잘 알고 있었다.

"무슨 일이 있어도 이번 난동질의 범인들을 꼭 붙잡아야만 한다."

"염려 마십시오. 소인 아직까지 마음먹고 쫓은 범인을 놓쳐본 일이 없습니다."

"당항포 객사에 있던 만돌이라는 집사가 이번 일을 전후해 사라졌다. 분명 이 일과 관련이 있을 것이다. 그놈의 행방부터 쫓는 것이 빠를 것이다."

"그렇지 않아도 이미 사람을 풀어서 그놈을 쫓고 있습니다."

"허, 그러냐?"

국협이 감탄한 눈빛으로 우복지를 바라보았다. 듣던 대로 빈틈없는 사내였다. 그렇게 우복지가 사방팔방으로 해적들과 목만치의 연결고리를 찾아 헤매던 중에 장수왕의 침공이 발생했고, 추적은 당분간 중단될 수밖에 없었다.

그러나 전쟁이 끝나고 다시 평시가 찾아오자 국협은 우복지에게 그 일을 재개하라고 일렀다. 단 한시도 미룰 수 없을 만큼 목만치에 대한 증오심이 팽배했기 때문이다.

국강과 국협이 술상을 가운데 하고 마주 앉았다. 늦은 밤이었고, 좀처럼 취기가 오르지 않았다. 오고 가는 말도 드물었다. 저마다 생각에 잠겨서 이따금씩 잊었다는 듯 술잔에 손을 가져가곤 했다.

국강이 술잔을 내려놓으며 입을 열었다.

"진연…… 그 아이가 아직도 해반의 집에 있다."

국협이 검은 안대가 드리워진 얼굴을 치켜들었다가 잠시 후 대답했다.

"알고 있습니다."

"그 아이를 이용해서 목만치를 제거해야겠다."

"좋은 방법이 있습니까?"

하나 남은 국협의 오른쪽 눈이 대황초 불빛을 반사했다.

"진연을 이용해서 목만치를 으슥한 곳으로 유인해내서 죽인다."

"하지만 아버님, 설령 수백의 군사를 매복시켜놓더라도 목만치를 죽이는 일은 만만치 않습니다."

"나도 알고 있다. 하지만 그가 아무리 날고 기는 무사일지라도 움치고 뛸 수 없는 좁은 곳으로 유인하면 된다. 그곳에다가 최고의 궁사들을 동원해서 화살을 퍼부어대면 제아무리 목만치라 해도 살아날 방도가 없다."

"……."

국협이 국강의 계책이 썩 마음에 들지 않는 듯 쓴 입맛을 다시자, 국강이 문갑에서 무엇인가 꺼냈다. 조그만 비단 주머니였다.

"그 전에 목만치에게 수단과 방법을 가리지 않고 이 몽환약을 먹여야 한다. 그래, 이것은 대왕마마를 이용하면 되겠다. 대왕께서 술자리를 마련하면 목만치가 거절할 수 없을 것이다."

"몽환약?"

"이 약을 먹고 한 시진쯤 지나면 몸이 마비되고 의식을 잃는다. 그러니까 시간을 잘 조절해야 한다. 목만치가 이 몽환약을 먹는 것을 확인하는 즉시 그를 유인해야 한다."

"언제…… 그렇게까지 생각해두셨습니까?"

국협이 감탄했다는 표정으로 국강을 바라보았다. 국강이 빙긋 웃었다.

"오래전부터다. 우리는 목만치를 없애지 않고서는 두 발을 편히 뻗고 지낼 수 없는 처지가 아니더냐?"

"그렇습니다, 아버님."

"네 눈을 그렇게 만든 그놈을 내가 용서할 줄 알았더냐?"

"목만치 그놈, 이번에는 빠져나가기 힘들겠군요."

"빈틈없이 준비하거라. 목만치만 없어진다면 이 나라 권력을 우리 두 손에 잡을 수 있을 것이다."

국강 부자는 마주 보고 웃으며 술잔을 비워냈다.

술자리가 파하고 국강의 방을 나온 국협은 시종도 대동하지 않은 채 말에 올라 색주가로 향했다. 그의 얼굴을 알아본 기녀들이 앞 다투어 추파를 던지며 자신의 집으로 가자고 청했지만 국협은 거들떠보지도 않았다. 국협이 멈춘 곳은 색주가 거리 맨 안쪽이었다. 제법 으리으리하게 꾸민 청루였다. 문지기가 서둘러 국협의 말을 이끌고 뒤로 사라졌고, 주모가 연신 허리를 숙이며 국협을 안내했다.

잠시 후 국협은 청루의 가장 내밀한 방 안에 좌정했다. 산해진미가 가득 놓인 술상이 들어왔고, 곧 하늘하늘한 옷을 입은 여자가 뒤따라 들어왔다. 여자가 국협에게 요염한 눈웃음을 던지며 가슴에 안겼다.

"나리, 얼굴 잊어 먹는 줄 알았습니다."

"엊그제 다녀갔는데 무슨 소리냐?"

"보고 싶은 님이야 하루에 열두 번도 더 보고 싶은 것이 소녀의 마음 아니겠습니까."

"썩을 년…… 니가 보고 싶은 게 어디 내 얼굴이냐? 내 염낭이지."

"무슨 말씀을 그리 섭섭하게 하십니까? 이래 봬도 초란이의 수청을 받겠다고 덤벼드는 나리들이 한둘인 줄 아십니까?"

"그럼 그놈들에게 가거라."

국협이 건 짜증을 내자 초란이는 그의 가슴에 더욱 파고들었다.

"나리도 참, 말이 그렇다는 거지 그렇게 불뚝성을 내시면 어찌하십니까? 어째 심기가 불편해 보이십니다."

국협은 잠자코 술잔을 비웠다. 목만치를 제거할 계책을 상의하며 부친과 술을 마실 때까지만 해도 기분이 좋았다. 그런 기분을 연장하고 싶어서 색주가를 찾았지만, 웬일인지 방 안에 들어서면서 착 가라앉는 기분이었다. 무슨 이유인지 몰랐다.

술을 몇 잔 더 마신 국협은 여자를 끌어안고 보료 위를 뒹굴었다. 여자를 탐하다 보면 기분이 나아질 것 같았다. 국협의 예민한 심사를 깨달은 초란이가 정성스럽게 그를 애무하기 시작했다. 평소 같으면 쉽게 달아올랐을 국협이었다. 그러나 초란이의 입술이 그의 목덜미와 가슴을 더듬는데도 국협의 몸은 반응을 보이지 않았다.

무색해진 초란이가 국협의 눈치를 살폈는데, 국협이 그녀를 떠 밀치고 몸을 일으켰다.

"왜 그러십니까, 나리?"

"나가 있거라. 혼자서 술을 마시고 싶다."

초란이는 새치름해진 표정으로 방을 나섰다.

국협은 술잔을 들고 마시려다가 문득 멈추었다. 그 술잔 위에 어리는 얼굴. 그제야 국협은 진연 때문이라는 것을 깨달았다.

그는 손을 들어 자신의 안대를 가만히 쓸었다. 악연이라도 그런 악연이 없었다. 젊은 날의 객기치고는 값비싼 대가였다.

무엇 하나 남부러울 게 없는 집안의 외동아들로 태어나 오만방자하게 자랐다. 거칠 게 있을 리 없었다. 그렇지만 국협이라고 해서 생각이 없는 것은 아니었다. 국강은 만금을 들여서 최고의 글 선생들을 붙여주었다. 아무리 철이 없어도 공맹의 도리쯤은 알게 된 국협이었다. 입신양명으로 가문의 영광을 잇고 부친을 흡족하게 하겠다는 야망을 가진 적도 있었다. 그러나 한때의 객기가 그의 삶을 송두리째 바꾸어놓았다.

목만치에게 한쪽 눈을 잃어버린 후 국협은 모든 것에 흥미를 잃었다. 단 하나, 목만치에게 복수해야겠다는 일념뿐이었다. 그리고 그 모든 일의 원인이 된 진연을 차지하고 싶었다.

그때는 술기운에 그저 반반하게 생긴 용모라고 생각한 진연은 눈부시게 아름다운 여인으로 성장했다. 천하의 호색한인 여도가 한눈에 반할 만했다.

술잔을 바라보던 국협은 단숨에 비워냈다. 진연이 아니고서는 자신의 마음을 뒤흔들 여자가 이제 없다는 것을 깨달았다. 그렇게 얽혀버린 운명이었다. 아주 사소하게 생각한 일이 일파만파로 번져나가 서로의 운명을 헝클어뜨린 것이다. 자신과 진연…… 그리고 목만치. 누군가 죽지 않고서는 이 매듭을 도무지 풀 수 없었다.

국협은 입술을 일그러뜨리며 쓰게 웃었다.

밤하늘의 동편에서 긴 꼬리를 남기며 유성 하나가 떨어졌다. 목만치는 잠을 좀처럼 이루지 못하고 뒤척이다가 후원 뜰에 나와 거닐던 참이었다. 문득 고개를 들어 서편으로 떨어지는 별을 본 목만치는 불길한 예감을 느꼈다.

"……!"

본능이었을까. 목만치는 유성을 보면서 가까운 지인의 운명과 관련 있을 것이라는 느낌을 떨쳐버리지 못했다. 자신의 과민함에 웃었지만 가슴 한쪽이 얹힌 듯 무거웠다. 문득 보름달처럼 환한 얼굴 하나가 눈앞에 떠올랐다.

'진연……'

아름다운 얼굴. 자신을 극한까지 몰아붙이는 그 와중에도 목만치의 뜨거운 가슴속에서 지워지지 않는 얼굴. 바로 진연이었다.

정암이 목만치의 집을 찾아든 것은 다음날이었다. 며칠간 포근한 날씨가 계속되더니 그날따라 매서운 겨울 추위가 찾아든 저녁참이었다. 또복이의 안내를 받은 정암이 안방으로 들어왔을 때 목만치는 막 저녁상을 받아놓고 있었다.

"아니, 이게 누구신가?"

"그동안 강녕하셨습니까? 장군."

"어서 오시게, 정암. 이제는 완전히 스님의 태가 잡혔군."

"장군께서도 그러하십니다."

"허허, 아직 저녁 전일 테지."

"예. 밥상을 보니 뱃속의 걸신이 가만 있지 않는군요."

목만치가 또복이를 불러 정암의 저녁상과 술을 내오라고 일렀다. 두 사람이 자리를 마주한 지 얼마 지나지 않아 별채에서 덕팔이, 야금이와 함께 저녁밥상을 받아놓고 있던 곰쇠가 소식을 듣고 달려왔다.

"정암 스님이 오셨소?"

"오랜만이외다, 나무아미타불 관세음보살……."

정암이 웃는 얼굴로 합장을 했다.

"왔으면 이놈부터 찾아야지, 재미도 없는 주인은 찾아서 뭐 하누?"

곰쇠가 목만치를 흰 눈으로 보며 자리에 앉았다. 밥상 한가운데 놓여 있는 탁배기 동아리를 본 곰쇠의 눈이 반짝였다.

"웬 탁배기유?"

"정암께서 먼 길을 오셨기에 곡차를 내오라고 했다."

"허, 우리 정암께서 곡차까지 하시우? 헤, 정말 세월 많이 흘렀구만. 그때만 해도 우리 정암 스님 요만 한 꼬맹이였는디……."

곰쇠가 한 손을 들어 제 가슴팍을 겨누었다.

"이놈아, 그때가 언제 적 얘긴데…… 정암 스님께 혼날라."

"좋으니께 그러지유. 허, 큰스님 생각나는구만."

"……."

해월 이야기가 나오자 세 사람은 입을 다물었다. 저마다 해월에 대한 추억에 사로잡혀 있다가 한참 후 정암이 입을 열었다.

"빈도 곧 왜로 넘어갈 예정입니다."

"뭐라구 했수? 왜로 가신다구?"

곰쇠가 놀라서 입을 딱 벌렸다.

"그 먼 곳까지 가시는 이유라도 있소?"

"장군께서도 잘 아시다시피 왜는 오래전부터 우리 백제국의 분국이나 마찬가지입니다. 빈도가 듣기로 카와치 지방에 우리 백제국과 조금도 다를 바 없는 국가를 건설했다고 합니다."

"그 얘기는 나도 들었소. 좌현왕마마께서도 그곳에 계시오."

"그곳에 가서 부처님의 말씀을 널리 알리려고 합니다."

"하지만 왜 그렇게 먼 곳까지……."

"이곳만 해도 부처님의 가르침을 접하기가 그리 어렵지 않습니다. 하지만 왜에는 아직 부처님의 가르침이 널리 퍼지지 않은 것으로 알고 있습니다. 빈도가 넘어가서 그곳에 부처님 말씀을 널리 퍼뜨리고자 합니다."

"허…… 큰스님의 수좌답소."

"과찬이십니다. 큰스님은 항상 장군 말씀을 잊지 않으셨습니다. 그분의 제자라면 당연히 장군께서 으뜸이십니다. 그건 그렇고 빈도가 여기까지 찾아온 데는 까닭이 있습니다."

"까닭이라고 하셨소?"

정암이 품속에서 무엇인가 꺼냈다. 한지였는데, 단 한 자 '死' 자가 적혀 있었다. 놀란 눈으로 목만치가 정암을 보자 그가 천천히 고개를 끄덕였다.

"죽을 사…… 이게 무슨 뜻이오?"

"큰스님께서 천문을 읽는다는 것을 잘 아시지요?"

"우리 중에서 그걸 모르는 사람이 있소?"

"큰스님께서는 오래전부터 장군의 운명을 읽으셨습니다."

"허……."

목만치가 반쯤 입을 벌린 채 낮은 신음을 삼켰다. 그 눈에 이상스러운 열기가 떠올라 있었다.

"큰스님께서는 조만간 장군의 신상에 안 좋은 일이 벌어질 것이라고 입적하시기 얼마 전에 제게 말씀해주셨습니다. 큰스님께서 때가 되면 장군을 뵙고 직접 전해드리라 하셨습니다."

"허……."

다시 한번 목만치가 감탄을 내뱉었는데 눈가가 붉었다. 목만치가 곰쇠를 돌아보고 말했다.

"내 갑옷을 가져오너라."

영문을 몰랐지만 어쨌든 주인이 시키는 일이었다. 곰쇠는 한달음에 목만치의 의관을 챙겨 왔다. 목만치는 꼼꼼하게 의관을 챙겨 입었다. 갑옷을 받쳐 입자 무장다운 기상이 방 안에 가득 찼다. 대왕에게서 하사받은 황금빛 갑옷은 눈이 부셨다.

목만치는 수원사 방향을 어림잡아 정성을 다해 두 번 절했다.

"나무아미타불 관세음보살……."

눈시울이 벌게진 채 지켜보던 곰쇠도 목만치의 절이 끝나자 뒤를 이었다.

절이 끝나자 세 사람은 다시 술잔을 기울였고, 밤이 깊어가도록 안채의 불빛은 좀처럼 꺼지지 않았다.

정암이 목만치의 집을 떠난 것은 그다음 날 아침이었고, 정암은 작별인사를 하는 자리에서 목만치에게 곧 왜에서 뵙게 될 것이라는 의미심장한 말을 남겼다. 목만치는 그 이야기를 심드렁하게 넘기지 않았다. 해월의 수좌인 정암이었다. 그가 허튼소리를 하지는 않을 것이었다.

정암이 집을 떠나고 며칠 후였다. 왕궁에서 급하게 입궁하라는 기별이 왔다.

"무슨 일이냐?"

목만치가 사자에게 물었다.

"자세한 건 모르겠습니다. 다만 대왕마마께서 오늘 간소한 주연을 베풀 것이라는 얘기만 들었습니다."

"주연이라 했느냐?"

목만치의 눈이 가늘게 찌푸려졌다.

"예, 그렇게 들었습니다."

"느닷없이 주연이라니……."

사자가 돌아간 뒤 곰곰이 생각하는 목만치에게 곰쇠가 다가왔다.

"아무래도 느낌이 좋지 않습니다."

"……."

목만치가 생각에 몰두하느라 묵묵부답이자 곰쇠가 말을 이었다.

"며칠 전에 다녀간 정암도 그러지 않았습니까? 주인의 신상에 뭔가 안 좋은 일이 생길지도 모른다고 했습니다."

목만치는 가만히 하늘을 올려다보았다. 며칠 전 밤하늘을 가르며 유성 하나가 서녘으로 떨어진 일이 떠올랐다. 알 수 없는 무엇인가가 자신을 옥죄어오는 기분이었다.

"차비를 하라."

또복이에게 하는 목만치의 말을 듣고 곰쇠가 눈살을 찌푸렸다.

"주인!"

"가만 있거라. 대왕께서 직접 부르신다는데 어찌 가지 않겠느냐?"

"하지만……."

"야금이는 어디에 있느냐?"

"뒤채 마당에서 장작을 패고 있을 겁니다요."

"야금이하고 안방으로 들어오너라. 내 긴히 이를 말이 있다."

곰쇠가 얼른 뒤채로 가 야금이를 데리고 왔다. 안방에서 목만치가 가만히 일러주는 이야기를 들은 곰쇠와 야금이는 긴장한 얼굴로 조용히 집을 빠져나갔다.

경쾌한 음률이 별궁의 후원으로 퍼져나갔고, 음률에 맞추어 하늘하늘한 옷을 입은 무희들이 춤을 추었다.

참석자는 몇 명 되지 않았다. 대왕이 직접 주재하는 연회치고는 적은 수의 사람들이 연회장에 앉아 있었다. 문주왕을 비롯해서 세 명의 좌평과 국강, 국협, 그 외 몇 명의 대신들이 자리했고, 목만치와 몇몇 무장들이 참석했다.

시간이 어느 정도 흘러 주흥이 도도해졌을 무렵, 문주왕이 내관을 불러 목만치를 가까이 오게 했다. 목만치가 다가와 예를 갖추자 문주왕은 술잔 가득 넘치게 술을 따랐다. 짙은 향기가 나는 호박색 술이었는데 바다 건너에서 넘어온 서역 산産이었다. 부드럽고 좋은 향취가 났다.

"한잔 드시오. 내 그간 장군의 노고를 익히 알고 있었지만 시간을 내기가 어려워 차일피일 하다 오늘에서야 이렇게 자리를 마련했소. 오늘은 그간의 노고를 치하하는 자리니 사양하지 말고 마음껏 드시오."

"성은이 망극하옵니다."

목만치가 단숨에 술잔을 비웠다. 문주왕이 수염을 쓰다듬으며 호탕한 웃음을 터트렸다.

"과연 대장부요. 그 독한 술을 단숨에 비우다니."

"대왕마마께서 친히 내려주시는 술을 소신이 어찌 사양하겠습니까? 만수무강하십시오."

"내 경에게 한잔 더 따르리다."

문주왕이 연거푸 석 잔의 술을 목만치에게 내렸다. 그때마다 목만치는 사양하지 않고 술을 비워냈다. 그런 목만치를 유심히 바라보는 사람이 있었으니, 국강과 국협이었다. 그들의 입가에 희미한 미소가 스치는 것을 눈치 챈 사람은 아무도 없었다.

제자리로 돌아온 목만치는 옆자리에 앉은 무장들이 계속해서 권해주는 술잔을 마다 않고 받았다. 오늘은 흠뻑 취하고 싶었다. 웬일인지 며칠 전부터 마음 한구석이 개운치 않고 불길한 느낌에 사로잡혀 있었다. 그런 기분을 떨쳐버리고 싶었을까. 오늘 따라 술이 빠르게 취해갔다.

청죽처럼 꼿꼿하던 목만치의 등허리가 이윽고 조금씩 휘기 시작했다. 그와 함께 목만치의 형형하던 눈빛은 빠르게 총기를 잃었다. 익은 대춧빛 같은 얼굴색과 함께 누가 보아도 한눈에 그가 취했음을 알 수 있었다.

그때쯤 목만치에게 가까이 다가오는 자가 있었다. 화려한 비단옷에 한쪽 눈을 가린 검은 안대 때문에 언제 어디서나 눈에 띄는 국협이었다. 인기척을 느낀 목만치가 흐릿한 눈을 쳐들어 국협을 바라보았다.

그러나 한동안 국협을 제대로 알아보지 못하는 것 같았다.

"오랜만이오, 목만치."

"……."

목만치가 관심 없다는 듯 시선을 돌려 술잔을 집어 올렸다. 그러나 빈 잔이었다. 어느새 앞자리에 앉은 국협이 재빠르게 술병을 집어 들어 잔을 채웠다. 잠깐 국협을 쳐다본 목만치가 단숨에 잔을 비워냈다.

"진연이 보고 싶지 않소?"

"……!"

"진연을 사모하고 있는 공의 마음을 내 잘 알지. 우리에게는 오랜 은원이 있지 않소."

국협이 낮게 웃었다.

"용건만 말하라."

목만치가 씹어뱉듯이 말을 던졌다.

"해반 좌평 댁에 진연이 있는 건 물론 알 테고, 대왕마마의 엄명 때문에 누구도 진연에게 접근조차 할 수 없다는 것도 잘 알겠지."

"……."

"하지만 대왕마마의 명을 전달하는 사람은 바로 나요. 그래서 진연 낭자에게 접근할 수 있는 유일한 인물이기도 하단 말이오."

"……."

"그대가 원한다면 서찰을 전해줄 수도 있소. 하긴 그대가 원치 않겠지. 나를 마치 송충이 보듯 한다는 것을 알고 있으니까. 하지만 우리 오랜 은원도 이제 끝내야 하지 않겠소?"

"……."

"사실 따지고 보면 손해를 본 쪽은 나요. 보시다시피 내 눈을 이렇게 만든 사람이 바로 그대이니까."

"……."

"그런데도 마치 그대는 나를 불구대천의 원수처럼 대하고 있으니 이건 사리에 맞지 않는 일이오."

"닥쳐라, 이놈."

국협이 선뜻한 느낌으로 목만치를 바라보며 입을 다물었다.

"진연 낭자의 부친을 죽음으로 몰아가고 재산을 빼앗은 네 부자의 죄악을 잊었느냐?"

"말을 함부로 하지 마라."

이마에 핏대를 세우며 국협도 지지 않고 내뱉었다.

"우리 부친은 이 나라 최고의 대신이시다. 하물며 네깟 무장이 입방 정에 올릴 분이 아니란 말이다."

"천하의 간신배와 그 아들놈이 이제는 벼슬위세를 믿고 망발을 하는구나."

"뭐야? 이놈이 정말 보자 보자 하니까?"

국협이 더 이상 참지 못하겠다는 듯 술상을 주먹으로 내리쳤다. 어전 연회에서는 좀처럼 보기 드문 광경이었다. 참석자들이 모두 그쪽을 바라보았다.

문주왕이 옆에 섰던 위사장에게 뭐라고 말했고, 위사장이 서둘러 그들에게 다가왔다.

"두 분, 언쟁을 멈추라는 어명이시오! 대왕마마께서는 두 분이 무슨 사감 때문에 싸우는지 모르지만 오늘 밤 연회 자리에서는 삼가시랍니다. 두 분 감히 불충한 행동을 계속하겠소?"

목만치와 국협은 서로를 외면한 채 입을 다물었다. 문주왕에게 갔던 위사장이 잠시 후에 다시 돌아와 목만치에게 말했다.

"장군께서 과음하신 눈치이니 그만 퇴궐하라는 대왕마마의 말씀이 있으셨습니다."

"……."

누구의 명이라 거역할 것인가. 자리에서 일어나던 목만치가 두어 번 비틀거렸다. 놀란 위사 두 명이 간신히 목만치를 부축했다. 목만치는 좌평들과 술을 마시고 있는 연단 위의 문주왕에게 예를 표했다.

연회장을 빠져나가는 목만치의 걸음은 눈에 띄게 비틀거렸다. 그의 뒷모습을 지켜보던 국협이 연단 쪽을 바라보았다. 국강이 이쪽을 주시하고 있다가 고개를 끄덕였다. 국협은 알았다는 눈짓을 한 다음 서둘러 연회장 반대편으로 사라졌다.

퇴궐한 목만치가 밖에서 기다리고 있던 덕팔이와 또복이에게 다가갔는데, 주인이 술에 취한 모습을 처음 본 두 하인은 놀란 눈을 크게 떴다.

"주인!"

그들이 서둘러 목만치의 양팔을 붙잡았다.

"허, 내가 좀 과음한 모양이구나. 말은 어디 있느냐?"

목만치가 추풍오를 찾느라 두리번거릴 때였다. 멀리서 급하게 말을 달려오는 사내가 있었다. 해반 좌평댁 집사로 있는 자였다. 집사가 말에서 내려 목만치에게 달려왔다.

"나리, 큰일 났습니다!"

"무슨 일이냐?"

"정체 모를 괴한들이 진 낭자를 납치해갔습니다!"

"뭐라고? 자세하게 설명하라!"

"예, 우리 주인마님을 수행하느라 집을 지키고 있던 가노들은 몇 되지 않았습니다. 갑자기 후원 쪽이 요란해서 달려가 보니 열 명도 넘는 괴한들이 막 아씨를 납치하는 중이었습니다. 저희가 구하려고 했지만 중과부적인 데다가 그놈들은 무장을 하고 있었습지요. 우리 가노들 중 세 명이나 목숨이 위태로운 지경입니다요."

"놈들이 어디로 갔느냐?"

"숯고개로 가는 것을 보고 바로 달려왔습니다. 지금이라도 뒤쫓으면 늦지 않을 것입니다요."

사태의 심각성을 눈치 챈 덕팔이가 말을 대령하자 목만치는 서슴지 않고 몸을 안장 위로 날렸다. 그러나 다음 순간 목만치는 낙마할 뻔했는데, 간신히 추풍오의 목을 붙잡고 위기를 모면했다.

"주인, 그 몸으로 가시기에는 무립니다!"

덕팔이가 만류했지만, 그와 또복이도 말 위에 몸을 실은 상태였다. 목만치의 성정을 익히 잘 알기 때문이었다.

"앞서라!"

목만치가 이르자 준비하고 있던 집사가 바로 박차를 넣었다. 말 네 필이 나란히 어둠 속으로 달려갔다.

집사는 숯고개 쪽으로 방향을 잡았는데, 얼마쯤 가자 길에서 대기하고 있던 가노가 손짓으로 방향을 가리켰다.

"저쪽입니다요, 나리!"

"알았다!"

달려가면서 목만치는 말안장 옆구리에 붙어 있는 전통과 활을 확인했다. 취모검 역시 제자리에 매달려 있었다. 그것을 보는 순간 목만치는 안도했다. 적들이 제아무리 수백 명이 넘는다고 할지라도 그에게는 아무런 의미가 없었다.

진연을 구해야겠다는 일념으로 말에 박차를 가하면 가할수록 목만치는 자꾸만 눈앞이 흐려졌다. 마음과는 달리 자꾸만 몸이 뒤쪽으로 휘청거렸다.

평소 같으면 거친 숨소리 한번 내지 않고 달려야 할 추풍오도 평소와는 다른 주인을 의식했는지 자꾸만 걸음을 멈추고 투레질을 해댔다. 목만치는 머리를 몇 번이고 뒤흔들면서 안간힘을 다해 말을 앞으로 나아가게 했다.

이윽고 숯고개가 나타났다. 그곳은 대낮에도 행인들이 드물 정도로 험했고, 산적들이 출몰한다는 소문도 퍼져 있었다.

그러나 목만치는 그런 것에 신경 쓸 겨를도 없었다. 오직 진연을 구해내는 것이 목적이었다. 뒤에서 달려오는 집사와 덕팔이, 또복이의 말발굽소리가 들렸다. 양쪽으로 높은 산비탈이 솟은 재를 넘어가는 지점에 이르렀을 때였다.

'피융!'

갑자기 바람 가르는 소리가 났다. 본능적으로 그것이 공격 개시를 알리는 명적鳴鏑, 곧 소리화살임을 목만치는 깨달았다. 그는 순간적으로 말 등에 몸을 쫙 붙였고, 뒤쪽을 향해 소리쳤다.

"매복이다! 모두 조심하거라!"

"주인께서도 몸 보중하십시오!"

덕팔이와 또복이는 칼을 뽑아들었다.

전쟁터에서 생과 사의 고비를 넘나들던 목만치의 예리한 귀는 집사의 말발굽소리를 더 이상 들을 수 없었다. 어느샌가 뒤로 빠진 것이다. 목만치는 야차와도 같은 웃음을 얼굴 가득 지었다. 그러나 소리가 나지 않았으므로 그 누구도 지금 목만치가 웃고 있다는 것을 알 리 없었다.

달려가는 세 필의 말을 향해 화살이 마치 풍년 때 가을하늘을 뒤덮는 메뚜기 떼처럼 날아왔다. 순식간에 고슴도치 신세가 된 것은 또복이였다. 눈 깜짝할 사이에 또복이는 비명조차 지르지 못하고 말에서 떨어졌다.

목만치와 덕팔이는 서로 반대쪽 비탈을 향해서 말을 달려갔다. 어둠 속에서 적들은 소리를 가늠해 무작정 활을 쏘아댔다. 다행히 양편 가녘에는 키 큰 소나무들이 빽빽해서 자연스럽게 화살을 피할 수 있는 방패막이가 되어주었다.

한동안 화살이 허공을 어지럽게 날아다녔다. 이윽고 적들도 상대가 과녁망에서 벗어난 것을 알아차렸는지 화살을 더 이상 쏘지 않았다. 뒤이어 산비탈을 타고 얼마나 되는지도 모를 무사들이 쏟아져 내려왔다.

목만치는 취모검을 뽑았다. 그리고 추풍오의 갈기를 부드럽게 쓸어만졌다. 추풍오가 가만히 콧김을 목만치의 손등에 내뿜었다. 추풍오는 영리한 명마였고, 어떠한 상황에서도 좀처럼 소리를 내지 않았다.

무사들이 점차 거리를 좁혀 왔다. 희미한 하현달빛 아래에서 목만치는 적들의 숫자를 가늠했다. 수십, 아니 백 명이 넘는 숫자였다. 이 정도의 무사를 동원할 수 있는 자라면 현재 백제국에서는 손꼽을 정도였다. 생각을 더듬던 목만치는 끙, 하고 신음을 내뱉었다.

'대왕이다!'

그랬다, 오늘 밤 연회에서 문주왕이 그에게 하사한 술잔은 죽음의 독배였던 것이다.

적들을 향해 한 걸음 나서려던 목만치는 헛발을 짚는 듯한 느낌으로 비틀거렸다. 목만치는 쓴 미소를 삼켰다. 몽환약, 그것이 틀림없었다. 서역 산 술에 몽환약을 탔음이 틀림없었다.

목만치는 다른 때와는 달리 쉽게 술이 오른 이유를 그제야 깨달았다. 목만치는 단전으로부터 호흡을 끌어올렸다. 조식을 하려고 했지만 오히려 그것이 역효과였다. 혈관을 타고 퍼진 몽환약의 기운이 급속도로 그의 온몸을 돌면서 순식간에 의식을 흐릿하게 했다.

목만치는 어렴풋하게 덕팔이의 소리를 들었다. 아주 먼 곳에서 들려오는 소리 같았다.

"주인! 괜찮으시오? 제발 옥체를 보중하시오!"

대답해야 한다고 생각했지만 마음뿐이었다. 그는 자신도 모르게 분신 같은 취모검을 손에서 떨어뜨렸고, 두어 걸음 비틀거리다가 바닥에 쓰러졌다.

"주인!"

덕팔이가 반대편 비탈 쪽에서 놀란 얼굴로 목만치에게 달려왔다. 고개 양쪽에서부터 거리를 좁혀 오던 무사들이 목만치와 덕팔이를 발견한 것은 그때였다.

"저기 있다! 살려두지 마라!"

와, 하는 함성과 함께 일제히 무사들이 달려왔다. 덕팔이는 결국 여기에서 최후를 맞이해야 한다는 것을 깨달았다. 그러나 천하제일의 무장 목만치의 죽음치고는 너무나 허망했다.

"주인……."

덕팔이는 자신도 모르게 흘러내리는 눈물을 손등으로 훔치고 칼을 곧추세웠다. 어쨌든 그냥 죽을 수는 없었다. 단 한 명일지라도 길동무가 있어야 했다.

"야아!"

덕팔이가 소리를 지르며 달려나갔다. 그 기세로 달려오던 무사 두 명의 허리를 베어 넘겼다. 그러나 그다음 순간 덕팔이는 왼쪽 어깻죽지 위로 예리하게 베어오는 칼날을 받았다. 멈칫하는 순간 이번에는 오른쪽 허벅지를 찔렸다.

"주인, 먼저 가오!"

덕팔이는 그렇게 외치며 다가오는 무사에게 몸을 그대로 부딪쳐 가며 칼을 상대의 배에 꽂았다. 어차피 죽는 김에 길동무하겠다는 기세였으므로 상대는 몸을 피하지 못하고 덕팔이의 소원대로 되었다. 바닥에 쓰러진 덕팔이가 채 눈을 감기도 전에 지축을 뒤흔드는 듯한 말발굽소리가 들려왔다. 소리는 순식간에 거리를 좁혀 왔다. 밤하늘의 공기를 쩌렁쩌렁 울리는 귀에 익은 목소리였다.

"이놈들! 내 앞을 막지 마라! 곰쇠를 모르느냐? 이놈들, 어서 길을 비켜라!"

덕팔이는 가만히 미소를 지었다. 이 세상에서 마지막으로 지을 수 있는 미소였다.

곰쇠를 필두로 오른쪽 옆에는 야금이가, 왼쪽에는 수달치가, 그 뒤에는 20여 명이 넘는 아우들이 맹렬한 기세로 말을 달려오고 있었다. 매복했던 무사들은 느닷없는 곰쇠 패의 출현에 반혼이 나가버렸다. 곰쇠는 희미한 달빛 아래에서 저승사자와도 같은 몰골이었고, 그가 휘두르는 엄청난 크기의 방천화극은 달빛을 가를 때마다 피의 무지개를 뿜어냈다.

기세 싸움에서 밀려버린 무사들은 이제 도망갈 곳을 찾지 못해 우왕좌왕하는 오합지졸에 불과했다. 국강이 금군禁軍 중에서 그토록 고르고 고른 무사들이라는 것이 어이가 없을 정도였다. 한번 기세를 잃어버린 무사들은 짚으로 만든 제웅과 다를 바 없었다. 곰쇠와 수달치 그리고 아우들은 닥치는 대로 무사들을 베어 넘기며 목만치에게 다가갔다.

말에서 뛰어내린 곰쇠가 얼른 목만치를 안아 살폈다. 다행히 목만치는 별다른 상처를 입지 않았다. 덕팔이가 워낙 거칠게 몇 명의 저승 길동무를 구하는 동안에 목만치는 시간을 벌었던 것이다. 천운이었다.

"주인! 정신 차리시오!"

곰쇠가 목만치의 양어깨를 잡아 흔들었다. 그제야 넋이 돌아온 목만치가 눈을 희미하게 뜨고 물었다.

"진연…… 연이는 어떻게 되었느냐?"

"아씨께서는 무사하오. 주인이 시키신 대로 소인이 아씨 주변을 지키고 있었소. 놈들이 아씨를 채 가려는 것을 도중에서 빼내었소."

"그래…… 다행이다……."

혀가 제대로 돌아가지 않는 와중에도 목만치는 입가에 희미한 미소를 지었다.

"주인, 여기는 위험하오! 제 말에 타시오!"

곰쇠가 목만치를 부루말 위에 올려 태운 뒤 그도 올라탔다. 곰쇠가 휘파람을 불었으나 그 익숙한 휘파람소리를 듣고도 달려오는 말발굽소리가 없었다. 추풍오는 오래전 수원사에 있을 때부터 목만치 외에 유일하게 곰쇠의 휘파람소리를 알아들었다. 여물이며 목욕 등을 도맡아 하는 곰쇠를 몰라볼 리 없었다.

곰쇠가 의아한 얼굴로 목만치를 돌아보았다. 그때쯤 목만치도 상황을 알아차렸다.

"추풍오는…… 죽었을 게야."

"그럴 리 없소!"

도리질을 치고 난 곰쇠가 다시 휘파람을 불었다. 그러나 어디에서도 추풍오는 달려오지 않았다.

"형님! 적들이 다시 내려오고 있소! 어서 여길 떠나야 합니다!"

뒤에서 다가온 수달치가 채근했다. 전열을 재정비한 무사들이 다시 비탈을 타고 내려오고 있었다. 벌써 몇 개의 화살이 날아와 근처에 떨어졌다.

목만치는 주변을 두리번거렸다. 그의 시선이 저만치 달빛 아래 쓰러져 있는 거뭇한 그림자에 가 박혔다. 추풍오였다. 수십 개의 살을 맞아 추풍오는 고슴도치처럼 변해 있었다.

목만치는 눈을 부릅떴다. 그때쯤 곰쇠도 추풍오를 발견했지만 박차를 가한 뒤였다. 부루말이 허공을 향해 두 발을 쳐들고 달려갔다. 그놈도 오랜 친구인 추풍오의 죽음을 아는지 길게 울음을 터트렸다.

목만치는 거듭 눈을 부릅뜨면서 밤하늘을 노려보았다. 오늘 밤 자신을 제거하기 위한 철저한 계획은 문주왕의 사주 내지는 묵인과 방조 없이는 이루어질 수 없는 일이었다.

토사구팽. 토끼가 죽으면 사냥개를 삶아먹는다.

'그렇다면……'

목만치는 어금니를 앙다물었다.

방법은 하나, 이곳을 떠나는 것이다. 그러나 어디로 가야 하는가. 그 답은 머뭇거리지 않고 떠올랐다. 그곳은 왜였다. 좌현왕 여곤이 있는 곳. 형제와 같은 의를 보여준 여곤을 얼마나 그리워했던가. 진정한 군주의 품성을 보여주고, 목만치와 함께 전쟁터를 넘나들면서 서로의 의기에 감탄했던 관계가 아닌가.

'그곳으로 간다.'

목만치는 결심했다.

사자에게서 입궐하라는 문주왕의 명을 전해 받았을 때, 목만치는 비로소 때가 왔음을 직감했다. 그리고 무장으로서의 타고난 본능으로 그날 밤 모종의 음모가 진행되리라는 것을 알아차렸다. 그들을 완벽하게 속이기 위해서는 그들의 계획대로 속아 넘어가주는 것이 가장 좋은 방법이었다.

하지만 그것은 위험하기 그지없는 도박이었다. 때마침 곰쇠가 당도하지 않았더라면 목만치의 생명은 이미 없었다. 고구려 땅에서부터 인연을 맺은 덕팔이와 또복이의 죽음은 애통했다. 그러나 어쨌건 죽은 사람은 죽은 사람이고, 산 사람은 살아야 했다. 그것은 어쩔 수 없는 섭리였다.

그리고 목만치가 살아야만 하는 이유는 또 있었다. 다름 아닌 진연 때문이었다.

백강의 눈물

　　진연은 백강 포구의 한 객사에 머물고 있었다. 중간에서 진연을 빼돌린 곰쇠는 수달치의 졸개를 시켜 그녀를 백강 포구로 모시게 했다. 수달치는 이미 당항포에 있던 장거리 항해용 선박을 백강으로 옮겨놓았다. 오래전부터 자신을 옭죄어오는 문주왕과 국강 부자의 마수를 의식한 목만치의 지시였다.

　'왜로 간다.'

　목만치는 결심을 굳혔다. 해월이 입적하기 전에 말한 것을 목만치는 기억하고 있었다. 그 뿌리를 더듬어가면 더 오래전 여곤이 왜로 떠날 때부터가 아니었던가.

　진연을 위해서는 그 방법밖에 없었다. 진연을 호시탐탐 노리고 있는 문주왕이 있는 한 이 땅에 진연과 자신이 설 자리가 없었다. 한때는 대륙백제로 가려고도 했지만, 거기에는 또 다른 인연이 있었다. 애써 미련을 거둔 인연을 또다시 떠올릴 수는 없었다.

목만치가 숯고개에서 구사일생으로 살아나 곰쇠와 함께 백강 포구로 돌아오는 같은 시간, 진연이 있는 객사를 감시하는 눈이 있었다. 작은 체수에 밀랍처럼 창백한 피부를 가진 사내, 우복지였다.

국강의 밀선을 털어간 해적들의 행방을 뒤쫓던 우복지가 백강 포구에 나타난 것이다. 한번 마음먹은 것을 죽기 전에는 포기하는 법이 없는 우복지는 만돌이의 행방을 뒤쫓았고, 마침내 대목악성 목만치의 종가에서 집사로 일한다는 것을 확인했다.

그 후 우복지는 만돌이를 감시하다가 당항포 해적으로 유명짜한 수달치 패거리들이 목만치의 집을 수시로 드나드는 것을 발견했다. 의심할 것 없이 목만치와 수달치 패거리들은 한 패였다. 망외의 소득을 올린 우복지는 국강 부자에게 보고하기 위해 서둘러 한성으로 올라왔는데 그 무렵 공교롭게도 장수왕이 대군을 이끌고 한성으로 쳐들어왔다. 전쟁의 와중이었고, 살아남기 급급한 통에 당항포 밀선 따위에 신경 쓸 겨를이 없었다. 국강 부자는 예전에 성주로 부임했던 가림성으로 재빠르게 몸을 피신했고, 우복지 역시 그들과 함께 했다.

전쟁이 끝나고 다시 목만치를 감시하라는 명을 받은 우복지는 때마침 곰쇠와 야금이가 중간에서 진연을 빼돌리는 것을 목격했다. 그리고 진연을 백강 포구의 객사로 데려가는 수달치의 졸개를 뒤쫓았던 것이다.

우복지는 품안의 칼을 확인하고는 다시 한번 주변을 살폈다. 객사 뒤편 별채에 진연이 들어 있었다. 별채 마루에 두 명의 졸개가 지키고 섰고, 객사 앞마당 쪽에 다시 두 명의 졸개가 손으로 행세하며 자리를 지키고 있었다.

우복지는 목만치와 진연의 관계를 잘 알고 있었다. 문주왕이 왕위에 오르기 전에 한 연회에서 진연을 둘러싸고 벌인 소동을 모르는 사람이 없었다. 우복지는 무엇보다 먼저 진연을 빼돌려야겠다고 판단했다. 진연이 제 손에 있으면 제아무리 목만치라 할지라도 어쩔 수 없을 것이다. 그렇게 되면 덕물도에서 빼앗긴 막대한 물화를 되찾을 방도도 생길 듯했다.

진연은 놀란 가슴을 진정시키느라 애쓰며 이제나저제나 달려올 목만치를 애타게 기다렸다. 자주 만날 수 없었기 때문에 오히려 만남은 안타까웠고, 미련은 오래갔다. 언제쯤이나 사랑하는 정인과 마음 놓고 함께 지낼 수 있는 것일까. 진연의 마음은 숯검정처럼 타들어갔지만 아직까지 세월은 그들의 편이 아니었다.

밖에서 인기척이 났다.

그동안 하도 험한 세상을 살아온 진연은 조심스럽게 귀를 기울였다. 억눌린 비명이 났고, 누군가 툇마루에 뛰어오르는 듯했다. 뒤이어 문이 발칵 열리고 뛰어 들어온 사내가 진연의 뒷목에 칼을 들이댄 채 낮게 말했다.

"살고 싶으면 시키는 대로 움직여라."

"······."

우복지가 그녀를 앞세워 재빠르게 방을 빠져나갔다. 마당에는 졸개 두 명이 피를 흘리며 쓰러져 있었다. 객사 뒤편으로 진연을 데리고 간 우복지는 허술한 울바자 틈으로 진연을 밀어넣고 뒤따라 빠져나왔다. 우복지는 재빠른 솜씨로 말에 진연을 올려 태우고 자신도 함께 탔다.

어찌나 빠르고 빈틈이 없는 동작인지 진연이 허점을 노릴 틈도 없었다. 우복지는 단검을 입에 물고 한 손으로는 고삐를 잡았고, 또 다른 손으로는 진연의 허리를 강하게 끌어안았다.

그때쯤 심상치 않은 뒤채의 기척을 눈치 챈 앞마당의 졸개들이 뒤로 돌아왔다가 변을 당한 것을 알게 되었다. 울바자 너머로 졸개들의 놀란 얼굴이 보였는데 낭패한 모습이었다.

우복지는 말에 박차를 넣었다. 졸개들이 뒤늦게 고함을 내지르며 쫓아 나왔지만 마른 흙먼지만 자욱할 뿐이었다.

사지에서 겨우 탈출한 목만치 일행은 수달치의 안내를 받아 백강에 있는 사공의 움막에 자리했다. 목만치는 굳은 표정으로 앉아 있었고, 곰쇠와 야금이, 막돌이 등도 침울한 얼굴이었다. 문주왕과 국강 부자가 목만치를 노리고 있는 이상 이목이 번다한 곳을 피해야 했다. 수달치가 좌중의 분위기를 살핀 후 입을 열었다.

"놈을 본 사람이 없다고 하니 놈은 필경 백강 포구 인근에 숨어 있을 겁니다."

뒤늦게 객사에 당도한 목만치는 진연이 한발 앞서 납치되었음을 알았다. 기가 막힌 노릇이었다. 그 바람에 진연을 데려온 졸개들이 수달치에게 호되게 얻어터졌다.

수달치는 즉각 졸개들을 풀어 우복지의 행방을 뒤쫓게 했다. 백강 포구는 사람들의 왕래가 빈번했기에 우복지가 남의 눈에 띄지 않고 빠져나가기는 쉬운 일이 아니었다. 게다가 여인까지 납치해 가는 판국이었다. 아직까지 우복지가 백강 포구를 빠져나가는 것을 목격한 이는 없었다.

"저도 전직 군관 출신인 우복지라는 놈을 잘 압니다. 아주 빈틈없고 교활한 놈입지요. 놈은 백강 포구를 그대로 빠져나가다가는 우리 눈에 띌 것을 염려했을 겁니다."

수달치의 말에 이어 야금이도 거들었다.

"아씨까지 함께 계시니까 행동도 쉽지 않을 겁니다. 졸개들을 시켜서 강가를 샅샅이 뒤져보라 일렀습니다. 객사도 빠짐없이 훑어보게 했구요."

"……."

"너무 심려하지 마십시오, 장군."

야금이가 아직도 입을 열지 않고 있는 목만치를 향해 조심스럽게 말했다. 목만치가 허공에서 눈길을 돌려 야금이를 바라봤는데 핏발이 성성했다.

"뱃길로 달아날 가능성은 없는가?"

"그건 염려하지 마십시오. 여기 포구의 뱃놈들은 모두 저하고 안면을 트고 지냅니다. 어느 놈 자지에 사마귀가 달렸는지 훤히 꿰고 있지요. 제가 그놈을 찾고 있다는 것을 아는 이상 안면을 바꾸지는 않을 겁니다."

수달치가 농담도 덧붙였는데 누구 한 사람 헛웃음조차 짓는 이가 없었다. 정인을 잃은 목만치의 심정이 그대로 짚어왔기 때문이다.

목만치는 다시 입을 다물고 허공을 바라보았다. 곰쇠의 눈짓에 모두 방을 빠져나왔다. 방이라고는 하지만 사공의 움막이기에 매서운 강바람이 몰아쳐 들어와 한데나 다름없었다.

밖으로 나오자 추위가 더했다. 하지만 냄새 나는 좁은 방구석에 남들보다 두 배나 더 덩치가 나가는 장정들이 득실거리는 것보다는 나았다. 게다가 침통해 있는 목만치의 얼굴을 보는 것도 곤욕이었다.

"빌어먹을!"

곰쇠가 막힌 숨을 터트리듯 그렇게 내뱉었다.

"형님, 모두 제 불찰입니다."

수달치가 곰쇠의 눈치를 보며 고개를 떨어트렸다.

"그게 왜 네 잘못이냐?"

"졸개들이 그만 서툴게 일을 처리하는 바람에 이런 낭패를 겪습니다."

"네 졸개들이면 내게도 아우가 된다. 네가 왜 다 뒤집어 쓰냐? 행여나 아이들을 또 잡치지 마라. 아까 한 것만으로도 충분하다."

곰쇠가 바라보자 수달치는 슬며시 눈길을 돌렸다.

"한번 돌아봐야겠소. 이대로 무작정 기다릴 수는 없으니까."

"오면서 술이나 한 동구리 구해 오도록 혀."

"알겠습니다, 형님."

수달치가 졸개들과 함께 갈대숲을 헤치고 사라졌다.

바람이 불 때마다 갈대숲이 길게 울었다. 곰쇠는 아래춤을 풀고 강을 향해서 오줌을 누었다. 그는 부르르 양어깨를 떨었는데 왠지 모르게 처량한 기분이었다. 그러나 누구보다 더 속상한 사람은 움막 안에 앉아 있는 주인일 터였다.

강물을 따라 바람이 불어왔고, 그때마다 갈대숲이 산발한 미친년처럼 일렁거렸다.

수달치의 짐작대로 우복지는 백강 포구를 빠져나가지 못하고 강가의 움막에 숨어 있었다. 쓰러질 듯한 움막인데, 우복지와 안면이 있는 갯바닥 왈짜의 거처였다. 우복지는 각 처에 염탐꾼을 심어놓았는데 강쇠라는 왈짜도 그중 하나였다.

밖에서 인기척이 나자 우복지는 칼을 집어 들고 귀를 기울였다.

"저올시다."

강쇠의 목소리였지만 용의주도한 우복지는 마음을 놓지 않고 문틈으로 밖을 내다보았다. 다 저물녘이었고, 강의 어스름을 배경으로 강쇠가 보따리 하나를 들고 서 있었다.

문을 열어주자 강쇠가 얼른 들어왔다. 코끝과 입술이 파리한 것이 추위에 몹시 떤 모양이었다.

"어찌 됐느냐?"

"일러주신 대로 백강 포구에 있는 기찰장교에게 서찰을 전했습니다. 틀림없이 국협 나리께 보내겠다고 합니다."

"확실히 했겠지?"

"물론입니다. 국협 나리께 서찰이 전달되면 은자 스무 냥을 주겠다고 했더니 그놈 안색이 하얗게 변합디다. 아마 사추리에 불이 나도록 뛰고 있을 겝니다요."

"수고했다."

강쇠는 들고 온 보따리를 주섬주섬 풀면서 우복지 어깨 너머로 힐끔힐끔 눈길을 주었다.

"그나저나 대체 누굽니까?"

"쓸데없는 걸 알려고 하다간 명 재촉한다."

"안 그래도 지금 포구바닥을 샅샅이 뒤지는 놈들이 있습니다."

우복지가 긴장한 낯빛으로 강쇠를 보았다.

"수달치라구 형님도 아실 겁니다. 그 패거리들입니다."

"놈들에게 꼬투리 잡히지 않도록 각별히 신경 써야 한다."

"형님두, 어디 한두 번 해보는 장삽니까? 염려 붙들어매슈."

강쇠가 들고 온 것은 술 한 동구리와 장떡 몇 장이었다. 마침 허기가 몹시 지던 참이므로 우복지는 장떡 서너 장을 순식간에 먹어치웠다. 그러다가 뒤늦게 생각난 듯 구석자리에 쪼그리고 앉은 진연에게 남은 장떡을 들고 다가갔다.

"먹어둬."

"……."

진연이 고개를 돌렸다. 우복지가 아갈잡이를 풀어주었다.

"날 어떻게 할 셈이냐?"

"국협 나리께서 알아서 하시겠지."

"……."

진연은 비로소 사내의 정체를 알아차렸다. 우복지가 장떡을 진연의 입으로 가져갔지만 그녀는 한사코 도리질을 했다. 한동안 진연을 가만히 보던 우복지가 한숨처럼 말했다.

"참으로 아름다운 얼굴이로구나."

"……."

"하지만 네 아름다움이 오늘의 화를 불러일으킨 게야."

"……."

"네가 평범하게 생겼다면…… 이런 일이 네게 벌어지지는 않았을 테지. 그건 네 업보일 것이다."

"……."

우복지는 미련을 완전히 떨쳐버리지 못한 얼굴을 진연에게서 돌렸다. 강쇠가 유심히 진연을 바라보고 있다가 우복지와 마주치자 얼른 시선을 돌렸다.

『고문진보古文眞寶』에 "홍안승인다박명紅顔勝人多薄命"이라는 말이 있다. 자고로 젊고 아름다운 얼굴의 미인은 비운에 빠지는 경향이 많다고 했다. 진연의 운명이 그러했다.

"이것 봐라, 우복지 그놈이 밥값을 했다."

국협이 서찰을 읽으며 탄성을 내질렀다. 웬 낯선 기찰장교가 백강 포구에서부터 달려와 자신을 찾는다는 전갈을 들은 국협은 무심하게 넘어가지 않았다. 기찰장교는 뜻밖에도 우복지가 보낸 서찰을 내밀었던 것이다.

"수고했다. 그래, 백강에서 기찰을 한다고?"

"예, 그렇습니다."

"이 추운 겨울에 강바람을 맞느라고 고생이 많겠구나."

"헤, 그렇습니다."

기찰장교가 두 손을 비비며 대꾸했는데 국협에게 상급을 기대하고 있는 것이다.

"그만 가보도록 하라."

"예?"

어이가 없어진 기찰장교가 되물었다. 국협이 양미간을 찌푸리며 건짜증을 냈다.

"허, 젊은 놈이 벌써부터 가는귀가 먹었느냐? 그만 가보라고 했다."

"저, 서찰을 전해주면 은자 스무 냥을 준다고 하던데요?"

"누가? 내가 말이냐? 내가 너에게 그런 말을 했어?"

"그게 아니구, 제게 서찰 심부름을 부탁한 자가 말하기를……."

"그렇다면 이놈아, 그놈에게 가서 받아라."

"나리……."

"은자 스무 냥이 뉘 집 강아지 이름인 게냐? 너 같은 놈이 함부로 부르게……."

못마땅한 듯이 국협이 자리를 떨치고 일어났는데 볼일 다 보았다는 몸짓이었다. 상급은커녕 뜻하지 않게 욕이나 잔뜩 먹고 난 기찰장교는 기가 막히고 허탈했다.

대문간에서 돌아서서 생각해보니 제 신세가 이처럼 처량할 데가 없었다. 이제 화풀이할 데라고는 강쇠라는 놈뿐이었다. 돌아가는 대로 호되게 쥐어박을 작정이었다.

그러던 기찰장교는 그날 하루 종일 포구바닥을 쏘다니며 누군가를 찾던 사내들을 떠올렸다. 기찰장교는 어쩌면 이번 일과 관련이 있을 거라는 생각이 들었다. 그는 국협의 집 대문께를 향해 된 가래침을 끌어올려 뱉은 다음 돌아섰다.

기찰장교를 보내고 난 국협은 서둘러 집사 협보를 불러 백강 포구에 숨어 있는 진연을 남의 눈에 띄지 않도록 데려올 궁리를 나누었다. 협보가 의아해서 물었다.

"아니, 나리. 남의 눈에 띄일 것을 염려할 이유가 없지 않습니까?"

"그건 또 무슨 말이냐?"

"그저 병사들에게 진연을 데려오라고 하면 되지 않습니까? 설마하니 화적떼들이 백주대낮에 관군을 공격할 리도 없을 테구요."

"이놈아, 그렇게 하면 소문이 나지 않느냐?"

"소문이 난다 한들 꺼릴 게 뭐가 있습니까?"

"허, 그놈, 그 머리로 어떻게 모사謀士라고 할 수 있느냐?"

국협이 양미간을 찌푸렸다. 한동안 국협을 바라보던 협보는 그제야 그의 심중을 눈치 챘다. 진연을 제 것으로 만들려는 속셈이었다. 그러니까 무엇보다 소문이 나서는 안 되었다. 문주왕이 진연을 탐낸다는 것은 귀 있는 자들은 모두 알고 있는 사실이었다. 그러니까 국협은 이번에 진연이 행방불명된 일을 기화로 해서 진연을 문주왕 모르게 빼돌리려는 것이다.

국협의 심중을 정확하게 파악한 협보가 소리 없이 웃었다.

"나리두 참, 그럴 생각이시면 소인에게 미리 귀띔이라도 하지 않으시구요."

"눈치가 아둔한 네놈이 문제지, 너에게 그런 것까지 일일이 얘기해야 하느냐?"

두 사람은 한참 동안 궁리에 궁리를 거듭했다.

기찰장교는 객주 봉놋방에 엉덩이를 내려놓았다. 시끌벅적하던 봉놋방이 잠깐 낯선 이의 출현으로 잦아들었다가 다시 도란도란 대화가 여기저기서 이어졌다.

기찰장교는 날카로운 눈으로 방 안의 사내들을 훑었는데 그가 찾는 얼굴이 한쪽에 있었다. 기찰 장교가 헛기침을 하자 사내가 잠깐 무심하게 돌아보았는데, 잠시 후 그가 다시 이쪽을 바라보았다.

기찰장교는 엉덩이를 일으켜 봉놋방 문을 닫고 나왔다. 그는 마당을 가로질러 술국을 끓이는 술밑어멈에게 빈 방이 있느냐고 물었다.

"빈 방은 뭐하시게유?"

기찰장교의 얼굴을 익히 알고 있는 술밑어멈이 퉁명스럽게 물었는데 돈이 되지 않는 손인 것이다.

"은밀히 사담을 좀 나누려고."

"아니 혼자서 뭔 사담을 나누신다구?"

"잔말 말구 방이나 내놔."

"저 방을 쓰시우."

술밑어멈이 방 하나를 눈짓으로 가리켰다.

"뜨뜻하게 술국 하나 말아 주고, 술 한 동구리 갖다주셔."

술밑어멈은 눈을 흘겼지만 별 수 없었다. 포구바닥에서 탈 없이 장사하려면 기찰장교의 비위를 거슬러서는 안 되었다.

기찰장교가 군불 지핀 방바닥에 엉덩이를 데우며 술 몇 잔으로 어한을 달래고 있을 때였다. 밖에서 헛기침소리와 함께 아까 봉놋방에서 눈길을 마주친 사내가 들어왔다. 야금이었다.

"인심 사납소. 콩깍지 하나라도 나눠먹는 게 봉놋방 인심인데 맛 좋은 화주를 야박하게 혼자서만 드시우."

"혼자 먹는 화주가 별미인 건 형씨가 또 모르시누만."

"어쨌거나 안주로 꿩고기를 시켰으니까 술은 형씨가 내시우."

"셈은 누가 하더라도 일단 먹고나 봅시다."

두어 잔 술이 돌았을 때 야금이가 목소리를 낮추었다.

"내게 할 말이 있는 거 같은데……그만 부리를 헐어보시오."

"하루 종일 포구바닥을 뒤지며 누군가를 찾는 눈치던데…… 맞소?"

"맞으면 형씨가 알고 있다는 얘기요?"

"글쎄, 딱 부러지게 맞는지는 모르겠지만 누구 심부름으로 곰나루
에 갔다가 큰 낭패만 보았소."

"낭패라니?"

"큰돈을 준다기에 번까지 바꾸어 가면서 심부름했더니 국협인가 뭔
가 하는 나리께서 입을 싹 닦으시더라구."

"지금 뭐라고 했소? 국협이라고?"

"그렇소."

야금이가 당겨 앉았다.

"자세히 얘기해보시오."

"심부름 값으로다 은자 스무 냥을 준다는 허언에 속아 헛품만 팔았
소이다."

"은자 스무 냥은 너무 많고, 내 닷 냥 드리리다. 그것도 지금 당장
말이오."

"그게 참말이오?"

기찰장교의 눈이 은밀하게 빛났다.

"얘기부터 들어봅시다."

"또 헛품 팔라구?"

야금이가 뒤춤에서 염낭꾸러미를 꺼내 은자 다섯 냥을 세어서 건넸다. 은자를 만지면서도 기찰장교는 믿지 않는 얼굴이었다.

"자, 어서 말해보시우."

기찰장교가 야금이의 귀에 구린 입을 가져갔다.

국협은 두둑한 삯을 주고 백강 포구에서 제일 노련한 사공을 구했다. 사공은 그가 그저 부잣집 도련님이거니 했지만 이 추운 겨울에 웬일로 배를 띄우는지 이해할 수 없었다. 한가하게 물놀이나 낚시를 즐길 철이 아니었다.

약조한 시간에 국협과 집사 그리고 장독교帳獨轎를 맨 하인 네 명이 나타났다. 어안이 벙벙한 사공이 물었다.

"나리, 저 가마는 웬 겁니까?"

"네가 신경 쓸 것 없다."

"저걸 배에 실으려구요?"

"그렇다."

"무슨 일입니까?"

"허, 이놈아, 내 너에게 후하게 셈을 치르지 않았느냐? 넌 잠자코 노나 저으면 될 일이다."

"아, 알겠습니다요, 나리."

괜한 것을 물었다가 호통만 들은 사공은 코가 석 자나 빠져 배를 띄워 협보가 시키는 대로 상류로 올라갔다. 강 옆에는 갈대밭이 무성했다. 키가 넘는 갈대숲이어서 불곰이 숨어 있어도 전혀 알아차리지 못할 정도였다.

한동안 사공의 노 젓는 소리와 강물 위를 스쳐 지나가는 바람소리만 요란할 뿐이었다. 얼마나 올라갔을까. 갈대숲 중간쯤에 웬 붉은 헝겊이 바람에 펄럭이고 있었다. 무심하게 보면 어디선가 날아온 헝겊이 갈대숲에 걸린 것처럼 보였다. 용케 그것을 발견한 협보가 사공에게 지시했다.

"저쪽으로 배를 대게."

"그냥 갈대숲뿐인뎁쇼."

"허 그놈, 그냥 혓바닥을 뽑아버릴라. 시키는 대로 하지 않고 웬 말이 그리 많으냐?"

듣고 있던 국협이 짜증을 냈다. 사공이 고개를 움츠리며 배를 갈대숲에 대었다. 갈대숲을 헤치자 간신히 사람이 뚫고 지나갈 만한 길이 나 있었다.

"너희는 여기서 대기하고 있거라."

국협과 함께 배에서 내린 협보가 하인들에게 지시한 뒤 곧 갈대숲 사이로 사라졌다.

그와 비슷한 시간에 목만치와 곰쇠도 수달치 패와 함께 강쇠의 움막에 거의 접근하고 있었다.

"저깁니다요."

수달치의 졸개 하나가 강쇠의 움막을 손으로 가리켰다. 웃자란 갈대숲 사이에 숨어 있는 것처럼 자리한 강쇠의 움막은 그곳 지리에 익숙하지 않은 사람은 쉽게 찾아내기 어려웠다.

"움막을 포위하고 쥐새끼 한 마리도 빠져나가지 못하도록 지켜야 한다."

수달치가 이르자 졸개들이 몸을 낮추어 사방으로 사라졌다.

"어떻게 할까요?"

수달치가 목만치를 돌아보며 물었다.

"잠깐만 더 기다려보자."

"주인, 저기 좀 보시우."

곰쇠가 긴장한 목소리로 어딘가를 가리켰는데, 강가에 면한 갈대숲이 심하게 흔들리고 있었다. 잠시 후 그곳에서 두 명의 사내가 모습을 드러냈다. 꽤 멀리 떨어졌음에도 한눈에 국협임을 알아볼 수 있었다.

"국가 놈 아닙니까?"

곰쇠가 잘 걸렸다는 듯 내뱉었다.

"그렇다면 저곳에 아씨가 있는 게 분명합니다. 더 볼 것도 없이 저곳을 덮칩시다."

"기다려라. 안쪽의 사정이 어떤지 알 수 없는 판국에 경솔하게 움직이지 마라."

곰쇠는 잔뜩 긴장한 목만치의 얼굴을 보고는 입을 다물었다. 그처럼 긴장한 얼굴을 보는 것은 처음이었다.

국협과 협보가 움막 앞에 도착하자 안에서 사내 하나가 나와서 그들을 안으로 데려갔다.

"저놈이 강쇠라는 놈입니다."

강쇠의 얼굴을 익혀둔 야금이가 말했다.

"그렇다면 움막 안에 그 우복진가 우거진가 하는 놈이 있다는 얘기구만. 그놈 내 손에 걸리기만 하면 한 주먹에 요절을 낼 것이여."

곰쇠가 그렇게 내뱉었는데 얼마나 화를 참고 있는지 끙, 하고 한숨까지 토해냈다. 그러나 목만치는 대꾸 없이 그저 움막을 지켜볼 뿐이었다.

"너하고는 아무래도 끊으려야 끊을 수 없는 인연인가 보다."

국협이 이죽거리며 진연의 턱 끝을 손가락으로 추켜올렸다. 순간 진연이 침을 내뱉었다.

"내 몸에 손대지 마!"

"이년이?"

국협이 진연의 얼굴을 후려갈길 듯 손을 번쩍 들었다가 무슨 생각인지 그냥 내렸다.

"내가 널 얼마나 그리워했는데 함부로 손을 댈 수 있겠느냐? 두고 보자꾸나. 너를 웅진성으로 데려가 그동안 내 가슴을 졸이게 한 대가를 치르게 할 것이야."

"차라리 날 죽여라."

"내가 미쳤느냐? 널 두고두고 고통스럽게 만들 것이야. 목만치가 이걸 보면 어떤 표정을 지을지 정말 궁금하구나."

국협이 소리 없이 웃었다. 진연은 더 이상 반항하지 않았다. 그래봐야 국협의 쾌감만 자극한다고 느낀 것이다.

"저년을 그대로 배에 실어라. 배에 가마를 준비해두었다."

"좋은 생각입니다. 저도 남의 눈에 띄지 않게 어떻게 데려갈지 골머리를 앓았습니다."

우복지가 말하는 순간 국협이 눈짓했다. 기다렸다는 듯 우복지는 뒤돌아서서 어느새 빼어든 칼로 강쇠의 목을 베어버렸다. 강쇠는 비명조차 내지르지 못하고 바닥에 쓰러졌다.

그 끔찍한 참상을 목격한 진연은 그대로 혼절해버렸다. 협보가 늘어진 진연을 등에 업었다.

"네 솜씨는 여전하구나."

국협이 우복지의 칼솜씨에 감탄을 금치 못했다. 우복지는 태연한 얼굴로 칼에 묻은 피를 닦아내고는 칼집에 집어넣었다.

그들이 움막에서 나와 강으로 내려가는 갈대숲 입구에 닿았을 때였다. 어디선가 바람을 가르며 날아온 표창 하나가 협보의 아랫배에 꽂혔다. 협보가 무릎을 꿇으며 비틀거렸고, 그 바람에 진연이 굴러 떨어졌다. 아직도 혼절한 상태였다.

국협은 아연한 얼굴로 주변을 돌아보았다. 우복지는 빠르게 진연에게 달려갔는데 그 역시 아래춤에 연속 두 번의 표창을 맞고 나뒹굴었다. 몇 번이고 다시 일어서려고 꿈틀거렸지만 다리의 힘줄이 끊어졌는지 제풀에 다시 고꾸라졌다.

이제 남은 사람은 국협이었다. 국협 역시 칼을 뽑아들고 우복지가 그랬던 것처럼 진연이 유일한 보호막이라는 것을 깨닫고 그녀에게로 달려갔다.

그러나 이번에도 표창이 더 빨랐다. 국협은 세 번 연속해서 표창을 맞았다. 양 허벅지에 한 대, 하복부에 한 대였다. 국협은 칼을 짚고 버티다가 이내 무릎을 꿇었다. 그는 망연한 눈길로 다가오는 목만치와 곰쇠를 바라보았다.

"이것으로 우리 악연을 끝내자."

국협을 내려다보며 목만치가 그렇게 내뱉고는 돌아서서 진연에게 다가갔다. 목만치가 진연을 끌어안고 사지를 묶은 끈을 풀었다.

"연! 연이, 정신 좀 차려보오."

목만치가 어깨를 흔들자 잠시 후 진연이 눈을 떴다. 도무지 믿을 수 없다는 듯 진연은 정인을 바라보았다. 그 눈에 눈물이 고이더니 잠시 후 흘러내렸다.

"연……."

"지금…… 제가 꿈을 꾸고 있는 것은 아니지요?"

"그렇소. 꿈이 아니오."

"꿈이라도 좋아요. 영원히 깨어나지 않으면 돼요."

곰쇠는 국협을 내려다보다가 강가에서 들리는 고함과 비명에 그쪽을 돌아보았다. 졸개들에게 국협이 타고 온 배를 처리하도록 일렀던 것이다.

곰쇠가 그렇게 잠깐 돌아보는 사이에 국협은 마지막 남은 힘을 다해 진연을 안고 있는 목만치에게 기어갔다. 한 손에 칼을 든 채였다.

뒤늦게 곰쇠가 고개를 돌렸는데, 이미 목만치의 등 뒤까지 국협이 기어간 뒤였다.

"아, 안 돼! 주인!"

곰쇠가 몸을 날렸다. 그리고 거의 동시에 국협이 칼을 찔렀다. 아니 목만치가 진연을 끌어안은 채 돌아본 것이 먼저였다.

국협의 칼이 진연의 가슴을 정확하게 꿰뚫었고, 그 순간 곰쇠의 몽둥이가 국협의 머리를 바수어버렸다. 피와 함께 골수가 튀어 목만치를 뒤덮었다.

골수를 온통 뒤집어쓴 채 목만치는 믿을 수 없다는 듯 진연의 얼굴을 내려다보았다. 진연 역시 두 눈은 목만치를 향한 채였다. 그녀의 입술이 희미하게 떨렸다.

진연이 힘겹게 손을 뻗자 목만치가 얼른 손을 가져가 그녀의 손을 붙잡았다. 목만치의 두 눈에서 끊임없이 눈물이 흘러내려 진연의 얼굴 위로 떨어졌다. 진연의 입가에 희미한 미소가 떠오르는 듯하더니 이내 굳었다.

목 놓아 우는 곰쇠의 비통한 절규에 다가오던 수달치와 졸개들의 발걸음이 얼어붙었다. 사람의 가슴 저 맨 밑바닥에서부터 끓어올라오는 그런 울음이었다. 마치 들짐승의 절규와도 같았다.

강바람이 매섭게 불어와 세상 모든 것을 날려버리려는 듯 기승을 부렸다.

열도 상륙

　　　　　　　　저 멀리 수평선 위로 점 하나가 떠올랐다.
백강 포구를 떠난 지 닷새 만이었다. 모두 험한 뱃길에 지칠 대로 지쳐
있던 터라 캄캄한 동굴 속에서 한 줄기 빛을 발견한 것처럼 기뻐했다.

　선실 밑바닥에서 뱃멀미를 참느라 널브러져 있던 사람들이 모두 뛰
어나와 섬을 바라보았다. 개중에는 서로를 얼싸안고 춤을 추는 사람들
도 있었다.

　"이제 살았어! 살았다구!"

　"그려, 죽지 않고 견디다 보니까 이런 날도 보는구만."

　어지간히 뱃길에 단련된 수달치의 졸개들이지만 이번 항해처럼 어
려운 길은 처음이었다. 검은 바다라 부르는 곳이었다. 얼마나 건너기
힘들면 그런 이름이 붙었을까. 그 바다를 건너오면서 그들은 죽을 고
비를 수도 없이 넘겼고, 바다의 이름이 그렇게 지어진 연유를 뼈저리
게 실감할 수 있었다.

진연의 죽음 때문에 깊은 상심에 빠져 그동안 죽음과도 같은 침묵을 지키던 목만치도 배 안의 분위기가 술렁거리자 선실에서 빠져나왔다. 수달치와 곰쇠가 이물에 서 있다가 목만치를 맞았다.

"주인, 드디어 섬입니다요! 섬이 보이는구만요."

먼 눈길을 한 채 섬을 바라보던 목만치가 물었다.

"저곳이 어디냐?"

"이끼섬이라 합니다."

"이끼섬이라…… 하면 저곳에서 본토까지는 얼마나 남았느냐?"

"이제 다 온 거나 다름없습니다. 이제부터는 지금까지 우리가 헤쳐 온 바다와는 비교가 되지 않을 정도로 잔잔한 바다만 기다리고 있습니다요. 흔히들 세토내해라고 부릅지요. 이곳을 통과해서 난파진까지 들어가면 아스카는 금방입니다요."

목만치가 다시 선실로 돌아가기 위해 돌아섰을 때였다. 진수가 비틀거리며 그에게 다가왔다. 뼈만 앙상한 얼굴이 그동안 얼마나 뱃멀미에 시달렸는지 잘 말해주었다. 아니, 뱃멀미가 아니라 진연의 죽음으로 인한 상심이 더 컸다.

백제를 떠나 왜로 가겠다고 결심한 목만치는 그 무렵 공방에서 장인의 길을 가고 있던 진수에게 사람을 보내 백강에서 만나기로 약조했다. 문주왕의 핍박에서 벗어나기 위해 왜로 건너갈 수밖에 없는 사정을 익히 알고 있었으므로 진수 역시 목만치의 계획을 따르기로 했다.

그러나 누이와의 조우를 기대하고 들뜬 마음으로 백강에 온 진수는 뜻밖의 비보를 듣게 되었다. 단 하나밖에 없는 혈육이었고, 그 누구보다 애틋해한 누이였다. 상심은 말할 것도 없었지만 진수는 어느 순간 자신의 슬픔을 거두어버렸다.

목만치의 비통함은 자신보다 훨씬 더한 것이다. 완전히 넋이 나간 목만치의 눈을 본 순간, 진수는 목만치가 누이를 얼마나 사모하는지 깨달았다. 그렇다면 진연은 그나마 위로받았을 것이다. 정인의 품 안에서 죽었으니까. 그리고 정인의 마음을 그대로 가지고 갔으니 저승길이 그리 외롭지만은 않았을 것이다.

진수는 목만치를 향해 다가가려고 했지만 다시금 목젖을 타고 넘어오는 시큼한 액체를 토해내기 위해 뱃전을 붙들었다. 벌써 며칠째 한 술갈도 떠먹지 못했음에도 계속해서 똥물까지 토해냈다. 더 이상 토해낼 기운도 없었다. 기진맥진한 진수의 등을 목만치가 가만히 쓰다듬었다.

"조금만 참게나. 이제 섬이 나타났으니 고생도 끝나겠지."

대답할 기운도 없는 진수는 간신히 고개를 끄덕였다.

"모든 것을 잊고 이 땅에서 새롭게 시작하세나."

목만치의 말은 진수에게 하는 것이라기보다는 스스로에게 다짐하는 말처럼 들렸다. 그러나 어떻게 잊을 수가 있을까.

진수는 멍하니 뜬 목만치의 눈 속에서 진연의 환영을 보았다.

'아아, 어쩌면 아주 많은 시간이 흘러가면 나는 잊을 수 있을지도 모른다. 그러나 목만치는 잊지 못할 것이다.'

진수는 그것을 깨달았다.

목만치가 내민 손을 잡고 간신히 진수가 몸을 일으켰을 때였다. 어느샌가 좌우에 배가 한 척씩 따라붙고 있었다.

수달치가 목만치에게 달려와 급하게 알렸다.

"장군, 해적입니다!"

목만치도 짐작하던 참이었다.

"참 살다 보니 이런 꼴도 당합니다요. 해적이 해적에게 해적질을 당하게 되었습니다요."

수달치가 어이없다는 듯 덧붙였다. 말은 그렇게 했지만 긴장을 풀려는 농담일 터였다.

용골이 빠르고 폭이 좁게 만들어 안정성보다는 속력을 위주로 제작된 이쪽의 배와 견주어도 조금도 떨어지지 않는 품이 상대 선박의 성격을 짐작케 했다. 그러나 이쪽은 한 척이지만 저쪽은 두 척이었다. 그리고 한눈에 보아도 뱃전에 늘어선 인원들이 이쪽보다 훨씬 더 많았다. 수달치의 표정이 심상치 않은 것은 바로 그 때문이었다. 게다가 여긴 낯선 바다였다.

두 척의 배를 바라보던 목만치가 물었다.

"왜놈들이 어떤 식으로 접전하는지 아느냐?"

"전술이고, 전략이고 한마디로 무식하기가 그지없습니다. 그저 갈고리로 상대 뱃전을 찍어서 끌어놓고 무작정 올라탑니다. 그 기세가 얼마나 맹렬하고 흉측한지 아직까지 놈들과 싸워서 이겼다는 소릴 듣지 못했습니다. 잘 아시겠지만 왜놈들은 땅이 척박하고 달리 먹고살 방도가 없어서 오직 노략질뿐입니다. 이판사판 죽기 살기로 덤벼드니까 쉽게 당해낼 수 없습니다."

수달치가 자세하게 설명했다.

"놈들의 궁술솜씨는 어떠냐?"

"그다지 뛰어나다고 볼 수 없습니다. 토매인 놈들은 아직 말도 없는 형편이어서 실전에서 궁술의 쓰임새는 거의 없다고 봐야 합니다."

"활을 가져오너라."

막돌이가 얼른 선실에 가서 목만치의 활과 전통을 가져왔다. 전통에는 호시가 30대 넘게 들어 있었다.

이제 두 척의 배는 이쪽과 이물을 나란히 했다. 조금씩 거리를 좁혀오고 있었지만 그래도 아직 백여 보 떨어져 있었다.

목만치가 각궁에 호시를 재었다. 팽팽하게 당겨진 시위가 핑, 하고 소리를 내며 튕겨나갔다. 빛처럼 빠르게 호시가 날아갔는데 그 살을 눈으로 미처 쫓기도 전에 오른쪽 선박의 갑판에 서 있던 한 사내가 뒤로 벌러덩 넘어가더니 두 번 다시 일어나지 못했다. 그 주위의 동무들이 무슨 일이 일어났는지 채 깨닫지 못하고 엉거주춤하고 있었는데 목만치는 연달아 두 번째, 세 번째 살을 쏘아 보냈다. 한 대에 한 명씩이었다.

물살을 타고 빠르게 달려 중심조차 제대로 잡기 힘든 갑판 위에서 아무렇게나 쏘아대는 듯한 화살이 영락없이 이마에 와서 박히리라고 누가 짐작이나 했을까. 순식간에 몇 명의 동무들을 열명길로 떠나보낸 놈들은 그제야 몸을 낮추거나 엄폐물 뒤로 숨었다.

이번에는 왼쪽 선박의 해적들이 순식간에 대여섯 명 나가자빠졌다. 그놈들마저 몸을 숨기자 목만치가 명했다.

"수달치, 놈들의 배를 찍어라! 한 놈도 살려 보내지 말고 모조리 황천길로 보낸다."

"알겠습니다!"

귀신 같은 목만치의 궁술솜씨에 신바람이 날 대로 나 있는 상태였다. 수달치는 손짓으로 졸개들에게 왼쪽 선박에 바짝 붙이도록 일렀다. 수달치의 배 역시 날렵하기로는 둘째가라면 서러웠다. 돛이 금세라도 찢어질 듯이 팽팽하게 바람을 끌어안았고, 손이 노는 졸개들은 죽어라고 노를 저었다. 마침 해류조차 같은 방향이어서 배는 금세 왼쪽 선박을 따라잡았다.

그리고 갈고리를 찍어 달아나지 못하도록 한 다음 곰쇠를 필두로 해서 수달치의 졸개들이 뱃전을 뛰어넘어갔다. 화살에 맞아 동무들이 대여섯씩 팍팍 죽어나가는 것을 본 뒤라 눈에 띄게 기가 죽은 해적들은 이쪽의 상대가 되지 못했다. 그렇지 않아도 힘쓸 곳이 없어서 손이 근질근질하던 곰쇠였다. 그리고 수달치의 졸개들 역시 산전수전 다 겪은 해적들이었다. 수달치의 배를 공격한 저들이야말로 임자를 잘못 만난 셈이었다.

순식간에 배를 점령했고, 목만치의 말대로 놈들은 모조리 황천행이었다. 죽기 싫은 자들은 앞 다투어 바다로 뛰어들었다.

그때쯤 해서 오른쪽에 있는 선박이 이쪽에 부딪쳐왔다. 동무들을 구하기 위해 의리를 보인 것이다. 수달치는 졸개들에게 갈고리를 풀게 했고, 계속 선체를 부딪쳐오는 상대 선박을 노련하게 피했다. 수달치가 직접 키를 잡았는데 어느새 상대 선박은 이쪽에게 꼬리를 보인 참이었다.

목만치가 선상에 드러난 해적들을 향해서 화살을 날렸고 그때마다 어김없이 한 놈씩 저승행차였다. 다시 한번 갈고리를 찍어 상대 선박의 뱃전을 끌어당긴 다음 곰쇠를 비롯한 야금이와 졸개들이 일제히 뛰어들었다. 이번에는 더 짧은 시간에 승패가 결정되었다. 갑판에 즐비한 시체들을 하나하나 살펴보고 난 수달치가 말했다.

"하체가 짧고 털이 많은 것으로 보아 토매인 놈들입니다. 먹고살기가 지난해서 해적질로 돌아선 놈들 같습니다."

"경위야 어쨌든 우리에게 덤벼드는 놈들은 용서할 수 없다. 죽이지 않으면 죽는 것. 우리는 본국을 버리고 여기까지 왔다. 더 이상 물러설 곳이 없다는 이야기다. 필사즉생, 필생즉사의 각오로 나아가지 않으면 우리를 기다리는 것은 아까 그놈들과 똑같은 열명길뿐이다. 그 점 명심하고, 언제나 되새기면서 살아가야 한다."

어느새 몰려든 부하들에게 목만치는 일렀다. 그것은 스스로에게 다짐하는 말과도 같았다. 이제 왜까지 오게 된 처지였다. 비록 이곳에 망명정부가 있다고 하지만 아스카까지 가는 데 얼마나 많은 난관이 기다리고 있을지도 모른다. 목만치는 생사를 같이해야 할 부하들에게 그 점을 상기시키지 않을 수 없었다.

목만치의 비장감이 그대로 전달되었는지 부하들의 표정도 굳어졌다. 저만치 다가오는 이끼섬을 바라보는 부하들의 눈길에는 맨 처음 섬을 발견했을 때의 기쁨은 어느덧 사라지고 굳은 긴장감만이 떠올라 있을 뿐이었다.

이끼섬에서 이틀을 머물러 그동안 쌓인 피로를 풀어버린 그들은 다시 닻을 올렸다.

중간에 그들은 식수를 보충하기 위해 각라도에 잠깐 상륙했는데, 그곳에서 목만치는 꿈에도 그리던 여곤, 이제는 곤지로 이름이 바뀐 좌현왕의 소식을 들었다.

목만치는 서둘러 닻을 올려 출발하라고 일렀는데, 여곤을 한시라도 빨리 만나고 싶은 욕심 때문이었다. 이틀이나 더 나아간 끝에 배는 드디어 호수처럼 잔잔한 바다에 이르렀다.

오랜 여정 끝에 지칠 대로 지친 사람들은 안도의 한숨을 내쉬었다. 긴장이 풀려서일까, 병자들이 하나둘 늘어났다. 역병이 돌기 시작한 것이다.

하루에도 몇 명씩 병자가 발생하자 목만치는 난파진을 눈앞에 두고 더 이상 항해하는 것을 포기하고 섬에 상륙했다. 담로도淡路島(아와지) 였다.

왜의 지리를 잘 아는 안내인의 설명에 의하면 그곳은 아직 야마토 조정의 힘이 미치지 못하는 토매인의 땅이었다.

토매인들은 미개하고 배운 것이 없는 데다가 성품이 포악하고 싸움을 즐겼다. 농사를 지을 줄도 몰랐고, 척박한 자연환경으로 일찍부터 다른 부족을 침략하여 강탈함으로써 목숨을 이어온 오랜 전통이 있었다. 안내인은 그런 토매인의 성품을 들어 섬에 상륙하는 것을 극구 반대했지만 목만치는 배를 대도록 했다.

해안가에 상륙한 목만치는 부하들을 동원해 임시로 거처할 움막을 짓게 하고, 병자들을 쉬도록 했다. 그리고 부하 몇 명을 골라서 부근을 정찰하게 했는데, 부하들은 별다른 낌새를 발견하지 못했다고 보고했다.

목만치 일행은 그날 밤 모처럼 단잠을 잤다. 파수를 두어 명 세우기는 했지만 그들도 오랜 뱃길에 지치기는 마찬가지여서 이내 잠에 빠져들었다.

난데없는 토매인들의 습격을 받은 것은 그들 모두가 곤하게 잠에 빠져 있던 축시경이었다. 고함과 비명이 난무하는 가운데 잠에서 깬 목만치 일행은 움막을 포위한 토매인들과 대치했다.

움막 주변에 군데군데 피워놓은 화톳불에 드러난 적들은 한눈에도 백 명에 가까웠다. 봉두난발에 신발조차 신지 않은 토매인들은 옷이라고 부를 수도 없을 정도로 남루한 가죽을 어깨에 대강 걸친 채 저마다 무기를 들고 있었다. 무기만은 그런대로 예리한 것이 그동안 싸움으로 밤낮을 보내왔음을 짐작케 했다.

부하 몇 명이 기습으로 잃었지만 모두 실전에 익숙해서 금세 진용을 갖추고 적들을 맞았다. 토매인들이 일제히 덤벼들었고, 이쪽에서도 마주 나가 싸우기 시작했다. 이쪽은 30여 명이었고, 저쪽은 백여 명에 가까운 숫자였다. 열심히 싸웠지만 워낙 수적 열세여서 이쪽이 조금씩 밀리기 시작했다.

수달치와 곰쇠가 있는 힘껏 고함을 질러가면서 독려했지만, 한번

밀리기 시작하자 눈에 띄게 기세가 죽었다. 상황을 지켜보던 목만치는 적들의 우두머리를 찾았다.

예리하게 적들의 움직임을 관찰하던 목만치의 눈에 한 사내가 들어왔다. 대체로 키가 작은 적들 중에서도 그 사내는 체구가 컸고 건장했다. 사방으로 제멋대로 뻗친 긴 머리카락이며 온통 수염투성이인 사나운 몰골을 한 사내는 짧은 환도와 싸우기에 유리한 언월도를 마음껏 휘두르며 닥치는 대로 이쪽을 후려 벴다. 다른 놈들이 그자를 둘러싸고 옆과 뒤를 보호하는 것으로 보아 우두머리가 틀림없었다.

목만치는 걸음을 빨리 해 그 사내에게 다가갔다. 두어 명이 앞길을 막아섰지만 눈 깜짝할 사이에 취모검으로 베고 난 목만치는 그 사내의 정면에서 멈추었다. 언월도를 휘두르며 기세 좋게 다가오던 사내가 목만치를 보고 몸을 굳혔다.

멈칫한 사내는 이내 씩, 웃었다. 화톳불을 받아 일렁거리는 그 얼굴이 흡사 저승에서 온 사자와도 같았다. 그가 언월도를 높이 치켜들고 빠르게 달려왔다.

"야아!"

사정거리에 들어왔다 싶은 순간 사내는 목만치를 향해 언월도를 내리쳤다. 동시에 목만치가 몸을 날릴 것까지 예상해서 바로 뒤이어 왼쪽에서 오른쪽으로 그었다. 말하자면 상하공격과 좌우공격이 거의 동시에 이루어진 셈인데 번개처럼 빠른 공격이어서 그것을 피할 수 있는 사람은 드물었다. 적어도 그 사내에게는 그랬다.

그러나 사내는 당황했다. 칼끝에 걸리는 느낌이 없었던 것이다. 그랬다, 상대는 그림자였다. 실체 없는 그림자, 바로 목만치였다.

사내는 허공에서 표두압정세로 자신을 내리찍는 한 줄기 칼날의 빛을 느꼈다. 그 순간 그를 지배한 것은 아득한 어둠의 세계였다. 그곳에는 소리도, 빛도 그리고 사유도 없었다. 말 그대로 완벽한 무의 공간이었다.

우두머리의 머리통이 단칼에 박처럼 쪼개져서 죽는 것을 목격한 적들은 자신의 눈을 의심하지 않을 수 없었다. 우두머리를 중심으로 담로도를 지배해온 그들이었다. 그런 우두머리가 단칼에 죽은 것이다.

기세가 오른 목만치의 부하들이 다시 힘을 얻어 앞으로 나서기 시작했고, 그때부터는 전투의 양상이 달라졌다. 적들은 그야말로 숫자만 채운 오합지졸에 불과했고, 목만치의 부하들은 닥치는 대로 적을 베어 갔다.

먼동이 터올 무렵, 적들은 50여 명에 가까운 시체를 남겨두고 퇴각했다. 목만치의 명으로 더 이상 쫓지 않았다. 다만 발 빠른 부하 하나가 적들을 끝까지 뒤따라갔다가 돌아왔다.

"산 너머에 놈들의 본거지가 있습니다. 꽤 산세가 험한데도 이곳까지 찾아온 것을 보면 우리의 움직임을 알고 있었던 것 같습니다."

부하의 말을 들으며 목만치는 고개를 끄덕였다. 목만치는 파수를 보던 부하들을 불렀다. 자신의 잘못을 알고 있던 부하 둘은 사색이 된 채 끌려와 목만치 앞에 무릎을 꿇었다. 목만치가 냉정한 눈빛으로 그들을 내려다보았다.

"네놈들 때문에 여기 있는 동무들이 모조리 몰살당할 뻔했다. 네놈들의 죄가 얼마나 큰지 알겠느냐?"

"나리, 잘못했습니다. 소인들을 죽여주십시오."

"정녕 죽여달라?"

"아, 아닙니다. 나리, 제발 이번 한번만 용서해주십시오."

두 놈이 손이 발이 되도록 빌기 시작했다. 어느새 닭똥 같은 눈물로 얼굴이 흥건하게 젖었다.

"장군, 이놈들을 본보기로 죽여야 합니다."

수달치가 나섰다. 이미 부하 십여 명을 잃은 그의 눈에 핏발이 서 있었다.

"두령! 제발 목숨만 살려주십시오."

이번에는 두 부하가 수달치를 향해서 머리를 수도 없이 조아렸다. 그러나 수달치는 냉정한 얼굴로 외면했다.

"주인, 이놈들도 제 잘못을 깨닫고 있으니 다음에는 이런 일이 없을 거유. 용서해주시우."

곰쇠의 말에 수달치가 눈을 부릅뜨고 반대했다.

"그건 안 되오! 저놈들 때문에 목숨을 잃은 다른 부하들은 어쩔 셈 이오? 분통해서 눈도 제대로 감지 못했을 거요."

잠자코 듣고 있던 목만치가 입을 열었다.

"네놈들의 실수 때문에 십여 명이 넘는 동무들이 저승으로 갔다. 지금 내 심정이야 네놈들을 죽여서 먼저 간 동무들의 원혼을 달래고 싶은 마음이나 여기서 네놈들을 죽여 봐야 부질없는 짓이다. 오늘의 일을 뼛속 깊숙이 새겨서 훗날 그 대가를 치러라!"

"장군, 이 은혜 죽어도 잊지 않겠습니다!"

"천한 목숨 이렇게 살려주시니 그 은혜 잊지 않겠습니다!"

두 부하가 머리를 몇 번이고 맨땅에 처박으며 울음을 터트렸다.

반 넘게 동료들을 잃은 탓인지 며칠 동안 적들은 공격해오지 않았다. 그러나 이제 밤마다 파수 서는 부하들은 정신을 놓는 법이 없었고, 긴장을 늦추지 않았다.

그날 밤의 일을 통해서 부하들은 열도에 상륙하는 일이 얼마나 어려운 일인지 몸소 체험한 것이다. 바닷길을 건너오면서 겪은 고생쯤은 아무것도 아니었다. 이제 자신들의 목숨은 잘 벼른 칼날 위에 올라 있는 것이나 마찬가지였다.

목만치는 부하들의 그러한 변화를 느끼고 있었다. 앞으로 어떤 일이 일어날지는 아무도 모른다. 그런 터에 해적질로 뼈를 굳혀온 부하들이 옛 습성을 그대로 지니고 간다면 앞으로도 종종 곤란한 일을 당할 공산이 컸다. 목만치는 그것을 염려했다.

병자들이 회복되기를 기다리는 동안 목만치는 곰쇠를 시켜서 부하들을 조련했다. 곰쇠는 부하들에게 제대로 된 발도법과 검술을 가르쳤고, 실전경험이 풍부한 부하들의 실력은 눈에 띄게 향상됐다.

대부분의 병자들은 땅을 밟게 되자 며칠 만에 기력을 되찾았다. 목만치는 다음날 항해를 계속하기로 결정했다.

밤이 깊어 새벽이 되어도 목만치는 좀처럼 쉽게 잠을 이루지 못하고 이리저리 뒤척였다. 그런 목만치를 느꼈는지 옆자리에 누워 있던 곰쇠가 입을 열었다.

"주인, 심사가 불편하우?"

"아니다. 나 때문에 잠을 못 자는 모양이구나."

"무슨 걱정이 있소?"

"……."

목만치는 침묵을 지켰다.

'진연 때문이구나…….'

곰쇠는 목만치의 심정을 짚듯이 들여다보았다. 진연이 비명횡사한 후로 목만치는 말을 잃어버렸다. 원래 과묵한 성품이지만 진연이 죽은 뒤부터 목만치는 철저하게 침묵 속에 빠져 지냈다. 곰쇠는 목만치의 그런 심정을 누구보다도 잘 이해할 수 있었다.

한성으로 올라가 다시 진연을 만났을 때, 그녀의 모습은 막 봉오리를 피워 올리는 꽃망울 같았다. 그 아이, 초원을 뛰놀던 야생마 같던 소녀는 어디론가 사라졌고, 눈부셔서 차마 바로 보지 못할 그런 여인으로 성장해 있었다. 감히 범접도 못할 정도로 기품 있게 자란 진연이었다.

곰쇠는 그런 그녀에게 깊은 고마움을 느꼈다. 그 고마움의 정체가 무엇인지 자신도 알 수 없지만 그렇게 아름답게 자라준 것만 해도 곰쇠는 사무치게 고마웠다.

그러나 운명은…… 언제나 사람들의 바람을 비껴가는 것이다. 그래, 그것이 인생이었다. 곰쇠는 가만히 한숨을 내쉬며 어둠 속에 어슴푸레 보이는 목만치를 바라보았다.

"이놈…… 생뚱맞게 웬 한숨이냐?"

목만치의 목소리가 잠겨 있었다.

"주인…… 그때 수원사에 있을 때 말입니다. 연이 아씨… 참말로 천방지축이었더랬지요."

"……."

"연이 아씬 참말이지 너무나 아름다워서 똑바로 바라보기도 힘들었습지요."

"……."

"하지만 바로 그 아름다움 때문에…… 아씬 불행해진 겁니다요."

"그만두어라."

"주인께서 왜에 자리를 잡고 나면……."

곰쇠가 잠깐 말을 끊었다가 말을 이었다.

"저 혼자서라도 다시 본국에 들어갈 겁니다."

"무슨 소리냐?"

"아씨의 원수를 제가 갚을 겁니다. 국강은 물론이고 여도를 내 손으로 죽이고 말 겁니다요!"

"이놈, 쓸데없는 소리 하지 말고 잠이나 자거라."

"꼭 그럴 겁니다요. 말리지나 마슈."

"허어, 그놈……."

가볍게 혀를 차던 목만치가 문득 긴장했다. 두 사람은 바닥에서 전해져오는 진동을 숨죽이고 듣고 있다가 벌떡 일어났다. 서둘러 칼과 전통을 챙긴 두 사람은 막사 밖으로 뛰쳐나왔다.

목만치의 바람대로 모두 긴장을 늦추지 않았던 것일까. 대부분의 부하들은 잠자리를 박차고 나와 저 멀리에서 달려오는 적들을 바라보고 있었다.

2백 명쯤 되는 숫자였다. 맨 앞에 있는 자가 우두머리 같았는데 말을 타고 있었다. 그 뒤를 따르는 대여섯 명도 말을 타고 있었다.

"……!"

순간 목만치는 그들이 토매인이 아님을 눈치 챘다.

원래 일본에는 말이 없었다. 일본에 최초로 말을 가져온 사람은 백제계 씨족 동한씨의 선조 아지사주다. 고대에 말은 철과 함께 권력의 두 축을 이루는 것으로 정복자를 의미했다. 따라서 말을 능숙하게 타는 이들은 왜의 토매인이 아니라 한반도에서 넘어간 사람들이 대부분이었다. 비록 왜의 야마토 정권을 백제인들이 장악했다고는 하지만 신라와 고구려, 가야인 들도 많이 넘어와 왜의 지배권을 둘러싸고 4국간의 긴장상태가 팽팽하게 이어져오고 있었다. 그러나 아직까지는 백제의 영향력이 절대적이어서 다른 국가는 숨죽이고 기회만 노렸다.

목만치는 말을 탄 자들을 유심히 바라보았다. 말을 다루는 솜씨와 칼의 생김새, 머리에 쓰고 있는 흑두건 등을 보건대 고구려인 같았다.

부하들은 진형을 갖춘 채 다가오는 적들을 기다렸다. 잔뜩 긴장하고 있는 것은 적의 숫자가 압도적으로 많기 때문이었다.

목만치는 각궁을 꺼내들었다. 옆에 있던 곰쇠가 전통에서 호시를 꺼내 건넸다. 활을 끼우고 힘껏 시위를 잡아당긴 목만치는 일순 호흡을 멈추었다. 앞쪽에서 기세 좋게 달려오던 우두머리는 시위를 겨누고 있는 목만치를 발견하고 멈칫했다. 그리고 그 행동이 자신의 목숨을 잃게 만들 것이라고는 짐작도 하지 못했다.

목만치의 손에서 빛처럼 빠르게 날아간 살은 거짓말처럼 우두머리의 목을 단숨에 꿰뚫었다. 그것은 신기의 솜씨였다. 도무지 인간의 솜씨라고 할 수 없었다.

다시 목만치가 손을 벌렸고, 곰쇠가 호시를 건네주었다. 목만치의 손에서 두 번째 살이 날아갔다. 이번에는 우두머리 바로 뒤에 따라오던 기마인의 이마를 꿰뚫었다. 그는 우두머리의 죽음이 하도 허망해서 그 순간 입을 쩍 버리고 죽은 자를 내려다보던 참이었다. 그의 비통대로 우두머리와 길동무가 되었다.

세 번째 살 역시 날아가 다른 기마인의 목젖을 꿰뚫었다. 네 번째 살은 쏠 필요도 없었다. 두 명 남은 기마인들이 바로 말머리를 돌려 왔던 길로 죽어라고 달아나기 시작했기 때문이다. 2백 명에 가까운 적들이 기묘한 비명을 내지르며 몸을 돌려 달아났는데, 먼저 달아나기 바빠서 서로가 짓밟고 짓밟히면서 그런 아비규환이 달리 없었다. 단 세 발의 살로 2백여 명이나 되는 적들을 쫓아낸 것이다.

"장군, 참으로 신기의 솜씨입니다!"

수달치가 무릎을 꿇고 감탄했다. 수달치의 눈에 경이와 존경의 빛이 가득 차 있었다.

"소인, 장군을 모시게 된 것을 참으로 광영이라 생각합니다! 소인 죽을 때까지 장군을 보필할 것이니 제발 내치지 마십시오!"

"일어나거라."

"소인, 장군께서 약조해주시기 전에는 일어나지 못하겠습니다."

"네 뜻을 알겠다. 사내로 태어났으니 자고로 죽기 전에 크게 한번 이름을 떨쳐야 하지 않겠느냐? 쉽게 움직이지 말고 몸가짐을 중히 하거라."

"장군의 말씀 뼈에 새기겠습니다."

모든 부하들이 수달치 뒤에 엎드려 한 목소리로 외쳤다.

"장군! 저희도 장군을 끝까지 따르겠습니다!"

목만치는 가만히 부하들을 둘러보았다. 언제나 냉정한 목만치였지만 그 역시 격정의 감정을 떨쳐버릴 수 없었다. 여기 있는 모든 이들이 오직 자기 하나만을 바라보고 목숨을 의탁하는 것이다. 목만치는 무거운 책무감과 함께 든든함을 느꼈다.

"모두 일어나거라!"

그러나 부하들은 쉽사리 몸을 일으키지 않았다.

한동안 그들을 보던 목만치는 옆구리에 찬 취모검을 뽑아들었다. 새벽을 지나 아침 햇살이 바다 저편에서 떠오르고 있었다. 취모검이 햇빛을 받아 번쩍였다.

"보아라! 지금 이 순간부터 그대들은 생사고락을 나와 함께하기로 맹세하였다. 나 역시 그대들과 끝까지 함께할 것이니, 그대들 역시 지금 이 순간의 맹세를 영원히 잊지 마라!"

"그리하겠습니다!"

장렬하게 떠오르는 햇살 아래 목만치와 20여 명의 부하들은 그렇게 생사를 함께하기로 굳게 결심했다.

아침식사를 하고 항해준비를 마쳤을 때였다. 그런데 진수의 모습이 보이지 않았다. 목만치는 그의 행방을 찾다가 개울가에 서 있는 진수를 발견했다.

목만치가 그곳에 다가갈 때까지 진수는 상체를 구부린 채 물 속을 들여다보고 있었다. 간혹 허리를 펴서 개울이 시작되는 산기슭을 바라보고, 다시 주변의 지형을 유심히 살피느라 진수는 목만치가 가까이 오는 것도 몰랐다.

"여기서 뭘 하고 있나? 어서 배로 돌아가세. 출발해야지."

"나는 여기 남겠네."

"그게 무슨 말인가? 여기 남겠다니?"

놀란 목만치가 되물었다. 진수가 허리를 숙여 맑은 개울 바닥의 모래를 한 움큼 집어 올렸다.

"이걸 자세히 보게."

목만치는 모래를 유심히 살폈다. 모래 중간 중간에 거뭇한 색깔의 자잘한 돌알맹이가 섞여 있었다.

"사철砂鐵일세."

"사철이라니?"

"보기 드물게 품질이 좋은 사철이라네."

진수가 손을 뻗어 개천이 흘러내려오는 산을 가리켰다.

"내 짐작이 맞는다면 저 산은 철광산이야. 저 산을 파들어 가면 철이 무진장으로 묻혀 있을 걸세."

"그게 어쨌단 말인가?"

"여기 넘어오기 전에 나름대로 열도에 대해서 알아보았네. 오래전부터 신라와 가야에서는 열도에 철을 수출했다네. 다시 말하자면 열도에는 철이 나지 않거나, 제철기술이 미약하다는 뜻이겠지. 듣기로는 이즈모出雲 지방에 철이 난다고 하더군. 하지만 그곳은 이미 신라계와 가야계가 넘어가서 장악하고 있다네. 우리가 가고자 하는 아스카와는 정반대 지역이지. 그리고 잘 알다시피 아스카는 우리 백제계가 지배하고 있는 지역이야. 그런데 그곳에는 철산지가 없다고 들었네."

"……."

"아직도 무슨 말인지 모르겠나?"

목만치가 고개를 끄덕였다.

"본국에서와 마찬가지로 여기 열도에서도 고구려, 신라, 백제, 가야계가 패권을 놓고 치열하게 싸우게 되겠지. 그 패권다툼을 좌우하는 가장 결정적인 것은 다름 아닌 질 좋은 무기일세. 그 무기를 무엇으로 만드는가?"

"그야 당연히 철 아닌가?"

"맞네. 바로 여기에 철이 무진장으로 널려 있단 말일세. 난 여기 남겠네."

"자넬 여기 혼자 두고 갈 수는 없네. 너무 위험해."

"여보게, 난 장인일세. 할아버지의 할아버지 때부터 대대로 이어져 내려오는 장인이란 말일세. 지금까지는 그저 철모르고 살아왔지만 이제부터는 아니야. 이 사철을 발견하는 순간, 내 피가 막 흥분하기 시작했네. 난 타고난 내 운명을 방금 깨달았네."

"……."

목만치는 가만히 진수의 눈을 들여다보았다. 지금 대하는 진수는 그가 알고 있는 사내가 아니었다. 진수의 두 눈에 담긴 뜨거운 열기를 보는 순간, 목만치는 그를 놓아주어야 함을 깨달았다.

"자네 뜻이 그렇다면 할 수 없지."

"내 걱정은 하지 말게. 이곳도 사람 사는 곳이라네. 어떻게든 살아가겠지. 내가 진정 하고 싶은 일을 한다면 그곳이 설령 지옥인들 어떻겠나. 잘 가게."

"잘 있게."

두 사람은 서로의 손을 오랫동안 붙잡았다. 놓기 싫었지만 언제까지나 그러고 있을 수는 없는 일이었다.

목만치 일행은 진수를 그곳에 남겨두고 다시 항해에 올랐다. 그날 오후 마침내 난파진(오사카)이 저 멀리 보이기 시작했다.

응왕 곤지

황량한 겨울, 나지막한 산언덕 아래로 모즈
노百舌鳥野(오사카 천남군) 들판이 끝없이 펼쳐져 있었다.

여곤은 그곳에서 매사냥을 하고 있었다. 여곤은 매사냥에 거의 미
치다시피 했는데, 훗날 사람들은 그를 가리켜 매의 왕, 곧 응왕鷹王이
라는 별칭으로 부르기도 했다.

여곤의 팔뚝에 질긴 가죽토시가 끼어 있었고, 눈을 가린 매는 날카
로운 발톱으로 가죽을 찍은 채 매달려 있었다. 산에서 야생하는 산지
니를 직접 잡아 길들인 것이었다.

원래 매사냥은 만주 지방에서 수렵생활을 하던 숙신족의 사냥기술
인데 이를 배운 고구려인에게서 본격적인 매사냥이 시작되었다. 매를
놓아 사냥하는 것을 방응이라 하였으며 특히 백제에서 유행하였다. 백
제에서는 매를 구지라는 독특한 이름으로 불렀는데 여곤은 구지사냥
을 즐겼다. 그 버릇이 남아 왜에 넘어와서도 틈만 나면 이곳 모즈노 들

판에 나와 매사냥을 했다. 유배당한 자신의 심사를 매를 통해서 풀고
자 하는 염원 때문인지도 몰랐다.

여곤이 매의 두 눈을 가린 가죽끈을 벗기자 어둠에 익숙해져 있던
매의 두 눈에 한꺼번에 찬란한 빛이 쏟아져 들어왔다. 매는 푸드득, 날
갯짓을 치면서 주위를 노려보았다. 증오에 찬 듯한 매의 날카로운 눈
빛을 여곤은 그 무엇보다 사랑했다. 길들이지 않은 야성, 여곤은 그것
을 그리워했다.

여곤은 때때로 『고문진보』의 한 대목을 떠올리며 자신을 위로하곤
했다.

十年摩一劍 霜刃未曾試
십 년에 걸쳐 한 자루의 검을 정성껏 갈아왔다.
서릿발처럼 희고 예리하게 날이 선 검을 꼭 시험해보고 싶지만
아직 때가 이르지 않았도다.

이윽고 여곤은 팔뚝을 쳐들었다. 잠깐 머뭇거리던 매가 힘차게 박
차 올랐다. 날개를 한껏 펼치자 날짐승의 왕이라는 그 위용에 걸맞은
위풍당당한 풍채가 드러났다. 언제까지나 날아올라갈 듯 높이 올라간
매는 방향을 바꾸어 유유자적하게 떠 있었다. 그러던 어느 한순간, 먹
이를 발견한 매는 그야말로 믿을 수 없는 속력으로 급강하했다. 눈 깜
짝할 사이에 지상의 먹이를 낚아챈 매의 그 화려한 몸짓을 보면서 여
곤은 남다른 희열을 느꼈다.

'아아, 저 거칠 것 없는 비상飛翔이여.'

여곤은 다시 한번 남들의 눈을 피해 한숨을 내쉬었다.

여곤이 그처럼 매사냥에 열중하고 있을 무렵이었다. 저 멀리서 사자가 흙먼지를 날리며 말을 재촉해서 달려왔다.

"주군, 궁에서 급한 전갈이 있는 모양입니다."

여곤 옆에 서 있던 사규가 말했다.

"……."

여곤의 눈빛이 미세하게 흔들렸다. 왜에 넘어온 지 벌써 수년이 흘렀다. 그동안 곤지왕이라는 칭호를 얻었지만 여곤의 입지는 그야말로 애매하기 이를 데 없었다.

야마토 조정은 끊임없이 본국과의 관계를 청산하고 독립적인 위치를 획득하려는 기회만 엿보고 있었다.

망명 초기에 응신은 백제본국의 도움을 받을 수밖에 없는 처지였다. 급하게 중신들만 데리고 망명한 탓에 어려움이 한둘이 아니었다. 그때마다 한성에서는 필요한 군사와 기술자, 학자 들을 제공하는 데 도움을 아끼지 않았다. 응신은 그 고마움을 잊지 않았다. 그러나 이제 많은 세월이 흘렀다.

벌써 몇 세대가 흐른 지금 웅략은 본국조정에 대해 응신만큼 고마워할 이유가 없었다. 본국조정은 말 그대로 까다로운 시어미 역할을 하는 귀찮은 존재나 다름없었다. 아쉬울 때는 죽는 소리로 원조를 받지만 평상시에는 그저 형제국의 생색만 낼 뿐이었다.

게다가 야마토 조정을 이루고 있는 고관대작들이 대부분 백제계라고는 하지만, 근래 들어서는 신라계와 고구려계도 많이 진출해 있었다. 그 관리들이 백제색이 짙은 조정을 원할 리 없었다. 그들은 기회만 되면 웅략에게 본국과의 관계를 벗어던지고 독립적인 조정을 세우자고 권했다. 내심 웅략도 같은 생각이었다. 그러나 노골적으로 독립적인 자세를 취할 때, 조정을 구성하고 있는 친백제계의 반발도 두려웠지만 그가 가장 두려워하는 것은 역시 본국조정이었다.

비록 한성을 잃었다고는 하지만 백제는 예로부터 대륙을 호령하던 군사강국이었다. 마음먹고 대규모의 군사병력을 보내면 야마토 조정은 순식간에 결딴나고 마는 것이다. 웅략은 바로 그 점을 두려워했기 때문에 자신의 속셈을 노골적으로 드러내지 않았다.

하지만 여곤은 웅략의 속셈을 알아차리고 있었다. 자신은 의붓어미 밑에서 밥만 축내고 있는 전처 자식에 불과했다. 여곤이 시간만 나면 들판으로 나와 매사냥에 몰두하는 것은 그러한 비감한 처지를 잊고 싶어서였다. 그래야만 자신의 가슴속에서 활활 타오르는 잉걸불을 달랠 수 있었던 것이다.

여곤은 묵묵히 자신에게 다가오는 사자를 지켜보았다. 부복하여 예를 갖춘 뒤 사자가 입을 열었다.

"곤지왕마마, 백제본국으로부터 마마를 찾는 손님이 와 계십니다."

"손님이라니?"

"이름을 목만치라 밝혔습니다."

"뭐라?"

여곤의 입에서 마치 외마디 비명처럼 탄성이 터져 나왔다.

"다시 말해보라! 분명 목만치라 했느냐?"

"그렇습니다."

사자가 의아한 얼굴로 대답했다.

"목만치라…… 분명 목만치라 했느냐?"

여곤이 다시 한번 중얼거렸는데 구태여 대답을 원하는 것이 아니라 너무 반가운 나머지 그 이름을 되풀이한 것이다. 옆에 서 있던 사규가 말했다.

"주군, 정말 반가운 손님입니다."

"어젯밤 꿈자리가 묘하더니 이처럼 반가운 손님이 올 것이라는 징조였구나."

"서둘러 행장을 꾸리도록 하겠습니다."

여곤이 끄덕이자 사규는 시종들에게 철수준비를 하라고 일렀다.

순식간에 준비를 끝내고 여곤은 사규와 함께 앞머리에 서서 말을 몰았다.

"무슨 일인가? 목만치가 갑자기 이곳에 나타나다니?"

"……."

대답 없는 사규를 돌아보며 여곤이 양미간을 가볍게 찌푸렸다.

"목만치에게는 좋은 일이 아니겠지?"

"그런가 싶습니다."

"그래, 여도 형님이 끌어안기에는 목만치가 너무 큰 그릇이다. 한성 위례성을 빼앗기고 그나마 웅진으로 천도하는 데 목만치의 공이 컸다고 들었다. 토사구팽이라…… 허허, 그런가? 과연 그런 것인가?"

여곤이 혼잣말처럼 중얼거리더니 허탈한 웃음을 터트렸다.

"보고 싶구나, 목만치! 사규, 그대도 목만치가 보고 싶겠지?"

"그렇습니다, 주군! 목만치 공을 보고 싶은 마음은 저도 주군 못지않습니다."

"그래, 목만치만 한 대장부가 어디 흔하겠느냐? 그가 이곳에 왔다니 이번에는 놓치지 않겠다, 사규야!"

"주군……."

석연치 않은 표정의 사규가 말끝을 흐렸다.

"말하라."

"저 역시 목만치 공을 누구보다 좋아합니다. 하지만 전 주군을 모시고 있습니다. 본국에 계신 대왕마마께서 목만치를 내쳤다면 이유는 한 가지일 겁니다."

"뭔가?"

"한 하늘에 두 개의 태양이 존재하지 못하는 법이지요."

"사규!"

"아마 그 이유일 겁니다. 주군, 목만치는 그런 인물입니다."

"이놈, 내가 그 정도도 못 끌어안을 것 같느냐?"

"……."

"나는 본국에 있는 여도 형님과는 다르다. 나는 목만치와 형제의 의를 맺었다. 목만치가 빛나는 태양이라면 나는 그보다 더 빛나는 태양이 되겠다. 그러면 되지 않겠느냐?"

여곤의 눈이 빛났다. 사규는 입을 다물었다.

여곤이 박차를 넣었고, 한 마신 훌쩍 앞서나갔다. 뒤처졌던 사규는 고개를 한번 젓고는 힘 있게 박차를 넣어 여곤의 뒤를 쫓아갔다.

가노들을 뒤쪽에 떨어트리고 바람처럼 말을 달려서 별궁에 도착한 여곤과 사규는 대문 앞 넓은 마당에서 기다리고 있는 한 무리를 보았다.

여곤과 사규는 내처 말을 달려가 그들과 십여 보 떨어진 곳에서 말을 멈추었다. 말에서 내리는 여곤의 눈이 무리를 헤집었다. 그의 눈길은 막 무리 속에서 빠져나오는 헌헌장부, 이제는 더욱 강골이 된데다가 세월의 풍상이 스쳐 지나가 늠름하게 변한 한 사내의 얼굴에 꽂혔다.

"목만치!"

사내가 성큼성큼 앞으로 걸어 나와 바닥에 한쪽 무릎을 꿇었다.

"소신 목만치! 좌현왕마마께 인사드리옵니다. 그간 강녕하셨습니까? 참으로 오랜 세월 그리워하다가 이렇게 마마를 배알케 되니 감개가 심히 무량합니다."

"목만치!"

"마마!"

"일어나라, 목만치!"

목만치가 자리에서 일어났다. 두 사람의 눈이 정면으로 마주쳤다.

"정녕 네가 목만치란 말이냐?"

"예, 소신 틀림없는 목만치올시다."

"나 역시 그대를 한시도 잊은 적이 없다, 목만치! 정말 잘 왔다."

여곤이 한 걸음 나서며 두 손을 벌렸다. 목만치는 흔들림 없이 바위처럼 그대로 서 있었다. 다가온 여곤이 힘차게 목만치의 양어깨를 끌어안았다. 여곤의 두 손에 쇳덩이처럼 단단한 목만치의 몸이 그대로 느껴졌다.

"정말 잘 왔다, 목만치. 이제 내 곁을 떠나지 마라."

"소신, 그럴 생각으로 여기까지 찾아왔습니다. 바라건대 마마께서 부디 저희를 내치지 마십시오."

"허허, 그럴 리야 있겠느냐?"

목만치가 제 뒤에 서 있는 패거리들을 가리키며 말했다.

"저를 혈육처럼 따르는 이들입니다. 공연히 입만 늘리지는 않을 겁니다."

"별걱정을 다 하는구나."

여곤이 돌아보자 기다렸다는 듯 부하들이 일제히 부복하여 예를 갖추었다. 그들을 둘러보는 여곤의 눈빛이 자애로웠다.

"저놈, 곰쇠로구나! 이리 오너라!"

그 자리에 부복했다가 몸을 일으킨 곰쇠가 다가왔다. 여곤이 곰쇠의 얼굴을 올려다보며 미소 지었다.

"그대의 항우와 같은 체모는 여전하구나. 장군을 모시느라 그동안 고생이 많았다."

"좌현왕마마를 이곳에서 뵙게 되니 소신도 감개무량합니다."

"허허, 네 얼굴을 보기만 해도 이처럼 든든하니 정말 기분 좋은 일이다. 사규, 어디 있느냐?"

"부르셨습니까?"

사규가 다가와 대답하자 여곤이 큰소리로 말했다.

"오늘 밤 큰 잔치를 열어라! 술과 음식을 있는 대로 내놓아라. 모든 것을 잊고 흠뻑 취해보자꾸나!"

그날 밤 여곤의 별궁에서는 큰 잔치가 벌어졌다. 온갖 산해진미와 미주가 연신 나왔고, 악사들이 악기를 연주하며 흥을 돋우었다.

연단 상석에는 여곤을 중심으로 목만치와 사규가 앉았고, 그 바로 아랫단에는 여곤의 집사장을 비롯하여 곰쇠, 수달치 등이 앉아 연신 술을 비워냈다.

그간의 경위를 듣고 난 여곤이 목만치에게 술을 권하며 말했다.

"목만치, 이제 지난날을 모두 잊고 이곳에서 우리의 원대한 기상을 맘껏 펼쳐 보이자꾸나."

"좌현왕마마, 제 몸이 산적이 되고 뼛가루가 된들 마마를 위해서 못할 일이 뭐가 있겠습니까? 소신, 성심을 다하여 마마를 보필하리다."

"하하, 듣기만 해도 든든하기가 비할 바 없다. 천군만마를 얻은 기분이다."

"과찬이올시다."

"오늘은 여독을 풀고 내일은 나와 함께 왕궁으로 들어가세나. 대왕

마마께서 안 그래도 그대의 위명을 일찍이 들으시고 만나기를 고대하
셨네."

"그렇습니까……."

목만치가 긴장한 빛을 띠우며 반문하자 여곤이 고개를 끄덕였다.

여곤의 조을 듯한 두 눈에서 순간적으로 퍼런 불꽃이 번뜩였다. 여
곤 역시 제 웅지를 제대로 펴지 못하고 있음을, 그리하여 마음고생이
이루 말할 수 없다는 것을 목만치는 짐작할 수 있었다.

'그렇다면……'

여곤과 함께 앞으로 헤쳐 나가야 할 목표가 뚜렷하게 떠올랐다. 술
잔을 비우면서 목만치는 자신을 가만히 들여다보았다.

'여도…… 문주왕.'

그토록 충성을 바쳐서 웅진 천도를 성공리에 마쳤건만 결국은 비참
하게 쫓겨났다. 그뿐이랴. 문주왕은 칼끝을 겨누어 그의 목숨을 요구
했고, 정인의 목숨을 거두어갔다. 그 비통과 뼈저린 배신감을 도무지
잊을 수가 없었다.

'언젠가는…… 언젠가는 꼭 진연의 복수를 갚을 것이다.'

그러나 지금은 때가 아니었다. 자신은 지금 목숨을 부지하기 위해
쫓기듯이 왜로 넘어와 있는 것이다. 문주왕과 맞붙어 싸우려면 힘이 있
어야 했다.

그리고 지금 눈앞에 있는 여곤은 또 누구인가. 여도의 동생. 두 사
람은 백제 부여씨 왕가의 혈통을 그대로 이어받은 형제간이었다. 아무
리 여곤이 여도와 반목하고, 목만치를 아낀다 할지라도 두 사람은 같
은 피를 나누었고, 목만치와는 피 한 방울 섞이지 않은 관계였다. 물보
다 피가 진하다는 것은 부인할 수 없는 진리였다.

'그렇다면……'

목만치는 술잔을 비우며 가만히 한숨을 내쉬었다. 자신의 앞날이 환하게 보이는 듯한 심정이었다. 목만치는 고개를 절레절레 흔들었다.

'그럴 수는 없다. 이제 두 번 다시 정인을 그토록 어이없이 잃어버리는 아둔한 짓을 되풀이할 수는 없다. 누구도 범접할 수 없는 권력, 필요하다면 그런 권력을 쟁취할 것이다. 나, 목만치는 이 세상 그 누구도 범접할 수 없는 권력을 쟁취하리라.'

목만치는 가만히 어금니를 앙다물었다.

한편 비보를 듣고 백강 포구로 달려온 국강은 국협의 주검을 보는 순간 혼절해버렸다.

그날 이후 국강은 모든 것에 흥미를 잃고 두문불출했다. 비록 천방지축으로 앞뒤 분간 못 하던 철없는 아들이지만 국강에게는 이 세상 모두와도 바꿀 수 없는 귀한 존재였다. 기실 국강이 천금 같은 재산을 모으려고 한 것도, 남들이 감히 꿈꾸지 못하는 권력을 탐한 것도 모두가 아들을 위해서였다. 그러나 그 욕심이 화근이었다.

한동안 아들 잃은 슬픔에 시름시름 앓던 국강은 마침내 자리를 떨치고 일어났다. 그는 집사를 불러 은밀하게 모든 재산을 처분하라고 일렀다. 이 나라 첫손 꼽히는 거부인 국강의 재산이 어느 정도인지는 아무도 몰랐다. 시세를 따지지 않고 급하게 재산을 정리하고 난 국강은 어느 날 자취를 감추었다. 벼슬에 대한 미련조차 두지 않았으니 문주왕도 국강의 행방을 알 수 없었다. 그날 이후 백제국에서 국강을 본 이는 아무도 없었다.

정벌

이카루가궁은 아스카 분지가 한눈에 내려다 보이는 높은 언덕에 위치해 있었다. 이카루가궁은 백제 장인들에 의해 화려하고 튼튼하게 세워져 그 위용은 보는 사람들을 압도했다.

오래전부터 백제에서 건너간 기술자들에 의해 많은 건축기술이 전해졌다고는 하지만 아직까지는 왕궁이나 신전 정도만 백제의 고급건축기술이 적용되었을 뿐, 일반 서민들의 집은 여전히 왜 전래의 방식이었다.

일찍이 한반도에서는 주춧돌을 세우고 그 뼈대 위에 집을 세워 견고한 데다가 추위와 더위에 강한 반면에 원시적인 왜 전래의 방식은 기둥을 그대로 맨땅에 박는 식이어서 몇 년만 지나도 기둥이며 서까래가 썩어 들어가 집을 허물고 다시 지어야 했다. 그 건축기술의 현격한 차이가 바로 본국과 왜국의 수준 차이였다.

현실이 그러했기에 한반도에서 건너간 이른바 도래인渡來人들이 왜

국 토매인들을 지배하고 다스리는 통치형태가 가능했던 것이다. 토매
인들은 4세기까지도 말 다루는 방법을 몰랐다. 그런 터라 대륙을 누비
며 매서운 기상을 떨친 철기군의 전통이 있는 한반도인들과 제대로 싸
울 수가 없었다. 토매인들에게 도래인, 곧 한반도에서 넘어온 한인들
은 말 그대로 공포의 대상이었다.

그들이 택할 수 있는 방법은 두 가지였다. 하나는 아예 도래인들의
지배 속으로 들어와 몸을 의탁하는 것이었고, 다른 하나는 끝까지 대
항하면서 그들의 기득권을 유지하는 일이었다.

왜 열도에 제대로 골격을 갖춘 조정이 들어선 것은 응신왕 때부터
였다. 응신은 다름 아닌 비류백제의 마지막 왕이었고, 광개토왕의 침
공으로 왕도인 웅진이 함락되자 신하들과 백성들을 데리고 왜로 넘어
가 새로운 국가를 세웠다.

한때는 대륙백제를 비롯하여 가야, 임나까지 지배한 해상강국 비류
백제. 이제는 역사 속으로 완전히 사라져버린 비밀의 왕국, 비류백제
의 지배자였으며 왜에 첫 망명정부를 연 이가 바로 응신이었다.

응신은 7년 동안의 동진東進을 통해서 카와치畿內 지방에 나름대로
의 근거를 마련하고 열도에 최초의 중앙집권적 조정을 세웠는데, 이름
하여 야마토大和 왜라 하였다. 지금의 나라분지, 그 방대한 평원에 세
워진 그 땅을 오랜 유랑 끝에 정착하게 된 한인들은 아스카, 곧 안숙安
宿의 땅이라 했다.

『일본서기』에는 광개토왕 침공 이후 비류백제에서 왜로 향하는 망
명행렬이 기록되어 있는데, '응신 7년(396년)에 잔국의 멸망으로 잔국
왕 응신 망명, 응신 8년(397년) 본국과 영토와 인질 교환협정, 응신 11
년(400년) 궁월군의 인도로 백제 120현 인부 망명, 응신 14년(413년) 아
직기가 양마良馬 두 필 전달, 응신 16년(415년) 왕인 박사가 논어와 천

자문 전달, 응신 20년(409년) 아지사주의 인도로 백제 12현 망명' 등의 기사가 그것이다. 이 외에도 『고사기』에는 암소, 칼, 거울, 대장장이, 양조기술자 등도 계속해서 백제에서 왜로 건너간 것으로 기록되어 있다. 한 나라가 망하지 않고서는 도무지 일어날 수 없는 망명행렬이 었다.

비류백제가 존재했다는 결정적 증거는 광개토대왕 비문이다. 기존의 역사학자들은 백잔국과 잔국을 동일한 나라로 보았으니, 그것이 결정적인 오류를 범하게 되는 원인이었다. 백잔百殘은 한성백제, 곧 온조백제이고, 잔국은 웅진을 거점으로 한 비류백제다. 광개토왕 비문에는 왕과 노신들이 항복한 백잔을 용서했다고 기록되어 있지만, 잔국은 철저한 소탕작전으로 멸망시켰다. '58성과 800촌락을 득하고 잔왕제와 대신 10인을 잡아 도읍으로 개선했다'라는 기록이 바로 그것이다.

비류백제가 왜에 가서 새롭게 세운 망명정부가 바로 카와치 지방에 자리한 야마토 정권이었다. 본질적으로 야마토 정권은 본국백제와는 형제국이며, 긴밀한 관계를 형성하지 않을 수 없었다.

망국의 한을 삼키며 죽음을 무릅쓰고 거친 바다를 건너온 백제인들이 점차 늘어날 때마다 토매인들은 더욱더 험난하고 살기 어려운 곳으로 밀려날 수밖에 없었다. 계속해서 도래인들에게 밀려날 수 없다는 위기의식을 느낀 토매인들은 나름대로 조직적인 저항을 거듭해왔다. 응신 이래로 웅략에 이르기까지 역대 왕들에게는 바로 도처에서 항전하는 토매인들의 무리가 골칫거리였다. 중앙조정의 위세가 서지 않기 때문이었다. 그렇지 않아도 도래인들은 백제계뿐만 아니라 고구려계, 신라계, 가야계 등으로 나누어져 있었다.

비록 백제계가 정권을 장악했지만 나머지 삼국의 세력도 만만치 않았다. 고구려계는 군사강국다운 강대한 기개가 있었고, 신라계와 가야계는 풍부한 철산지로서의 지원을 등에 업고 있었다. 그들 세력이 언제라도 손을 잡고 토매인들을 부추겨 백제계 정부를 뒤엎을 수 있다는 것을 웅략은 잘 알고 있었다.

여기에 백제에서 넘어온 여곤이 빠른 시간 내에 국인들의 신망을 얻고, 조정 여러 대신들의 흠모를 받는 존재가 되어 날로 그 세력을 키우자 웅략은 여곤을 부담스럽게 여기기 시작했다. 웅략은 유형무형의 방법을 동원해 여곤을 견제했다. 그런 한편으로 웅략은 여곤에게 지방의 토매인 세력을 정벌하라는 명을 내렸다. 그때마다 여곤은 아직 준비가 안 되었다는 핑계로 차일피일 미뤄왔다. 하지만 언제까지나 미룰 수는 없는 일이었다.

그런 터에 목만치가 온 것이다. 이미 본국조정의 사자에게서 목만치를 받아들이지 말라는 문주왕의 서한을 받았지만 웅략은 부러 못들은 척했다. 여곤을 제거하는 한 방편으로 쓸 수 있겠다고 생각한 것이다. 이것을 일러 이이제이以夷制夷라고 하는가.

이윽고 여곤을 뒤따라 목만치가 들어왔다. 무심코 목만치를 바라보던 웅략은 눈을 크게 떴다. 소문은 많이 들었다. 그러나 대부분의 소문은 과장되게 마련이어서 웅략은 소문을 전적으로 믿지 않았다. 누구나 제왕의 자리에 앉을 수 있는 건 아니었다. 옥좌에 오래 앉아 있다 보면 적어도 사람 보는 눈은 생기게 마련이었다.

웅략의 눈을 번쩍 뜨이게 할 만큼 목만치의 전신에서는 범상치 않은 기운이 떠돌았다. 당당하게 뜬 두 눈에서는 날카로운 검기가 뿜어져 나오고 있었다.

'어허, 참으로 걸물이로구나.'

웅략은 자신도 모르게 그렇게 감탄했다. 목만치가 지니고 있는 기상에 압도되는 듯한 느낌은 이내 두려움으로 변했다.

두 사람은 웅략에게 군신의 예를 지켜 부복했다. 웅략이 황금빛으로 번쩍이는 곤포자락을 쳐들며 손짓으로 상체를 일으키게 했다.

"오오, 곤지왕. 그대 곁에 있는 자가 목만치라는 용자인가?"

"그렇습니다, 대왕마마."

"내 그대의 위명을 일찍이 들었다, 목만치."

"신 목만치, 대왕마마께 구차한 일신을 의탁하러 왔습니다. 모쪼록 거두어주시기 바랍니다."

"거두어들이다마다, 목만치. 오래전부터 그대를 기다렸도다."

"성은이 망극하옵니다."

"그대는 여기 곤지왕을 보필하여 동정군 사령 직을 맡도록 하라. 곤지왕을 도총관으로, 그대를 사령으로 임명하노라. 내 동쪽 지방의 토호무리들 때문에 골치를 앓고 있던 터, 그대가 때마침 와주었다. 그대는 부디 전공을 세워 과인의 근심거리를 해소하거니와 그대의 위명을 과인에게 똑똑히 보여주도록 하라."

"명을 받들겠나이다. 최선을 다해서 대왕마마의 우환을 해소하겠나이다."

목만치가 다시 바닥을 향해 이마를 조아렸다. 웅략은 여곤과 목만치에게 은잔에 담긴 술을 한 잔씩 내려주었고, 각각 도총관과 사령으로 임명된 것을 상징하는 영도를 하사했다.

그 길로 궁궐을 나온 여곤은 쓴웃음을 지었다. 여곤과 나란히 말머리를 함께하고 가던 목만치가 돌아보자 여곤이 입을 열었다.

"이이제이…… 무슨 뜻인지 알겠는가?"

"짐작하고 있지만 상관없는 일입니다."

여곤이 눈썹을 치켜떴다.

"상관이 없다?"

"그렇습니다. 어차피 이 나라는 마마의 나라가 될 것입니다. 그런 터에 지방의 토호무리들을 제거하는 것이 나쁘진 않습니다. 앞날의 화근을 미리 제거하는 수고일 뿐입니다."

"……."

여곤은 할 말을 잃고 목만치를 가만 바라보았다.

대담하기 그지없는 말이었다. 목만치는 이미 여곤의 심중에 숨어 있는 야망을 한눈에 알아차렸던 것이다. 목만치가 나서준다면 충분히 승산 있는 일이라고 생각했고, 또 그 때문에 흡족해야 할 여곤이지만 가슴 한구석에서는 두려움이 느껴졌다. 목만치의 역량과 크기를 도무지 가늠할 수 없기 때문이었다.

여곤은 처음으로 목만치가 신하와 의형제가 아니라, 언젠가는 필연코 부딪쳐야 할 호적수임을 예감했다.

여곤은 하늘을 올려다보며 긴 한숨을 내쉬었다. 그랬다. 그것이 인생이었고, 또 그런 상황이 닥쳐온다면 자신 역시 한 걸음도 물러서지 않을 것임을 잘 알고 있었다.

아스카에 도착한 지 얼마 되지 않아 목만치는 본격적인 왜 열도 정벌에 나섰다.

곰쇠를 비롯한 수달치, 야금이 등은 좀이 쑤시던 참이라 이번 정벌을 반기고 나섰다. 타고난 전사들인 데다가 시간이 날 때마다 곰쇠에게서 혹독한 조련을 받아온 부하들은 말 그대로 일당백의 위용이었다. 그리고 열도까지 밀려왔다는 위기감은 여기서 더 이상 밀려나서는 안 된다는 불퇴전의 의지까지 갖추게 했다. 더 이상 거칠 것이 없는 부하들이었다.

목만치는 그런 부하들의 심정을 눈으로 보듯이 환하게 꿰뚫고 있었다. 숫자는 얼마 되지 않는다 하더라도 한 몸으로 죽기를 각오한 병사들이 전투에서 얼마나 큰 힘을 발휘하는지 그동안의 실전을 통해서 익히 알고 있었다. 돌이켜보면 무모하기 그지없는 전투에서도 살아남았다. 목만치는 모두가 어림없는 짓이라고 반대했지만 허를 찌르는 기습전으로 반전을 이루어냈던 것이다.

목만치는 여곤과 말머리를 나란히 한 채 원정길에 올랐다.

혹독한 겨울이 물러가고 천지에 아지랑이가 피어오르는 나른한 봄날이었다. 원래 봄철은 파종의 계절이어서 될 수 있으면 군역을 피하는 것이 상책이지만 조바심이 난 웅략은 동정東征을 지시했다.

여곤과 목만치가 이끄는 1천의 기마군은 대오도 정연하게 흙먼지를 구름처럼 일으키며 앞으로 나아갔다. 기동력을 중시하는 목만치는 이번 원정에 보군을 편성하지 않았다. 보군까지 편성할 만큼 대규모의 적병들이 나타나리라곤 생각하지도 않았을뿐더러 이 정도의 기마군이면 충분하다는 자신감 때문이기도 했다.

아스카를 벗어나 일주일째 동북쪽으로 거슬러 올라갔다. 하루에 무려 백 리에 가까운 행군 속도에 모두가 지칠 법했지만 사기가 드높은 데다가 목만치의 직계 병사들은 충분히 단련되어 있어서 강행군을 견뎌냈다. 그렇게 되자 웅략왕이 특별히 편성해서 보내준 친위대 병력은 불평을 표하지도 못하고 죽어라 따라붙어야 했다. 내심 목만치의 직계 병사들에게 혀를 내두르지 않을 수 없었다.

앞서 갔던 척후가 빠른 속도로 되돌아왔다. 사규가 목만치의 눈짓을 받고는 진군 중지를 알리는 깃발을 내걸었다. 뒤편에서 마구와 병장기끼리 부딪치는 소리가 나더니 이내 잦아들었다.

달려온 척후가 한쪽 무릎을 꿇어 예를 표한 뒤 입을 열었다.

"장군, 적이 나타났습니다."

아스카를 떠나온 지 7일, 처음으로 접전을 벌이게 된 것이다. 목만치가 가만히 있자 여곤이 그를 힐끗 쳐다본 뒤 물었다.

"적은 얼마나 되느냐?"

"들판에 숙영하고 있는 적들만 2천에 가까워 보입니다. 그 뒤편에 야트막한 야산이 있는데 그곳에도 적들이 있는 눈치입니다."

여곤이 뒤돌아보고 누군가를 찾자 눈치 빠르게 부장 숙미宿彌가 먼저 앞으로 나섰다. 숙미는 키가 작았고 하관이 빠른 얼굴이지만 야무진 인상이었다.

"어느 부대인가?"

여곤의 물음에 숙미가 대답했다.

"스사노오素佐能雄의 부대입니다."

"스사노오?"

"예. 원래부터 이 지역을 지배하던 토호세력의 수괴입니다. 오래전부터 대왕께서 항복을 권유했지만 번번이 반역을 꾀하던 무리올시다. 그동안 몇 번이나 토벌군을 보냈습니다만, 워낙 스사노오의 군대가 강한 데다 험난한 지형지세를 업고 항거하는 통에 실패로 끝났습니다."

"……."

여곤이 잠깐 침묵을 지켰다. 아스카를 중심으로 해서 야마토 조정을 세웠지만 이처럼 조금만 밖으로 벗어나도 조정의 힘이 닿지 않았다. 춘추전국시대처럼 각 지역은 호족들이 지배하고 있는 것이다.

"대왕의 명을 거역하는 자는 곧 반역의 무리임에 틀림없다. 그놈들을 친다!"

여곤이 낮지만 모두가 알아들을 수 있도록 단호한 목소리로 말했다. 그런 다음 여곤은 목만치를 돌아보았다. 이제부터는 목만치에게 모든 것을 맡기겠다는 눈빛이었다.

목만치는 주변에 시립해 있는 부장들을 향해서 입을 열었다.

"우선 스무 명의 척후병들을 뽑아라! 적들이 숙영하고 있는 뒷산에 대한 정보가 필요하다. 날래고 기민한 자들로 척후를 뽑아서 적의 동태를 자세히 파악하도록 하라."

"알겠습니다!"

부장 하나가 야무지게 대답하고는 뒤편에서 대기하고 있는 기마군 쪽으로 달려갔다.

"본진과 후진은 이곳에 진을 펴고, 선봉군을 둘로 나누어 좌우에 넓게 포진시켜라."

"예, 명 받들겠습니다!"

또 다른 부장 하나가 뒤쪽으로 달려갔고, 잠시 후 소란이 일더니 선봉군이 재편성되어 좌우로 달려갔다. 수뇌부의 명령이 추호의 머뭇거림도 없이 즉각 전달되어 시행되었다.

척후를 보내고, 부대를 재편성하고 그 밖에 몇 가지 명령을 더 내린 뒤 목만치는 태연한 얼굴로 여곤을 돌아보았다.

"좌현왕마마, 이레가 넘도록 제대로 쉬지도 못했습니다. 진막에 드셔서 오랜만에 피로를 풀도록 하시지요."

적을 눈앞에 둔 장수답지 않게 담담한 얼굴과 음성이었다. 여곤은 고개를 끄덕이고 말에서 내렸다. 두 사람은 진막으로 들어갔다.

진막 안에 자리한 두 사람은 부관이 가져온 뜨거운 차를 마셨다. 목만치와 여곤은 눈앞에 대치한 적에 대해서는 한마디도 꺼내지 않은 채 그저 가벼운 한담만 주고받았다.

적의 동태를 살피러 간 척후들이 모두 돌아왔고, 이제나저제나 출전 명령만 기다리던 부장들이 모두 지쳐서 하품만 삼키고 있었지만 목만치와 여곤에게서는 아무런 기별도 없었다.

참다못한 곰쇠가 진막을 드나드는 부관에게 안의 분위기를 물었다.

"지금 두 분께서는 바둑을 두고 계십니다."

"뭐라? 바둑?"

곰쇠가 어이없다는 듯 하늘을 올려다보며 코웃음을 쳤다. 적을 눈앞에 두고 바둑이라니…… 워낙 목만치가 종잡을 수 없는 사람이기는 하지만 바둑이라니 뜻밖이었다. 옆에 섰던 사규가 말했다.

"두 분께서 다른 생각이 있으신 모양이겠지."

"생각은 무슨, 두 분께서 오랫동안 구중궁궐에만 계시다 보니 아녀자처럼 겁만 늘어난 모양이구만!"

"허허, 무슨 말을 그렇게……."

사람 좋은 사규가 웃어넘기려고 했지만 곰쇠는 심각한 표정이었다.

"아녀, 정말이여. 아무래도 우리 장군께서 피 냄새에 물리신 게 틀림없는 거여. 그렇지 않고서는 사냥감을 눈앞에 두고 한가롭게 바둑이라니, 이럴 수 없지. 내가 들어가봐야겠소."

"이보게, 안 돼!"

사규가 만류했다.

"안 되다니? 왜 안 된다는 거유?"

"진막 안에는 좌현왕마마께서 계시네. 함부로 들어갈 수 없네."

곰쇠가 쓴 입맛을 다셨다. 나름대로 목만치의 속내를 짐작하려고 애썼지만 통 짐작이 가는 바가 없었다.

두 시진이나 지났을까, 마침내 진막에서 목만치가 나왔다. 해가 서편으로 갸웃 넘어가려는 참이었고, 병사들도 오랜 기다림에 진력이 날 즈음이었다.

목만치의 명으로 부장들이 모여들었다. 이제야 진군 명령을 내릴 모양이라고 짐작한 부장들은 긴장한 얼굴로 목만치를 주시했다. 한동안 침묵을 지키던 목만치가 이윽고 입을 열었다.

"오늘 밤은 여기서 야영한다. 각 부장들은 군율을 엄히 지켜 경계태세에 추호도 빈틈이 있어서는 안 될 것이다."

"명 받들겠습니다!"

부장들이 한 목소리로 대답했는데 곰쇠만 고개를 외로 꼬았다.

"장군, 그게 무슨 말씀이오?"

목만치의 날카로운 시선이 그에게 향했는데 곰쇠는 기죽지 않고 말을 이었다.

"적들을 바로 눈앞에 두고 야영이라니…… 소인은 이해가 가지 않습니다."

"어리석은 놈, 시키는 대로 하거라."

"소인 어리석은 거야 한두 해 일이 아니굽쇼, 설명 좀 해주시오."

"허, 그놈…… 쇠심줄 같구나."

목만치가 혀를 끌끌 찼다.

"이놈아, 병법에 있느니라. 싸우지 않고서 적을 굴복시킬 수 있다면 상책 중의 상책이라 했다. 내 보아하니 적장인 스사노오는 지형상 유리를 등에 업고 있는 데다가 그의 부하들은 단 한 번의 패배도 모르는 군사들이라고 들었다. 거기에 비하면 우리 군사들은 비록 사기가 높다 하나 먼 길을 달려와 지치고 피로한 데다가 이곳의 지형을 자세히 모른다. 그런 터에 정면승부를 해서 구태여 어려움을 자초할 필요가 있겠느냐? 게다가 적들은 척후를 통해서 우리의 움직임을 샅샅이 파악하고 있을 것이다. 때로는 정면승부보다는 기다릴 줄 알아야 하는 법이다. 알겠느냐?"

"장군답지 않소. 소인이 보기에 적들이 비록 숫자가 많다고는 하나 하나같이 오합지졸에 지나지 않고, 패배를 모른다고는 하나 토벌군이 허약하기 그지없었고, 지형상 유리함은 그저 작고 소소한 부분에 지나지 않소. 소인에게 군사 3백만 딸려주신다면 보기 좋게 놈들을 꺾어버리겠소."

"허, 이놈. 그래도 말귀를 못 알아듣는구나. 너, 웅진성에서 조미걸취의 경거망동을 잊었느냐?"

"……."

여전히 불만스러운 표정을 떨치지 못한 채 곰쇠는 입을 다물었다.

목만치의 지시대로 군사들은 그곳에서 하룻밤을 보냈다. 다음날 아침이 오고 점심참이 되어도 별다른 명령이 없었다. 그저 주변 경계만 철저히 하라는 지시만 반복되었을 뿐이다.

병사들은 나른한 봄기운 속에 오수를 즐기거나 한담으로 시간을 보냈고, 목만치는 진막에 들어앉아 여곤과 함께 바둑을 두거나 차를 마시는 것으로 소일했다. 부장들은 긴장을 늦추지 않고 진군 명령을 기다렸지만 그날 밤이 돌아오도록 목만치는 조용했다.

밤이 깊어가는 시간. 스사노오는 사방에 깔아놓은 척후들에게서 상세한 정보를 보고받았다. 거칠 것 없이 다가오던 목만치의 군사들이 들판에 숙영한 채 3일째 꼼짝도 않고 있는 것이다.

덕분에 애써 매복시켜놓은 군사들은 허사가 되었다. 천 명 정도의 사병들을 어설프게 보이도록 매복시켜놓고, 그 숫자를 얕본 적들이 덤벼들면 뒷산에 숨겨놓은 정예병 3천으로 하여금 허를 찌르겠다는 작전이었지만 헛물만 켠 셈이다.

그렇다면…… 방법은 하나, 이쪽에서 먼저 치는 수밖에 없었다.

스사노오의 계획에 직계 참모들이 모두 반대하고 나섰다.

"주군, 목만치라는 놈이 나이에 걸맞지 않게 노회하다는 소문이 나 있습니다. 이것은 필경 놈이 깔아놓은 계략이 틀림없습니다."

"왜 그렇게 생각하느냐?"

"그렇지 않고서야 사기가 충천한 1천의 기병을 가지고 진군을 머뭇거릴 이유가 없습니다. 덕분에 우리가 애써 파놓은 계책조차 허사가되었습니다. 목만치라는 적장을 경시해서는 안 될 듯합니다."

"우연일 것이다."

"우연이라 보기에는 미심쩍은 일이 한둘이 아닙니다. 놈들도 이미척후를 통해서 우리의 움직임을 읽었을 것입니다."

"내가 보기에 놈은 겁을 먹은 것이 틀림없다. 아직까지 단 한 번도패배를 당하지 않은 우리 군사들의 소문을 들었을 것이다. 듣자하니그놈은 백제본국에서 도망쳐 나온 자라고 한다. 그놈이 죽자 사자 싸울 이유가 없다. 놈은 지금 웅략, 그 백제계 허수아비의 명령에 마지못해 출정해 시늉만 내고 있는 게 분명하다."

"……."

부장들이 입을 다물었다.

"그놈에게 여기 열도가 어떤 곳인지 똑똑하게 각인시켜주어야겠다. 우리는 이곳에서 수백 년 동안 어느 누구의 지배도 받지 않고 살아왔다. 그런데 이제 와서 백제계니, 고구려계니, 신라계니 그 무슨 말라비틀어진 헛소리냔 말이다. 그런 개뼈다귀 같은 것들이 넘어와서 이곳을지배한다니, 감히 누가 누굴 지배한다는 것이냐? 오래전부터 별러왔거늘, 내 이번에 목만치라는 애송이에게 평생 잊히지 않을 교훈을 안겨줄 것이다!"

"……."

"오늘 밤 자정을 기해서 일제히 기습한다! 전군을 동원해서 놈들을쓸어버려라! 단 한 놈도 살려주지 마라! 놈들이 아스카에 야마토 조정인지 뭔지 만들었다고 한다만, 나머지는 우리 원주민들의 땅이라는 것을 이번 기회에 분명히 알려주겠다. 알겠느냐?"

"예! 명령 받들겠습니다!"

스사노오가 추상 같은 기세로 소리 질렀으므로 부장들은 일제히 고개를 숙이며 한 목소리로 대답했다.

병장기를 챙기고, 대와 오를 정렬하고 임무를 숙지하느라 스사노오의 진영은 장바닥처럼 시끄러웠다. 전군을 동원하겠다고 했으니까 근 5천에 달하는 보군이 목만치의 숙영지를 덮칠 것이다. 움직이는 것만 해도 보통 일이 아니어서 각 부대 단위로 명령을 전달하는 연락병들이 분주하게 오갔다.

멀리서 보아도 스사노오의 진영이 그날 밤 기습전을 준비하고 있다는 것쯤은 충분히 짐작할 만했다. 그만큼 순진한 군사들인데, 일찍이 대규모의 전투병력끼리 전면전을 벌여본 적이 없기 때문이었다.

스사노오 역시 기습전이라고 해서 복잡하게 생각하지 않았다. 밤을 도와 접근해서 일거에 쓸어버린다는 대원칙만 가지고 있을 뿐 적의 동태를 살피는 척후병을 통해서 상세한 정보를 얻고 있으면서도 이쪽 역시 저쪽에 샅샅이 읽히고 있다는 것을 생각하기에는 너무나 단순했다. 아니면 부러 그런 점을 무시할 정도로 자신감이 팽배했던가.

어쨌거나 스사노오는 호기롭게 야습을 명령했다.

그들은 최대한 소리를 죽이면서 앞으로 나아갔다. 숨조차 억제하고 있었으므로 심장에서 나는 박동소리조차 환히 들릴 정도였다. 선두가 걸음을 멈추자 뒤쪽에서 연이어 오던 병사들이 앞사람과 부딪치면서 제법 큰 소리가 났다. 동태를 살피던 선두가 손을 높이 쳐들어 앞을 가리켰다.

밤이 깊었지만 맑은 날씨였고, 반달이 떠 있었으므로 산을 거의 내려와 초입에 서 있는 그들의 눈에는 넓은 들판이 한눈에 들어왔다. 한 가운데 거뭇거뭇하게 서 있는 것들이 바로 적들의 진막일 터였다.

그들은 병장기를 잡은 손을 고쳐 쥐었다. 땀이 배어나왔다. 거리는 한달음에 달려가 닿기에는 다소 멀다 싶었는데 별일은 없을 것이다. 적들은 비록 기마군이라 하지만 자다가 기습을 받게 되면 제대로 말을 탈 경황도 없을 터였다. 게다가 이쪽은 이곳의 지형이라면 손바닥 들여다보듯 훤했다.

적들의 진막이 너무 조용한 것이 마음에 걸렸지만 병사들은 운이 따라준다고 생각했을 뿐이다. 여기까지 오는 데 별다른 장애물이 없었다. 파수조차 세워놓지 않은 것을 보면 놈들은 군기가 빠졌거나 이쪽을 아예 무시했거나 둘 중 하나였다. 어쨌거나 상관없었다. 놈들은 곧 열명길에 접어들 것이므로.

마침내 기다리던 순간이 왔다. 밤하늘에 한 줄기 불화살이 날아가 진막 한가운데 떨어졌다. 동시에 수십 개의 불화살이 밤하늘을 날았는데 장관이었다. 북소리가 울리자 보군들은 일제히 산기슭을 벗어나 적의 진막을 일시에 덮쳤다.

그러나 진막은 조용했다. 이쪽의 함성을 듣고 우선적으로 반응이 있어야 할 말들의 울음소리조차 들리지 않았다.

"아뿔싸! 함정이다!"

산중턱에서 전황을 살펴보던 스사노오는 급히 퇴군을 명령했다. 징소리가 급하게 연타로 울려 퍼졌다. 그러나 퇴군을 알리는 징소리를 들었음에도 진막을 향해 돌진하던 2천의 보군들은 돌아설 수 없었다.

어디에 숨었던 것일까. 텅 빈 진막을 본 병사들이 아연실색해 있을 때, 기마병들이 덮쳐들었다. 원래부터 보군과 기마군의 정면대결은 그 결과가 정해져 있었다. 게다가 이쪽은 기습전이 실패로 돌아가 우왕좌왕하는 와중이었고, 함정을 파놓고 여유 있게 기다리던 목만치의 병사들은 기세가 한껏 올라 닥치는 대로 사방팔방 돌아다니면서 적들을 찌르고 베었다.

아수라장에 빠진 스사노오의 병사들은 갈피를 잡지 못한 데다가 방향까지 잃고 허둥대다가 차례로 죽음을 맞이했다. 어둠 속이었고, 극도의 공포에 질려 있는 상황이어서 저들끼리 칼을 휘두르다가 죽는 놈들도 부지기수였다.

반면 목만치의 부하들은 모두 말을 타고 있었고, 적들의 움직임을 간파해둔 터라 저마다 맡은 지역을 담당하기만 하면 되었다. 그것은 살육이었다. 전투라고 부를 만한 것이 못 되었다.

그것을 지켜보던 스사노오의 눈에서 불똥이 튀었다. 그가 칼을 집어들었다.

"남은 군사들을 모조리 투입시켜라!"

"주군, 훗날을 기약함이 옳을 듯합니다!"

부장이 만류했다.

"닥쳐라! 한번만 더 그 입을 놀리면 네놈 목부터 날려버리겠다!"

이미 이성을 잃은 스사노오였다. 스사노오는 무패의 신화를 자랑하던 자신의 부하들이 무참히 죽어가는 것을 차마 더 이상 지켜볼 수 없었다. 총진군의 북이 연이어 울렸고, 거대한 보군들이 쏟아져 내려가기 시작했다. 3천의 대병력이었고, 이성을 잃은 대장의 총진격 명령에 따랐으므로 그 진퇴에 규율이 잡혀 있을 리 없었다.

목만치는 회심의 미소를 지은 채 적들이 산에서 내려오는 것을 지켜보았다. 말머리를 나란히 한 채 옆에 서 있던 여곤이 목만치를 돌아보았다.

"어마어마한 군세로군."

"아무리 많은 군세라 해도 제 눈에는 오합지졸에 지나지 않습니다. 그저 숫자만 채워놓은 병력은 아무 의미가 없습니다."

"……."

여곤이 뭔가 말하려다가 입을 다물었다.

"다만 병사들이 불쌍할 따름입니다. 제대로 된 장수를 만나지 못한 운명을 탓해야 하겠지요. 어리석은 장수의 아둔함 때문에 사지로 휩쓸려 가는 저 병사들의 운명을 생각하면…… 인생이라는 것은 그야말로 허망할 따름입니다. 나무아미타불 관세음보살……."

자신도 모르게 목만치의 입에서 부처님의 명호가 새어나왔다. 목만치는 덧없이 죽음을 당하는 적병들을 보면서 인생의 허망함을 뼈저리게 느꼈다.

목만치는 진연의 죽음을 통해서 새삼 잊고 있던 화두와 다시 맞닥뜨렸다. 오래전 부친 목라근자의 수급을 수습해온 해월에 의해 비로소 죽음이라는 실체와 처음 만난 이후 가슴 한쪽에 자리 잡은 의문이었다.

'과연 인생이란 무엇인가. 인간은 어디에서 와서 어디로 가는가. 그리고 죽음이란 무엇인가.'

자신의 의지와는 전혀 상관없이 그저 떠밀리어 가듯이 흘러가는 삶……. 목만치는 자신을 돌이켜보아도 자기 삶이 의지와는 별 상관없이 움직여왔다고 느꼈다. 보이지 않는 손…… 그 누군가의 손이 자신의 운명을 조종하고 있다고 생각했다.

지금 이 순간, 저 들판에서 아무런 의미도 없이 죽음을 맞이하고 있는 병사들. 그러나 저들을 죽이지 않으면 이쪽이 죽는다. 죽이지 않으면 죽어야 하는 이 살벌한 삶…….

먼동이 터올 무렵, 스사노오의 병사들 중 대다수가 죽음을 맞이했다. 5천의 병사들 중에서 살아서 도망친 병사가 1천여 명, 부상으로 신음하면서 간신히 목숨을 연명하고 있는 자가 1천여 명, 도합 3천여 명이라는 숫자가 그날 밤 목숨을 잃었다.

목만치의 부하들이 적들의 시체를 뒤지다가 스사노오를 발견하고 끌고 왔다. 시체들 틈 속에 숨어 있다가 발각된 것이다. 목만치는 묵묵히 피투성이인 스사노오를 내려다보았다. 목만치의 두 눈은 아무런 감정을 담고 있지 않았다. 목만치가 천천히 입을 열었다.

"내 너를 살려줄 수 없다. 너의 가장 큰 죄가 무엇인지 알겠느냐?"

"……."

"너의 어리석음 때문에 수많은 부하들이 죽음을 당했다는 것, 그것이 네가 죽어야 할 가장 큰 죄다."

"……."

"어리석고, 어리석구나. 네놈이 항복했거나 차라리 도망쳤더라면 부하들의 목숨은 건질 수 있었다. 네놈의 아둔함 때문에 죽어간 부하들, 그들의 원혼을 달래주기 위해서는 네가 죽어야 한다."

"죽여라!"

목만치는 검을 빼어들었다. 순간 바람을 가르는 소리가 났고 외마디 비명이 처절하게 울려 퍼졌다. 그러나 어찌 된 일인지 피 한 방울 튀지 않았고 스사노오의 목은 멀쩡하게 붙어 있었다. 설마하니 목만치가 칼을 잘못 놀려 그런 일이 생겼다고는 할 수 없었다. 그렇다면 대체 무슨 일일까. 병사들은 숨을 죽이고 목만치의 일거수일투족을 주시했다.

"나무아미타불 관세음보살……."

목만치는 자신이 불필요한 살생으로 얻는 이런 승리에서 더 이상 기쁨을 느끼지 못할 것임을 깨달았다.

'검은 사람을 죽일 수도 있지만 살릴 수도 있다…….'

한순간 해월의 말이 벼락처럼 목만치의 뇌리를 때리고 지나갔다. 마치 큰북을 울린 것처럼 너무도 생생해서 바로 눈앞에서 깡마른 해월이 직접 육성으로 말하는 듯했다. 목만치는 새벽하늘을 올려다보았다.

그랬다. 그동안 왜 살인검만 생각했을까. 사람을 살리는 검…… 활인검에 대해서는 왜 단 한 번도 생각해보지 않았을까.

목만치의 머릿속에서는 자신도 모르게 계속해서 독송이 떠올랐다. 한번도 외워보려고 애쓰지 않았지만 수원사의 그 모진 겨울 새벽마다 해월 옆을 지키면서 들었던 그 불경이 고스란히 되살아난 것이다.

"수많은 병사들을 덧없는 죽음으로 내몬 어리석은 장수 스사노오는 죽었다. 앞으로는 땅에 의지해 살아가거라. 그렇지 않고 만일 다시 무리를 규합해서 병사들을 죽음으로 내몬다면 그때는 내 칼이 아니라 하늘이 용서치 않을 것이다. 무장 스사노오는 이 자리에서 죽었다. 알겠느냐?"

천둥 같은 목소리였다. 멍하니 무릎을 꿇고 목만치를 올려다보던 스사노오의 두 눈은 텅 비어 있었다. 잠시 후 스사노오는 상체를 숙였다.

"그리하겠소, 장군!"

칼을 칼집에 넣고 목만치는 등을 돌렸다. 그의 눈빛에는 아무런 감정도 담겨져 있지 않았다. 무심 그 자체였다.

정략결혼

스사노오의 군대를 평정한 목만치의 정벌군은 거칠 것 없는 기세로 동북방으로 나아갔다. 카와치 지방에만 조정의 힘이 미치던 것이 이제는 목만치의 정벌군이 지나가는 자리마다 야마토 조정에 대한 절대적인 복종과 충성의 서약으로 이어졌다.

귀신의 군대. 목만치의 동정군에 붙은 이름이었다.

목만치의 귀신 같은 용병술은 살에 살이 붙어 바람보다도 더 빠른 속도로 열도에 퍼져나갔으며, 나중에는 소문만 듣고도 전의를 상실하여 투항해오는 적들도 있었다. 시간이 흐를수록 목만치의 군대는 무혈 입성하는 경우가 늘어났다. 이 소식을 들은 아스카에서는 사자를 보내 여곤과 목만치의 공을 높이 치하했다.

여곤은 동정을 통해서 목만치가 어떤 사내인지를 새삼 깨달았다. 일찍이 그의 가치를 높이 평가했으면서도 많은 세월이 흐른 후에 다시 만난 목만치는 그때와는 또 다르게 변모해 있었다. 그 높이와 깊이를 감히 짐작하기 어려울 만큼 목만치는 성장한 것이다.

한성 위례성 탈환 전투에서의 목만치는 용약 그 위세가 성난 호랑이와도 같았지만 지금의 목만치는 범접하기 어려운 또 다른 풍모를 지니고 있었다. 전신…… 그랬다. 이 말 외에는 목만치를 달리 설명할 단어도 없었다. 목만치야말로 싸움의 신, 전투의 신이었다. 그는 오로지 전쟁을 위해서 태어난 운명이었다.

여곤은 그러한 목만치에게 두려움을 느꼈는데, 그 감정의 근본을 더듬어보면 질투심과도 일맥상통했다. 그것은 분명 한 사내로서 가지는 질투심과 다름없었다.

목만치가 그저 단순한 무장이었다면 그렇게까지 질투심을 느끼지 않았을 것이다. 어느 순간부터인가 목만치는 단순한 무장의 그릇을 벗어나 있었다.

스사노오와의 전투를 겪은 후에 목만치는 분명 달라졌다. 뭐라고 꼭 집어서 설명할 수는 없지만 목만치의 생사관은 그 이전과 확연한 차이를 보였다. 혼자 묵상하는 시간이 많아졌고, 좀처럼 자신의 희로애락을 표현하는 법이 없었다. 백제에서 가져온 불경을 들여다보거나 스님을 초청해서 불법을 듣곤 했다.

그런 목만치에게 여곤은 태산과도 같은 위압감을 느꼈다. 예전에는 자신보다 아래로 보였다. 그러나 지금은 자신과 같은 눈높이에서 오히려 더 올라가 있는 듯한 느낌이었고, 그것이 여곤의 질투심을 불러일으켰다. 여곤은 애써 그런 감정을 억눌렀다. 대인답지 못하다는 자괴감으로 스스로를 나무랐다.

동북방 정벌이 마무리되고 웅략왕의 부름을 받은 여곤과 목만치는 귀경길에 올랐다. 단 한 번의 패배도 없는 완벽한 승전군이었으므로 지나가는 곳마다 환대가 이만저만이 아니었다. 길가에 늘어서서 목만치의 이름을 연호하는 사람들을 보면서 여곤은 언젠가 사규가 한 말을 떠올렸다.

'한 하늘에 두 개의 태양이 존재해서는 안 됩니다.'

여곤은 비로소 그 말의 뜻을 뼈저리게 깨달았다.

"오, 목 장군! 정말 수고했네!"

웅략이 옥좌에서 내려와 부복한 목만치를 일으켜 세웠다. 시립해 있던 문무백관들이 놀란 눈으로 그 광경을 지켜보았다. 대왕이 손수 몸을 일으켜 신하를 맞는 것은 전례가 없는 일이었다.

"그대가 내 오랜 숙원을 풀어주었다. 이제야 비로소 우리 왕실의 위엄이 이 땅에 널리 떨치게 되었다. 정말 고생 많았다."

"소신, 대왕마마의 명을 성심껏 받들었을 뿐입니다."

웅략이 몇 번이고 고개를 끄덕이며 목만치의 손등을 쓸었다. 잠시 후 격정을 달래고 난 웅략이 옥좌로 돌아가 자리했다.

"내 그대에게 이번 동정의 공으로 새로운 성씨를 하사하겠노라."

웅략의 말에 신하들이 일제히 고개를 쳐들었다. 이것 역시 놀라운 성은이 아닐 수 없었다. 감히 일개 무장에게 대왕이 성씨를 하사한다는 것은 파격을 뛰어넘어 전대미문의 일이었다.

"내 그대에게 소아 지방을 식읍으로 내려주겠다. 따라서 그대의 성씨는 그 땅의 이름을 따서 소아蘇我로 짓는 게 좋겠다. 소아만치, 어떠냐? 이것이 지금부터 그대의 새로운 이름이로다!"

"성은이 망극할 따름입니다."

목만치가 부복하며 대답했다.

'소아만치.'

목만치는 그 이름을 입 속으로 되뇌었다.

'아아, 소아만치. 이제 목만치는 소아만치로 새롭게 태어났다. 백제에서의 그 뼈저린 한을 떨쳐버리고 새롭게 시작하겠다. 그리하여 누구도 감히 꿈꾸지 못한 권력을 떨쳐보리라.'

목만치, 아니 소아만치는 그렇게 스스로에게 다짐하였다.

"대왕마마, 신은 오직 백제의 부흥과 대왕마마를 위해 미천한 일생을 바치겠습니다."

목만치의 목소리가 감격과 감회에 젖어 희미하게 떨렸다.

목만치의 이름은 시간이 갈수록 열도에 널리 퍼졌다. 더불어 목만치에 대한 웅략의 총애도 더욱 깊어만 갔다. 일찍이 조정에서 세력을 형성하고 있던 고관들은 백제에서 뒤늦게 넘어온 목만치를 시기하고 견제하기 시작했다.

그 대표적인 인물이 대련 직을 세습하던 물부한조라는 자다. 대련이라는 직책은 대신 다음의 직급이다. 대신이 오늘의 총리 격이라면 대련은 장관 급이다. 물부는 이제 갓 50을 넘긴 나이지만 그의 야심은 대련에 머물지 않았다. 물부는 새롭게 세력을 얻고 있는 목만치를 경계하고 더 이상 좌시해서는 안 되겠다는 위기의식을 느꼈다.

물부를 비롯한 고관들은 웅략 못지않은 신망과 세력을 가지고 있는 여곤을 들쑤시기 시작했다. 목만치와 여곤, 두 사람 사이를 이간질하려고 갖은 노력을 다했던 것이다.

여곤은 조정의 이런 분위기를 누구보다 잘 알고 있었다. 그라고 해서 마음이 편할 리 없었다. 워낙 대범하고 목만치를 아끼는 그였기에 이런 소리를 한 귀로 듣고 흘려버렸지만 그렇다고 마음이 개운해지지는 않았다.

여곤은 자신의 그런 협량함을 비웃었고, 그러지 않으려고 애썼지만 시간이 갈수록 목만치를 바라보는 시선이 예전과는 달라지고 있다는 것을 인정하지 않을 수 없었다.

그런 여곤을 바로 곁에서 지켜보고 있는 인물이 있었으니 바로 사규였다. 여곤의 가장 충직한 심복인 사규는 자신이 모시는 주군의 괴로움을 누구보다 잘 알았다. 그러나 그 역시 목만치와는 생사고락을 함께한 우정을 나누는 입장이기에 괴롭기는 마찬가지였다.

목만치도 그런 미묘한 분위기를 느끼고 있었다. 그는 시간이 날 때마다 여곤을 찾아가 술자리를 가졌지만, 처음 열도에 넘어왔을 때보다 점차 그 빈도가 줄었다. 여곤의 얼굴에서 웃음이 적어진 것도 그 무렵이었다. 오히려 목만치는 원치 않는 웅략의 초대를 받아 왕궁에 머무는 시간이 점점 늘어났다.

그렇게 두 사람 사이에 갈등이 점차 깊어가던 차에 사규가 목만치를 주연에 초대했다.

사규는 작심한 듯 가주미효와 술을 따르는 미희들까지 대령해놓았다. 술잔만 오갈 뿐, 정작 초대한 사규나 초대받은 목만치나 별말이 없었다. 그런 두 사람을 미희들이 의아한 눈으로 힐끗힐끗 쳐다보았다.

오랜 침묵을 깬 쪽은 사규였다. 사규가 술기운으로 불쾌해진 눈을 들어 목만치를 쏘아보았다.

"장군!"

"말씀하시오."

"나는 지금까지 싸움터를 전전하며 살아왔소. 온갖 풍상을 다 겪었다고 자부하오. 하지만 내가 만난 그 많은 사람들 중에서 장군 같은 용장은 없었소."

"……."

목만치가 고리눈을 들어 사규를 바라보았다.

"당신을 뛰어넘기 위해 아무도 모르게 노력해보았지만 헛된 일이었소. 아마 당대에 당신보다 더 뛰어난 무인은 나오기 힘들 거요. 아니, 그 언젠가…… 어느 대사가 그랬지. 당신의 이름은 영원히 살아남아 전해질 것이라고. 그렇지, 전설이 될 거라고 했소. 나 역시 그것을 굳게 믿고 있소이다. 비록 당신이 나보다 연하지만 난 당신을 존경하오. 그러나…….."

사규가 잠깐 말을 멈추고 술잔을 비워냈다. 목만치는 묵묵히 사규를 지켜보았다.

"나는 주군을 모시고 있소. 주군을 위해서라면 목숨을 바쳐야 하는 입장이오."

"그것은…… 나 역시 마찬가지요."

목만치가 우울하게 대꾸했다.

"아니, 당신과 나의 처지는 조금 다르오. 나는 좌현왕마마를 지난 십 년 동안 모셔왔소. 그러나 당신은…… 혼자의 힘으로 천하를 제패할 수 있는 그런 야망을 지닌 사내요."

"……!"

목만치가 눈을 부릅뜨고 사규를 노려보았다. 사규의 입에서 그런 말이 나오리라고는 전혀 짐작도 하지 못했던 것이다.

그 말은 다름 아닌 목만치의 반역을 암시했다. 혼자의 힘으로 천하를 제패한다……. 반역이 곧 죽음을 의미하는 시대였다. 목만치가 아무리 천하의 용장이며, 그 밑에 죽음을 두려워하지 않는 부하들이 있다 한들 대왕의 권위에 감히 도전할 입장은 아니었다.

어지간히 감정을 드러내지 않는 목만치였지만 사규의 말은 너무나 뜻밖이었다. 목만치의 입술이 희미하게 떨렸다.

"나는 좌현왕마마를 받들어 모시는 사람으로서 주군의 심기를 불편하게 하거나, 주군의 앞길에 위해가 되는 요소라면 모조리 제거해야 하오. 그것이 내 임무라는 것쯤은 장군도 익히 아시겠지요."

"……."

"장군과 내가 서로 칼을 겨누게 될지도 모르오."

"……."

목만치와 사규의 눈이 허공에서 가만히 만났다. 어느새 분위기를 짐작한 미희들이 멀찌감치 사라진 뒤였다.

"나는 그것을 피하고 싶소."

"……."

"장군과 좌현왕마마가 충돌하는 최악의 상황만은 막아보고 싶단 말이오."

"……."

"장군! 이것이 내 충정이오!"

사규가 품안에서 비수를 꺼내 자신의 왼손 새끼손가락을 잘랐다. 느닷없는 동작에 당황한 목만치는 사규를 말리지 못했다. 아직도 살아 꿈틀거리는 듯한 단지를 보면서 사규는 침착하게 흐르는 피를 지혈했다. 목만치는 눈을 가늘게 뜬 채 사규를 지켜보다가 입을 열었다.

"사 장군의 충정은 익히 잘 알고 있습니다. 말을 돌리지 말고 원하는 것을 말하시오."

"우리 주군께서 등극하시도록 도와주시오."

"등극이라 하셨소?"

"그렇소."

한동안 목만치는 입을 열지 않았다. 등극이라면 왜왕의 자리에 앉겠다는 뜻이었다. 웅략을 제거하겠다는 말이나 다름없다.

"한 가지 더, 주군께는 혼기가 찬 영애가 계십니다. 장군, 영애와 결혼해주시오."

"지금 뭐라 하셨소?"

"장군, 마마의 부마가 되어달라는 말씀입니다."

"허허, 혼인으로서 연계를 하시겠다?"

"진연 낭자에 대한 장군의 애틋한 심정은 익히 알고 있소이다. 하지만 죽은 사람은 죽은 사람이오. 눈을 크게 뜨고 대국을 바라보셔야 하오. 장군께서 마마의 영애와 혼인을 맺는다면 두 분은 피로 맺어진 혈맹이 될 것이오. 그 방법 외에는 장군과 좌현왕마마와의 충돌을 막을 방법이 없소이다."

"사 장군… 이것이 모두 당신의 뜻이오?"

"……."

사규가 목만치를 쏘아보다가 다시 입을 열었다.

"주군의 뜻이기도 하오."

"……."

목만치는 부릅뜬 눈으로 허공을 올려다보았다. 그 자세로 한 식경이 지났고, 두 식경이 지났다. 그러나 사규는 채근하지 않고 묵묵히 목만치의 대답을 기다렸다.

이윽고 목만치가 여곤의 별궁이 있는 쪽을 향해 부복했다. 잠시 후 몸을 일으킨 목만치가 사규를 돌아보며 대답했다.

"좌현왕마마의 뜻을 받아들이겠소."

"고맙소. 참으로 고맙소."

사규의 얼굴이 어느덧 환해져 있었다.

무장 최고의 영예인 전투에서의 승리가 기쁨이 될 수 없다는 것을 알아버린 목만치였다. 최고의 권력을 얻으면 기쁠 것인가. 목만치는 고개를 저었다. 진정한 영웅이 설 자리는 어디든 상관없다고 생각했다. 목만치는 그렇게 마음을 비웠다. 자신들의 용렬함으로 타인을 경계하는 자들이 자신의 혼인으로 마음이 편해진다면, 그래서 피비린내를 피할 수만 있다면 까짓 혼인쯤 별것도 아니지 않겠는가.

"연이……."

그러나 허혼하는 순간 탄식처럼 그 이름이 흘러나오는 것만은 목만치도 어쩌지 못했다.

여곤에게는 다섯 명의 아들과 한 명의 딸이 있는데, 훗날 동성왕이 되는 모대牟大와 무령왕이 되는 사마 그리고 열도에서 계체천황이 되는 남대적 등이 그들이다. 외동딸의 이름은 목화木花인데, 이름처럼 기품이 단아하고 아름다웠다. 여곤은 특히 목화에게 깊은 애정을 쏟았다.

목화의 나이 이제 열일곱, 말 그대로 꽃처럼 활짝 피어나는 나이였다. 목화는 후원 별채에서 수를 놓고 있었다. 그녀는 차분하고 조용한 성품답게 수놓는 것을 즐겼다.

"공주님, 저 은고입니다."

밖에서 시녀의 목소리가 들려왔다.

"들어오게."

잠시 후 은고가 문을 열고 들어왔다. 은고는 30대 초반의 시녀로 목화의 유모나 마찬가지였다.

"아휴, 곱기도 해라."

목화가 수놓은 비단천을 은고가 감탄의 눈길로 바라보았다.

"인물도 이쁘시지, 지체가 높으신 데다가 이렇게 재주도 좋으신 우리 공주님을 데려가실 분은 정말 호박이 넝쿨째 들어오는 셈이에요."

은고가 싱긋 웃었다.

"그럼 내가 호박이네."

목화가 웃지도 않고 대답했다. 은고가 이번에는 소리 내어 웃음을 터트렸다.

"공주님을 말솜씨는 내가 못 당한다니까."

"할 말 있으면 어서 해. 빙빙 돌리지 말고."

"내가 이렇다니까 글쎄. 공주님께 내 속을 다 읽혀요."

"할 말이 있으니까 여기 오지 뭐. 내가 은고를 한두 해 아는 것도 아니고. 어서 말해봐."

"공주님, 소문 들으셨어요?"

"소문이라니?"

목화가 손길을 멈추고 은고를 바라보았다.

"공주님께서 곧 혼인하실지도 모릅니다."

"혼인?"

"그렇다니까요."

"말도 안 돼."

목화가 고개를 절레절레 흔들었는데 양볼에 홍조가 떠올라 있었다.

"어머 우리 공주님, 얼굴 붉어지셨네."

"방 안이 더워서 그래."

"나는 추워 죽겠구만요."

"내가 혼인하다니 그게 무슨 말이야?"

"나도 떠도는 소문을 들었어요. 지난번에 본국에서 넘어오신 목만치 장군을 아시지요?"

"그분을 모르는 사람도 있나? 모이기만 하면 그분 얘긴데. 그런데 그분이 왜?"

은고가 대답 없이 웃었다. 목화가 눈을 치켜떴다.

"왜 웃어?"

"그분이 공주님 배필이 되신다는 소문입니다."

"설마……."

목화가 말끝을 흐리며 허공에 눈길을 던졌다.

먼발치에서 목만치를 서너 번 보았을 뿐이지만 목화는 그를 처음 보았을 때 느낀 감정을 방금 전인 듯 생생하게 기억하고 있었다. 키가 크고 강건한 체격이지만 어딘지 모르게 쓸쓸해 보이는 그 눈빛을 보는 순간, 목화는 본능적으로 모성애를 느꼈다. 저 사내를 안아주고 싶다는 감정이 떠올랐던 것이다. 그만큼 목만치에게서는 쇠가 녹슬 때 나는 그런 분위기가 감돌았다. 우울하고 쓸쓸하며, 이 세상의 밑바닥을 보아버린 듯한 그런 텅 빈 눈빛. 그것은 가장 소중한 무엇인가를 잃어버린 사람의 눈빛이었다. 이상하게도 그것이 목화의 마음을 강하게 끌었다.

그날 이후 목화는 목만치의 얼굴을 쉽게 떨쳐버리지 못했다. 가끔 여곤을 만나러 오는 목만치를 우연하게나마 볼 수 있으리라는 기대감으로 여곤이 있는 바깥채 근처를 서성이기도 했다.

그러나 막상 목만치가 보이기라도 할라치면 목화는 자신도 모르게 숨어버렸다. 가슴이 무섭도록 방망이질 쳤다. 이대로 가다가는 터질지도 모른다는 걱정이 들 정도였으므로 목화는 한참이나 제 가슴을 진정시키고서야 나설 수 있었다. 목만치는 목화에게 처음으로 이성이라는 감정을 느끼게 해준 남자였다.

"왜 그분이 싫으세요?"

은고가 살피는 눈으로 목화를 보았다. 목화는 그녀의 눈길을 피하며 고개를 외로 꼬았다.

"싫고 말고가 어디 있어. 아바마마가 시키는 대로 해야지."

"후, 공주님. 목 장군을 마음에 두고 계시는군요."

은고가 웃으며 덧붙였다.

"사실 목 장군, 아니 소아 장군을 흠모하지 않는 여자들이 어디 있 겠어요? 인물 헌칠하니 번듯한 데다가 명문가 출신이지, 장군으로서 혁혁한 무공을 쌓은 데다가…… 하기야 저희같이 비천한 것들이 감히 넘볼 수 있는 분이 아니지요."

은고가 가늘게 한숨을 내쉬었다.

"그런 분이 왜 아직까지 혼자일까?"

목화가 뒤늦게 생각났다는 듯 물었다.

"그러게요. 듣고 보니 그렇네."

은고도 의아한 표정을 지었다.

오랜만에 여곤과 목만치가 술상을 앞에 두고 마주 앉았다. 사규와 의 만남 이후로 처음 여곤과 마주한 목만치는 왠지 모를 어색함을 느 꼈는데, 그것은 여곤도 마찬가지인 모양이었다. 두 사람은 잠자코 술 잔만 비울 뿐 좀처럼 입을 열지 않았다. 취기가 도는지 눈가가 조금 붉 어진 여곤이 입을 열었다.

"돌아가신 선왕마마가 생각나는군."

선왕마마라면 비유왕을 말하는 것인가, 개로왕을 말하는 것인가. 목만치는 잠깐 여곤을 바라보다가 그가 개로왕을 말하고 있음을 깨달 았다.

"위례성을 되찾고 난 뒤 그대를 보며 무척이나 좋아하셨지. 천하에 둘도 없는 무장을 얻었다고 말일세."

자세를 고친 목만치가 정색해서 말했다.

"좌현왕마마, 죽을죄를 지었습니다. 선왕을 제대로 보필하지 못한 죄, 죽음으로도 다 갚지 못할 것이옵니다."

"허, 그게 무슨 말인가? 어째서 그걸 그대가 책임져야 하는가?"

"좌현왕마마께서 일찍이 왜로 떠나시면서 소신에게 신신당부하셨습니다. 소신은 그 당부를 지키지 못했습니다."

"그게 어찌 한 사람의 인력으로만 되겠는가? 그대는 최선을 다했고, 한성백제가 망한 것은 하늘이 정해준 운명이었지."

말은 그렇게 했지만 여곤도 감정이 북받쳐 올랐다.

"언젠가는 원수를 갚을 날이 오겠지. 오늘의 이 수모를 언젠가는 꼭 갚아야 할 것이야. 우리 대에 안 되면 우리 자식들 대에는 꼭 그런 날이 올 것이야."

되뇌는 여곤의 목소리가 떨렸다.

"그러기 위해서는 힘을 길러야 하네. 지금도 본국에서는 끊임없이 우리 국인들이 넘어오고 있네. 그 국인들을 규합해서 힘을 길러야해. 그래서 언젠가는 더벅머리 거련에게 당한 수모를 기필코 갚아야하네."

"지당하신 말씀입니다."

"장군."

여곤이 목만치를 날카로운 눈으로 쏘아보았다.

"장군, 내게는 누구보다도 그대가 필요하네."

"선왕조차 보필하지 못한 죄인이 무엇을 할 수 있겠습니까?"

"아닐세. 장군이 있었기에 여도 형님이 웅진에서라도 왕위에 오를 수 있었던 것이야. 장군 덕에 우리 백제의 사직이 이어졌어. 나는 그 점을 영원히 잊지 않을 것이네. 장군, 나를 도와주게."

"좌현왕마마, 패장을 죽음으로 다스리지 않고 이처럼 감싸주시니 그 은혜 결코 잊지 못할 것입니다. 신은 죽는 날까지 오직 백제의 부흥과 영광을 위해 견마지로를 다할 것입니다."

"자, 한잔 들게나. 오늘 밤은 장군과 함께 흠뻑 취하고 싶네."

여곤이 술잔을 높이 쳐들었다. 두 사람은 건배를 하고 다시 몇 순배 술잔을 주고받았다.

"게 누구 없느냐?"

여곤이 소리치자 밖에서 기다리고 있던 내관이 서둘러 들어왔다.

"부르셨습니까?"

"가서 공주를 모셔오너라."

내관이 나가자 여곤과 목만치는 술잔만 비웠다. 이윽고 밖에서 조용한 목소리가 들려왔다.

"아바마마, 부르셨습니까?"

"오, 그래. 들어오너라."

대답하는 여곤의 눈길이 잠깐 목만치의 이마를 스쳤다.

방으로 들어선 목화는 누구에게랄 것도 없이 가만히 머리를 숙여 보였다.

"너 저기 앉아 있는 목만치 장군을 아느냐?"

목화가 비로소 고개를 들어 목만치를 바라보았다. 목만치와 눈길이 마주치자 목화는 얼른 시선을 거두어들여 여곤을 돌아보았다.

"장군의 위명이 워낙 널리 알려져 있어서 소녀, 몇 번 들어보았습니다. 그리고 아바마마를 만나러 오신 장군을 먼발치에서 두어 번 뵌 적이 있습니다."

"그래, 앉거라."

목화가 술상에서 조금 떨어진 곳에 조심스럽게 앉았다.

"목 장군은 참으로 보기 드문 대장부다. 그래서 내 감히 장군께 청을 넣을 것인즉 목화 너를 배필로 맞아달라고 말이다."

"……."

"……."

목화와 목만치, 두 사람 모두 입을 열지 못했다. 잠시 후 목화가 목만치를 잠깐 돌아보았는데, 그 눈빛이 더할 수 없이 맑고 고요했다.

"소녀, 아바마마의 명을 받아들이겠습니다만, 장군께서는 의향이 어떠신지 모르겠습니다."

"그러니까 너는 이 아비의 뜻을 받아들이겠다는 말이지?"

"…… 예."

여곤이 흡족한 표정으로 목만치를 돌아보았다.

"장군, 이 아이는 내가 특히 아끼는 여식이네. 그동안 혼담이 수없이 들어왔지만 웬일인지 한 번도 마음이 끌린 적이 없었다네. 내 이제 와서 생각해보니 장군과 인연을 맺으려고 그랬던 모양이네."

목만치의 시선은 목화의 단아한 이마에 가 있었다. 참으로 아름다웠다. 목만치는 그 얼굴을 보면서 떠오르는 또 다른 얼굴 때문에 가슴 저 밑바닥이 무너지는 듯한 서늘함을 맛보았다.

"내 그대에게 저 아이를 맡기고 싶네."

"……."

목만치가 선뜻 대답이 없자 여곤이 잠깐 눈을 치켜떴다. 목화도 눈을 들어 목만치를 바라보았다.

"신, 여러모로 부족하지만 좌현황마마께서 베풀어주시는 후의를 감히 받아들이겠나이다."

"고마우이, 장군."

여곤의 얼굴에 그제야 화색이 돌았다. 목화도 가는 한숨을 내쉬었는데, 자신도 모르게 나온 것이다.

그러나 목만치는 별다른 표정을 짓지 않았다. 구태여 말하자면 오히려 우울한 얼굴이었다. 하지만 여곤과 목화는 제 기쁨에 잠겨 목만치의 그런 기색을 눈치 채지 못했다.

사규에게 목화와의 혼인을 허락하면서 목만치가 떠올린 사람은 진연이었다. 그러나 목화를 직접 대하는 순간 떠오른 사람은 미령이었다. 어쩔 수 없는 상황에 몰려 마음에도 없는 남자의 아내가 되어 먼 길을 떠난 망국의 여인 미령.

목만치는 목화의 눈빛에서 자신에 대한 그녀의 마음을 읽었다. 그 마음이 한때 진연이나 미령이 자신에게 품은 마음과 조금도 다르지 않다는 것도. 어쩌면 자신이 끝내 진연과 미령에 대한 마음을 지켜 이 혼인을 거부한다면 목화 또한 마음에도 없는 누군가의 지어미가 되어 떠날 것이다.

'그래, 그대가 원한다면…… 만일 그대가 나의 반쪽짜리 마음이라도 탓하지 않는다면 내 그대의 사내가 되어주겠소.'

사규에게 허혼하던 심정과는 또 다른 처연한 심정으로 목만치는 목화를 받아들였다.

목만치와 목화의 결혼식은 열도에서 그 유례를 찾아볼 수 없을 정도로 화려하고 성대했다. 웅략 이하 중신들이 결혼식에 참석했고, 각 지방 토호들도 다투어 모습을 드러냈다. 각 지방에서 폐백이 산더미처럼 몰려들었다.

아스카에 살고 있는 국인들은 거의 모두 참석했다고 해도 과언이 아닐 정도로 구름처럼 많은 인파가 모여들었다. 그리고 밤이 늦도록 지천으로 널려 있는 음식과 술을 즐겼다.

모든 의식이 끝나고 두 사람만 남게 되었다. 대황초가 대낮처럼 환하게 타오르고, 어디선가 희미한 사향 냄새가 풍겨났다. 화려한 비단으로 치장한 혼례복을 입은 목화는 비할 데 없이 아름다웠다. 그녀는 누구보다도 행복해야 할 첫날밤의 신부지만, 자신에게 다가올 어두운 그림자를 본능적으로 느꼈다.

그녀는 긴 한숨을 내쉬며 저만치 홀로 술상을 마주하고 있는 목만치를 바라보았다. 목만치는 단둘만 남게 된 뒤부터 벌써 한 식경이 넘도록 술을 마시고 있었다. 그의 이마에 무거운 수심이 가득 내려앉아 있었다.

무슨 생각을 저리도 하는 것일까. 목화는 목만치를 가만히 바라보았다. 몸은 손을 뻗으면 닿을 만큼 가까운 거리에 있지만 기실 그의 영혼은 아주 아득한 곳에 가 있는 것 같았다. 무엇인가. 저 사람을 저토록 외롭고 아득하게 느끼도록 만드는 것은.

목화의 복잡한 심정을 느껴서일까. 목만치가 고개를 들어 목화를 바라보았다. 목화를 잊고 있었다는 생경한 시선이었다.

목화는 용기를 내 입을 열었다.

"무슨 심려가 그리 많으십니까?"

"……."

"비록 아둔한 아녀자이긴 하지만 이렇게 부부의 연을 맺었으니 나리의 심려는 곧 저의 심려이기도 합니다. 큰 힘은 되어드리지 못하겠지만 좋은 일이든 나쁜 일이든 함께 하겠습니다."

"심려라니요. 마음 쓸 것 없소."

"그렇다면 다행입니다만……."

"한잔하겠소?"

버릇처럼 술잔을 입으로 가져가던 목만치가 문득 생각난 듯 물었다.

"주시면 사양하지 않겠습니다."

목만치가 술잔을 내밀자 목화는 가까이 다가가서 술잔을 받아들었다. 몸을 반쯤 돌리고 술잔을 비우는 목화를 목만치가 가만히 바라보았다. 참으로 고운 얼굴이었다. 백설처럼 투명하게 비치는 듯한 피부며, 단아하게 자리 잡은 이목구비 그리고 전체적으로 차분하게 가라앉은 분위기까지, 보면 볼수록 진연과 닮은 얼굴이었다.

"참으로 곱소."

비로소 목만치의 목소리에 열기가 느껴졌다.

"……."

목화는 볼이 화끈거리는 느낌이었다. 방금 들이킨 술 때문만은 아니었다. 자신의 미모를 칭찬해주는 남자의 말 때문이었다.

"몸 둘 바를 모르겠습니다."

목화의 목소리가 떨려나왔다.

가만히 바라보던 목만치가 이윽고 가까이 다가왔다. 목화는 떨리는 가슴을 진정하느라 갖은 애를 썼다. 숨조차 쉬기 어려울 정도였다. 목화는 있는 힘을 다해 간신히 입을 열었다.

"대황초를…… 불을 꺼주십시오, 나리."

열도의 태풍

웅략은 날로 강대해지는 여곤과 목만치의 세력을 두려워했다. 이미 국인들의 신망은 그들 두 사람에게 몰려 있었고, 조정의 신료들조차 그들과 급격하게 밀착되기 시작했다. 사람을 아끼는 여곤의 인품과 덕성 그리고 동정을 성공리에 마친 목만치의 명성은 사람들을 모이게 하기에 충분했다.

목만치를 편애해서 여곤과의 관계를 껄끄럽게 만들려던 자신의 계책이 빗나가자 마침내 웅략은 물부한조를 이용해서 그들을 제거해야겠다고 결심했다. 왜의 혈통을 그들이 이어가도록 놔둘 수는 없는 일이었다. 태자 청녕이 즉위하기 위해서는 그들의 세력을 미리 꺾어놓아야 했다.

물부는 수백 년 전부터 이즈모로 진출한 신라계의 호족으로 그 직위를 세습해왔다. 이즈모는 철산지로 유명한 데다가 제철기술이 뛰어난 신라계의 본거지였고, 그런 세력을 바탕으로 야마토 조정까지 진출한 것이다.

웅략은 신료들이 사병을 갖는 것을 용인했는데, 카와치 지방만 벗어나도 불안정한 치안문제와 토매인세력과의 전쟁 때문이었다. 비록 목만치가 동정을 했다고는 하지만 아직 난세였다. 길을 나섰다가 언제 어떻게 될지 모르는 세상이었다.

웅략의 비밀스러운 부름을 받은 물부는 그와 오랫동안 밀담을 나눈 뒤 궁궐을 나왔다.

집에 돌아온 물부는 근위장 하타를 불렀다. 최고의 심복이었고, 눈빛만 보아도 속을 아는 사이였다. 탄탄한 상체에 쏘아보는 듯한 눈매와 굳게 다문 두툼한 입술이 인상적인 하타는 한눈에도 타고난 무장이었다.

"주군, 부르셨습니까?"

"그래. 긴히 할 말이 있다."

물부가 손짓하자 하타가 무릎걸음으로 다가왔다.

물부는 그러나 쉽게 입을 떼지 못하고 촛불만 바라보았다. 하타는 잠자코 기다렸다. 중요한 일이 있을 때면 뜸 들이는 것이 물부의 버릇이었다.

비로소 고개를 돌린 물부가 하타를 보며 낮게 말했다.

"드디어……."

"……."

"기회가 왔다."

"……."

"하타, 오랫동안 기다리던 기회가 왔단 말이다."

"……."

알아들었지만 하타는 묵묵히 물부를 바라보았다.

"웅략, 이 늙은이가 제 칼에는 피도 묻히지 않고 내 칼을 이용해서 여곤과 목만치를 제거하겠다는 것이야."

"……."

"저승길에 혼자 가기 심심하다는 뜻인가? 그들을 그대로 놓아두고는 청녕이 무사히 즉위할 수 없다는 것을 안 거겠지. 꽤 똑똑한 늙은이야. 그렇지 않나, 하타?"

"토사구팽입지요."

하타의 중얼거림에 물부의 양미간이 찌푸려졌다.

"무례한 놈, 네놈 입에서 문자가 나오니 어울리지 않는다. 네놈은 그저 입 다물고 있거라."

"죄송합니다, 주군."

하타가 입을 다물었지만 별반 기분 나쁜 것 같지는 않았다.

"그 늙은이, 제 꾀에 흡족해하겠지만 피 맛을 본 내 칼이 미쳐 날뛸 것까지는 생각하지 못했으리라."

물부가 소리 내어 웃었다.

"하타, 이즈모에 사람을 보내 군사를 모으도록 하라. 그리고 비파호의 진씨 가문에도 사람을 보내 응원군을 요청하라."

"예."

"이제 곧 열도는 신라계의 차지가 된다. 이번 기회에 백제계는 물론이거니와 고구려계까지 모조리 쓸어내 바다에 수장하겠다. 비록 본토에서야 우리 신라가 밀리는 형국이다만 여기서는 다르다는 것을 보여주겠다."

물부의 눈빛이 매섭게 빛났다. 푸른 안광이 튀어나오는 듯했다.

하타는 알아들었다는 듯 고개를 숙였지만 기실은 그 눈빛을 피하기 위해서였다.

물부는 그동안 절치부심하며 살아온 세월을 돌이켜보았다. 이즈모 출신의 신라계로서 야마토 조정의 요직에 오르기까지 정말이지 신난 곤란한 세월을 보냈다. 실권자들의 발바닥을 핥으라면 핥는 시늉까지 하면서 지내온 세월이었고, 마침내 대련이라는 위치까지 오르게 되었다.

물부의 꿈은 그러나 대련에 머물지 않았다. 대련 위에 대신, 다시 그 위에 대왕이라는 자리가 있는 것이다. 그는 바늘 없는 낚시를 드리우고 세월을 낚는 강태공처럼 기다렸다. 언제고 때가 오리라고 믿었다. 그런데 그의 꿈은 다가오기는커녕 오히려 멀어지고 있었다.

어느 날 백제본국에서 넘어온 목만치라는 자 때문이었다. 여곤의 강력한 후원을 받은 목만치는 동정군 총사령으로 임명되어 혁혁한 전공을 세웠고, 아스카로 환궁해서는 대왕에게 소아 지방을 식읍으로 받는 동시에 성씨까지 하사받았다. 그것도 모자라 얼마 후에는 대신 직을 제수받은 것이다.

대신이 어떤 자리인가. 바로 대왕 밑의 최고 직이다. 그리고 세습이 가능한 열도의 풍습에 따라 한번 대신의 자리에 오르면 자손대대로 그 직을 승계한다. 물부가 평생 꿈꾸던 야망을 목만치는 불과 일 년도 안 된 사이에 거머쥔 것이다.

물부는 그 사실을 받아들일 수 없었다. 비록 목만치가 동정에서 세운 공을 인정할지언정 대신의 자리는 자신의 것이어야 했다. 그러나 현실은 그렇지 않았고, 물부는 자신이 신라계여서 대신으로 승차하지 못했다고 받아들였다. 신라계로서의 한계를 뼈저리게 느낀 것이다.

그리고 그때부터 물부는 생각을 바꾸었다. 무작정 기다릴 게 아니라 스스로 기회를 만들겠노라고. 그 기회가 바야흐로 눈앞으로 다가오고 있었다.

태자 청녕은 그 즈음 서른을 바라보는 나이였지만, 강고한 기상의 웅략과는 달리 유약한 성품이었다.

어려서부터 귀한 보약이 떨어질 날이 없었지만 타고난 허약체질이어서 웅략은 그것이 내심 불만이었다. 그러나 효성이 지극한 데다가 웅략의 가려운 곳을 알아서 긁어주는 눈치가 비상해서 웅략은 청녕을 아꼈다. 그래서 신료들의 만류를 무릅쓰고 3남인 그에게 태자 직을 잇게 했던 것이다.

자신의 생명이 얼마 남지 않았음을 직감한 웅략은 여곤과 목만치를 제거하기 위한 행동에 나섰다. 조정은 여곤을 심정적으로 따르는 신료들이 상당수 차지하고 있었으므로 웅략은 오직 물부에게만 이 일을 맡겼다. 자신의 직할 근위대를 물부의 심복인 하타에게 딸려보냈다.

이런 일은 꿈에도 생각하지 못한 여곤과 목만치는 때마침 목만치의 아들 한자韓子의 첫돌을 맞아 소아강가에 있는 저택에서 잔치를 열었다.

고관대신들이 앞 다투어 찾아와 경하의 인사를 건넸다. 안청의 넓은 방에 음식이 가득 차려졌고, 한가운데 놓인 식탁 앞에 앉은 목만치와 목화는 한자의 재롱을 지켜보았다. 목만치의 얼굴에서는 연신 웃음이 떠나지 않았다.

백제옷을 입고 있는 한자는 목만치와 목화를 절반씩 닮았는데, 짙은 눈썹과 큰 눈, 곧게 솟아오른 콧대는 목만치와 판박이였고, 단아한 이마와 선이 분명한 붉은 입술은 그대로 목화였다. 깎은 밤톨처럼 잘생긴 아이의 눈빛에서는 총기가 흘러넘쳤다. 보는 사람들마다 감탄을 금치 못하며 덕담을 던졌다.

아기를 보러 오는 손님들이 뜸해지자 목화가 한자를 안아 여곤에게 건넸다. 외손자를 받아든 여곤이 크게 웃었다.

"하하, 그놈 보면 볼수록 제 아빌 닮아 장군감이로구나. 이놈, 어서 커서 대백제국의 기둥이 되거라. 꼭 역사에 길이 남을 인물이 되어야 하느니라."

"아기씨께서는 황실이신 마마와 목 장군의 피를 함께 이어받았으니 꼭 그렇게 되실 겁니다. 마마, 경하드리옵니다."

사규가 웃으며 말했다. 그때쯤 옆에 다가온 목만치에게 아기를 넘겨주며 여곤이 말했다.

"조부이신 대장군께서 생전에 이 아일 보셨다면 그 얼마나 좋은 일이었겠나. 참으로 애틋하이."

"인명은 재천이거늘 어찌 인간의 욕심으로 되는 일이겠습니까?"

"안타까워서 하는 말이네."

"저 역시 그렇습니다만, 이렇게라도 후사를 잇게 되니 저승에 가서도 선친을 뵐 면목이 조금이라도 섰습니다. 모두가 빙장어른 덕분이올시다."

"미욱한 여식을 거둬준 자네가 더 고마우이."

옹서간에 이런 말이 오고가는데 문득 밖이 소란스러워졌다. 모두 무슨 일인가 싶어 어리둥절해하는 가운데 쌍가마가 새파래진 얼굴로 뛰어들어왔다.

"주인, 큰일 났습니다!"

"무슨 일인데 그리 소란이냐?"

한걸음 나서며 목만치가 애써 목소리를 낮추었다.

"대왕의 위사들이 집을 포위했습니다. 저도 영문을 모르기는 마찬가지올시다."

"포위를 해? 위사들이?"

"그렇습니다."

"비켜라."

쌍가마를 제친 목만치가 청을 내려섰다. 여곤이 뒤따랐다.

집을 둘러싸고 있는 위사병들의 투구와 창검이 막 저물어 가는 서녘 햇살을 받아 빛났다.

은빛 철갑옷과 투구까지 빈틈없이 갖춰 입은 하타가 말에서 내려 가죽 두루마리를 펼쳤다.

"어명이오!"

"⋯⋯."

"어명이오!"

하타가 다시 한번 목청껏 외치자 목만치와 여곤은 무릎을 꿇고 부복했다.

"곤지왕과 소아만치는 들어라. 두 죄인은 오늘부로 모든 관직을 박탈하고 유배형에 처한다! 두 사람의 가족과 가옥 또한 몰수해야 함이 마땅하나 곤지는 같은 황실의 혈통임을 감안하고 소아만치 또한 그간의 공을 참작해서 그것만은 그대로 두겠다. 두 죄인은 명을 받는 즉시 셋쓰攝津로 가서 자숙하라!"

"⋯⋯."

얼음 같은 침묵이 이어졌다. 마른하늘에 날벼락도 유분수지 도무지 이해할 수 없는 상황이 벌어진 것이다. 먼저 입을 연 쪽은 여곤이었다.

"이유가 대체 뭐란 말이냐?"

"죄인 곤지는 듣거라. 그대에게 내려진 죄목은 사사로이 파벌을 조장하고 선동해서 조정의 기강을 흔든 것이다."

"허어!"

신음을 내뱉은 여곤은 이것이 자신들을 제거하기 위한 웅략의 술책임을 깨달았다. 죄목의 정당성이나 타당성 따위는 아무런 상관도 없는 것이다. 목만치 역시 물어볼 것도 없이 마찬가지일 터였다.

"죄인 소아만치는 왕명 없이 대규모의 사병을 유지하여 나라의 기강을 심히 어지럽히고 역모를 꾀한다는 불안심리까지 조성한 죄가 크다. 이에 대소 중신들이 대역죄를 물어 참살할 것을 주청하였으나 대왕께서는 목숨만은 이어가게 하셨으니, 죄인은 대왕의 성은에 감복할 것이며 심히 자숙하라!"

"……."

뒤에서 듣고 있던 사람들이 기가 찬 표정으로 웅성대기 시작했다. 곰쇠가 한걸음에 튀어나왔고 그 뒤를 수달치와 야금이 등이 이었다.

"이건 말도 안 되는 억지요! 우리 주인께서 한번도 역심을 품은 일이 없음은 여기 있는 우리가 모두 알고 있소! 좌현왕마마 역시 마찬가지요! 평소 모든 사람들에게 인망을 얻고 있을뿐더러 대왕을 중심으로 보필해왔음을 모두 알고 있소!"

"이놈, 닥치거라!"

하타가 손을 뻗어 곰쇠를 가리키며 호통쳤다.

"감히 왕명을 어길 참이냐?"

"이건 터무니없는 모함이오! 절대로 우리 주인을 못 끌고 가오!"

곰쇠도 지지 않고 소리쳤다. 눈에서 불꽃이 튀는 듯했다. 하타가 끌고 온 위사병들이 긴장한 듯 창검을 고쳐 쥐었다. 곰쇠를 비롯한 목만치 부하들의 용력에 대해서는 익히 알고 있는 것이다. 하타가 목만치를 노려보며 말했다.

"왕명을 어기면 삼족을 멸할 것이오!"

"……."

참담한 얼굴로 땅바닥을 노려보던 목만치가 고개를 들어 뒤를 돌아보았다.

"물렀거라!"

낮지만 단호한 목소리였다.

"주인!"

곰쇠의 피 끓는 듯한 외침이 터져 나왔다. 목만치가 다시 눈을 부릅
떴다.

"이놈, 그래두!"

"주인……."

"마님과 한자를 부탁한다."

목만치가 일어서자 여곤이 따라 일어섰다. 위사병들이 다가와 두
사람에게 오라를 지웠다.

그렇게 그들이 끌려가자 남은 사람들 중 몇몇은 넋을 잃고 주저앉
았고, 돌잔치를 축하하러 온 손들은 불똥이 자신에게 튈까 봐 서둘러
돌아갔다.

청에 섰던 목화가 비틀거리자 곁에 있던 분이가 얼른 부축했다.

"마님, 약해지시면 안 됩니다."

"이 일을 어쩌면 좋겠나?"

"이럴 때일수록 마님께서 의연한 모습을 보이셔야 합니다. 나리께
서도 그걸 원하실 겁니다. 나리께서 방금 분을 참고 선선히 끌려가신
것은 화가 마님과 공자님에게까지 미칠 것을 염려하셨기 때문입니다.
제가 아는 나리께서는 결코 이대로 물러나실 분이 아닙니다."

"정말 그러하시겠지?"

"그럼요. 그렇구 말구요. 좌현왕마마께서도 그렇습니다. 왜에 와 있
는 모든 백제인들의 정신적 지주십니다. 그런 분이 쉽게 뜻이 꺾일 것
같습니까?"

"네 말이 맞다. 내가 힘을 내야겠어."

목화가 애써 미소를 지으며 기운을 되찾았다. 목화는 넋을 잃은 채 청 바닥에 주저앉아 있는 모친을 위로한 뒤, 가노들을 향해 입을 열었다.

"너희가 목도한 대로 비록 주인이 험한 꼴을 당했으나 이는 일시적인 일일 뿐이다. 주인께서는 금세 돌아올 것이니 너희는 평상시와 다름없이 맡은 일에 충실할 것이며 특히 몸가짐을 조심해 꼬투리 잡히지 않도록 유념하라."

놀란 가슴을 진정시키지 못하던 가노들도 목화의 침착한 목소리에 제 얼굴빛을 되찾았다.

어느새 계절은 깊은 가을로 접어들고 있었다.

유배형을 받아 끌려가는 목만치와 여곤을 제대로 대접해줄 리 없었고, 심지어는 걸음이 늦다고 채찍질까지 해대며 길을 서두는 통에 두 사람의 몰골은 형언하기 어렵게 변해 있었다. 의복관대가 제대로 갖춰지지 않은 데다가 봉두난발로 흘러내린 머리칼이며 세수조차 못한 두 사람의 모습은 알아보기 어려웠다.

이틀 만에 셋쓰에 도착한 그들은 바닷가에 위치한 초옥에 도착해서야 한숨을 돌릴 수 있었다. 가시나무 울타리가 빽빽하게 둘러쳐져 있었고, 출입구라고는 병사들이 지키고 있는 대문뿐이었다. 병사 12명이 교대로 번을 섰는데, 그 밖에 달리 감시하는 눈은 없었다. 아스카에 남아 있는 가족이 볼모였기 때문이다.

목만치가 정작 걱정한 것은 유배형보다는 그다음의 일이다. 자신과 여곤의 세력을 견제하기 위해 이번 일을 꾸민 자가 있다면 이런 식으로 곱게 살려두지 않을 것이다. 조정 안팎의 반발이 잠잠해지고 세간의 관심이 수그러들자마자 자신과 여곤을 해칠 것이 분명했다.

목만치와 여곤은 머리를 맞대고 배후를 캐느라 골몰했다.

"웅략의 짓일까? 아니면 다른 누구인가?"

"웅략은 고령으로 노심초사하고 있습니다."

"그렇다면 청녕의 짓이다?"

"아닐 겁니다. 청녕은 이번 일을 꾸밀 정도로 담대하고 결단력 있는 인물이 아니지요."

"나도 그렇게 생각하네."

"청녕에 대한 웅략의 총애가 깊다고 들었습니다. 아마 사후의 일을 염려해서 웅략이 우릴 제거하려고 마음먹었는지도 모릅니다."

"하지만 그렇다고 해서 웅략이 우릴 직접 칠 만한 배짱이 있겠나?"

"우리가 몰랐다는 것은 이번 일이 극비리에 진행되었음을 의미합니다. 마마와 저 외에 병력을 움직일 수 있는 자일 것입니다."

"……."

한동안 생각하던 여곤이 무릎을 쳤다.

"설마 물부한조가?"

여곤이 놀란 눈으로 목만치를 바라보았다.

"제 생각도 같습니다. 위사병들을 끌고 온 자가 바로 물부의 근위장 하타입니다. 일찍부터 열도에 넘어온 신라계의 후손들이지요. 이번 기회에 백제계에게서 권력을 쟁취할 야심이겠지요."

"그들 뒤에는 이즈모 지역의 신라계가 버티고 있지 않나?"

"그렇습니다."

"그렇다면……."

여곤이 말끝을 흐리며 눈가를 찌푸렸다. 뭔가를 깊이 생각할 때의 버릇이었다.

"웅략이 제 꾀에 넘어간 것인가?"

목만치가 쓰게 웃었다.

"십중팔구 그렇게 될 겁니다. 마마와 저의 목숨이 위태롭습니다."

"허어!"

"왕명으로 유배형이 내려졌지만 물부는 그 정도로 만족하지 않겠지요. 분명 자객을 보낼 것입니다. 우리가 죽어야 제 놈이 청녕을 폐위시키고 집권할 수 있을 테니 말입니다."

"이제야 선명해지는군. 웅략은 제 미련한 아들놈의 등극에만 신경썼겠지만 이번 일로 제 아들놈의 생명까지 위태롭게 되리라곤 짐작도 못했을 것이다. 이걸 보고 제 도끼에 발등 찍힌다고 하는가."

여곤이 혀를 찼다.

"마마, 어떻게 해서든 살아남아야 합니다. 옥체를 보중하소서."

"자네도 몸조심하게."

"마마를 이대로 계시게 하지 않겠습니다. 조금만 더 고생하십시오."

"어떤…… 방책이라도 있는가?"

"……."

목만치가 고개를 저었다. 일말의 기대를 가진 여곤의 얼굴이 다시 어두워졌다.

"전 부하들을 믿습니다. 그놈들과는 이해타산 없이 생사의 기로를 함께 헤쳐왔습니다. 비록 제가 이런 신세에 있더라도 그놈들을 믿고 있습니다. 조만간 좋은 소식이 있을 테지요."

"그래, 나도 그렇게 믿고 싶군."

여곤이 쓸쓸하게 말했다.

목만치와 여곤이 셋쓰로 유배된 지 불과 며칠 만에 놀라운 일이 일어났다. 웅략이 급서한 것이다. 늙었다고는 하지만 느닷없는 죽음이었다.

새벽녘에 급보를 받은 청녕은 서둘러 대왕의 침전으로 향했다. 긴 복도의 양끝에는 무장한 시위들이 도열해 있었지만 내관들은 보이지 않았다. 뒤따르는 지밀나인을 돌아보며 청녕이 물었다.

"어찌 된 일이냐? 내관들은 그렇다 치고 의관조차 보이지 않으니?"

"저도 영문을 모르겠습니다."

"대왕마마께서 승하하신 일이다. 이게 대체 무슨 일이냐?"

청녕이 역정을 내며 침전 앞에 도착했을 때였다. 그곳에도 무장한 시위 몇 명이 지키고 서 있다가 청녕과 지밀나인 앞을 가로막았다.

"감히 뉘 앞을 막아서는 게야? 썩 비켜라!"

지밀나인이 나서며 호통쳤다.

"못 들어가십니다."

"못 들어가? 뉘 지시냐?"

"대련 나리의 지시옵니다. 지금 대왕의 변고에 대해 조사하고 있습니다."

"이놈, 태자마마시다. 대왕께서 변을 당하셨다면 마마께서 가장 먼저 뵈어야 할 일, 어느 놈이 가로막는단 말이냐?"

"아니 되옵니다!"

지밀나인과 시위가 옥신각신하고 있는데 침전 문이 열리고 물부한 조와 하타가 나왔다. 그들을 보고 지밀나인이 항의했다.

"이것 보시오, 대련. 이런 법이 어디 있소?"

"나오셨습니까? 태자마마."

물부와 하타가 청녕을 향해 허리를 숙였다.

"이게…… 대체 어인 일이오?"

"대왕께서는 독살당하신 듯합니다. 범인을 찾느라 궁궐을 잠깐 폐쇄했습니다. 마마께서는 진노를 푸시고 안으로 드시지요."

청녕이 침전으로 들어갔고, 그 뒤를 지밀나인과 물부가 뒤따랐다.

웅략은 침상 위에서 자는 듯이 죽어 있었다. 그의 얼굴과 팔다리에 푸른 반점이 떠올라 있었다. 웅략의 시신 위에 엎드려 한동안 오열하고 난 청녕이 눈물 가득한 눈을 들었다.

"범인이 누구요?"

"수라간 궁녀들을 잡아다가 족치고 있습니다. 조만간 밝혀질 것입니다."

"꼭 그래야 하오."

"심증이 가는 인물이 있긴 합니다, 마마."

"그자가 누구란 말이오?"

청녕이 핏발 선 눈으로 물부를 노려보았다.

"목만치와 여곤이옵니다."

"목만치와 여곤? 그들이 왜?"

"얼마 전에 대왕마마께서 그들에게 유배형을 내리신 일을 잊으셨습니까? 그들이 앙갚음을 하기 위해 일을 벌였을지도 모릅니다."

"증거가 있소?"

미심쩍은 표정이 청녕에게 떠올랐다. 웅략의 죽음을 지근에서 모시는 나인들이 아니라 물부가 가장 먼저 알았고, 궁궐의 안팎을 단속하고 있었다. 말로는 범인을 색출하기 위해서라고 했지만 청녕은 의혹을 느꼈다.

"증거를 찾는 중이니까 뭔가 곧 나오겠지요."

물부의 말에 청녕은 애써 태연한 척하며 일렀다.

"속히 범인을 잡아들이고, 목만치와 여곤이 연루되었다는 증거를 찾아내시오."

"예, 마마."

"즉시 국상을 선포하고 날이 밝는 대로 비상 조례를 열겠소."

"그건 곤란합니다."

"곤란하다니?"

"조정 대신들 중에는 그들과 뜻을 같이하는 이들이 한둘이 아니옵니다. 이런 터에 무심코 조례를 열었다가는 오히려 역도들에게 당하기 십상입니다."

"그럼 어떻게 하란 말이오?"

"시간을 두고 이번 일에 연루된 자들을 솎아내야 합니다. 잔당들을 완전히 소탕하기 전까지는 마마께서도 위험합니다. 모든 것을 제게 맡기십시오. 마마를 안전한 곳으로 모시도록 하겠습니다."

말은 정중했지만 청녕을 바라보는 물부의 눈에는 살기가 서려 있었다. 때로는 말보다 눈이 더 많은 것을 이야기하는 법이다. 청녕은 비로소 이번 일이 물부의 소행임을 확신했다. 그러나 어찌할 것인가. 청녕은 자신의 무력함에 몸서리쳤다.

물부의 눈짓에 다가온 시위들이 청녕의 앞뒤를 둘러싸자 그는 자신이 고립무원의 처지임을 깨달았다. 이 넓은 궁 안에, 아니 궁 밖 아스카 천지에 자신을 편들어줄 이가 단 한 사람도 없는 것이다.

'이것이 권력의 무상함이라는 것인가.'

청녕은 시위들에게 끌리듯이 발을 옮기면서 그런 비감을 곱씹었다.

"물부한조 그놈이 드디어 야욕을 드러냈다."

"이제 정말 주인의 생명이 위험하게 됐소. 뭔가 조치를 취해야 합니다."

곰쇠의 말에 수달치가 대꾸했다.

곰쇠와 수달치, 야금이, 쌍가마까지 모여서 심각한 얼굴로 이야기를 나누고 있었는데 분위기가 가라앉아 있었다. 웅략의 급사 후 청녕이 사실상 감금 상태에 있고, 물부가 실권을 장악했다는 소문이 파다했기 때문이다.

"형님, 어떻게 하실 거유?"

야금이가 이마를 들이대며 채근했다.

"우리 병력이 얼마나 남아 있느냐?"

수달치가 손을 꼽으며 계산했다.

"난파진에 있는 아우들이 50여 명, 여기 식구들이 50여 명이니 얼추 백여 명은 되겠수."

야금이가 끼어들었다.

"가다노交野에 나가 있는 직할부대가 아직 고스란히 남아 있소. 기마로 3백이오."

"물부 쪽이 접수하지 않았던가?"

수달치가 미심쩍다는 듯 묻자 야금이가 고개를 저었다.

"이런 일이 있을 줄 알고 내 미리 기별해두었소. 다행히 저쪽은 가다노 병력까지 미처 셈에 넣지 않은 모양이오. 사규 장군을 보내면 우리 쪽으로 넘어올 것이오. 동정시 우리와 생사고락을 같이한 동무들 아니우."

"그것 참 반가운 소리다."

"게다가 담로도에 직할부대 백여 명이 수비병으로 남아 있소."

"그러면 모두 몇인가?"

곰쇠의 말에 야금이는 빠르게 셈했다.

"5백은 확보되는 셈이오."

"물부 측 병력은?"

"왕실 근위병만 5천이오. 아스카 직할병력을 합치면 2만 5천이오."

"그러면 3만……."

"그뿐 아니오. 이즈모에서 1만 5천의 기병과 5천의 수군이 출병했다 하오."

야금이의 말에 모두 깜짝 놀랐다.

"그게 사실이냐?"

수달치가 떨리는 목소리로 물었다.

"주인이 저렇게 되시자마자 각지에 사람을 보내 정황을 살펴보게 했소. 물부는 신라계를 배경으로 하는 자이기에 이번 반란에 이즈모 세력이 가만히 있지 않을 것으로 생각했소."

머리 회전이 빠르고 일을 치밀하게 마무리하는 야금이의 성정다웠다.

"그러면 5만 대 5백의 싸움인가?"

수달치가 중얼거리며 곰쇠를 돌아보았다.

"놈들은 청녕을 볼모로 삼고 있는 형편이오. 어쩌실 거유?"

곰쇠가 모두에게 눈길을 한번씩 준 다음 입을 떼었다.

"쌍가마 너는 큰 마님과 작은 마님, 공자님을 모시고 삼륜산三輪山으로 피하거라. 놈들이 우리의 움직임을 읽고 있을 테니까 한밤중에 몰래 빠져나가야 한다."

"예."

"마님과 공자님의 안위만 보장된다면 우리로서는 걸리는 게 없다. 까짓 놈들이 5만이 됐든 10만이 됐든 그건 문제가 아니다."

"어이쿠! 중요한 것을 빼먹었소!"

야금이가 뒤늦게 낮은 비명을 내질렀다.

"뭐냐?"

"무기! 무기가 없소!"

"그게 무슨 말이냐? 무기가 없다니?"

"이제 보니 모든 게 물부의 간교한 계략이었소."

"자세히 설명해보거라."

"병부의 명으로 모든 무기를 회수당했소. 무기가 낡아서 신무기로 교체하겠다는 것인데, 이번 일을 대비한 놈들의 치밀한 포석이었소."

"병사들을 무장시킬 창검이 하나도 없단 말이냐?"

"그런 셈이오. 있다고 해야 거저 줘도 쓰지 못할 부러진 창칼이 고작이오."

"그게 사실이냐? 그렇다면 무기고를 급습하면 어떻겠느냐?"

"어리석은 생각이오. 물부도 그쯤은 계산에 넣었을 거요."

"무슨 방도가 없느냐?"

곰쇠가 짜증스럽게 반문했다.

"……."

심각한 얼굴로 수를 짜내었지만 달리 묘안이 있을 리 없었다.

"일단은 주인과 좌현왕마마를 구하는 것이 급선무요. 벌써 놈들이 자객을 보냈을지도 모르니 서둘러야 하오. 그리고 이 집이 토벌되기 전에 식구들을 먼저 피신시켜야 하오."

야금이의 말에 정신이 번쩍 든 곰쇠가 일어났다.

"쌍가마 너는 어서 마님과 공자님을 모시고 떠나거라. 터럭 하나라도 다쳐서는 안 된다!"

"제 목숨보다 소중히 여기겠소."

쌍가마가 대답한 뒤 서둘러 빠져나갔다.

"야금이는 사규 장군과 함께 가다노로 떠나거라. 그곳 병력을 이끌고 갈성산葛城山에 숨어 연락을 기다리거라."

"예."

"수달치는 난파진으로 사람을 보내 그곳 아우들을 갈성산으로 이동시키도록 하고, 나와 함께 주인께 가자."

수달치가 입을 굳게 다문 채 끄덕였다.

"자, 모두 서둘러라. 일각에 주인의 생사가 달렸다."

서둘러 마당에 나서자 이미 이슥한 밤이었고, 스산한 바람이 불어왔다. 앞으로 닥칠 피바람을 예견하기라도 하는 것일까.

그와 때를 같이해서 비가 억수로 퍼붓는 밤길을 달려가는 한 떼의 무사들이 있었다.

열한 명의 무사들과 말들은 한 몸뚱이처럼 밤길을 달려가고 있었는데 그 기세가 자못 사나웠다. 맨 앞에 선 자는 다름 아닌 하타인데, 물부가 자랑하는 휘하의 최정예 무사들 중에서도 날고 긴다는 자들이 그 뒤를 따랐다. 물부가 오랫동안 공을 들여 키워온 자들이었다.

그들이 촌각을 다투어 달려가고 있는 곳은 목만치와 여곤이 유배되어 있는 셋쓰였다. 목적은 단 하나, 목만치와 여곤의 목이었다.

아직 아스카에 정변이 일어났다는 사실을 알기 전에 그들을 먼저 베어야 한다는 것이 물부의 판단이었다. 그래서 심복인 하타를 보낸 것이다. 그만큼 이번 일의 중차대함을 잘 알고 있는 하타 일행이었다.

사납게 말을 몰아가는 그들의 의식을 지배한 것은 목만치였다. 비록 날개가 꺾였다고는 하지만 목만치가 누구인가.

그들은 목만치에 대한 두려움과 공포심 그리고 그것을 이겨내려는 내면의 안간힘, 한편으로는 목만치를 기필코 꺾어 무명을 떨치겠다는 개인의 야망 등이 뒤얽힌 복잡한 심정이었다. 그런 중압감에서 벗어나려는 듯 본능적으로 가하는 채찍질과 박차에는 필요 이상으로 힘이 들어가 있었다.

깊은 한밤이 지나고 먼 동쪽 하늘에 푸른빛이 떠오르는 시각이었다. 잠시도 지체하지 않고 달려온 참이라 그들과 말들은 흠뻑 젖어서 번들거렸다. 그들이 멈춰 서 있는 언덕 아래 바닷가에 외따로 떨어져 있는 초옥이 보였다. 목만치와 여곤이 위리안치형을 받고 있는 곳이었다.

말고삐를 잡아채며 하타가 일행을 돌아보았다.

"전속력으로 말을 몰아친다. 여곤은 상대할 것 없다. 오직 목만치의 목을 노려라. 목만치를 해치우지 못한다면 우리가 당한다. 놈은 잘 알다시피 고수 중의 고수다. 무조건 놈을 쳐라!"

"예!"

그리 높지 않았지만 단호한 대답이 한 목소리처럼 터져 나왔다.

"가자!"

하타가 짧게 외침과 동시에 가파른 언덕길을 내려갔다. 동시에 나머지 열 필의 말도 뒤처질세라 다투어 내려갔다.

쏟아지는 잠기운과 싸우고 있던 파수병들이 아닌 밤중에 요란하게 울리는 말발굽소리에 놀라 눈을 쳐들었다. 그들이 어안이 벙벙해진 사이 한달음에 성큼 달려온 하타와 무사들은 말을 탄 채로 울타리를 뛰어넘었다.

말발굽이 마당에 착지하는 동시에 하타와 무사들은 말에서 뛰어내려 조금도 지체하지 않고 방으로 뛰쳐들었다.

그러나 그들을 기다리고 있는 것은 텅 빈 방 안의 정적과 어둠뿐. 그들의 예리한 칼날에 베인 것은 애꿎은 이부자리와 베개들뿐이었다.

들창문이 열려 있는 것을 발견한 하타가 재빨리 밖으로 뛰쳐나갔다.

"멀리 가지 못했을 게다. 뒤쫓아라!"

다시 말에 오른 그들은 목만치와 여곤이 도망친 방향을 짐작해 뒤쫓았지만 사나운 비바람 속에 그들의 흔적은 어디에도 없었다. 도무지 방향을 어림하지 못한 하타가 말을 멈춘 채 입술을 깨물었다.

"한발 늦었다!"

그러자 잊고 있던 싸늘한 공포가 등허리를 휘감아왔다.

목만치가 탈출했으니 이제 그가 언제 어떤 방법으로 반격해올지 모른다. 하타는 귀신 같은 목만치의 용병술에 대해서 귀에 딱지가 앉을 정도로 들었다. 그 공포가 현실로 다가오는 것이다.

말머리를 돌린 하타는 무사들에게 외쳤다.

"아스카 소아천으로 간다! 목만치의 가족을 사로잡아라! 늦지 않았기를 바랄 뿐이다!"

이내 그들은 한 줄기가 되어 빗줄기 속으로 말을 몰아 달려갔다.

곰쇠와 수달치가 그곳에 도착한 것은 그러고도 두 시진쯤 지난 후였다.

파수병들도 떠나버리고 난장판이 되어버린 집을 보는 순간, 곰쇠는 새파래진 얼굴로 말에서 뛰어내렸다.

"주인! 주인, 어딨소?"

단걸음에 방 안에 뛰어든 곰쇠는 이부자리와 베개를 발견하고는 한시름 놓았다. 적어도 이 자리에서 참변을 당하지 않았음을 짐작할 수 있었다.

수달치가 뒤따라 들어왔다.

"발자국을 보니 십여 명쯤 되오. 그 정도 숫자라면 제아무리 고수라도 장군을 꺾지 못하오. 놈들이 장군의 실력을 과소평가했소. 그나마 천행이오."

"모두 흩어져서 근처를 뒤져라. 뭔가 흔적이 있을 것이다."

방에서 나온 곰쇠가 부하들에게 그렇게 이르는 참이었다.

"장군!"

먼저 목만치와 여곤을 발견한 사람은 수달치였다. 목만치와 여곤이 걸어오고 있었다. 온몸이 비에 젖어 형편없는 몰골이기는 했지만 다친 곳은 없어 보였다. 곰쇠가 달려가서 목만치를 맞았다.

"어떻게 된 거유?"

"등잔 밑이 어두운 법이다. 당황한 놈들은 우리가 멀리 도망쳤을 것으로 생각했을 뿐, 이 근처를 뒤질 생각조차 없었다."

놈들이 습격할 것이라고 예상한 목만치와 여곤은 미리 봐둔 대로 들창문을 빠져나가 바로 옆 바닷가 벼랑 틈에 숨어 있었던 것이다.

"마마와 주인께서 무사하시니 이런 천행이 어디 있겠습니까."

"정황은 어찌 돌아가고 있느냐?"

"쌍가마 놈을 시켜서 두 분 마님과 공자님을 삼륜산으로 피신시켰습니다. 물부가 태자 청녕을 볼모로 잡고 조정을 장악했고 모든 병권까지 쥐었습니다."

"물부의 군세가 얼마나 되느냐?"

"어림잡아 5만의 대병력입니다. 우리가 동원할 수 있는 군사는 5백에 불과합니다. 그러나 문제는 무장하지 못했다는 점입니다."

"그건 무슨 소리냐? 무장하지 못했다니?"

"얼마 전에 무기를 모두 회수당했습니다. 모두가 물부 놈의 치밀한 계략이었습지요."

"우리 병사들은 어디 있느냐?"

"난파진 근처 갈성산으로 모이게 했습니다. 아스카에서 물부와 전면전을 벌일 형편이 아니어서."

"잘했다."

목만치가 끄덕였다.

"우리로서는 한 명이 아쉬운 판이니 쓸데없는 인명손실을 줄여야 한다."

"하지만 문제는 무기입니다. 창이건 칼이건 있어야 싸우지요."

"……."

잠시 생각하던 목만치가 문득 여곤을 돌아보았다.

"마마께서는 어떻게 생각하십니까?"

"물부는 오래전부터 역모를 획책해왔네. 백제계가 장악하고 있는 현실을 인정할 수 없었겠지. 게다가 물부는 이즈모 신라계의 전폭적인 지원까지 업고 이번 거사를 일으켰네. 이즈모의 풍부한 철로 무기는 얼마든지 조달할 수 있을 테고…… . 우리로서는 무기를 만들 수 있는 철을 찾는 게 무엇보다 시급한 문제야."

"……."

잠시 생각하던 목만치의 얼굴에 떠오른 미소를 보고 여곤이 물었다.

"좋은 계책이 있는 모양이군."

"천행입니다. 열도에서 이즈모 지방을 제외하고 유일하게 철이 생산되는 곳이 있습니다. 최고의 품질이기도 하지요."

"허, 그런 곳이 있었나?"

"예. 제 동무가 함께 아스카로 오는 길에 찾아냈습니다."

"그곳이 어디인가?"

"바로 난파진 앞에 있는 담로도입니다."

"허, 바로 코앞에 있었군."

"문제는, 이 사실을 물부도 알고 있느냐입니다. 만일 그 사실을 알고 있다면 놈은 우선 담로도부터 점령하겠지요. 우리가 선수 쳐야 합니다."

"담로도에서 놈들과 마주치겠군."

"그럴 가능성이 높습니다."

여곤에게 대답하고 난 목만치가 모두를 둘러보며 일렀다.

"자, 서둘러서 난파진으로 돌아간다."

모두 말에 올라탔고, 목만치와 여곤은 곰쇠가 준비해온 예비마에 올랐다. 그러고는 조금도 지체하지 않고 말을 몰아갔다. 더욱 굵어진 빗줄기가 천지를 뿌옇게 가리기 시작했다.

"목만치와 여곤을 놓쳤습니다. 돌아오는 길에 목만치의 집을 급습했으나 가족이고 가노고 한 놈도 남아 있지 않았습니다."

부복한 하타가 머리를 조아리며 말했다. 보료의 팔걸이에 비스듬히 누워 있던 물부가 얼굴을 찌푸렸다.

"화근을 남겨놓았구나."

"제 불찰입니다."

"서둘지 못한 것이 한이다. 가족이 인질로 있으니까 감히 탈출하지 못할 거라고 생각했다. 방심했던 게야. 그래, 다른 놈들의 움직임은?"

"가다노에 수비병으로 나가 있던 3백의 병사들이 종적을 감추었습니다. 목만치가 동정할 때 직접 거느린 직할대일 뿐 아니라, 여곤의 위 사장인 사규의 입김이 닿는 부대입니다."

"가다노? 그것을 계산에서 빠트렸군."

"하지만 다행히 비무장입니다."

"그래. 무기가 없다면 이 빠진 호랑이나 다름없다."

"하지만 아직 날카로운 발톱이 남아 있습니다. 목만치가 살아 있는 한 안심할 수 없습니다."

"동감이다. 병사들을 모조리 풀어라. 목만치는 먼 곳에 있지 않다.

놈은 반드시 돌아올 것이다. 그때 보여주겠다, 이 물부의 진면목을."

물부가 낮게 웃었다.

"이즈모에서 출병한 군사들은 어떻게 되었습니까?"

"2만 5천의 기병은 육로로, 나머지 5천은 전선戰船으로 이동중이다. 닷새 후면 난파진에 도착할 것이야."

"그렇습니까?"

"그렇다. 그렇게 되면 5만의 정예병을 갖게 된다. 제아무리 목만치라 한들 무장도 갖추지 못한 3백의 오합지졸로 어찌하겠느냐?"

"나리, 꼭 그렇게만 생각하실 것이 아닙니다."

"무슨 소리냐?"

물부가 눈을 가늘게 좁혔다.

"이즈모보다 품질이 우수한 철산지가 있다면 어찌하시겠습니까?"

하타의 말에 물부가 눈을 번쩍 떴다. 어느덧 상체를 똑바로 세운 물부가 정색하고 물었다.

"그런 곳이 있다고 듣지 못했다."

"저도 얼마 전에야 들었습니다. 담로도가 바로 그곳입니다."

"담로도라면 난파진 앞에 있는 섬 아니냐?"

"예. 그곳에 진수라는 장인이 공방을 열었다는 소문입니다. 그 장인의 솜씨가 얼마나 비범한지 아스카의 왕족들이나 부호들이 은밀하게 물건을 사들이고 있는 모양입니다."

물부가 잠깐 허공을 노려보았다.

"그렇다면…… 목만치가 노리는 곳은 바로 거기다."

"제 생각도 그렇습니다."

"일이 쉬워지는구나. 이즈모에서 오는 병력으로 그곳을 쓸어버려야겠다. 하타, 이즈모의 병력에 전령을 보내서 담로도에 상륙하도록 일러라. 아니, 그럴 것 없이 하타 네놈이 직접 선봉에 나서라."

"알겠습니다."

"이번에는 놈을 놓치지 마라."

"명심하겠습니다. 이번에는 빠져나가지 못할 것입니다."

하타가 두 손으로 바닥을 짚고 머리를 숙이며 대답한 뒤 밖으로 나 갔다.

어느새 물부의 시선은 벽에 걸린 열도 지도에 가 있었다. 위에서 아 래로 훑던 그의 눈길이 어느 한 지점에서 멈추었다. 담로도였다.

"들으셨습니까?"

문득 물부가 혼잣말처럼 말했다. 아니었다. 병풍 뒤에서 낮은 목소 리가 흘러나왔다.

"그렇소."

"이번에야말로 목만치를 꼭 잡겠습니다."

"꼭 그러기를 원하오."

"……."

"그것이 내가 살아 있는 이유니까."

음성에 깃들어 있는 살기에 물부는 온몸에 소름이 돋는 느낌이었 다. 마음에 들지 않는 노인네였다. 하지만 내색하지 않았다. 오랫동안 꿈꾸어온 물부의 야망을 구체적으로 실현에 옮기도록 용기를 준 이였 으니까.

"반드시…… 목만치를 죽여야 하오."

다시 병풍 뒤에서 음산한 목소리가 들려왔다.

기사회생

담로도에서 목만치와 헤어진 진수는 몇 년 동안 갖은 고생을 다한 끝에 제법 반듯한 철공방을 마련했다. 소문을 들은 담로도 토매인들이 진수를 찾아와 제자가 되기를 청했고, 그중 신실해 보이는 몇 명을 받아들인 진수는 철광맥을 발굴해 본격적으로 제철 공방을 차렸다.

철은 진수가 지금껏 겪은 어느 것보다 품질이 좋았고, 담로도에는 그런 철이 흔했다. 그러나 진수는 욕심 내지 않고 최소한의 생계만 해결하는 선에서 철제품을 내다 팔았다. 진수는 애초부터 재산을 모으는 일에는 관심이 없었다.

공방에 대한 소문이 나자 각처에서 무기를 제조해달라는 주문이 밀려들었지만, 진수는 단 한 번도 받아들이지 않았다. 제자들에게도 결코 살생용 도검을 만들어서는 안 된다는 엄명을 내렸다. 제자들은 까닭을 몰랐지만 스승이 시키는 대로 따르지 않을 수 없었다.

그런데 단 한 가지 예외가 있었다. 진수는 틈만 나면 명검 제작에 몰두했다. 결코 남에게 팔지 않는 도검에만 매달리는 스승을 제자들은 의아해서 지켜볼 뿐이었다.

그의 바람은 신검을 만들었다는 괴짜 대장장이 진각을 뛰어넘는 최고의 장인이 되는 것이었다. 그래야만 비명에 간 부친의 한을 풀 수 있을 것 같았다. 그래서 진수는 밤낮을 가리지 않고 쇠를 녹여 천하의 명검을 만들기 위해 노력했다. 하지만 그의 노력은 번번이 실패로 돌아갔다.

제자들이 보기에 진수의 솜씨로 탄생한 칼은 놀라울 정도였다. 그러나 진수는 매번 고개를 절레절레 흔들며 칼을 용광로 속으로 던져버리곤 하였다. 자책하며 괴로워하는 진수를 보면서 제자들은 질리는 기분이었다. 진수가 추구하는 저 먼 세계는 자신들로서는 도무지 꿈도 꾸지 못할 경지였던 것이다.

그러는 와중에도 세월은 이럭저럭 흘러 미소년 같던 진수도 어느덧 험한 노동에 길들여져 깊은 주름이 늘었고, 제법 장골 티가 났다. 세월의 힘이었다. 눈빛은 더욱 사려 깊게 가라앉았으며, 한일 자로 굳게 닫힌 입술은 고집스러운 인상을 풍겼다. 무엇보다 하나의 목표에 죽을 각오로 매진하는 사람 특유의 신비로운 분위기가 그의 몸에 감돌고 있었다.

늦은 밤, 공방에서 나온 진수는 마당에 서서 뒷짐을 진 채 밤하늘을 올려다보았다. 아미蛾眉 같은 초승달이 떠 있었다. 며칠째 꿈자리가 뒤숭숭하고 일손에 집중하기 어려웠다. 무엇인가 큰일이 닥쳐올 것만 같은 막연한 예감이 그를 사로잡았다.

구름이 달빛을 가리는 순간 진수는 조심스러운 인기척을 느꼈다. 진수는 빠르게 고개를 돌려 뒤를 돌아보았는데 그저 헛헛한 바람만 불어올 뿐이었다.

잘못 들었나 싶어서 갸웃거리다가 고개를 돌린 진수는 깜짝 놀랐다. 그러나 소리는 내지 않았다. 홀연 그의 눈앞에 목만치가 서 있었다.

두 사람은 가만히 눈빛으로만 대화를 주고받았다. 진수는 그제야 목만치의 뒤편에 숨어 있는 다른 사람들을 눈치 챌 수 있었다.

진수는 앞장서서 발걸음을 옮겼다. 이 시각에 목만치가 찾아든 것은 두말할 나위 없이 남의 이목을 피함일 터였다. 진수는 혹시라도 잠을 이루지 못하고 있을 제자들의 눈을 피해 목만치 일행을 폐광 동굴로 데려갔다. 폐갱이지만 안은 널찍했고, 예전에 진수가 혼자 생활할 때 쓰던 취사도구 등이 그대로 남아 있어서 당분간 지내기에는 별 부족함이 없었다.

부하들이 밖을 감시하는 가운데 진수와 목만치는 단둘이 마주 앉았다.

"대체 무슨 일인가?"

"반란이 일어났네."

"반란이라니?"

"물부한조라는 자가 웅략을 독살하고 태자 청녕을 볼모로 잡아 실권을 장악했어."

"그게 사실인가?"

진수가 깜짝 놀란 표정을 지었다.

"세상이 발칵 뒤집혔는데도 나만 몰랐군 그래."

"자네야 워낙 세속을 등지고 사는 사람이 아닌가."

"그런데 자넨 어떻게 된 건가?"

"물부가 좌현왕마마와 나를 제거하려고 하네. 간신히 사지에서 탈출한 처지야."

"허어, 어떻게 이런 일이……. 그래, 가족들은?"

"다행히 무사한 것으로 알고 있네."

"천지신명이 도우신 게로군. 그래, 앞으로 어떻게 할 생각인가?"

"무기를 만들어주게."

"무기라면 얼마든지 있지 않은가?"

"계략에 빠져서 우리 군사들 무기를 모두 회수당했어. 물부 측이 오래전부터 이번 반란을 준비해왔다는 증거일세."

"얼마나 무장시킬 생각인가?"

"적어도 5백은 되어야하겠네."

"5백이라…… 아무리 서둘러도 한 달은 넘게 걸리겠군."

"그럴 시간이 없어. 3일, 아니 이틀도 부족해."

"허허, 이 사람. 아무리 급해도 그렇지 한둘도 아니고 5백 자루의 창검을 어떻게 이틀 만에 만들어낸단 말인가?"

"지금 이즈모의 신라계 병사들이 이곳으로 오는 중이네."

"그들이 왜 이곳으로 온단 말인가?"

"벌써 이곳이 철산지라는 소문이 났네. 신라계 놈들은 이곳까지 장악해 명실상부하게 열도를 지배하겠다는 속셈이네."

"그, 그렇게 되면 내 공방은 어떻게 되는가?"

진수가 허옇게 뜬 얼굴로 목만치를 바라보았다.

"이 사람, 죽고 사는 판국에 공방이 문제인가?"

"그렇지 않네. 이 공방이야말로 내 목숨처럼 소중한 곳이네. 이 공방을 세우기까지 어떤 고생을 했는지 자넨 몰라."

"공방을 지키기 위해서라도 물부의 군사를 물리쳐야 하네."

"하지만 무슨 수로 물부의 대병력을 물리친단 말인가?"

"자네, 월왕 구차의 고사도 못 들었는가? 중요한 것은 싸우겠다는 마음가짐이네. 간절함이 하늘에 닿으면 하늘도 기필코 도와준다고 하네. 자네의 힘이 꼭 필요하이."

"……."

"시간이 없네. 이즈모의 군사들이 이곳에 상륙하면 이곳은 피바다가 될 걸세."

"……."

고개를 숙이고 생각하던 진수가 이윽고 목만치를 바라보았다.

"최선을 다해서 하는 데까지 만들어봄세. 모든 것을 하늘의 뜻에 맡기겠네."

"고맙네. 우리 목숨은 이제 자네 손에 달린 거나 마찬가질세."

목만치의 말에 진수가 우울하게 대꾸했다.

"연이, 그 아이가 죽은 뒤에 맹세했지. 이 손으로 결코 남의 생명을 뺏는 살상용 무기를 만들지 않겠노라고. 그 맹세를 자네가 깨트리게 만드는군."

"미안하이. 하지만 칼은 사람을 죽이기도 하지만 때론 사람을 살린다고도 하네. 해월 스님의 말씀이네. 물부에게 정권이 넘어가면 한바탕 피의 숙청이 닥칠 걸세. 오랫동안 아스카를 지배해온 세력은 백제계였지. 이제 신라계가 정권을 장악하는 과정에서 또 얼마나 많은 이들이 죽어갈 것인가."

"다 부질없는 짓이야. 권력이란 따지고 보면 민초들과는 아무런 관련이 없는 것이야. 말로는 대의명분과 국인을 내세우지만 기실은 세도가들의 이권쟁탈이나 다름없네."

"더 크게, 더 멀리 바라보게나."

"어쨌든 이럴 시간이 없군. 서둘러야겠어."

진수가 동굴을 빠져나갔다. 잠시 후 진수가 제자들을 깨우기 위해치는 종소리가 밤공기를 뒤흔들었다.

　전선을 타고 이동하는 이즈모 군사들과 합류한 하타는 대선단의 사령선 갑판에 서 있었다. 30여 척이 넘는 대선단의 기세가 자못 당당했다.

　하타는 흥분으로 뛰는 가슴을 애써 눌렀다. 이 정도라면 아예 본국으로 건너가 백제와 고구려를 치고 싶은 충동까지 들었다.

　군사강국 고구려와 해양대국 백제는 대륙으로 진출해 요동과 요서라는 방대한 강역을 지배하고 있는 반면 신라는 서라벌을 중심으로 반도의 동남단에서 간신히 그 명맥을 이어가는 중이었다. 가야를 쳐서 합병했지만 국세는 고구려와 백제에 비하면 완연한 열세였다.

　철 문명이 발달한 가야를 흡수한 신라는 제철기술을 날로 발전시켰고, 철산지를 찾아 바다 건너 열도의 이즈모 지역까지 진출한 것은 오래전의 일이었다. 그러나 신라계가 이즈모 지역에 머무는 사이에 백제계는 아스카에 진출해 야마토 정권을 내세워 열도의 실질적인 지배권을 갖기 시작했다. 본국에서와 마찬가지로 열도에서도 신라계의 힘이 백제계에 미치지 못했다. 그것이 신라인들이 오랫동안 간직해온 한이었고, 숙원이었다.

　그러나 드디어 그 한을 풀 때가 왔다. 이제 열도는 바야흐로 신라계의 수중에 들어오게 되는 것이다.

　하타는 심호흡을 하면서 애써 흥분을 눌렀지만 쉽게 가라앉지 않았다. 이제 남은 것은 백제계의 정신적 지주인 목만치와 여곤을 제거하는 일이었다. 청녕은 꼭두각시에 불과하고, 몇 년간 그를 이용하다가 폐위하면 되는 것이다. 흥분하지 않을 수 없었다.

　김용상이 다가왔다. 그는 서라벌 조정에서 건너온 무장으로 6두품

아찬 관등으로 이번 원정의 총사령이었다. 40대 중반으로 다부진 몸매에 치밀한 성품이었다.

"나오셨소, 사령."

하타가 고개를 끄덕이며 인사했다. 김용상이 마주 받은 뒤 먼눈을 하고 저 멀리 보이는 섬을 바라보았다.

"저곳이 담로도요?"

"그렇소."

"목만치라는 자가 그토록 용맹하다고 들었소."

"소문이란 원래 과장된 법입니다만, 목만치는 그 소문에 필적할 만한 자요."

"얼마 전에 그자를 급습했다가 실패했다고 하던데."

"그랬지요. 미리 낌새를 채고 피했습니다."

"하타 장군의 위명도 널리 알려져 있는데, 당시 심정은 어땠소?"

"솔직히…… 두려웠소. 대련 휘하의 난다 긴다 하는 무사 열 명을 선발해서 갔소. 급습이지만 승산은 반반이라고 생각했지요. 그자가 없어진 것을 알았을 때 마음 한편으로는 안도감을 느꼈소. 부끄러운 소리요만."

"본국검법…… 그자가 쓴다는 검법은 어떤 것이오?"

"그자는 쉽게 칼을 뽑지 않는다 합디다. 실제로 그의 검법을 가까이서 본 자는 그리 많지 않소. 듣기로는 그 경지를 감히 짐작할 수 없다 하오."

"흠…… 그자와 꼭 한번 겨뤄보고 싶군."

김용상이 혼잣말처럼 중얼거렸다.

"사령께선 본국의 검술교관이라 들었소. 사령의 솜씨라면 감히 그자와 일합을 겨뤄볼 만하겠소."

"과연 그럴 기회가 있을지 모르겠소."

하타가 손을 뻗어 담로도를 가리켰다.

"목만치는 분명 저곳에 있을 거요. 담로도가 그에게 영원히 쉴 무덤이 되겠지요."

"계림에서도 주시하고 있소. 내가 온 것도 바로 그 때문이오. 대왕께서는 반드시 열도에 우리 신라의 분국을 세우라 분부하셨소."

"무슨 일이 있어도 임무를 완수하겠소. 그동안 백제계에 눌려온 우리 신라의 숙원이 꼭 풀어질 거요."

"꼭 그렇게 되어야 하오."

두 사람은 굳게 입을 다문 채 저 멀리 다가오는 담로도의 거대한 윤곽을 바라보았다.

30여 척의 대선단은 날이 저물자 담로도와 난파진의 중간에 정박했다. 밤부터 비바람이 불어 닥치기 시작해 신라계 병사들 태반이 뱃멀미에 시달렸다. 김용상은 하타와 상의한 끝에 비바람이 자는 대로 상륙을 개시하기로 했다.

배마다 파수병들을 남겨놓은 채 모두 깊은 잠에 빠져들었다. 일주일간의 긴 항해에 시달릴 대로 시달린 참이라 선잠 자는 병사 하나 없을 정도였다.

그런 대선단을 향해 전마선 한 척이 칠흑 같은 어둠과 비바람을 뚫고 천천히 다가오고 있었다. 전마선에 탄 10여 명의 사내들은 검은 옷을 입고 있어서 어둠과 쉽게 분간이 가지 않았다. 흰자위와 치아만이 가끔씩 드러났는데 맨 앞에 서 있는 것은 목만치였고 그 뒤가 곰쇠였다. 야금이, 쌍가마, 막돌이 등의 얼굴이 보였고, 수달치는 맨 끝에서 노를 잡고 노련한 솜씨로 배를 몰았다.

그들이 향하고 있는 곳은 맨 앞 사령선이었다. 깃발이 매달려 있는 이 층 누각의 판옥선이므로 한눈에 사령선임을 알 수 있었다.

워낙 은밀하게 접근하는 중이어서 갑판 위의 파수병들은 목만치 일행을 발견하지 못했다. 일부러 고개를 내밀어 뱃전 밑을 확인하지 않은 다음에야 발견하기 어려웠다. 게다가 비바람이 사납게 몰아치는 중이었다. 그리고 30여 척이 넘는 대선단이었다. 감히 이쪽을 습격하는 적들이 있으리라고 생각하는 것도 무리였다.

곰쇠가 낮게 말했다.

"이놈들, 비만 아니면 그저 불고기감인데. 화공을 쓰지 못하는 것이 유감이다."

"나도 그것이 아쉽소."

야금이가 입맛을 다시며 대꾸했다.

30여 척의 배들이 풍랑에 흩어지지 않도록 촘촘하게 정박해 있었고, 각 배마다 밧줄로 연결해놓았기 때문에 화공이 가능하다면 그야말로 제삿날을 받아놓은 셈이었다.

"주인, 어떻게 할 거유?"

이미 들었지만 곰쇠가 다시 물었다.

"놈들의 머리만 친다. 아무리 병력이 많다고는 하지만 우두머리가 없어지면 그때부터는 오합지졸이나 마찬가지다. 우두머리는 신라에서 건너온 김용상이라는 자다. 무술교관을 지낼 만큼 무공이 탁월한 자라고 들었다. 모두 몸조심하거라."

"하타라는 놈도 있소."

야금이가 잊지 말라는 듯 거들었다.

"그놈은 내가 맡았다."

곰쇠가 잇새 사이로 뱉듯이 말했다.

"그놈은 주인과 마마를 죽이려고 한 놈이다."

"형님, 내 몫도 남겨주쇼."

야금이가 웃었다.

"임마, 넌 졸개들이나 맡아라. 하타를 건드리면 너부터 열명길이다. 알아듣겠느냐?"

"허, 그놈들. 비싼 밥 먹고 허튼소리나 지껄일 게냐?"

목만치가 돌아보며 한마디 하자 곰쇠와 야금이의 목이 한 자나 들어갔다.

그들이 타고 있는 배가 사령선 이물 쪽에 바짝 붙었다. 야금이가 손에 들고 있던 쇠스랑으로 사령선 밑전을 찍었다. 막돌이가 삼발이가 달린 밧줄을 위로 던졌고, 그와 동시에 목만치가 밧줄을 타고 위로 올라갔다. 그 뒤를 곰쇠와 야금이, 쌍가마 순으로 따랐다.

뱃전에 뛰어내린 목만치는 빠르게 갑판을 훑었는데 파수병은 이 층 누각으로 오르는 계단 밑에서 비를 피한 채 잠들어 있었다. 인기척을 느낀 파수병이 눈을 떴지만 소리도 지르기 전에 야금이가 내던진 표창을 맞고 앞으로 고꾸라졌다.

모두 무사히 갑판에 오른 것을 확인한 목만치는 이 층 누각으로 뛰어올라갔다. 반은 목만치의 뒤를 따랐고, 반은 아래층 선실 입구를 봉쇄했다. 어느새 야금이와 쌍가마가 나머지 파수병들을 각자 해친 후였다.

이 층 누각에는 10여 명의 병사들이 잠들어 있었다. 안쪽에 누워 있던 김용상과 하타가 먼저 기척을 눈치 채고 벌떡 일어섰다. 어느새 머리맡에 놓아둔 검을 집어 든 채였다. 잠을 자다 기습당한 셈치고는 빠른 동작이었는데, 평생을 무예로 단련해온 무장들다웠다.

그들은 낯선 침입자들을 바라보았는데 세 명뿐이었다. 그 단출한 숫자만 믿고 습격하다니 어이가 없다 못해 기가 찰 노릇이었다.

그러나 하타가 먼저 목만치의 얼굴을 알아보았다. 그는 긴장한 얼굴로 김용상을 돌아보았다. 김용상은 하타의 심상치 않은 안색을 보고 다시 침입자들을 바라보았다.

목만치는 칼을 빼들었지만 그저 무심한 태도로 그들을 바라보고 있었다. 그 눈빛이 마치 달빛처럼 고요했고, 아무런 흔들림조차 느껴지지 않았다.

김용상은 그가 바로 목만치라는 것을 깨달았다. 그가 아니고서는 이렇게 무모하게 단 세 명의 숫자로 적의 사령선에 뛰어들 사람이 없었다. 그가 기습전의 명수라고 하지만 이런 경우는 동서고금을 통틀어서 처음 들어보는 일이었다.

김용상은 이를 악문 채 발도했고, 이윽고 검을 머리 높이로 쳐들었다. 하타는 한 걸음 물러났고, 뒤늦게 잠에서 깬 군관들도 뒷걸음으로 벽 쪽에 달라붙었다.

"그대가 목만치라는 자인가?"

김용상이 잠긴 목소리로 물었다.

"그렇다. 그대는?"

"대신라국 무술교관 아찬 김용상이다. 일찍이 그대의 고명을 들었는데 이렇게 만나게 되다니 운이 좋은 것인가. 그대의 무명이 허명인지 확인해볼 기회겠구나."

"무술교관이라니 제법 칼을 쓸 줄 아는 모양이구나. 어디 신라의 칼솜씨를 구경해볼까."

"건방지구나."

김용상이 이를 악물며 그렇게 내뱉었다.

"넌 이미 졌다."

"……."

김용상이 눈을 치떴다.

"네 감정조차 다스리지 못하는 걸 보니."

목만치는 칼을 빼 옆으로 비스듬히 눕혔다. 그러나 무심한 표정은 여전했다.

김용상은 두어 걸음 뒤로 물러났다가 그대로 목만치를 향해 달려들었다. 이마와 관자놀이의 힘줄이 튀어나왔고, 붉게 상기된 얼굴이었다. 그는 삼사 보 앞에서 허공으로 도약했고, 그 자세로 목만치의 머리를 향해 칼을 내리쳤다. 목만치가 한 걸음 물러날 것을 예상해서 좌우로 비스듬히 베었는데 그 두 동작이 거의 동시에 이뤄졌다.

그러나 칼끝에 걸리는 감각이 없었다. 목만치는 그의 예상과는 달리 오히려 한 걸음 앞으로 나섰을 뿐이었다. 그러니까 김용상은 제풀에 혼자 칼춤을 춘 격이었다. 김용상은 이를 악물고 빠르게 뒤돌아서서 다시 칼을 똑바로 앞으로 내치고 들어왔다. 이번에는 목만치가 제자리에서 거의 움직이지 않고 칼로 맞받았다. 김용상의 칼이 목만치의 칼에 의해 옆으로 흘러갔고, 두 사람의 얼굴이 바로 눈앞에서 마주쳤다.

김용상은 목만치가 잠깐 웃는다고 느꼈다. 그리고 다음 순간이었다. 자신의 칼을 흘려보낸 목만치의 검이 빠르게 짧은 반원을 그리며 돌아와 그의 목을 옆으로 쳤다.

단 두 합만에 신라에서 손꼽히는 검사 김용상은 목숨을 잃었다. 피를 뿜어내며 옆으로 쓰러진 김용상은 아직도 눈을 부릅뜬 채였다. 자신의 패배를 도무지 믿지 못하는 표정이었다.

목만치는 이번에는 하타를 향해 천천히 돌아섰다. 그때쯤 하타 역시 칼을 들어 정면을 향해 겨누고 있었다.

"그대가 하타인가?"

"……."

이를 악문 하타가 목만치를 노려보았다.

"너도 제법 칼을 쓴다고 들었다. 나와 한번 붙어볼 테냐?"

"좋소."

낮지만 으르렁거리듯 하타가 내뱉었다.

"주인, 저놈은 내 몫이오. 내가 먼저 맡았소."

곰쇠가 나섰다. 조롱당한 기분이 든 하타의 얼굴이 붉어졌다. 곰쇠를 노려보는 눈이 마치 잡아먹을 듯한 기세였다.

"왜 기분이 나쁘냐?"

곰쇠가 웃었다.

"……."

하타는 말없이 곰쇠를 노려보았다.

"주인의 칼에 더 이상 피를 묻히는 것을 못 보겠다. 이놈아, 넌 내가 맡았다."

"……."

"내 이름은 들어봤을 게다. 감히 네 주인의 위세와 머릿수만 믿고 날뛰다니, 하늘 무서운 줄 모르는 놈이로구나."

"죽어라!"

하타가 튀어나왔다. 곰쇠는 기다렸다는 듯 연속으로 찌르고, 베고, 후려치는 하타의 칼날을 가볍게 피해내며 어느새 하타가 있던 자리에 가 있었다.

"제법 기세가 흉흉하다만 족보도 없는 칼질이구나. 그 솜씨로 감히 우리 주인과 겨뤄볼 심산이었다니 용기가 가상하다."

"이놈, 입만 살은 놈!"

분을 못 이긴 하타가 다시 거친 기세로 칼을 휘두르며 곰쇠를 향해 짓쳐갔다. 이번에는 곰쇠도 피하지 않고 칼을 들어 하타의 칼과 맞부 딪치며 빈틈을 노렸다. 칼날이 부딪칠 때마다 불꽃이 튀고, 귀를 찢는 듯한 금속성이 났다.

칼과 칼이, 기세와 기세가 부딪쳤는데 오래가지 않았다. 어느 순간 곰쇠가 보여준 빈틈에 현혹된 하타가 회심의 칼날을 날렸는데, 그것은 곰쇠가 파놓은 헛방이었다. 실 한 올 차이로 칼을 비껴낸 곰쇠는 스쳐 지나가면서 하타의 옆구리를 베었다.

허리를 굽힌 하타가 옆구리를 짚고 비틀거렸다. 이윽고 돌아선 하 타의 두 눈은 공포에 질려 있었다. 목만치가 아니라 그의 수하인 곰쇠 에게 당한 것이다. 일찍이 무사로서의 입신에 자신의 모든 것을 건 하 타였다. 감히 자신이 당할 수 없는 상대가 있을 것이라고는 믿지 않았 다. 목만치를 꺾진 못하더라도 적어도 그에 버금가는 실력이라고 믿었 다. 그러나 목만치는커녕 곰쇠조차도 꺾지 못했다. 그러고 보면 이 세 상에는 무릇 얼마나 많은 별들이 빛나고 있는 것인가.

짧은 순간 거친 호흡을 삼키며 하타는 그런 생각을 했다. 그리고 다 음 순간 그는 앞으로 쓰러졌다. 물부의 얼굴이 빠르게 떠올랐다가 사 라졌다. 그가 마지막으로 떠올린 생각은 이번 반란이 실패할 것이라는 예감이었다.

김용상과 하타가 눈앞에서 쓰러지는 것을 본 나머지 군관들은 아예 싸울 생각도 잊은 채 칼을 던지고 무릎을 꿇었다. 곰쇠와 야금이가 포 승줄로 그들을 단단하게 묶은 뒤 목만치를 돌아보았다.

"다 묶었습니다. 이제 어떻게 할까요?"

"불을 지르고 빠져나간다. 놈들은 머리를 잃었으니까 당분간 쉽게 움직이지 못할 것이다."

야금이가 준비해온 송진기름을 곳곳에 바르기 시작했다. 비가 내리고 있다고는 하지만 배 안쪽은 아직 젖지 않았다. 사령선이 불타면 이즈모의 대선단은 당분간 쉽게 움직이지 못할 것이었다.

아래쪽 선실을 봉쇄하고 있던 수달치 패거리들도 기다리고 있다가 배에 본격적으로 불이 옮겨 붙기 시작하자 목만치 일행과 함께 빠르게 전마선으로 옮겨 탔다.

그제야 사령선이 불타는 것을 알아챈 여기저기 전선들에서 불이 밝혀지고 아우성이 들려왔다.

그러나 이미 전마선은 수달치의 노련한 솜씨로 거친 풍랑을 헤치고 선단과는 상당히 멀리 떨어진 곳까지 와 있었다. 칠흑 같은 어둠 속에서 기세 좋게 불타는 사령선이 저만치 보였다.

목만치는 부하들을 돌아보았다.

"누구 다친 사람은 없나?"

"없습니다."

"대성공입니다요, 주인."

곰쇠가 들떠서 말했다.

"놈들의 머리를 받아본 물부 놈은 아마 게거품을 물겠지요."

"겨우 시간을 벌었을 뿐이다."

목만치가 말을 이었다.

"놈들의 병력은 그대로다. 아니 지금쯤 각지에 전령을 보내 군사들을 끌어 모으고 있을 테니 병력이 갈수록 늘어날 것이다."

"물부 밑에는 용장이 없소. 그나마 하타가 손꼽을 만한 놈이었소."

"하지만 대병력이다. 정면승부를 걸 수는 없다."

"그렇다면 놈들의 머리를 하나씩 하나씩 요절내지요."

"어느 세월에 그렇게 하겠느냐?"

"그럼 이도 아니구 저도 아니구 어떻게 하실 생각이우?"

"그러니까 이놈아, 생각하고 있는 거 아니냐?"

목만치가 양미간을 찌푸리자 곰쇠는 말이 떨어지기가 무섭게 냉큼 받아채는 짓을 그만두었다.

거친 파도를 간신히 헤쳐내며 수달치는 배를 담로도의 갯바위에 대었다. 기다리고 있던 부하가 다가왔다.

"장군, 진 장인이 말씀하시길 무기가 모두 완성되었다 합니다."

"그러냐?"

목만치가 웃음을 지었다.

"이제야 한숨 돌리게 되었다. 5백의 군사라고 하지만 그동안 내가 갈고 닦은 최정예 부대다. 그들을 무장시킬 수 있다니 이제 해볼 만하겠구나."

목만치의 들뜬 기분이 옮겨졌을까, 곰쇠와 수달치, 야금이 등의 표정이 밝아졌다.

물부는 하얀 가라말을 탄 채 이카루가궁 앞 드넓은 정원에 서 있었다. 금빛 투구와 역시 같은 금빛 어깨 갑옷을 두른 물부의 모습은 눈부실 정도였다.

그 앞에는 친위직할대 1만에 이즈모에서 출정한 1만의 기마군, 모두 합해서 2만의 기마군이 도열해 물부를 지켜보고 있었다.

그들의 모습을 대하자 물부는 비로소 자신이 실권을 장악했음을 실감했고 뿌듯한 기분이 들었다. 김용상과 하타의 죽음이 가져다준 침통함에서 벗어난 물부는 용기백배했다. 이 정도의 군세라면 조금도 기죽을 것이 없었다. 그저 머릿수만 채운 것이 아니라 일당백의 정예군이었으며, 이즈모에서 온 1만의 기마군은 같은 신라계였다.

물부는 흐뭇한 기분으로 군사들을 바라보던 눈길을 돌렸다. 죽일이 그와 눈이 마주치자 가볍게 박차를 넣어 다가왔다.

"대련, 모든 준비를 마쳤습니다. 명령만 내려주십시오."

죽일이 한 손을 접어 가슴으로 향하며 말했다.

죽일은 이즈모에서 출정한 기마군의 총사령이었다. 죽은 김용상 못지않은 용장이었고, 특히 기마전에 뛰어난 능력을 발휘했다. 신라인들은 고구려나 백제에 비해 기마전에 약할 수밖에 없었는데 지형적 한계 때문이었다. 고구려처럼 거친 산야가 있는 것도 아니고, 백제처럼 대륙령이라는 방대한 땅이 있는 것도 아닌 신라에서 능숙하게 말을 타고 전쟁을 치를 기회는 흔치 않았다.

그러나 일찍부터 이즈모로 건너온 신라계의 후손인 죽일은 어려서부터 말을 타고 달리는 것을 즐겨 기승술이 뛰어난 데다가 관직에 나서서는 거의 대부분을 지방 토호세력을 토벌하는 외직으로만 돌아서 풍부한 실전경험을 갖고 있었다.

이즈모에 돌아가 있던 죽일은 때마침 물부가 반란을 일으키자 즉시 군사들을 이끌고 아스카로 왔다. 체구는 그리 크다고 할 수 없지만 몸이 날래고 담이 셌다. 죽일의 성품은 전쟁터의 긴박한 상황을 즐기는 편이었다.

"목만치를 얕봐서는 안 된다."

"알고 있습니다. 김용상과 하타의 얘기는 들었습니다. 제게는 그들의 원수를 갚을 기회입니다."

"그들도 어이없이 당했다. 그것도 잠자리에서 말이다."

"저는 그들과 다릅니다."

죽일의 말에 물부는 눈썹을 치켜 올렸다.

"목만치가 아무리 무예의 고수라 할지라도 혼자서 2만의 병사들과 싸울 수는 없는 노릇입니다. 놈을 평지로 끌어내 전면전을 유도하겠습니다."

"놈이 쉽게 걸려들까?"

"걱정하지 마십시오. 기필코 놈의 목을 갖고 오겠습니다."

"그래야지. 그래야 저 2만의 군사가 부끄럽지 않으리라."

"대련, 그럼 다녀오겠습니다."

물부가 고개를 끄덕이자 죽일은 다시 한번 읍한 뒤 말머리를 군사들을 향해 돌렸다. 죽일이 총사령을 뜻하는 영도를 뽑아들었다. 햇빛을 날카롭게 반사하는 영도를 앞으로 쭉 뻗으며 죽일이 소리쳤다.

"가자!"

기마군의 말발굽소리가 일제히 울리기 시작하더니 이내 흙먼지가 자욱이 일었다.

물부는 언덕 위에 서서 죽일이 이끄는 2만의 기마군이 당당한 기세로 나아가는 것을 오랫동안 지켜보았다.

하타가 죽고 나자 옆구리가 허전해진 물부는 죽일의 가세로 큰 힘을 얻었다. 그렇지만 믿을 만한 용장들이 태부족이었다. 물부는 문득 목만치의 주변에 있는 무장들을 떠올렸다. 곰쇠, 수달치, 야금이 그리고 여곤의 위사장인 사규 등 그들의 면면을 살펴보면 그야말로 한가락씩 하는 천하의 명장들이었다.

그러나 자신의 주변을 둘러보면 군세는 막강했지만 자신의 목숨을 안심하고 맡길 만한 인물이 그리 눈에 띄지 않았다. 물부는 생각이 거기까지 미치자 문득 불안감을 느꼈고, 한편으로는 목만치가 부러웠다.

청녕은 이카루가궁의 후원에 있는 태자궁에 갇혀 있었다.

대문 밖에는 경비병들이 엄중하게 지키고 서 있었다. 청녕을 알현하기 위해서는 누구든지 물부의 허락을 받아야만 했다. 아직까지 태자 청녕의 역할이 필요한 물부는 그의 생명을 연장시켜놓았다.

청녕을 죽인다면 각지의 토호세력들이 벌떼처럼 일어날 것이었다. 구태여 그런 상황을 만들 필요는 없었다. 청녕이 수중에 있는 한, 열도는 물부 자신의 것이었다. 오랜 시간을 두고 하나씩 하나씩 적들을 제거해나갈 것이었다. 그러다가 용도가 다하면 그때 가서 폐위하면 되는 것이다.

그러한 물부의 속셈을 청녕은 꿰뚫어보고 있었지만 달리 방도가 없었다. 그에게 주어진 공간은 태자궁이 전부였고, 태자궁 소속의 내관과 시녀 들이 그가 임의로 만날 수 있는 사람들이었다. 그들 역시 엄한 감시를 받고 있었고, 출입 때마다 엄중한 몸수색을 당했다. 청녕이 외부와 연통할 것을 염려했기 때문이다.

청녕은 울적한 심사를 달래기 위해 뒷짐을 진 채 연못을 들여다보고 있는 중이었다. 늦가을의 잔광이 비스듬히 연못 위에 어렸다. 그는 무심코 잔돌 하나를 집어 들어 연못에 던졌다. 파문이 일면서 그의 그림자가 흩어져버렸다. 어디선가 낙엽이 굴러 떨어져 수면 위에 사뿐히 내려앉았다.

뒤쪽에서 조용한 발걸음 소리가 들렸다. 청녕의 유모였다. 유모는 50대 초반이고, 키가 작지만 고운 얼굴이었다. 청녕의 속내를 누구보다 잘 아는 여인이었다.

"마마……."

유모가 허리를 숙이며 가만히 불렀다. 청녕은 잠자코 그녀를 바라보았다. 유모가 주위를 조심스럽게 둘러보더니 목소리를 낮추었다.

"곤지왕의 소식을 들었사옵니다."

"그게 정말인가? 그가 살아 있는가?"

"예, 그렇습니다, 마마."

"목만치는? 목만치는 어떻게 되었는가?"

"그 역시 살아 있다고 합니다. 두 분이 같이 계신다고 하옵니다."

"아아, 천명이구나."

청녕의 얼굴에 반가운 기색이 떠올랐다.

"고립무원의 내 처지에서 그래도 힘이 되어줄 수 있는 사람은 오직 그들뿐이야. 유모, 그들과 연락할 수 있는 방법이 없겠나?"

"안 그래도 마마의 심정을 헤아려 조심스럽게 알아보았습니다. 잘 하면 그들과 연락할 수 있겠습니다, 마마."

"그런가? 이보다 반가운 소리가 달리 있겠나."

"하오나 마마, 그들과 연락이 된다 하더라도 걱정이옵니다."

"무슨 소린가?"

"그들 역시 사지에서 간신히 탈출한 형편이라 하옵니다. 게다가 딸린 병사도 없을뿐더러, 대련은 이즈모에서 1만의 지원군까지 합세해 그 기세가 욱일승천하고 있습니다."

"……."

"만일 일이 잘못되기라도 한다면 그 화가 마마께 이를 것이 불 보듯 뻔합니다."

"이보게, 유모."

"예, 마마."

"이대로 앉아 있어도 물부가 날 살려줄 것 같은가?"

"그, 그건……."

유모가 차마 대답하지 못하고 말끝을 흐렸다.

"다만 빠르고 늦는다는 차이뿐이네. 내 이용가치가 없어지면 물부는 어차피 날 죽일 걸세. 그자의 야심을 난 잘 알고 있어. 이래도 죽고,

저래도 죽는다면 방법은 하나뿐일세, 유모."

"……."

"내 서찰을 그들에게 전해줄 방법이 있겠나?"

"예……."

"그렇다면 잠시 기다리게."

청녕이 앞장서서 연못가를 떠났다.

방으로 들어온 청녕은 유모를 방문 밖에 세워 염탐하는 자들을 살펴보게 하고, 붓을 들어 서찰을 쓰기 시작했다. 다 쓰고 난 서찰을 접은 청녕은 손짓으로 유모를 불렀다. 유모가 다가오자 그녀에게 서찰을 건네주고 난 청녕이 말했다.

"이 서찰을 꼭 전해주게. 하지만 그대로 갖고 나가다가는 경비병들에게 들킬 텐데 어떻게 하겠나?"

"마마, 일전에 곤지왕께 선물 받은 매를 잊으셨습니까?"

"매라니?"

잠깐 의아한 표정을 짓던 청녕은 유모의 말을 깨달았다.

"그렇다면?"

"예. 그 매의 발에 서신을 묶어서 날리십시오. 그러면 매는 예전 곤지왕이 기거하던 별궁의 우리 안으로 들어갈 것입니다. 제가 그곳에 가서 서신을 찾아 곤지왕에게 전해드리지요."

"그래, 꼭 그렇게 해주게."

"너무 심려 마십시오."

"나로서는 그들이 유일한 희망일세."

"그럼 다녀오겠습니다."

유모는 서찰을 청녕에게 돌려준 뒤 부복하고 뒷걸음으로 방을 나섰다.

청녕은 지친 듯 보료의 팔걸이에 몸을 기대고는 눈을 감았다.

무사히 궁을 빠져나온 유모는 걸음을 서둘렀다. 다행히 여곤의 별궁은 태자궁과 그리 멀지 않은 곳에 있어서 한 식경이면 도착하는 거리였다.

어느새 어둠이 내렸고, 거리 곳곳에 화톳불을 켜놓은 채 순라꾼들이 서성이고 있었다. 유모는 아무것도 가지고 있지 않았기 때문에 순라꾼들의 제지를 받지 않았다. 마침내 별궁 앞에 다다른 유모는 조심스럽게 안을 살펴보았다.

목만치와 여곤이 탈출하고 난 뒤 별궁은 들이닥친 군사들에 의해 거의 쑥대밭이 되다시피 했다. 드나드는 인적이 있을 리 없었다.

유모는 담장을 따라 후원 쪽으로 갔다. 안으로 들어선 유모는 어둑해진 후원을 기억으로 더듬어가며 여기저기 헤맸다. 얼마쯤 시간이 흘러서 유모는 마침내 후원 담장 아래에 있는 매 우리를 발견했다. 태자궁에서 날린 매는 우리 지붕에 앉아 거만한 눈으로 다가오는 유모를 응시하고 있었다.

매는 잠깐 경계하는 날갯짓을 하다가 그대로 앉았다. 유모가 안심하라는 듯 구구 소리를 냈고, 잠시 후 매의 발에 매어져 있던 청녕의 서찰을 회수할 수 있었다.

서둘러 별궁을 빠져나온 유모는 뒤를 밟는 자가 있는지 유심히 살펴보며 걸었다. 난리가 난 흉흉한 분위기 때문에 늦은 밤거리를 다니는 사람이 드물었다.

유모가 이윽고 도착한 곳은 객사들이 즐비한 거리였다. 유모는 아직까지 불을 밝히고 있는 한 허름한 객사로 들어섰다.

마침 개숫물을 버리려고 나오던 늙은 주모가 유모에게 눈짓으로 뒤쪽을 가리켰다. 유모는 지체하지 않고 마당을 질러 객사 뒤편으로 돌았다. 그녀는 다시 한번 주변을 둘러보고는 방문 하나를 열고 안으로 숨어들었다.

방에서 초조하게 기다리고 있던 야금이가 반색을 하며 유모를 맞았다.

"뒤따르는 자는 없었소?"

"걱정 마세요. 몇 번이고 확인했으니까."

"목숨이 걸린 일이오."

"마마에 대한 걱정은 댁보다는 내가 더 하니까 걱정 마시우."

"어떻게 됐소?"

"마마께서 서신을 써주셨어요."

유모가 소중하게 간직한 서찰을 품속에서 꺼냈다. 야금이는 서둘러 서찰을 받아 읽었다. 서찰을 읽고 난 야금이의 얼굴이 환해졌다.

"이제 되었소, 이로써 명분이 우리에게 있음이 확인됐소. 유모, 정말 고생했소."

"무슨 내용이우?"

"물부 놈이 역적임을 만천하에 드러내는 내용이오. 태자마마께서 격문을 쓰시어 물부의 반란을 진압하라 명하셨소."

"오, 그런 내용이었수? 그렇다면 이제 댁네들에게 달렸수, 우리 태자마마의 목숨이."

"염려 마시오. 우리 목숨도 함께 걸린 일이오. 이 서찰이 있다면 아직 물부 측에 넘어가지 않은 각 지방의 관헌들을 우리 편으로 돌릴 수 있게 되었소. 이제부터 해볼 만하겠소."

야금이는 유모와 작별을 고하고 어둠 속으로 사라졌다.

죽일이 이끄는 2만의 기마대는 갈성산이 저만치 올려다보이는 들판에 이르렀다. 날이 저물자 죽일은 숙영을 지시했다. 곧이어 치중대가 도착하자 군사들은 소금을 바른 주먹밥으로 시장기를 채웠다.

숙영지 곳곳에 화톳불이 밝혀졌고, 파수가 엄중하게 세워졌다. 기습전의 명수인 목만치를 의식한 죽일은 병사들의 군기를 엄히 다스렸고, 야습에 철저하게 대비하도록 몇 번이고 주지시켰다.

죽일의 진막으로 휘하 장수들이 모여들었다. 죽일은 양피지에 그려져 있는 지도를 들여다보면서 뭔가 골똘하게 생각하다가 고개를 들었다.

"목만치는 정면승부를 피할 것이다."

"그렇습니다."

황보영이 대답했는데, 죽일의 부관이었다.

"그렇다면 놈들을 끌어들여야 한다는 얘긴데, 묘안이 있는가?"

"……."

선뜻 대답하는 사람이 없었다.

죽일이 참모들을 바라보다가 지도 위로 손가락을 짚었다. 갈성산이 위치한 지점이었다.

"목만치의 5백 군사들은 여기에 있다. 척후에 의하면 담로도에서 무장을 갖추었다고 한다. 그들은 기습전으로 우리를 괴롭힐 것인데, 치고 빠지는 그들을 쉽게 잡지 못할 것이다. 게다가 목만치 휘하 장수들은 모두가 일당백의 용력을 자랑한다. 어려운 싸움이 될 것이다. 하지만 최후의 승리는 우리가 차지하게 될 것. 어떻게 해서든 목만치가 정면승부를 걸게 만들어야 한다."

"하지만 그들이 정면승부를 걸어올 가능성이 적지 않습니까?"

"우선 갈성산을 전면 포위하라. 갈성산에는 식수가 부족하다. 놈들은 오래 버티지 못하고 반드시 뛰쳐나올 것이다. 그때 때려잡아라. 목만치의 군세는 5백이 전부다. 그들을 잡는다면 목만치는 말 그대로 고립무원이 된다."

죽일이 참모들을 둘러보았다.

"오늘 밤에 군사를 이동시켜 갈성산을 포위하라. 황보영이 좌측을, 박재상이 우측을, 김인무가 중앙을 맡아라. 날이 밝는 대로 김인무의 중군이 선공하라. 그러면 놈들은 필경 바다 쪽으로 내려갈 것이다. 그때를 기다려 내가 그들을 치겠다."

죽일의 말에 참모들은 모두 고개를 끄덕였다. 결전을 앞둔 긴장감이 얼굴에서 묻어났다.

"대단한 군세로구나."

산 정상에서 횃불이 환한 적 진영을 살펴보던 목만치가 그렇게 중얼거렸다. 옆에 서 있던 야금이가 말을 보탰다.

"죽일이라는 자는 기마전술에 능한 장수라고 들었습니다. 제법 진형을 짜는 폼이 그럴싸합니다."

"얕잡아볼 자가 아니다."

"그렇겠지요. 물부가 하타 대신 중용한 자입니다."

"놈들은 우리가 치고 나오기를 기다리고 있다. 어차피 식수가 없다는 것을 간파하고 오래 버티지 못하리라고 예상한 것이다."

"정확히 본 것이지요. 실상 우리가 견딜 수 있는 식수는 하루치입니다."

"죽일의 사령기는 어디에 있느냐?"

"보이지 않는 것을 보니 우리가 바다 쪽으로 탈출할 것으로 짐작하고 그쪽에 매복한 것 같습니다."

"영특한 자로구나."

목만치가 가만히 미소 지었다.

"주인, 지금 적장에게 감탄할 때입니까?"

듣고만 있던 곰쇠가 고개를 외로 꼬며 불퉁스럽게 한마디 했다.

"허, 그놈. 저녁 굶은 시에미 상이로고. 보채지 마라, 이놈."

"재고 자시고 할 것 없이 그냥 내처 갑시다. 까짓 놈들 저녁 한 끼분도 안 됩니다요."

곰쇠의 말에 목만치가 혀를 찼다.

"허, 그놈 갈수록 밴댕이 빰치게 조바심 내는구나."

곰쇠가 입을 댓 발이나 내민 채 돌아섰다.

"사규 장군에게 보낸 전령은 돌아왔느냐?"

"아직이올시다."

목만치가 사규에게 전령을 보낸 것은 이른 새벽이었다. 척후에게서 죽일의 2만 기마군이 갈성산을 포위할 기미라는 것을 보고받은 후였다. 목만치는 식수가 없는 갈성산의 지세로 이곳에서 장기전을 펼칠 수 없다고 판단했다. 그래서 4백의 군사를 야음을 틈타 사규에게 맡겼던 것이다.

나머지 1백의 군세로 목만치는 여전히 5백 군세가 있는 것처럼 위장했고, 죽일의 부대가 갈성산을 포위한 것을 보고 자신의 계략이 맞아떨어졌음을 확인했다. 죽일은 아직 4백의 군사들이 빠져나간 것을 모르고 있었다.

뒤쪽에서 수군거리는 소리가 나더니 흙먼지를 뒤집어쓴 전령이 다가왔다. 전령은 목만치에게서 다섯 보쯤 떨어진 곳까지 와서 한쪽 무릎을 꿇고 허리를 숙였다.

"장군, 다녀왔습니다."

"오, 그래. 수고했다. 어떻게 됐느냐?"

"사규 장군께서는 무사히 군사들을 배치시켰으니 심려하지 마시라 하셨습니다. 약조하신 대로 이쪽에서 군호를 보내면 적들의 뒤를 치겠다고 하십니다."

"군사들의 사기는 어떠냐?"

"사규 장군께서는 그 점을 몇 번이고 소인에게 주지시켰습니다. 일찍이 월나라 구천은 5천의 병사로도 70만 대군을 무찔러 이긴 바 있으니 상대가 아무리 대군이라 할지라도 병사들의 사기는 충천하다고 이르라 하셨습니다. 소인이 보기에도 명분이 우리에게 있으니 수부족하나 목숨을 다해 싸울 것 같습니다."

"듣기 좋은 소리구나."

목만치가 눈을 가늘게 접으며 웃었다.

"그래, 수고했으니 가서 쉬어라. 오래 쉬지는 못하겠지만 말이다."

"염려 마십시오, 장군. 미약하나마 이 한 몸, 얼마든지 바칠 각오가 되어 있습니다."

"그런 각오면 되었다."

목만치가 고개를 돌려 막후 부장들을 돌아보았다.

"병사들은 죽기를 각오하고 이번 결전을 기다리고 있다. 게다가 사규 장군의 병사들이 적의 배후를 칠 것이다. 비록 수가 많이 부족하다고는 하나 이쯤 되면 우리에게도 세 가지 이점 중 두 가지, 곧 지리와 병사들의 사기가 있으니 해볼 만한 싸움이다."

"명령만 내리십시오."

야금이의 말에 곰쇠가 한발 늦었다는 듯 냉큼 받았다.

"선봉은 제 몫이올시다."

"그렇게 하려무나. 오랜만에 곰쇠 네놈의 용력을 맘껏 발휘하도록 하라."

"염려 마십쇼."

"그럼 남은 식량과 식수를 모두 풀어 병사들에게 먹이도록 하라. 오늘 밤 놈들을 친다!"

"오늘 밤입니까?"

"그래. 놈들은 설마 오늘 밤이라고는 생각하지 못할 것이다. 포위망을 보아하니 놈들은 우리가 식수가 떨어지는 시점을 취할 것이라고 생각하는 눈치다. 제법 진형이 그럴싸하게 짜였다만 어디까지나 겉멋에 불과한 것이고, 죽기 살기로 덤비는 우리와 달리 놈들은 제 숫자만 믿고 한시름 놓고 있다."

"그렇습니다."

"군호가 있을 때까지 푹 쉬거라."

목만치가 그 말을 던지고 돌아섰다. 담담한 얼굴이었고, 말투였으며, 몸짓이었기 때문에 부장들은 모두 그런 분위기에 전염되었다. 어떤 어려운 상황에서도 마치 마실이라도 나가는 듯한 기분이었던 것이다.

어쩌면 그것이 목만치가 가진 장수로서의 가장 큰 장점인지도 모른다. 부장들은 주장의 분위기에 민감하게 반응하기 때문에 목만치의 사기가 곧 진중의 사기와 직결된 것이다.

"놈들은 아마 내일 중으로 식수가 바닥날 것이다. 식량도 부족할 것이고. 앉아서 죽을 작정을 하지 않는 다음에야 놈들이 먼저 치고 나올 것이다."

진막 안에서 죽일은 부장들과 함께 차를 마시며 군사회의를 하고 있었다. 죽일이 지도를 가리키며 말을 이었다.

"하지만 기껏해야 5백의 군사로 정면대결을 하지 못할 것인즉 놈들은 분명 이쪽으로 내려올 것이 틀림없다. 이번에야말로 놈들을 놓치지 말고 몰살시켜야 한다. 목만치를 죽인다면 열도는 우리 신라계의 손에 들어온다. 우리의 오랜 숙원을 풀 기회가 왔다는 말이다."

죽일의 말은 벌써 몇 번째 듣는 것이기에 부장들은 잠자코 고개만 끄덕였다. 서라벌에서도 이번 전쟁의 추이에 대해 촉각을 곤두세우고 있었고, 백제계 대신 신라계가 실권을 장악하게 되면 출세는 보장되는 것이다. 그런 만큼 모두 이번 일의 중차대함에 대해서는 익히 알고 있었다.

죽일이 참모들과 함께 세세한 작전회의를 계속하는 도중이었다. 바람결처럼 희미한 아우성이 들려왔다. 놀란 눈을 치켜뜬 죽일이 자리에서 일어났다.

"저게 무슨 소리냐?"

부장들 중 죽일의 물음에 대답할 수 있는 자가 없었다. 죽일이 서둘러 진막을 나갔고, 부장들이 그 뒤를 이었다.

야영하고 있던 병사들이 어느샌가 모두 일어나 소리의 진원지를 찾아서 귀를 기울였다. 동편 하늘에 불빛이 환했다.

"저곳이면 김인무의 중군이 아닌가?"

"그렇습니다."

"무슨 일인지 알아보도록 어서 전령을 보내라. 어서!"

그러나 전령을 보내기도 전에 요란한 말발굽소리가 들려왔다. 급하게 달려온 두 명의 전령이 말에서 뛰어내려 숨 돌릴 틈도 없이 보고했다.

"장군, 기습입니다!"

"기습이라니? 목만치가 산에서 내려왔다는 것이냐?"

"아니올시다. 뒤에서 습격했습니다."

"뒤쪽이라니?"

죽일이 이해가 가지 않는다는 듯 체머리를 흔들고 나서 되물었다.

"저희도 영문을 모르긴 마찬가지입니다. 장군의 지시대로 한 놈도 빠져나가지 못하도록 산을 포위하고 있었습니다. 그런 터에 뒤쪽에서 기습을 당했습니다. 워낙 황망중에 당한 일이라 부장께서 급히 원병을 요청하도록 저를 보냈습니다."

"그렇다면 다른 부대가 있다는 이야긴데, 어느 부대냐?"

"저로서는 도무지 알 도리가 없습니다."

"병력이 얼마나 되느냐? 그것도 모르느냐?"

고개를 젓는 전령에게 죽일이 혀를 찼다.

"어디서 나타난 부대며, 그 병력의 규모조차 알 수 없다니 이런 답답한 노릇이 있나?"

"장군, 이럴 때가 아닙니다. 서둘러 원병을 보내는 게 급선무올시다. 보아하니 중군이 궤멸되기 직전 같은데, 이러한 때에 산에서 목만치의 병사들이 짓쳐 내려오면 큰 낭패를 보겠습니다."

"부장 정원이 우선 3천을 데려가라. 어서 서둘러라."

"알겠습니다."

정원이 읍하며 대답했다.

"나도 곧 전열을 갖추어 그곳으로 가겠다."

죽일의 말에 부장들이 재빨리 흩어졌다.

여기저기서 화톳불이 피워졌고, 병사들이 병장기를 수습하고 말을 끌어내오느라 요란스러웠다. 이윽고 부장 정원이 이끄는 3천의 기마군이 서둘러 출발했다. 아닌 밤중에 지축을 뒤흔드는 요란한 말발굽 소리가 계속 이어졌다.

김인무의 중군을 기습한 부대는 사규가 이끄는 병력이었다. 미리 산에서 빠져나온 4백의 병사들은 사규의 진두지휘 아래 몸을 숨기고 있다가 방심하고 있는 적의 배후를 찔렀던 것이다.

　산에만 신경 쓰고 있다가 느닷없이 당한 기습인 데다 한밤중이었으므로 김인무의 중군은 별반 힘을 쓰지도 못한 채 궤멸당했다. 흩어지지 않고 한 떼로 뭉친 사규의 기습대는 적의 한가운데를 종횡으로 누비며 닥치는 대로 살육했다. 적이 4백에 불과하다는 것을 알았다면 그토록 허무하게 무너지지는 않았을 것이다.

　정원이 이끄는 구원부대가 서둘러 중군이 있는 곳으로 달려오는 중이었다. 이제 중군과는 3리쯤 남은 지점이었다.

　사규가 중군을 공격하는 것과 동시에 산에서 내려와 매복해 있던 목만치의 병사들은 구원부대가 절반쯤 지나쳤을 무렵, 일제히 함성을 내지르며 돌진했다. 마음만 급했을 뿐 매복이 있으리라고는 짐작도 하지 못한 정원의 구원부대는 크게 당황하면서 순식간에 대오가 흐트러졌다.

　"당황하지 마라. 적은 얼마 되지 않는다!"

　고삐를 낚아챈 정원이 소리 지르며 독려했지만 느닷없는 기습에 기가 꺾인 병사들은 어쩔 줄 모르고 우왕좌왕할 뿐이었다. 앞서 달려가던 병사가 말을 급히 세우는 바람에 뒤에서 달려오던 병사와 부딪쳐서 낙마하고, 놀란 말이 앞발을 높이 쳐드는 통에 굴러 떨어지는 병사들이 속출하는 등 정원의 구원부대는 적과 싸우기도 전에 제풀에 무너지고 있었다.

　여기에 목만치를 필두로 곰쇠와 수달치, 야금이 등 장수들이 앞 다투어 적의 대형을 종횡으로 누비고 다니며 닥치는 대로 적을 베고 찔렀다. 허리가 잘려나간 형국이 된 구원부대는 짙은 어둠 속에서 누군가가 가까이 다가오기만 하면 적으로 오인해 칼과 창을 휘둘렀다. 그 바람에 서로의 칼과 창에 찔려 죽는 자가 태반이었다.

"대오를 갖추고 적을 상대하라!"

칼을 뽑아든 정원은 목청이 터지도록 병사들을 독려했지만 소용이 없었다. 계속해서 투레질하는 말의 고삐를 잡아채고 제자리에서 빙빙 돌던 정원은 어느샌가 다가온 곰쇠에게 목숨을 잃었다. 소리가 제 명을 재촉한 셈이었다.

남은 병사들은 어둠 속으로 뿔뿔이 흩어졌으며 그나마 명을 부지하기 위해 사지에서 멀리 달아났다.

날카로운 고각소리에 목만치의 부하들은 원래의 매복지점으로 빠르게 모여들었다.

처음 공격을 시작했을 때보다는 분명 줄어든 병력이지만 그 정도의 손실은 각오한 터였다. 다행인 것은 부장 급들의 희생이 전혀 없다는 점이었다.

"곧 죽일의 본대가 들이닥칠 것이다. 죽일은 조심성이 많은 자라 똑같은 공격으로는 되지 않을 것이다. 사규의 부대와 합류해서 이곳을 빠져나간다."

목만치의 지시에 모두 말을 타고 어둠 속으로 달려가기 시작했다.

죽일의 본대가 그곳에 도착했을 때는 이미 한 시진이나 지난 후였다. 길가에 즐비한 시체들을 돌아보던 죽일이 혀를 찼다.

"우리가 놈들의 술책에 완전히 놀아났다. 중군의 뒤를 친 부대는 미리 산에서 내려온 목만치의 병력 중 일부였다. 몇 안 되는 병력에 우리 군세 4천을 아깝게 잃었다."

"매복을 꾀한 쪽은 우리인데, 도리어 목만치가 우리의 허를 찔렀습니다."

부장 황보성이 대꾸했다. 죽일이 날선 눈으로 그를 잠깐 노려보다가 말머리를 돌렸다.

"척후를 사방으로 보내서 놈들의 흔적을 찾아라! 흔적을 찾는 즉시 놈들을 쫓는다. 일거에 쓸어버려야겠다!"

먼동이 터오는 참이라 이를 악문 죽일의 얼굴이 그대로 드러났다.

척후병들이 저마다 방향을 지시받고 사방으로 흩어졌다. 그것을 바라보던 죽일이 혼잣말처럼 중얼거렸다.

"목만치, 아무리 적이지만 놈의 전술에는 감탄할 따름이다. 우리보다 한 수 먼저 읽고 움직인다. 병력을 미리 빼돌리고도 우리가 눈치 채지 못하도록 허수로 위장했다. 과연 소문대로 뛰어난 인물이다."

잠깐 침묵을 지키던 죽일이 황보성을 돌아보았다.

"목만치가 어디로 향했을 것 같은가?"

"글쎄요. 쉽게 짐작이 가지 않습니다. 아무래도 한숨을 돌리려면 어디론가 피해 있겠지요. 정면승부를 피할 게 틀림없으니까요."

"대부분 그렇게 생각하겠지."

고개를 끄덕이던 죽일이 한순간 머리를 쳐들었다.

"이번 야습을 통해 놈의 습성을 알았다. 놈은 항상 우리의 허를 찌르고 있다. 그렇다면 목만치가 갈 데라고는 한 곳뿐이다!"

"예?"

황보성이 의아한 눈으로 바라보자 죽일이 손을 뻗어 아스카가 있는 동쪽을 가리켰다.

"놈의 목표는 왕궁이다! 우리를 이곳에 묶어놓고 놈은 그곳을 칠 것이 틀림없다. 전군에 진군명령을 내려라! 바로 출발한다. 늦기 전에 그들을 따라잡아야 한다!"

죽일의 예상대로 사규와 합류한 목만치는 그대로 내처 아스카로 달려갔다. 생사를 건 전투를 벌이느라 모두 지친 참이었지만 목만치는 조금도 지체하지 않고 아스카로 진군을 재촉했다.

소규모 병력으로 적을 쳐서 이기는 방법 중의 하나가 바로 적의 머리를 치는 것이었다. 그것이 목만치가 즐겨 쓰는 병법이었다. 일찍이 여황의 반란 때부터 목만치는 그러한 전술을 시도했는데, 그것만이 병력의 열세를 일거에 뒤집을 수 있는 가장 효과적인 방법이었다.

목만치가 아스카를 향해 달려가는 것도 바로 그 때문이었다. 따지고 보면 죽일이나 죽은 하타, 김용상 모두 물부의 분신이었다. 물부를 제거하면 그들은 끈 떨어진 뒤웅박 신세인 것이다. 이 모든 화근은 물부에게서 비롯되었다.

죽일에게 2만의 군세가 딸려 있으니까 아스카에 남은 군세는 1만, 나머지는 난파진에 머물러 있었다. 1만이면 충분히 아스카 왕궁을 수비하고도 남을 것이라고 물부는 판단했는데, 그도 그럴 것이 목만치에게는 불과 5백의 병력밖에 없었던 것이다.

시간을 끌어서는 불리했다. 지루한 소모전으로는 시간이 흐를수록 이쪽의 군세가 계속해서 줄어들 수밖에 없었다. 목만치 휘하 모든 병사들은 한 몸인 듯 일직선으로 말을 달려갔는데, 그 기세가 마치 송곳처럼 사나웠다. 거침없이 달려가는 그들 앞에 아침 해가 떠오르고 있었다.

전군에게 총진군 명령을 내린 죽일 역시 얼마 지나지 않아 자신의 판단이 맞았음을 확인했다. 아스카로 향하는 죽내가도竹內街道에 거침없이 달려간 말발굽 자국이 사납게 패어 있었다.

노련하게 발말굽 자국을 살펴보던 죽일이 이윽고 말에 올라탔다.

"자국으로 보아 놈들은 기백에 불과하다. 수는 비록 얼마 되지 않더라도 만만치 않은 놈들이다. 놈들이 아스카에 닿기 전에 놈들을 따라 잡아야 한다. 모두 서둘러라!"

그렇게 소리치고 난 죽일이 먼저 박차를 넣었다. 그 뒤를 따라 1만 5천의 기마병들이 달려가기 시작했다. 아침 해가 두 뼘쯤 떠올라 있는 시각이었다.

같은 시각, 여곤은 히노쿠마檜隈의 동한석인과 마주 앉아 있었다. 거대한 저택의 한 서재 안이었다. 열린 들창문 밖으로 잘 가꾼 정원이 보였다. 작은 동산에 갖은 화초들과 나무들이 운치 있게 조화를 이루었고, 뒷산에서 끌어들인 물길이 자연스럽게 조그만 계곡을 만들어냈다. 풍류를 좋아하는 여곤이었지만 지금 그는 그런 풍경에 그저 무심할 뿐이었다.

50대 중반의 동한석인은 그리 크지 않은 체구지만 무쇠처럼 단단한 인상이었다. 백여 년 전 열도로 넘어온 동한씨 가문은 일찍부터 히노쿠마 지방에 터를 잡았는데, 물불을 가리지 않는 용맹으로 집안 대대로 무장 직을 지냈다. 말을 능숙하게 다루는 데다가 무술솜씨 또한 뛰어났으므로 역대 왜왕들은 동한씨를 중용했다.

동한석인은 몇 년 전 스스로 은퇴하여 히노쿠마로 돌아와 은거중이었다. 그곳에 여곤이 찾아온 것이다.

두 사람은 말없이 찻잔을 비웠다. 말이 없어도 이따금 마주치는 두 사람의 눈이 더 많은 이야기를 하고 있었다.

여곤은 밤새 말을 달려와 지친 기색이었고, 흙먼지를 뒤덮어 쓴 몰골을 하고 있었다. 하지만 여전히 어깨를 반듯하게 편 자세에 눈빛은 형형했다.

이윽고 찻잔을 비우고 난 동한석인이 찻잔을 소리 나게 탁자 위에 내려놓았다. 그러고도 한동안 찻잔을 내려다보던 동한석인이 고개를 들었다. 그의 눈이 똑바로 여곤의 이마를 향했다.

"여기까지 밤새 말을 달려왔음은 제게 긴히 하실 말씀이 있으실 터. 이만 흉중을 털어놓으시지요."

여곤은 그러나 선뜻 입을 열지 않고 고개를 돌려 열린 들창문으로 정원을 바라보다가 입을 떼었다.

"그대의 선조인 아지사주가 이곳에 넘어온 것은 응신왕 때의 일이었소. 담덕의 침공으로 응신왕이 피눈물을 흘리며 이곳에 넘어와 야마토 조정을 세웠을 때, 아지사주는 비류백제에 남은 백성들을 수습해 무려 17개 현의 국인들을 이끌고 합류했소."

"아주 오래전의 일이지요."

고개를 끄덕이며 동한석인이 대답했다.

"아지사주가 국인들을 이끌고 이곳에 넘어왔을 때 무슨 생각을 했을까 궁금하오."

여곤이 동한석인을 바라보며 말을 이었다.

"아마 이곳에 백제인들의 이상국을 세우겠다는 염원이었을 것이오. 백제인들의 정신적 지주였던 그대 시조 아지사주는 분명 그런 생각을 갖고 있었을 것이오. 그렇지 않고서야 그 수많은 국인들을 이끌고 넘어오지 않았을 게요."

"……."

"그때로부터 오랜 세월이 흘렀소. 그러나 아지사주가 염원하던 이상국은 아직도 요원한 데다가 이제 신라계의 반란으로 열도에 이어온 백제국의 사직은 풍전등화에 이르렀소."

"……."

"이곳에 발을 붙이고 사는 사람들 입장에서는 백제계든 신라계든 어느 쪽이 정권을 장악해도 큰 상관이 없을 수도 있겠지. 하지만 이제 간신히 뿌리를 내리고 있는 야마토 조정이 몰락한다면 새로운 정권이 자리 잡을 때까지 또 얼마나 많은 시간이 필요할 것인가. 또 그 과정에서 상대를 숙청하기 위해 흘리는 피는 또 얼마나 될 것인가. 왕권이 지나치게 강해짐을 견제하는 것이 지방 토호세력의 바람이겠지만, 과연 득이 될 것인가…… 그런 생각을 해보니 내 마음이 심란하기 그지없소."

"……."

여곤이 대꾸 없는 동한석인의 이마를 가만히 보다가 다시 정원으로 고개를 돌렸다.

"정원이 무척 아름답구려. 그대 시조 아지사주는 열도에 넘어와 이곳 토매인들에게 글과 예술을 널리 가르쳤소. 말 그대로 풍류를 아는 학자였소. 그런데도 아지사주는 그대 집안에 대대로 무기제조법을 남겼소. 그것은 무엇을 말함이오?"

"……."

동한석인은 여전히 신중한 얼굴로 침묵을 지켰다.

"아지사주는 아름다운 꽃을 지키기 위해서는 칼이 필요하다는 것을 알고 있었기 때문이오. 힘이 있어야 평화를 지킬 수 있다는 이치를 잘 알고 있었던 게지. 그대가 심혈을 기울여 저 아름다운 정원을 가꾸었으리라 짐작되는군. 하지만 저 아름다운 정원은 몇 마리의 말이 짓쳐 지나가면 그만 폐허로 바뀌고 말 것이오. 그대가 쏟아 부은 공력이 헛되이 사라지고 마는 게지."

입가에 희미한 미소를 지은 채 동한석인은 찻잔을 들어 한 모금 마신 뒤 입을 열었다.

"곤지왕마마, 과연 듣던 대로올시다."

"……."

이번에는 여곤이 입을 다물고 동한석인을 바라보았다.

"마마께녕 마음먹고 설복하려 나서신다면 승복하지 않는 이가 없다고 들었는데 과연 그렇습니다."

"……."

"말씀하지 않으셔도 마마께서 밤을 새워 이곳까지 달려오신 속내를 잘 알고 있습니다. 그러나 마마께서 저를 보자마자 원군을 요청했다면 거절하리라 작정했지요. 시세가 다급하니 어떤 사탕발림이라도 내놓을 것으로 예상했습니다. 그렇더라도 내칠 생각이었지요. 그런 약조를 믿는 것처럼 어리석은 일은 없는 법이지요."

"……."

"그러나 마마께서는 앉은 자리가 불덩이처럼 화급하실 텐데도 소인이 먼저 묻기 전까지 속내를 털어놓지 않으셨습니다. 그런 마마를 뵙고 이번 전쟁의 추이를 짐작하겠습니다. 더 이상 심려하지 마십시오. 제 가문의 모든 것을 마마께 걸겠습니다."

말을 마친 동한석인이 부복했다.

여곤의 얼굴에 마침내 안도의 빛이 떠올랐다. 밤을 새워 달려온 보람이 있었다. 이제 고립무원의 처지에서 큰 힘을 얻게 된 것이다.

동한석인의 친위세력이라면 목만치의 직할대에 못지않은 용맹한 군사들이다. 게다가 집안 대대로 무기제조를 도맡아온 동한씨 가문이었다. 동한석인의 한마디라면 분연히 떨쳐 일어날 지방 토호세력 또한 한두 군데가 아니었다.

여곤은 그때서야 품속에서 서찰을 꺼내 탁자에 내려놓았다. 동한석인의 눈길이 그 서찰에 머물렀다가 다시 여곤에게 향했다.

"태자 청녕이 물부의 눈을 피해 비밀리에 내린 칙서일세. 그러나 그대에게는 이것을 꺼낼 필요도 없었으니 다행일세."

"마마, 저 역시 그렇습니다. 마마와 장부로서의 의기로 통한 겁니다. 이제 서둘러 물부 놈의 목을 가지러 가야겠습니다."

"그렇군. 서둘러야겠어. 목만치 장군이 그대를 학수고대하고 있을걸세."

"단 5백의 군사로 물부의 5만 군사를 상대하고 있다니 대단한 일이 아닐 수 없습니다. 두려움을 모르는 용장이올시다."

"그걸 어떻게 알았나?"

여곤이 놀란 표정을 지었다. 동한석인이 가만히 웃었다.

"아직 이카루가궁에는 제 귀와 눈이 남아 있습니다."

"큰일 날 뻔했군. 그대를 설득하기 위해 우리 군세를 허장성세로 꾸밀 욕심이 있었네."

여곤이 소리 내어 웃었다.

이내 두 사람은 자리를 떨치고 일어나 방을 나섰다. 기척을 눈치 챈 집사장이 얼른 달려왔다.

"갑옷을 준비하라. 그리고 파발을 보내서 모든 군사를 끌어 모아라. 아스카로 간다. 알겠느냐?"

집사장이 놀란 눈을 들어 동한석인을 쳐다보았다가 단호한 표정을 읽고는 즉시 대답했다.

"하명 받들어 모시겠습니다!"

집사장이 빠르게 돌아서서 달려 나갔다.

모즈노 대회전

　　　　　　　이카루가궁이 아스란히 보이는 산언덕에 도
착한 목만치는 말을 멈추었다. 군사들도 일제히 말을 세우느라 흙먼지
가 자욱하게 일었다.

　해가 서편으로 넘어가기 직전이었다. 잠시도 지체하지 않고 온종일
달려온 것이다. 목만치는 말없이 이카루가궁을 노려보았다. 곰쇠가 옆
으로 다가왔다.

　"주인, 어떻게 하실 겁니까?"

　"저곳을 1만의 정병들이 지키고 있다. 1만의 군세란 말이다."

　"주인답지 않소. 언제는 주인이 상대의 군세를 겁낸 적이 있소?"

　목만치가 곰쇠를 돌아보았다. 입가에 희미한 미소가 떠올라 있었다.

　"너는 언제나 철이 들겠느냐?"

　"그럼 무작정 궁으로 쳐들어갈 생각이 아니었습니까? 그래서 한시
도 쉬지 않고 이렇게 달려온 길이 아니었느냐 그 말씀이오."

"이런 미련하기가 곰탱이 같으니라구. 계란으로 바위치기다, 이놈 아. 머리를 목 위에 얹어놓았다가 언제 쓰려고 그러느냐? 그거, 장식품이냐?"

곰쇠의 입이 댓 발이나 나왔다.

"주인의 속내는 대체 알다가도 모르겠소. 그럴 작정이 아니었으면 그저 난파진에서 죽일 그놈의 군대나 도륙내지 않구서."

"이놈 봐라. 나이가 들수록 터무니없는 소리만 지껄이는구나. 제정신이 아니고서야 어찌 5백의 군사로 2만의 군사를 상대하느냐? 어젯밤에는 우리가 운이 좋았을 뿐이다. 그러나 운이 언제까지나 좋다는 보장이 없는 법이다. 그리고 어찌 단지 운에 우리의 운명을 맡긴단 말이냐?"

"난 도무지 주인을 모르겠소. 그렇담 뭐 하러 사추리에 불이 나게 달려왔단 말이오?"

곰쇠가 고개를 외로 꼬았다. 뒤편에서 수달치가 다가왔다.

"장군, 죽일의 부대가 빠르게 쫓아오고 있습니다."

목만치가 잠자코 고개를 끄덕였다.

"계속 흔적을 남겨놓았느냐?"

"장군이 지시한 대로 해놓았습니다."

"죽일은 밤새 우리를 쫓아서 숨바꼭질을 할 것이다. 우리는 단출한 병력이지만 1만 5천의 부대가 우리의 그림자를 쫓느라 고단할 것이다. 치중대도 제대로 갖추지 못했을 것이고, 그저 헛품만 팔게 되었다."

그제야 곰쇠는 목만치의 의중을 깨달았다.

"곰쇠 너는 병력을 떼어줄 테니까 사규 장군과 함께 이카루가궁의 병사들을 유인해내라. 접전을 벌이는 척만 하고 밤새 끌고 다녀라. 알겠느냐?"

"그저 싸우는 시늉만 하면 되는 거유?"

"그래. 좌현왕마마께서 돌아오실 시간을 벌어야 한다. 그때는 놈들과 정면승부를 벌이겠다. 놈들이 원하는 대로 해줄 것이다."

"알겠습니다. 진작 그렇다고 말씀해주시지 않구서."

"이놈아, 네놈이 알아차릴 정도면 적장이 속아 넘어가겠느냐?"

대꾸할 말을 잃은 곰쇠가 머쓱하여 돌아섰다. 병사들을 살피고 난 사규가 말을 몰아 다가왔다.

"목 장군, 다행히 낙오된 병사들은 없소."

"사 장군이 그동안 정병으로 조련시켜놓은 덕분이오. 장군의 병력이 이렇게 남아 있다는 것이 정말 천행이오."

"이거 남의 떡으로 제사 지낸다더니…… 내가 맡기 전에는 장군의 부하들이었소. 내 공이 아니오."

사규가 웃음을 짓자, 목만치 역시 웃음으로 대하며 고개를 끄덕였다.

"이제 사 장군에게 또 한번 신세를 져야겠소. 곰쇠 이놈을 선봉으로 내세우고 이카루가궁을 치도록 하시오."

"알겠소. 그럼 내일 날이 밝는 대로 모즈노 들판에서 만납시다."

"밤새 놈들을 이리저리 끌고 다닐 생각을 하니 기대가 되는구려."

"나 역시 그렇소. 그럼 몸 보중하시오, 장군."

사규가 두 손을 모아 읍하자 목만치도 답례했다. 사규가 다시 말을 몰아 뒤쪽으로 가자 곰쇠가 서둘러 뒤를 쫓았다.

어느새 어둠이 짙어졌다. 멀리 왕궁과 그 아래 민가에서 비쳐오는 불빛들로 그 방향을 짐작할 정도였다. 잠시 후 말발굽소리가 요란하게 울리면서 3백의 기마병들이 언덕을 내려가기 시작했다. 그것을 지켜보던 목만치에게 수달치가 다가왔다.

"죽일의 본대가 바로 목덜미까지 다가왔습니다."

"행장은 어떤가?"

"아직은 크게 지친 모습은 아닙니다만, 급하게 달려오느라 제대로 대오가 갖추어져 있지 않았습니다."

"그러하리라."

"장군께서 시키신 대로 병사들을 매복해놓았습니다."

"반 시진만 놈들의 혼을 빼놓아라. 그러고는 빠르게 퇴각해서 동쪽 산길로 빠져나간다. 놈들은 대병력이어서 산길을 쫓아오느라 꽤 애를 먹을 것이다. 중간 중간에 매복지점을 다시 한번 병사들에게 숙지시키는 것을 잊지 마라."

"안 그래도 몇 번이고 일러두었습니다. 오늘 밤 놈들은 아닌 밤 홍두깨로 정신이 없을 것입니다."

수달치가 어둠 속에서 이를 드러내며 웃었다.

악몽도 그런 악몽이 달리 없었다. 죽일은 마치 지옥을 헤매는 기분이었다. 아니 부장들, 모든 병사들이 마찬가지였다.

아스카로 향한 목만치를 뒤쫓아 기를 쓰고 달려오느라 모두 기진맥진한 상태였다. 더구나 1만 5천의 대병력이 움직이는 판이라 단출한 병력으로 움직이는 목만치의 병력보다 몇 배로 힘들었다. 그런 터에 마음만 앞서다 매복해 있는 목만치의 병사들에게 선두에 나섰던 부장 몇 명과 수십 명의 병사들을 잃었다. 급히 전열을 가다듬어 반격에 나서면 적들은 바람처럼 사라져버렸다.

흔적을 뒤쫓아 산길로 접어들었는데, 거의 대부분 이즈모에서 출병한 병사들이어서 이곳 지형에 익숙할 리 만무했다. 한 사람이 간신히 빠져나갈 수 있는 좁은 산길을 힘겹게 헤쳐 나가다가 곳곳에 매복해 있는 적들에게 목숨을 잃은 이가 한둘이 아니었다. 칠흑처럼 어두운 밤이었고, 생소한 지리였고, 게다가 수적 우세는 전면전에서나 통하는 법이지 이런 유격전에서는 별 소용이 없었다.

죽일은 진군을 몇 번이나 멈추려고 했지만 그때마다 사방에서 적들이 고함을 지르며 나타나 공격해오니 후퇴할 수도 없었고, 적을 쫓다 보니 자꾸만 수렁에 빠지는 느낌이었다.

이를 일컬어 진퇴양난이라고 하는가.

죽일은 뒤늦게 후회했지만 이미 때는 늦었다. 그는 사정없이 얼굴을 후려치는 산죽이며 나뭇가지들을 칼로 베어내며 앞으로 나아갔다. 가파른 비탈길이라 지칠 대로 지친 말에 의지하기도 어려웠다. 모두 말에서 내려 산길을 헤쳐 올라갔는데 마지못한 걸음이었다. 악에 받치는 것도 정도껏이지 이쯤 되면 모두가 긴 악몽에 시달리는 것이나 마찬가지였다.

간신히 산 정상에 도착했지만 목만치의 병사들이 기다리고 있을 리 없었다. 죽일에게 선두에 나섰던 척후병들이 다가왔다.

"놈들은 모두 모즈노 들판으로 빠져 나갔습니다."

"더 이상 매복은 없느냐?"

앙다문 잇새로 죽일이 내뱉었다. 이제 매복이라면 신물이 났다.

"자세히 살펴보았지만 그런 기미는 보이지 않습니다."

"그동안 매복에 당한 것만 해도 벌써 열 차례가 넘는다. 네놈 말은 이제 도저히 믿지 못하겠다."

"나리, 이번엔 틀림없습니다. 제 목을 걸지요."

척후를 맡은 십인장이 볼멘소리로 대꾸했다. 목숨을 걸고 적정을 살피고 돌아왔는데 수고했다는 치하는커녕 욕만 먹었으니 의당 그럴 것이었다. 그만큼 죽일의 심사가 꼬여 있다는 증거였다.

부장 황보성이 나섰다.

"장군, 모든 병사들이 지쳤습니다. 벌써 며칠째 잠을 못잔 데다가 하루 종일 굶었습니다. 이제 그만 병사들을 쉬게 하는 것이 어떨까 싶습니다."

"모즈노는 어떤 곳이냐?"

황보성의 말을 들은 척도 않고 죽일이 물었다.

"드넓은 평원지대올시다. 대왕께서 매사냥을 즐기는 곳으로 까치가 많다고 해서 그런 이름이 붙었습지요."

"목만치가 그곳으로 내려갔다고?"

죽일이 십인장을 돌아보며 다시 한번 물었다.

"그렇습니다."

"놈이 우리를 평지로 끌어내고 있다. 이게 무슨 뜻이냐?"

"……."

누구도 대답하는 사람이 없었다. 죽일이 다시 말을 이었다.

"평지로 나섰다…… 이거 놈이 우리를 욕보이는 거 아니냐? 평지에서 한번 붙어보자는 심산인 게냐?"

고개를 번쩍 든 죽일이 단호하게 말했다.

"산을 내려가 놈을 뒤쫓는다!"

"장군! 병사들을 좀 쉬게 함이 어떠신지……."

"닥쳐라, 이놈! 네놈이 군령을 어길 참이냐? 죽고 싶으냐?"

죽일의 호통에 황보성이 그만 입을 다물었다.

"모두 진군하라!"

죽일의 고함에 병사들이 움직이기 시작했지만 신명날 리 없었다. 그저 마지못해 시늉만 낼 뿐이었다.

그러나 앞장서서 산을 내려가는 죽일에게는 그런 것쯤은 안중에도 없었다. 오직 목만치를 죽여야겠다는 일념만이 머릿속을 지배할 뿐이었다. 벌써 며칠째 그에게 철저하게 농락당했다. 이렇게 되어서는 물부에게 면목이 없을뿐더러 자신의 자존심도 말이 아니었다. 얼굴을 후려치는 나뭇가지들을 사나운 기세로 베어내면서 죽일은 어금니를 앙다물었다.

먼동이 푸르스름하게 터오고 있었다.

사규와 곰쇠가 이끄는 3백의 병사들을 뒤쫓느라 왕궁을 호위하고 있던 1만의 군사들도 밤잠을 설치기는 마찬가지였다.

야심한 밤, 난데없는 적의 기습에 놀란 물부는 잠자리를 떨치고 직접 대병력을 이끌고 진압에 나섰다. 하지만 적들은 형체도 없이 나타났다가 사라지는 바람과도 같았다. 저쪽에서 요란한 함성이 일어서 쫓아가 보면 다시 반대편에서 함성이 일었다. 곳곳에서 소규모의 전투가 벌어졌는데 모두 길게 이어지지 않았다.

적을 소탕하기 위해 물부의 직할부대는 밤새 동서남북으로 바쁘게 움직였지만 정작 소득은 별무였다. 적은 어디까지나 접전을 벌이는 시늉이었을 뿐, 이쪽에서 본대가 출동하면 흔적도 없이 사라졌다.

물부는 이내 상황을 깨닫고 왕궁 수비를 강화한 채 더 이상 적을 쫓지 않았다. 부대를 여러 분대 단위로 쪼개어 각 지역을 수비하면서 적의 유인책에 휘말려들지 않도록 했다.

밤새 적들을 뒤쫓느라 눈이 퀭하니 들어간 물부는 왕궁의 정문 앞에 서서 쓴웃음을 지었다.

"얕은꾀에 속아 넘어갔다. 얼마 되지 않는 놈들 때문에 밤새 헛춤만 춘 꼴이다."

부장 우전이 잠자코 고개를 끄덕였다.

"이게 무슨 망신이냐? 그나저나 목만치는 지금쯤 난파진에서 죽일의 부대와 대치하고 있어야 할 게 아니냐? 어디서 나타난 군사들이란 말이냐?"

"나리, 죽일 장군에게서 전령이 왔습니다. 갈성산에서 목만치가 포위망을 뚫고 이곳으로 왔다고 합니다."

"포위망을 뚫어? 그리고 이곳으로 왔다고? 죽일 그놈 대체 일을 어떻게 하고 있는 게냐?"

"죽일 장군 역시 밤새 목만치의 잔당을 쫓느라 헛고생을 한 모양입니다. 벌써 5천이 넘는 병사를 잃었다고 합니다."

"허, 이럴 수가 있나? 두 눈을 뜨고도 이렇게 당하다니, 이러고서야 어찌 제대로 된 장수라 한단 말이냐?"

"……."

부장 우전은 대꾸하지 않았다. 얼마 되지 않는 적병에 농락당해 밤새 헛춤을 춘 것은 죽일뿐만 아니라 물부도 마찬가지였던 것이다.

"내 당장 죽일 이놈의 지휘권을 박탈해야겠다."

"나리, 고정하십시오. 목만치의 병사들이 모즈노로 빠져나갔다 합니다. 죽일이 그 뒤를 쫓고 있다고 하니 날이 밝으면 목만치를 따라잡을 수 있을 겁니다. 평지에서라면 죽일의 진가가 제대로 드러날 것입니다. 모즈노로 빠져나갔다니 목만치가 제 꾀에 넘어간 꼴입니다."

"목만치가 기껏 5백의 군사로 평지에서 한판 붙어보겠다는 생각이란 말이냐?"

물부가 양미간을 좁히며 그렇게 물었다.

"그런 모양입니다."

"이해가 가지 않는다."

"저 역시 그렇습니다만."

"날이 밝는 대로 모즈노로 가겠다. 준비를 하라."

물부가 돌아서서 안으로 들어갔는데, 부장은 구태여 날이 밝아온다는 말을 하지 않았다. 그도 밤새 한숨도 붙이지 못한 터라 어쨌거나 좀 쉬어야 했던 것이다.

모즈노.

때까치가 많다고 해서 붙은 지명. 일찍이 열도로 넘어온 여곤이 자신의 야망을 제대로 펼치지 못하는 울분을 달래기 위해 매사냥을 즐겨 하던 드넓은 평원지대였다.

그곳의 한 구릉에서 목만치와 사규의 부대가 합류했다. 밤새 적들을 유인하느라 병사들 역시 지친 모습이지만 그래도 마음껏 적을 유린했다는 자족감 때문에 죽일과 물부의 병사들보다는 나았다.

처음 5백여 기의 병사에서 이제 4백여 기로 줄어 있었다. 하지만 아직 사기가 그대로 살아 있었다. 목만치의 정예직할대였고, 명분이 이쪽에 있기 때문이었다.

"수고했다. 곧 적의 본대가 들이닥치겠지만 그동안만이라도 한숨 돌리도록 하라."

목만치가 병사들을 둘러보며 위로했다.

"우리도 지쳤지만 적들도 지친 것은 마찬가지다. 우리로서는 물러설 수 없는 싸움이고, 달아날 곳도 없다. 이곳을 칠성판으로 여기고 죽기 살기로 싸운다. 알아듣겠느냐?"

"예!"

모든 병사들이 한 목소리처럼 대답했다.

고개를 끄덕이고 난 목만치는 돌아서서 동쪽 하늘을 바라보았다.

날은 완연히 밝아서 모즈노의 들판이 푸른 기운으로 가득 찼다.

과연 여곤이 성공할 것인가.

목만치가 기다리는 것은 여곤이었다. 여곤에게 야금이와 열 명의 병사를 함께 딸려 보냈지만 그가 과연 성공할 수 있을지는 반신반의했다. 이제 하늘의 뜻을 기다려야 하는 것이다.

5백, 아니 이제는 4백으로 줄어든 병력으로 수만의 물부 병력과 대회전을 치러야 하는 것이다. 이것을 대회전이라고 부를 수 있는가.

목만치는 구릉 여기저기에 아무렇게나 주저앉거나 드러누워 쉬고 있는 병사들을 보면서 쓴웃음을 지었다.

'이것이 운명이라면 피하지 않겠다. 이곳이 내 칠성판이라면 받아들이겠다.'

목만치는 적어도 죽음 앞에서 비굴해지고 싶지는 않았다. 목만치의 뇌리에 진연과 목화 그리고 아들 한자의 얼굴이 스쳐 지나갔다. 한 점 혈육을 남길 수 있었지만, 과연 자신이 죽고 난 뒤에도 아들의 목숨이 이어질지 의문이었다.

물부는 화근을 남기지 않기 위해 남은 가족을 모조리 죽일 것이다. 그것이 권력의 비정함이었다. 미련이 아프게 남았다. 일찍이 생사에 대한 미련 따위는 떨쳐버려야 진정한 무사가 된다고 생각했다. 그러나 이제 남겨진 혈육에 대한 미련이 남는 것이다.

목만치는 한자의 얼굴을 떨쳐버리기 위해 고개를 거칠게 저었다. 그의 눈은 날카롭게 빛을 발하며 모즈노 들판을 구석구석 예리하게 살피기 시작했다. 죽일이 지휘하는 대군과 효과적으로 맞서기 위해서는 이곳의 지형을 이용해야 했다. 중간 중간 솟아난 구릉과 들판 사이사이에 흐르고 있는 강물 그리고 늪지. 그의 머릿속에는 오직 그러한 지형을 이용해 적을 물리칠 생각뿐이었다.

마침내 해가 한 뼘이나 떠올라 모즈노 들판의 풀잎에 맺힌 이슬이 모두 말라갈 무렵, 죽일이 이끄는 1만 5천의 기마군이 모습을 나타내었다. 들판 초입을 가득 뒤덮으며 달려오는 죽일의 기마군은 그 위용이 자못 당당했다.

들판에서 가장 높은 구릉 위에 위치한 목만치의 병사들은 긴장한 얼굴로 그들을 바라보고 있었다. 1만 5천이라고는 하지만 이렇게 직접 한눈으로 목격하기는 처음이었다. 대단한 군세였다. 지축이 울리는 것이 몸으로 느껴질 정도였다. 적의 대군을 지켜보는 병사들은 하나같이 입을 굳게 다물었는데 숨소리조차 들리지 않았다.

"정말 대단하오."

수달치가 긴장을 풀려는 듯 그렇게 말했지만 주위에 둘러선 누구도 대꾸하지 않았다. 목만치 역시 입을 다문 채 다가오는 죽일의 기마군을 바라볼 뿐이었다.

이윽고 죽일의 기마군은 진군을 멈추었다. 죽일의 손짓에 따라 좌우의 부대가 갈라졌는데, 1만 5천의 기마군은 각 5천씩 세 부대로 나누어졌다. 죽일이 있는 곳이 중군 그리고 좌우군으로 포진했다. 이제 구릉 위의 목만치를 향해 삼면에서 진격이 시작될 것이었다.

그러나 죽일은 선뜻 명령을 내리지 않고 구릉 위의 목만치군을 바라보았다.

"장군, 왜 명령을 내리지 않으십니까? 부장들이 명을 기다리고 있습니다."

황보성이 재촉했다. 죽일이 핏발 선 눈을 들어 그를 돌아보았다.

"저길 보아라. 기껏해야 기백에 지나지 않는 병력이다. 대병력으로 저들을 치자니 도무지 체면이 서지 않는다."

"하지만 장군, 체면을 찾을 때가 아닙니다."

"알고 있다. 비록 적장이지만 목만치의 의기 하나만은 높이 사야겠구나. 죽기를 각오하고 싸우겠다는 자세, 저것이 참된 무장이 갖추어야 할 덕목이다."

죽일의 말에 황보성은 대꾸하지 않았다. 총진격 명령을 내려야 할 지금 하찮은 감상에 빠져 있는 죽일이 마뜩치 않은 것이다.

"박재상, 어디 있느냐?"

죽일이 뒤돌아보며 그렇게 묻자 둘러섰던 부장들 틈에서 한 사내가 나섰다. 30대 초반의 당당한 풍채였다.

"부르셨습니까, 장군?"

"그대가 가서 목만치에게 투항하라 일러라. 무모한 싸움일 뿐이다."

"하지만 장군, 목만치는 결코 투항할 자가 아니올시다."

황보성이 다시 끼어들었다. 죽일이 눈살을 찌푸리며 혀를 찼다.

"쥐도 도망갈 구멍을 보아두고 쫓으라고 했다. 네놈이 사사건건 내 명에 토를 달 셈이냐?"

"목만치는 차라리 옥쇄를 택할지언정 투항할 성품이 아니올시다. 헛품만 팔 것이 뻔합니다."

"네게 이르지 않았다. 박재상, 어서 가도록 하라."

"명을 받들겠습니다."

박재상이 머리를 숙인 뒤 말을 타고 앞으로 달려갔다.

단기로 들판을 달려오는 적장을 목만치와 병사들은 지켜보았다. 구릉을 단숨에 달려온 박재상은 백여 보 떨어진 곳에서 고삐를 채었다.

"우리 사령께서는 그대들에게 투항을 권하셨다. 여기서 항복하면 병사들의 목숨을 보장할 것인즉 이미 승패가 확연한 싸움을 그만두고 쓸데없는 인명살상을 피하자는 것이 우리 사령의 뜻이다. 받아들이겠느냐?"

백여 보 떨어진 곳이지만 박재상이 하는 말은 이쪽 병사들에게 똑똑히 들렸다.

목만치가 혼잣소리처럼 중얼거렸다.

"싸우기도 전에 이쪽의 사기를 떨어뜨리려는 선무공작이다. 제법 머리가 돌아가는 놈이다, 죽일이라는 자."

"저놈을 어떻게 할깝쇼?"

곰쇠의 물음에 목만치는 대꾸도 하지 않은 채 병사들을 향해 몸을 돌렸다.

"저자가 하는 말을 들었느냐? 항복하면 목숨만은 살려준다고 한다. 대저 제 목숨이 아깝지 않은 사람은 없다. 지금이라도 늦지 않았으니 붙잡지 않겠다. 살고 싶은 자, 떠나도록 하라!"

"……."

짧은 침묵이 이어지다가 어느 병사가 외쳤다.

"그럴 수 없소이다! 끝까지 장군과 함께하겠소!"

그러자 여기저기서 다투어서 큰 소리가 터져 나왔다.

"장군과 함께라면 지옥인들 마다하지 않겠소!"

"구차하게 살기보다는 차라리 떳떳한 죽음을 택하겠소이다!"

"장군과 생사를 같이하리다!"

절규에 가까운 병사들의 고함을 듣고 있던 목만치의 눈가가 붉어졌다. 더운 숨을 토해내며 목만치가 입을 열었다.

"그대들의 충정에 감사하다! 나도 그대들과 생사를 같이하겠노라!"

병사들이 일제히 창검을 하늘을 향해 높이 쳐들며 함성을 내질렀다.

몸을 돌려 박재상을 바라본 목만치가 활을 집어 들었다. 살을 시위에 걸며 목만치가 말했다.

"똑똑히 들었느냐? 우리의 의기가 이와 같다. 가서 네놈이 본 대로 일러라. 나와 내 병사들은 죽기를 각오하고 싸울 것이라고!"

목만치의 손에서 떠난 살이 빛처럼 날아가 박재상이 쓰고 있는 투구의 맨 끝 붉은색 술을 그대로 꿰뚫었다. 반혼이 나간 박재상은 그대로 몸을 돌려 박차를 넣었고 그것도 모자라 채찍으로 죽어라 말의 엉덩이를 때렸다. 모골이 송연했고, 자신의 투구 장식을 꿰뚫은 살이 제 목줄기를 향하지 않은 것만 해도 그런 천행이 달리 없었다.

죽일도 그 모든 상황을 지켜보고 있었다. 쓴웃음을 짓고 난 죽일이 마침내 칼을 뽑아들어 높이 쳐들었다.

"총공격이다! 한 놈도 살려두지 말고 모조리 죽여라!"

죽일의 고함과 함께 옆에 섰던 고수가 큰북을 울렸다. 그것을 신호로 좌우군과 중군이 앞으로 일제히 달려가기 시작했다. 순식간에 모즈노의 넓은 들판이 온통 기마병들로 가득 뒤덮였다.

그들이 거리를 반쯤 좁힐 때까지 잠자코 지켜보고 있던 목만치가 입을 열었다.

"적의 좌군이 허술하다. 좌군의 허리를 뚫고 지나가서 중군의 뒤를 친다. 그리고 바로 저쪽 오른쪽 강을 건너 저기 보이는 구릉으로 올라간다. 명심해라! 우리 군세는 얼마 되지 않는다. 절대로 흩어지지 말고 한 몸처럼 움직여야 한다! 자, 그럼 가자!"

칼을 뽑아든 목만치가 기합을 내지르며 앞서 내려갔다. 그를 놓칠세라 곰쇠 이하 부하들이 뒤따랐다.

드넓은 들판을 가득 메우며 달려오는 죽일의 기마군을 향해 달려가던 목만치군은 5백여 보 거리를 앞두고 비스듬히 좌군을 향해 방향을 틀었고, 그 기세로 좌군의 한가운데로 뛰어들었다. 워낙 날 선 기세였다. 앞장선 목만치와 곰쇠, 사규, 수달치 등 내로라하는 무장들이 종횡무진으로 찌르고 베는 통에 앞을 가로막는 좌군은 허울뿐으로 속절없이 쓰러져갔다.

순식간에 수십 명의 병사들이 목숨을 잃었다. 다시 좌우에서 목만치군을 상대하기 위해 좁혀들었는데, 어느 순간 좌군의 허리를 가르고 나간 목만치군은 이번에는 방향을 바꾸어 중군의 배후를 쳤다.

신속하기가 바람 같았고, 용맹하기는 호랑이 같았으며, 동작은 마치 한 마리의 뱀처럼 움직였으니 도저히 목만치군의 다음 행로를 예측하기 어려웠다. 막상 닥치면 야차와도 같은 기세에 눌려 제대로 싸워 보지도 못하고 가이 없는 목숨을 잃었고, 전열을 재정비해 맞서려고 하면 이미 그들은 저만치 다른 곳을 치고 있는 것이다. 마치 마당에 들어온 살쾡이 한 마리를 잡기 위해 온 식구들이 허둥대고 있는 꼴이었다.

목만치군이 좌군의 허리를 두 동강 낸 것도 성에 차지 않아 중군의 뒤를 마음껏 유린하고, 이쪽이 채 전열을 정비하기도 전에 강을 건너가서 또 다른 구릉에 올라가는 것을 지켜보는 죽일이 얼굴이 참담하게 일그러졌다.

"소문은 많이 들었다만 참으로 뛰어난 용병술이다. 하지만 어차피 승패는 판가름 나 있는 것, 얼마나 견디는지 지켜보겠다."

죽일이 부드득 이를 갈았다.

벌 떼처럼 구릉을 포위하면서 죽일의 기마병들이 반쯤 올라오는 것을 지켜보던 목만치가 다시 손짓으로 북쪽을 가리켰다.

곰쇠가 방천화극을 꼬나든 채 앞장섰고, 그 뒤를 한 몸처럼 일직선으로 기마병들이 내쳐 달려 내려왔다. 포위했다고는 하지만 마치 쏜 화살 같은 기세로 휘몰아쳐 내려오자 그것을 제대로 막아낼 리 만무였다. 눈에 띄게 기세를 잃은 죽일의 기마병들은 제대로 싸워보지도 못한 채 돌파당하고 뒤늦게 저만치 달려가는 목만치군을 쫓았다. 죽기를 각오하고 싸우는 병사와 그저 명령에 의해 마지못해 움직이는 병사들의 움직임에는 확연한 차이가 있었다.

그러나 처음부터 중과부적의 싸움이었다. 아무리 목만치군이 용맹하다 하더라도 불과 4백여 기에 불과했다. 모래밭에 물이 스미듯 시간이 흐를수록 하나둘 목숨을 잃는 병사들이 늘어났다. 해가 중천에 걸렸을 무렵, 목만치군은 2백여 기로 줄었다. 게다가 모두 더할 수 없이 지쳐 있었다.

그에 반해 죽일은 전략을 바꾸어 전력의 반을 대기시킨 채 나머지 군사들로만 토끼몰이식 전법을 구사했다. 병사들이 지친 기색이면 대기하고 있던 병력으로 교체시켰으므로 아직 충분히 체력이 남아 있었다. 게다가 물부가 친히 1만의 기마군을 이끌고 뒤늦게 합류하자 이쪽의 사기는 크게 올라갔다.

목만치군은 이제 나지막한 구릉에 올라가 한숨을 돌리는 참이었다. 목만치는 눈으로 남은 병사들의 숫자를 헤아리면서 몇몇 부장들의 모습이 눈에 띄지 않는 것을 깨달았다. 수십 번의 접전에서 흔적도 없이 사라져간 것이다.

온몸이 피칠갑이 된 목만치는 투구를 벗어 이마의 땀을 소매로 닦고 난 뒤 입을 열었다.

"잘 견뎌주었다. 내 욕심은 좌현왕마마께서 원군을 이끌고 합류할 때까지 시간을 버는 것이지만, 기대대로 되지 않은 것 같다. 하지만 여기서 물러설 수는 없는 일, 모든 것을 하늘에 맡기고 마지막 남은 힘을 다 쏟아 붓도록 하자!"

"끝까지 장군과 함께하겠소!"

"우리 백제인들의 기상을 끝까지 떨쳐 보이겠소!"

부하들이 앞 다투어 말했다.

고개를 끄덕이고 난 목만치가 다시 포위망을 좁혀 오는 적들을 둘러보면서 희미하게 미소 지었다.

"이제 저곳을 친다!"

목만치가 가리키는 방향을 본 부하들이 놀란 얼굴을 했다. 죽일의 본대가 있는 중군이었다. 지금까지 그들이 상대한 좌우군의 소규모 분대들과는 그 규모가 다른 것이다.

"보아하니 물부가 직접 나선 모양이다. 새로 1만의 증원군까지 왔으니 신선한 사냥감이 아니겠느냐?"

목만치의 말에 꼬박꼬박 토를 달기 좋아하던 곰쇠도 대꾸할 말을 잃었다. 굳어진 부하들의 얼굴을 둘러보던 목만치가 다시 말을 이었다.

"한번 태어난 이상 어차피 죽게 마련이다. 그 누구도 죽음을 피해갈 수 없는 일. 무장이라면 전쟁터에서 죽는 것을 광영스럽게 생각할 일이다. 뭘 그리 두려워하느냐?"

"아니올시다, 장군!"

수달치가 이를 악물며 대꾸했다.

투구를 고쳐 쓴 목만치는 말의 갈기를 부드럽게 쓸었다.

"자, 한번 더 힘내자꾸나! 어서 가자!"

박차를 넣자 기다렸다는 듯이 말이 앞으로 튀어나갔다.

"저게 무엇이냐? 저, 저 미친 것이 아니냐?"

물부가 자신의 눈을 의심하며 말했다. 그 옆에 말머리를 나란히 하며 서 있던 죽일도 놀라기는 마찬가지였다.

그동안 종횡무진으로 유격전을 벌이던 목만치군이 이번에는 좌우를 돌아보지 않고 일직선으로 이쪽을 향해 달려오고 있었다. 이쪽은 새로 증원군을 보충해서 무려 1만 5천의 기병으로 빈틈없이 중군을 세워놓았다. 그런 것쯤은 아랑곳하지 않고 오직 중군만을 목표로 달려오는 것이다.

물부가 미친놈이라고 말하는 것도 무리가 아닌 것이 겨우 2백여 기도 안 되는 군세로 이쪽과 맞부딪치겠다는 뜻이었다.

죽일은 내심 목만치의 기세에 눌린 참이었다. 태어나서 저런 사내는 처음이었다. 숱한 전투를 경험했고, 온갖 병법서를 다 섭렵했다고 자부하는 죽일이지만 목만치 같은 사내를 대하기는 처음이었다.

수백의 병사로 수만의 적을 상대하는 용기는 보통 사람으로서는 꿈도 꾸지 못할 일이었다. 만일 똑같은 군세라면 자신이 분명 패했을 것이라고 죽일은 오래전부터 자인하고 있었다. 참으로 죽이기에는 아까운 용장이었다. 그러나 전쟁은 비정한 것이다. 적을 죽여야 이쪽이 살아남는 것이다.

"아예 죽으려고 환장하지 않은 다음에야 저럴 수가 없지 않은가 말이다."

물부가 혼잣소리처럼 그렇게 중얼거렸는데 죽일이 대꾸했다.

"그렇습니다. 이곳을 무덤으로 삼겠다는 뜻입니다. 저렇게 나오면 우리가 편해졌습니다. 이제 지긋지긋한 토끼몰이 사냥은 끝난 셈이니 말입니다."

물부가 잠자코 죽일을 돌아보았다가 이내 시선을 거두어갔다. 죽일에 대한 못마땅함이 그대로 얼굴에 드러났다. 압도적인 군세로 목만치 하나 죽이지 못했다는 힐난의 뜻이 담겨 있었다.

죽일이 뒤를 돌아보며 말했다.

"김인무가 나가 적들을 맞이하라! 전날의 패배를 설욕할 기회다!"

"예!"

김인무가 말을 몰아나가자 그 뒤를 1천의 기마병들이 뒤따랐다.

얼마 지나지 않아 김인무의 1천 기마병과 목만치의 2백여 기 병력이 맞붙기 시작했는데 치열한 접전이었다. 피아가 뒤섞여 서로 찌르고 베는 통에 피가 사방으로 튀었다.

김인무가 뒤쪽으로 물러나서 병사들을 독려하고 있는데, 한데 뒤섞인 병사들 틈에서 단기필마가 김인무를 겨냥하고 튀어나왔다. 온통 피칠갑을 한 채 방천화극을 꼬나든 곰쇠였다.

물부와 죽일이 지켜보고 있음을 의식한 김인무도 물러서지 않고 장검을 빼어들고 곰쇠와 맞부딪쳤지만 단 일합으로 목이 달아났다.

장수가 죽은 것을 안 병사들은 그 순간부터 오합지졸로 변했다. 한번 무너지기 시작한 김인무의 기마군들은 전의를 잃고 뿔뿔이 흩어졌다. 접전을 벌이던 무리 속에서 다시 몇 명의 기마병들이 뛰쳐나와 중군을 향해 달려들었다.

"부장 황보성이 나가라!"

죽일이 다급하게 외치자 황보성이 이끄는 5백의 기마군이 뛰쳐나가 그들을 맞았다. 다시 한번 치열한 접전이 벌어졌다. 이제 목만치군은 오직 장수만을 노리고 뛰어들었다. 얼마 지나지 않아 황보성도 목숨을 잃었는데, 이번에는 부장 급이 아니라 일개 병사에 의해서였다.

죽일이 거듭해서 부장을 보내려는 순간이었다.

뒤쪽에서 커다란 함성이 일어나더니 지축을 흔드는 말발굽소리가 요란하게 들려왔다. 동시에 하늘을 새까맣게 뒤덮을 정도로 많은 화살이 날아들었다. 삽시간에 수십 명의 병사들이 말에서 굴러 떨어졌다.

"이, 이게 어찌 된 일이냐?"

놀란 물부가 그렇게 소리쳤다. 영문을 모르기는 모두가 마찬가지였다.

"기습이다!"

빠르게 상황을 판단한 죽일이 소리쳤다. 한눈에 보아도 5천이 넘는 기마군이 일제히 달려들고 있었다.

"저, 저것이 어디서 온 군사란 말이냐?"

물부가 허둥대면서 그렇게 물었지만 누구 하나 속 시원히 대답해 줄 사람이 있을 리 만무했다. 사색이 된 물부는 기마군의 선두에 선 두 명의 장수를 바라보았다.

"아니, 여곤과 동한석인이 아니냐?"

그랬다. 여곤과 동한석인이 철기군 5천의 병력을 이끌고 본대의 배후를 기습한 것이다. 열도에서 목만치군과 더불어 최강의 부대라고 할 만한 동한씨의 직할대였다. 몇 년 전에 은퇴한 동한석인이 난데없이 군사를 이끌고 나타난 것이다.

물부는 비로소 여곤이 동한석인을 제 편으로 끌어들였음을 깨달았다. 여곤과 목만치를 제거하지 못한 것이 끝내 화를 불렀다. 어쨌거나 당장 시급한 것은 반격이었다.

"당황하지 말고 저들을 막아라! 얼마 되지 않는 적병이다. 모조리 쓸어버려라!"

물부와 죽일이 목청이 터져라 고함을 내지르며 독려했지만, 거대한 물길이 휩쓸고 밀려오는 참이었다. 마치 둑이 터지듯 후위에서부터 무너지기 시작한 전열이 그대로 앞쪽까지 이어졌다. 공포심이란 전염병과 같아 순식간에 전체를 감염시키는 것이다.

목만치군과 싸우던 병사들도 중군의 후위가 습격당했음을 알아차렸다. 사력을 다해 싸우고 있던 목만치군은 없던 힘조차 생겨나는 판에, 있는 힘조차 사라진 물부의 기마군은 봇물 터지듯 궤멸되기 시작했다.

악을 쓰면서 독려하던 물부는 세 불리함을 느끼고 퇴각명령을 내렸다.

"모두 물러나라! 전열을 재정비한다!"

"좌우군은 어디 있느냐? 어서 놈들을 막아라!"

그러나 일단 무너지기 시작한 군사들에게 제대로 군령이 전달될 리 없었다. 오직 달아나기에만 급급할 뿐이었다.

물부는 죽일과 부장들의 호위 속에 퇴각하기 시작했다. 수뇌부가 퇴각하는 것을 본 병사들은 싸울 의지를 잃어버렸다. 달아나기 바쁜 가운데 서로의 병장기에 찔리고 말발굽에 채여 오히려 적과 싸울 때보다 더 많은 사상자가 생겼다.

"역적의 무리들을 한 놈도 남겨놓지 말고 쓸어버려라!"

동한석인의 큰 소리가 연신 이어졌다. 그의 직할군은 기세 좋게 물부군을 쓸어갔다. 엄청난 기세로 휘몰아치는 통에 수적으로 훨씬 더 많은 물부군은 그야말로 홍수에 떠밀려 가는 개미 떼와도 같았다.

물부와 죽일은 호위군들의 도움을 받으며 기를 쓰고 앞으로 달려 나갔다. 비 오듯 땀이 흘러내려 눈앞을 가렸지만 금세라도 뒤통수를 잡아챌 듯한 공포심에 젖어 그런 것을 개의할 겨를도 없었다. 물부와 죽일을 뒤따르는 호위군들은 불과 백여 기였다.

그런 그들을 십여 기의 기마병들이 뒤쫓았다. 맨 앞에 선 사람은 목만치였고 곰쇠와 수달치, 사규 그리고 여곤을 수행하던 야금이까지 어느새 따라붙었다.

모즈노 들판에서 십 리쯤 떨어진 곳이었고, 왕궁으로 향하는 길목이었다.

물부와 죽일은 추격자들을 더 이상 떨칠 수 없다는 것을 깨닫고 일전을 불사하고 나섰다. 물부와 죽일이 뒤편에 섰고, 백여 기의 호위군들이 그 앞에 부챗살처럼 진을 폈다.

뒤쫓아 오던 목만치와 부하들이 오십 보 앞쪽에서 멈추어 섰다.

"물부, 이놈! 어딜 달아나는 게냐?"

목만치가 우렁찬 목소리로 외쳤다. 물부의 수염꼬리가 푸르르 떨렸다.

"네놈이 정말 죽고 싶어서 환장했구나! 운이 좋아서 그동안 잘도 도망쳤다만 네놈의 운이 얼마나 좋은지 궁금하다! 어서 저놈을 쳐라!"

물부의 고함에 호위병사들 20여 기가 일제히 짓쳐 달려들었다.

이쪽에서도 곰쇠를 필두로 사규와 수달치, 야금이가 달려 나갔다. 불과 오십 보 안쪽이므로 눈 깜짝할 사이에 접전이 벌어졌다. 병장기가 부딪치는 소리, 비명, 말 울음소리 등이 뒤섞여서 그야말로 난전이었다. 그러나 얼마 지나지 않아 물부의 호위군들이 뒤로 밀렸다. 벌써 반이나 저승길로 행차한 뒤였다.

이를 악문 물부가 다시 나머지 호위병사들을 일제히 투입시켰다. 그들이 달려 나가는 것과 동시에 목만치가 말에 박차를 넣었다.

목만치는 앞을 가로막는 호위병사들을 볏단 베어 넘기듯 해치우며 타넘었다. 적들과 접전을 벌이고 있던 곰쇠도 그때쯤 몸을 돌려 목만치를 쫓아왔다.

목만치가 겨냥하고 있는 자는 오직 물부였다. 다급해진 물부가 환도를 꺼내 응전자세를 취했는데 그 앞을 죽일이 보호하듯 막아섰다.

목만치와 죽일의 말이 서로를 스치듯 지나쳤다. 그 짧은 와중에도 마상 위의 두 사람은 십여 합을 겨루었다.

관성 때문에 십여 보쯤 달려 나갔던 죽일이 말머리를 돌렸을 때 그의 앞을 가로막고 나선 사람은 목만치가 아니라 곰쇠였다. 방천화극을 꼬나든 곰쇠가 죽일을 노려보았다.

"이놈아! 네 임자는 여기 있다!"

"발칙한 놈!"

앙다문 잇새로 죽일이 내뱉었다.

"오늘이 네놈 제삿날이다!"

"죽어라!"

서로 한마디씩 주고받은 뒤 무서운 기세로 말을 달려 나갔다. 피 맛을 볼 만큼 본 곰쇠의 방천화극이 오후의 햇빛을 받아 번쩍였고, 죽일의 날카로운 환도 역시 푸른 검기를 뿜어냈다. 말과 일체가 된 두 사람이 빠르게 스쳐 지나가면서 병장기가 상대의 빈틈을 노리고 파고들었다. 죽일의 환도가 곰쇠의 허벅지를 찔렀고, 그와 동시에 곰쇠의 방천화극이 죽일의 오른쪽 어깻죽지를 사선으로 베었다. 두 필의 말은 반대방향으로 십여 보쯤 달려가다가 돌아섰다.

곰쇠는 제자리에 서서 고삐를 잡아챘다. 승패가 결정 났음을 깨달았기 때문이다.

죽일은 그때쯤 천천히 마상에서 굴러 떨어졌다. 오른쪽 어깨는 그의 몸에 붙어 있지 않았다. 그의 눈은 아직도 부릅뜬 채였는데, 자신의 패배가 믿기지 않는다는 표정이었다.

목만치와 물부는 이십여 보 떨어진 거리에서 서로를 노려보았다.

물부의 호위병사들은 목만치의 부하들과 접전을 벌이고 있었지만 수적 우세는 오간 데 없이 이리 몰리고 저리 몰리는 중이었다. 주군의 안위를 걱정하기에는 자신들의 생사가 더 급했다.

물부는 더 이상 도망칠 수 없다는 것을 깨달았다. 그의 오랜 꿈이 바야흐로 이루어지려는 순간인데, 끝내 목만치와 여곤 때문에 일을 그르친 것이다.

통한 때문에 입술을 깨문 물부의 입 안에 피비린내가 물씬 퍼졌다. 물부는 천천히 환도를 집어 들어 중단자세를 취했다. 평생의 야망을 일순간에 물거품으로 만들어버린 사내, 목만치에 대한 증오로 온몸이 떨려왔다.

"이놈, 죽어라!"

물부는 말에 박차를 넣어 목만치를 향해 달려갔다. 목만치는 제자리에 그대로 서 있었다.

빠르게 달려간 물부가 목만치의 옆을 스치면서 칼을 내질렀는데, 목만치는 다만 허리를 숙여 검세를 피하며 취모검을 옆으로 그었다. 두꺼운 갑옷을 입고 있었지만 예리한 칼날은 물부의 단전 부분을 비스듬히 그었다. 그 충격으로 물부는 허공에 떴고, 말은 달려가는 탄력 그대로 나아갔다.

땅에 떨어진 물부는 허리를 반쯤 접은 채 자신의 복부를 들여다보았다. 그곳에서 피가 분수처럼 뿜어져 나왔다.

목만치는 여전히 말 위에서 그를 내려다보고 있었다. 묵묵한 얼굴이었고, 오히려 연민에 가까운 표정이었다.

물부는 자신의 복부와 목만치를 번갈아 바라보았다. 이윽고 물부가 침통한 목소리로 입을 열었다.

"부디 원컨대 내 목을 쳐다오!"

고통으로 일그러진 물부의 숨소리가 거칠어졌다. 그 순간 물부의 눈앞에 누군가의 얼굴이 스쳐 지나갔다. 검버섯이 덮인 얼굴, 무섭게 세어버린 은발, 오직 복수의 일념에 차 있던 분노의 눈빛……. 노인네의 충동질이 없었다면 인생은 달라졌을까. 아니다. 물부는 고개를 저었다. 노인의 복수심도 있었지만 근본적으로는 자신의 야망이 문제였다. 그리고 이렇게 목숨을 재촉하게 된 것이다. 돌이켜보면 인생이란 봄날의 짧은 낮잠과도 같은 것…….

목만치가 말에서 내리자 그의 그림자가 물부를 뒤덮었다.

"어서!"

목만치는 뭔가 말하려다가 그만두었다. 다음 순간 목만치의 칼날이 번뜩였고, 물부의 머리통이 저만치 굴러갔다.

"나무아미타불 관세음보살……."

돌아서는 목만치의 입에서 명호가 흘러나왔다. 목만치의 얼굴에서는 승리의 기쁨은 더 이상 찾아볼 수 없거니와 이제는 피비린내가 지긋지긋하다는 감상이 달무리처럼 떠돌았다.

복미권

여곤이 머물고 있는 별궁의 사랑방, 여곤 옆에는 목만치가 별다른 표정 없이 앉아 있었다. 얼굴에 화색이 도는 청녕이 여곤에게 머리를 조아리며 말했다.

"숙부님, 참으로 고맙습니다. 이 은혜를 어떻게 갚아야 할지 모르겠습니다."

여곤은 희미한 미소를 지은 채 고개를 끄덕였다. 백제 왕실의 계보를 따져 보면 여곤은 웅략과 같은 항렬이었으므로 청녕은 여곤을 숙부라 부른 것이다.

청녕의 눈길이 목만치를 향했다가 다시 여곤에게 돌아갔다.

"이로써 우리 비류백제의 적통이 계속 이어지게 되었습니다. 모두가 숙부님과 목 대신 덕분입니다. 참으로 고맙습니다."

"그만 하오. 의당 해야 할 일이었소. 역적의 무리가 우리 조정을 무너뜨리는 것을 어떻게 볼 수만 있었겠소."

"하지만 목숨을 건 일이었습니다. 태자궁에 갇혀서 아무런 힘도 보태지 못한 제가 심히 부끄러울 따름입니다."

"시세가 그러한 것을 탓할 필요는 없소."

"이해해주시니 감사합니다."

"선왕의 뒤를 이어서 태자께서 어서 등극하시어 이 나라 사직을 이어가야 합니다."

여곤이 마치 조는 듯 가늘게 뜬 눈으로 청녕을 보며 말했다. 강한 어조가 느껴지는 말투였다.

청녕이 정색하고 여곤을 바라보았다.

"아니올시다."

"……."

여곤이 눈을 치켜뜨고 청녕을 바라보았다. 목만치 역시 긴장한 채 청녕을 주시했다.

"숙부께서 극상의 자리에 오르셔서 이 나라를 이끌어주십시오."

"허, 그게 무슨……."

채 말을 잇지 못한 여곤이 목만치를 돌아보았다가 다시 청녕에게 시선을 돌렸다.

"저는 저 자신의 역량을 익히 알고 있습니다. 비운에 가신 선왕께서 저를 어여삐 여기셔서 태자 직을 잇게 했지만 전 결코 왕재가 되지 못합니다. 반면 숙부님께서는 국인들의 신망을 한 몸에 받고 계실 뿐 아니라 아무도 따를 수 없는 경륜을 갖고 계십니다. 숙부님께서 부디 왕위에 오르셔서 이 나라의 광영을 널리 떨쳐주십시오."

"그리할 수 없소."

여곤이 내뱉듯 말했다. 잠깐 고개를 조아리던 청녕이 여곤을 올려다보았고, 목만치도 여곤을 바라보았다.

"내가 비록 열도에 건너온 지 오래되었다고는 하나 어디까지나 식객에 불과하오. 그리고 내가 감히 불충하게 딴마음을 먹는다면 지하에 계신 선왕께서 통곡하실 거요. 선왕께서 내게 베풀어주신 후의를 그런 식으로 배반할 수는 없는 노릇이오."

"그렇지 않습니다. 숙부님. 옛말에 맹자께서도 왕이 어질지 못하면 갈아치우는 것이 법도라고 했습니다. 숙부님과 목 대신이 아니 계셨다면 벌써 이 나라는 물부의 손에 넘어갔을 것이고, 저 역시 살아남기 어려웠을 것입니다. 이런 터에 제가 왕위에 오른들 영이 설 리가 만무합니다. 그리고 극상은 제가 감히 감당하기 어려운 자리올시다. 원컨대 조카의 청을 받아주십시오."

"그리할 수 없소."

여곤이 냉정하게 말했다. 지켜보던 목만치가 드디어 입을 열었다.

"좌현왕마마께 감히 소신이 말씀 여쭙고자 합니다."

"말하라."

"태자의 말씀에도 일리가 있는 듯합니다. 태자께서 저토록 간절히 원하시는데 좌현왕마마께서는 부디 그 청을 받아들임이 마땅하다고 아룁니다."

"허, 그대도 나를 도리조차 모르는 사람으로 만들고자 함인가."

여곤이 가볍게 혀를 찼다. 고개를 젓고 난 목만치가 계속 말을 이었다.

"무릇 모든 것은 순리대로 흐르는 법입니다. 태자께는 황송한 말씀이오나 좌현왕마마께서 왕위에 오르시는 것이 합당한 순리라고 여겨집니다. 태자의 춘추 아직 어리고, 경륜이 미흡한 것이 사실인바, 역란의 후유증을 수습하기 위해서는 할 일이 태산 같습니다. 그 일을 해낼 수 있는 분은 마마 외에 달리 적임자가 없습니다. 마마께서 강단 있게 정무를 펼치시어 이 나라가 안정되면 그때 가서 태자께 선양을 하셔도 늦지 않을 것입니다."

"그리할 수 없소."

"숙부님, 다시 한번 간곡하게 부탁드립니다."

"다시 말해도 대답은 마찬가지요."

여곤의 마음은 요지부동이었다.

청녕은 몇 번이나 더 여곤을 설득하다가 포기하고 돌아갔다.

"마마, 왜 태자의 청을 거절하셨습니까?"

단둘만 남게 되자 목만치가 물었다. 여곤은 반쯤 열린 들창문을 통해 정원을 바라보고 있었다. 만감이 교차하는 표정으로 잠깐 침묵을 지키던 여곤이 목만치를 돌아보았다.

"나의 야심은 그대가 가장 잘 알고 있지."

"그렇습니다."

"막상 이렇게 기회가 주어지니까 생각이 달라지는군."

"무슨 뜻입니까?"

"태자의 얼굴을 보았는가?"

목만치가 끄덕였다.

"두려움에 떨고 있는 것이 역력했네. 역도들을 무사히 진압하고 난 지금 태자가 떨고 있는 이유가 무엇이겠나?"

"힘의 향배 때문이겠지요."

"그렇다네. 그대와 나, 우리 두 사람에게 모든 권력이 집중되어 있음을 태자는 무엇보다도 두려워하고 있네. 그가 내게 왕위를 권한 것도 바로 자신이 살아남기 위함이야. 그렇지 않겠나?"

"그런 뜻도 있겠지요."

"권력이란 그런 것이야. 힘이라는 것, 그건 양날의 칼과 같은 것이지. 잘못 쓰면 자신의 손이 베일 수도 있네."

"……."

"태자의 말을 들었을 때, 내색하지 않았지만 내 가슴은 크게 뛰었네. 적어도 내가 왕위를 찬탈하는 것은 아니니까 모양새도 나쁘지 않고, 내 오랜 꿈이 바야흐로 실현될 순간이라고 생각했지."

"그러하온데 왜 거절하셨습니까?"

"그 순간 양날의 칼이 떠올랐네. 구태여 내가 그 칼을 직접 잡을 필요가 있을까, 그런 생각이 들더군."

"……."

목만치는 침묵을 지키며 여곤의 말뜻을 생각했다. 어렴풋이 이해가 될 것도 같았다.

"권력을 쥐고 마음껏 휘두르는 것도 좋겠지. 대장부로 태어나서 그 이상 바랄 것이 어디 있겠는가? 하지만 비운에 간 웅략이 떠올랐네. 어디 그뿐인가. 본국의 여경 형님께서도 비운에 가셨네. 게다가 선왕 비유왕마마의 최후도 그 순간 떠오르더군."

여곤의 목소리에 비감이 담겨 있었다.

"……."

"그런 생각이 들자 덧정마저 없어지더군. 과연 권력이란 무엇인가. 형제간의 우애도 핏줄의 애틋함도 외면하게 만드는 권력이란 과연 무엇인가, 그런 생각이 들었네."

"그렇다고 해서 마마께서 평생을 꿈꾸어오던 야망을 저버리실 것입니까?"

"돌이켜보니 내가 집착한 것은 왕권이 아니라는 걸 깨달았네. 단지 대왕의 직이 아니라 내가 진정 꿈꾼 것은 대륙정벌이었네. 근초고왕 때의 화려한 백제국의 영광, 그것을 되살리고 싶은 것이 내 꿈이었네.

그깟 왕위가 아니란 말일세. 비단금침과 화려한 옥좌, 면류관을 탐하지 않았네. 저 먼 대륙, 광활한 땅 끝까지 우리 백제국의 깃발을 꽂고 싶은 것이 내 욕심이었지. 그러나 어느새 세월만 흘렀고 이제 내 머리에는 그대가 보다시피 흰 서리가 내렸네."

"……."

"모두가 꿈 같구만. 일장춘몽과도 같다는 생각이 드네."

"마마께서는 아직 정정하십니다. 얼마든지 그 꿈을 펼치실 수 있을 것입니다."

"듣기 좋으라고 하는 소리인 줄 알겠네."

"아니올시다."

"그만두게."

"하오시면 이대로 태자가 왕위에 오르게 하실 겁니까?"

"그래야겠지."

여곤이 끄덕였다.

"그러나 태자는 어디까지나 꼭두각시에 불과할 뿐이야. 분명 태자는 왕재의 그릇이 아니야. 선왕에게는 미안한 얘기지만 웅략은 사람 보는 눈이 없었어. 청녕은 큰일을 도모할 만한 그릇이 못 되네. 그렇다면 실질적으로 이 나라를 위해 큰일을 해야 할 사람은…… 바로 그대라네."

여곤의 강한 눈빛이 똑바로 목만치를 향했다.

"그대가 해야 할 일이 아주 많을 것이야. 본국 못지않게 이 나라를 발전시켜야 하네. 새로이 농지를 개간하고, 군사력을 강화해야 함은 물론이고, 교육제도를 확립하고 재정을 확보해야 하네. 그 모든 것을 그대가 해야 해."

"어깨가 무겁습니다."

"그대는 잘해낼 것이야."

"소신 전력을 다해 마마의 명을 받들겠습니다."

"이 나라 왕실을 위해서가 아니야. 안숙의 땅을 찾아온 우리 국인들을 위해서라네. 조금이라도 편하게 살기 위해서 목숨을 걸고 바닷길을 건너온 우리 국인들을 위해서야. 국인들이 있고서야 왕실도 있는 법, 실제로 이 땅의 주인은 국인들임을 항상 명심하게."

"최선을 다하겠습니다."

대답하는 목만치의 얼굴은 굳은 결의로 차 있었다.

청녕이 즉위한 직후 내정을 책임진 목만치는 과감한 개혁을 실시했다. 새로운 농업기술을 개발하고, 군사력을 강화하는 분야에는 한씨 일족을, 교육을 강화하고 제도를 정비하는 분야에는 문씨를, 재정을 확보하는 데는 진씨를 임명했다.

그것은 새로운 왕조의 출발을 알리는 전주곡이었다. 그리하여 야마토 지방에는 진씨, 한씨, 문씨 성을 가진 새로운 일족들의 대규모 집단 거주지가 형성되기 시작했다. 그들은 곤지왕, 곧 여곤의 권력을 실질적으로 뒷받침하는 새로운 지배계층으로서 사회 전 분야에 걸쳐 대대적인 변화를 주도해나갔다.

안으로는 관개시설이 확충되어 벼의 수확량이 급증하였으며, 백제의 선진기술과 문물들이 빠르게 도입되었다. 주거형태와 생활양식에도 커다란 변화가 오기 시작했다. 그 결과 열도 사람들은 목만치를 새로운 기술을 가져다준 '한韓의 신', '증부리曾富理의 신', '성聖의 신' 등으로 부르며 숭상했다.

더불어 곤지왕은 청녕의 막후실세로 자신의 권력기반을 공고히 다지면서 열도의 정치와 경제, 사회 등 모든 분야를 다져 나갔다. 열도에

이는 새로운 바람이었다.

여곤은 모대, 사마, 남대적 외에 두 아들까지 모두 다섯 형제를 두었는데, 모대는 훗날 백제본국으로 들어가 동성대왕이 되는 바로 그이다. 일찍부터 부친을 닮아 그 풍모와 위엄이 가히 왕재였다. 다만 자신감이 지나치고 외곬으로 흐르는 성품은 부친이 아니라 백부, 그러니까 여도와 흡사했다. 그런 성품 때문인지 모대는 목만치에게 그다지 살뜰한 정을 붙이지 못했다.

그러나 사마와 남대적은 달랐다. 사적으로는 매부와 처남지간이고, 공적으로는 대신과 왕자의 관계였다. 사마와 남대적은 틈만 나면 목만치에게 무예를 가르쳐달라고 졸랐다. 정무에 바쁜 목만치는 곰쇠에게 그들을 가르치게 했다. 사마와 남대적은 우애가 깊었지만 서로 뒤지지 않으려고 무예수련에 열중했다. 그 덕분에 그들의 실력은 금세 일취월장했다. 그들의 실력을 확인해볼 겸 어느 날 목만치는 두 왕자를 찾아갔다

"그동안 두 분 왕자님께서 밤낮으로 열심히 수련했다고 들었습니다. 제가 보는 앞에서 왕자님들의 솜씨를 보여주시겠습니까?"

"아무리 저희가 열심히 했다고는 하나 본국검법의 달인이신 매부에게야 어디 어림이나 있는 일이겠습니까?"

사마의 말에 남대적도 고개를 끄덕이며 동의했다.

"하하, 저를 그처럼 과찬해주시니 감사하오이다. 그러나 이런 말이 있습니다. 한 명의 뛰어난 장수는 수만의 병력을 호령하지만 왕은 그러한 장수 열 명만 거느리면 능히 족하다고 했습니다."

"그렇습니까?"

"사소한 잔재주는 왕의 몫이 아닙니다. 대국大局을 바라보는 안목,

복마전 ✿ 235

그것이 왕에게 꼭 필요한 요건이올시다. 그럼 이제 두 분 왕자님께서 서로 실력을 겨뤄보시지요."

"사마 형님에게는 많이 부족한 실력입니다."

남대적이 그렇게 겸양의 뜻을 나타내자 사마가 코웃음을 쳤다.

"허, 수련 때는 나를 이기려고 그렇게 기를 쓰더니 대놓고 날 놀리는구나."

"형님도 손에 사정을 두지 않기는 마찬가지였소."

"네놈이 기를 쓰고 덤비니까 나 역시 그럴 수밖에 없지 않느냐?"

"어쨌든 매부께서 보시는 앞이니까 최선을 다해봅시다."

"그야 이를 말이냐?"

두 사람은 목검을 들고 십여 보 거리를 두고 마주섰다. 중단자세를 취하던 두 사람은 이윽고 기합과 함께 맞부딪쳤다. 비록 목검이라고는 하지만 서로의 기세가 진검승부와 다름없었다. 순식간에 십여 합이 이루어졌고, 두 사람은 다시 일정한 거리를 두고 떨어졌다.

금세 두 사람의 얼굴이 땀으로 범벅이 되었다. 그들의 솜씨를 눈여겨보는 목만치의 입가에 미소가 떠올랐다.

다시 어울린 두 사람 사이에 격렬한 기세가 오가면서 우열을 가리기 힘든 검무가 계속 이어졌다. 그러나 시간이 흐를수록 아무래도 나이가 어린 남대적이 조금씩 밀리기 시작했다. 기를 쓰고 사마의 공격을 막아내던 남대적이 연못가까지 밀려났을 때였다.

"그만!"

목만치의 말에 남대적은 한숨을 돌렸다. 연못에 빠지는 볼썽사나운 꼴을 면하게 된 것이다.

"그만하면 충분하오."

"어떻습니까?"

의기양양해진 사마가 물었다.

"두 분 왕자님 모두 훌륭했소. 검세의 흐름을 이해하고, 상대의 움직임을 파악하는 눈도 좋았소. 그 정도면 두 분 왕자님은 어디에 가서도 제 몫을 충분히 해내겠소."

"매부께 그런 칭찬을 들으니 기쁩니다."

사마가 웃었다. 남대적은 다소 시무룩한 얼굴로 제 발치께에 시선을 떨어뜨리고 있었다. 그의 기분을 짐작한 목만치가 웃으며 말했다.

"남대적 왕자님도 조금만 더 연마하시면 사마 왕자님을 능가하시겠소."

"그렇습니까?"

"열심히 하시면 됩니다."

어느새 밝아진 남대적의 얼굴을 보면서 목만치는 다시 한번 웃었다.

"시간이 나는 대로 제가 왕자님들께 본국검법을 전수해드리리다."

"그게 정말입니까?"

"제가 허언을 하겠습니까? 단 조건이 있소."

"본국검법을 배울 수만 있다면 무슨 일인들 못하겠소, 매부."

남대적이 눈빛을 반짝이며 말했다.

"제가 알려드리는 본국검법을 부지런히 익혀서 그 맥을 이어가야 합니다."

"그게 조건입니까?"

"그렇습니다. 본국검법은 천하제일의 검법이올시다. 그 원리를 터득하고 나면 감히 상대가 없는 검법이지요. 제가 바라는 건 그 본국검법의 정수를 부디 터득하셔서 이 나라 사직이 이어지는 한 그 검법이 제대로 계승되는 것입니다."

"최선을 다해 매부의 원이 이루어지도록 하겠습니다."

"고맙습니다."

목만치가 두 손을 모아 가볍게 예를 나타내자 두 왕자도 서둘러 답했다. 목만치는 사마에게서 목검을 건네받았다.

"잘 보십시오. 지금부터 제가 보여드리는 것은 본국검법의 정수올시다. 두 눈으로 똑똑히 보시고, 가슴에 꼭 새겨두십시오."

두 왕자는 긴장한 듯 목만치를 바라보았다.

목만치는 목검을 중단으로 허공에 겨눈 채 가만히 서 있었다. 눈을 감은 채 목만치는 호흡을 골랐다. 이윽고 눈을 뜬 목만치는 목검을 허공에 흩뿌리기 시작했다. 목검은 어디론가 사라졌고, 오직 목만치의 그림자만이 좌우사방을 찌르고 베었다. 동작의 시작과 끝이 어디인지 도무지 알 수 없었고, 그 진퇴와 겨냥의 종착점을 짐작할 수 없었다. 거대한 태산의 압도가 있었고, 해일의 광포한 움직임이 있었고, 잔잔한 수면처럼 고요함이 있었는가 하면 폭포의 격렬한 부딪침이 있었다. 움직이는가 하면 멈추었고, 멈추었는가 하면 움직였다. 그림자만이 허공을 오갔고, 바람조차 숨을 죽이는 듯했다.

사마와 남대적은 도무지 믿을 수 없는 경외감으로 가득 찬 눈으로 목만치를 지켜보았다. 그들의 입에서는 신음조차 나오지 않았다. 목만치가 보여준 검법은 경이 그 자체였다. 도저히 그 끝을 짐작할 수 없는 무한의 경지였다.

그리고 어느 한 순간 목만치는 다시 모습을 나타내었다. 그림자에서 육신으로 돌아온 것이다.

목만치는 아직도 경이에 차서 입을 쩍 벌리고 있는 두 왕자를 보며 미소 지었다. 목만치의 얼굴에서는 땀 한 방울도 흐르지 않았다.

"약속을 잊지 않으셨겠지요?"

"매부……"

"이 나라에 본국검법을 영원히 이어지게 하겠다는 약조를 꼭 지켜주셔야 합니다."

"매부…… 정녕 그리하겠소."

남대적이 아직도 꿈에서 채 깨어나지 못한 표정으로 그렇게 대답했다.

열도에서 목만치가 그러한 시간을 보내는 사이에 웅진으로 도읍지를 옮긴 백제는 피비린내 나는 암투에서 단 하루도 벗어나지 못하고 있었다.

국강이라는 바람벽마저 사라지자 문주왕은 외톨이가 되었다. 문주왕이 웅진으로 천도할 때부터 토호세력의 반대가 극심했지만 목만치의 강단 있는 정벌 때문에 간신히 웅진에 자리 잡을 수 있던 것이다.

그러나 이제 문주왕에게는 측근이라고 부를 만한 사람이 남아 있지 않았다. 문주왕이 가졌던 예전의 기상은 어디까지나 왕실세력이 강할 때의 일이었다. 왕실의 세력을 믿고 안하무인격으로 설쳐대던 여도였다. 사방을 둘러보아도 고립무원이었다. 목만치를 쫓아낸 게 역설적으로 그런 결과를 초래한 것이다.

그 무렵 웅진백제의 실권은 어느새 해씨 집안에서 장악하고 있었다. 특히 그중에서도 병관좌평 해구解仇가 빠른 시간 내에 모든 병권을 장악했다. 그때부터 모든 권력은 해구에게 집중되기 시작했다. 그 같은 정황이 사기에는 이렇게 기록되어 있다.

문주왕 3년 8월, 병관좌평 해구가 마음대로 권력을 행사하여 법질서를 문란케 하며, 왕을 경시하였으나 왕은 이를 저지하지 못했다.

문주왕은 허수아비나 마찬가지였다. 하지만 해구는 그것도 성에 차지 않았다. 웅진 천도 과정에서 죽은 해성의 일을 떠올리면 언제라도 반격을 당할 수 있었다. 실제로 문주왕도 해구에게 빼앗긴 권력을 되찾기 위해 여러 가지 방법을 모색하고 있었다. 그런 문주왕의 움직임이 해구에게 낱낱이 전해졌고, 결국 해구는 문주왕을 제거해야겠다고 결심했다.

477년 9월 문주왕은 사냥을 떠났다. 미리 그 사실을 입수한 해구는 계책을 꾸몄다. 심복 군사들을 도적들로 꾸며 사냥터 근처에서 대기하게 했다. 그리고 문주왕의 측근에서 시중을 들던 자신의 부하를 시켜 문주왕이 타는 말의 다리를 일부러 부러뜨렸다.

말이 부상당하자 문주왕은 할 수 없이 사냥터에서 하룻밤을 지내게 되었다. 그날 밤 대기하고 있던 해구의 심복 군사들이 문주왕을 살해했다. 그러고는 도적의 짓으로 돌렸다. 그것이 여도의 최후였다.

소아강변에 있는 조그만 누각에서 목만치는 수행하는 시종도 없이 홀로 앉아 술잔을 기울이고 있었다. 그의 얼굴은 쓸쓸하기 그지없었다. 며칠 전 본국에서 온 사자에게 문주왕의 비참한 최후를 전해 들었던 것이다.

'참으로 허망하구나.'

고개를 들어 소아강을 바라보던 목만치의 입에서 탄식이 흘러나왔다.

'겨우…… 그렇게 죽으려고 그처럼 표독을 떨었던가.'

여도의 얼굴이 고스란히 떠올랐다. 강한 기상이 어린 눈빛. 충분히 한 시대를 풍미할 수 있는 능력의 소유자였다. 그러나 그런 능력을 밖으로 떨치기보다는 자신만을 위해 사용했으니 차라리 없는 것만 못한 재능이었다.

'덧없는 인생이로다.'

목만치는 다시 한번 술잔을 비웠다. 뜨거운 화주의 기운이 목젖을 타고 넘어갔다.

한때는 복수의 염을 가지기도 했다. 진연의 비참한 최후를 떠올릴 때마다 피가 거꾸로 도는 듯했다. 곰쇠의 말마따나 본국으로 건너가 그를 시해하고 싶은 생각이 든 적도 한두 번이 아니었다.

그러나 목만치는 고개를 저었다. 그런다고 해서 살아 돌아올 정인이 아니었다. 부질없는 집착일 뿐이었다.

목만치는 진연에 대한 아픈 미련을 떨쳐버리기 위해 정무에만 힘썼다. 야마토 조정의 대신으로서, 실질적으로 여곤의 뒤를 이은 열도의 실력자로서 해야 할 일이 한두 가지가 아니었다.

목만치는 왕실을 위해서가 아니라 국인들을 위해서 이 나라를 발전시켜야 한다는 여곤의 말을 잊지 않았다. 본국에서의 피폐한 삶을 견디다 못해 죽음의 바다를 건너 안숙의 땅까지 찾아오는 망명인들을 위한 나라를 만들어야 했다. 군림하는 왕실이 아니라 국인을 위한 왕실, 그것이 여곤의 뜻이었으며 목만치의 바람이었다.

그러나…….

목만치는 그 즈음 자꾸만 초조해지는 자신을 깨닫고 있었다. 어느새 머리에 흰 서리가 내린 나이가 되었다. 그럼에도 충족되지 않는 성취감…….

목만치는 자신의 야망을 한순간도 잊은 적이 없었다. 삼한을 아우르고 나아가 열도와 대륙을 호령하겠다는 것은 정복자로서의 야망이 아니었다. 숱한 전쟁으로 낮과 밤을 새우는 이런 상황에 종지부를 찍고 싶었던 것이다. 전쟁터에서의 피비린내가 역해지기 시작한 것은 스사노오와의 일전을 통해서였다. 그날 활인검을 떠올린 목만치는 전쟁을 끝내기 위해서 필요한 것이 강력한 힘, 절대적인 힘임을 새삼 깨달았다.

그런 힘이 없기 때문에 본국에서는 끊임없이 정변이 일어났고, 대왕의 목숨은 파리 목숨에 지나지 않았던 것이다. 그 바람에 애꿎게 국인들만 죽어났다. 문주왕의 최후를 들었을 때 목만치가 떠올린 생각이었다.

전날 밤 여곤을 만난 자리에서 목만치는 그런 생각을 토로했다. 한동안 듣고 난 여곤이 말했다.

"세월이 참으로 무상하네. 자네와 내가 의기가 통해 대륙을 정벌하겠다고 호언장담하던 때가 참으로 있었는지 아득하구만."

"지금이라도 늦지 않았습니다. 저를 보내주십시오."

목만치의 말에 여곤이 고개를 저었다.

"보시다시피 여기서 자네가 할 일이 태산 같네. 나 역시 마음은 중원 땅을 헤매고 있어. 젊은 시절부터 한시도 잊지 않은 꿈이야. 청녕이 내게 왕위를 권했을 때 거절한 것도 그 때문이었지. 내가 꿈꾼 삶은 담덕과 같은 것이었어. 방대한 영토를 개척하다…… 광개토란 시호를 갖고 싶은 것은 바로 나였지. 자네도 마찬가지겠지만."

"……."

"그러나 어쩌겠나. 시세를 탓할 수밖에. 자네가 용맹무쌍한 철기군을 양성해 중원을 내달리는 것도 보고 싶네만, 이 땅에 살고 있는 국인들 그리고 지금도 수없이 넘어오고 있는 유민들을 떠올리게. 그들에게 말 그대로 안숙의 땅을 만들기 위해서는 누구보다 자네가 필요하이."

"……."

"언젠가 때가 올 것이야. 너무 조급하게 생각하지 말게."

목만치는 다시 술잔을 비웠다. 문주왕의 죽음이 안겨준 인생의 허망함과 살처럼 빠르게 흐르는 세월에서 느끼는 초조함 때문인지 오늘따라 술기운이 빠르게 올랐다.

소아강에서 수천 마리의 청둥오리 떼가 한순간에 날아올랐다. 수면을 박차는 소리가 요란했다. 청둥오리 떼는 소아강 위를 한 바퀴 선회하더니 이윽고 어디론가 날아가버렸다. 일시에 다시 정적이 내려앉았다.

그 순간이었다.

뒤쪽에서 그림자가 어른거리는가 싶더니 강한 살기가 느껴졌다.

"죽어라!"

목만치는 앉은 자리에서 빠르게 몸을 비틀었지만, 예리한 무엇인가가 사정없이 그의 왼쪽 어깻죽지에 와 박혔다. 단검이었다.

아연한 얼굴로 목만치는 뒤를 돌아보았다. 낯선 노인이 환도를 들고 있었다. 고랑이 깊게 패인 주름과 검버섯이 온통 얼굴을 뒤덮고 있는 노인은 입가에 기묘한 웃음을 짓고 있었다. 노인이 다가오는 발소리가 청둥오리 떼의 날갯짓소리에 파묻혀 눈치 채지 못한 것이다.

목만치는 주춤거리고 일어나 노인을 바라보았다. 노인의 얼굴에 국강의 모습이 언뜻 겹쳐졌다. 하지만 어떻게 이렇게 달라질 수 있단 말인가.

언제나 자신만만한 웃음이 떠나지 않던 국강의 얼굴은 주름 하나 없이 팽팽했다. 검버섯 따위는 찾아볼 수도 없었다. 그런데 이렇게 형편없이 달라지다니…….

목만치는 눈으로 보면서도 믿을 수 없었다.

"목만치…… 널 한순간도 잊은 적이 없다."

"……."

"참으로 오랫동안 기다리던 순간이다. 이제 내 손으로 먼저 간 아들 놈의 복수를 할 수 있게 되었다."

"……."

"물부 그놈, 큰소리만 치더니 어이없이 일을 그르쳐놓았다. 하긴 물부 놈이 문제가 아니라 목만치 네놈 운이 억세게 좋은 것이겠지."

"그게 무슨 소리요?"

국강의 말을 알아들을 수 없어 목만치가 물었다. 난데없이 물부의 이름이 왜 나오는가.

"몰랐느냐? 하긴 아둔한 네놈이 그것까지 눈치 채지는 못했겠지."

국강이 소리 없이 웃었다.

"널 죽이기 위해 물부 놈에게 내 모든 것을 걸었단 말이다. 비록 실패로 돌아갔지만, 오늘 이렇게 널 죽일 수 있게 되었으니 상관없는 일이다."

본국에서 행방이 묘연한 국강이 느닷없이 열도에 나타난 정황을 목만치는 한순간에 깨달았다.

"참으로……."

목만치의 입이 열렸다. 잠깐 말을 끊은 눈빛이 애잔했다.

"어리석소이다. 과연 나를 죽일 수 있을지도 의문이거니와 설령 나를 죽인다 하더라도 무엇을 얻을 수 있겠소?"

"닥쳐라!"

국강이 으르렁거렸다.

"아들놈은 내 살아가는 목적이었다. 유일한 기쁨이었고, 희망이었다. 아들을 잃고서 단 한시도 발을 뻗고 잠들지 못했다."

"나 역시…… 정인을 잃었소."

"……."

"돌이켜보면 모든 것은 악연에서 출발했거늘 집착한들 무슨 소용이 있겠소. 난 이미 오래전에 잊었소."

"난 잊을 수 없다."

씹어뱉듯이 말하며 국강이 환도를 치켜들었다.

"……."

목만치가 무릎을 꿇었다. 뜻하지 않은 반응에 놀란 국강이 눈을 크게 떴다.

"나를 죽여서 당신의 마음이 위안을 받을 수 있다면…… 뜻대로 하시오."

"……."

목만치는 눈을 감았다.

"이놈, 일어서지 못하겠느냐? 이런 식으로 널 죽일 수는 없다! 어서 칼을 들고 나와 대적하거라!"

국강이 안간힘을 다해 소리 질렀다. 그러나 눈을 감은 목만치는 태산처럼 요지부동이었다. 국강이 환도를 높이 쳐들고 목만치의 머리를 겨누었다. 당장이라도 내리칠 기세였다.

"이놈…… 어서 일어나래두. 일어나서 칼을 잡아라……."

국강의 목소리가 낮아졌다. 목만치는 그대로 앉아 있었다.

다음 순간 국강이 벽력 같은 소리를 지르며 칼을 내리쳤다.

"죽어라, 이놈!"

국강의 칼은 목만치의 머리를 아슬아슬하게 스쳐 지나갔다. 칼을 마룻바닥에 박고 누각을 나서는 국강의 몸이 비틀거렸다. 한없이 무기력해서 손을 대면 금세라도 쓰러질 듯한 모습이었다.

그렇게 사라져가는 국강의 뒷모습은 더없이 허탈했고, 쓸쓸했다.

이윽고 목만치는 눈을 떴다. 눈빛은 잔잔하게 가라앉아 있었다. 국강에게 목을 내맡길 때 든 생각은 모든 게 부질없다는 것이었다. 국협과 진연 그리고 자신과의 악연조차 남의 일처럼 바라볼 수 있었다. 눈을 감고 있는 동안 그들의 얼굴이 빠르게 지나갔다. 한 생애가 흘렀다. 국강의 바람대로 이런 식으로라도 악연의 고리를 끊을 수 있다면……아무래도 좋다고 생각했던 것이다.

목만치는 눈을 들어 국강이 사라진 쪽을 보았다. 그의 모습은 어디에도 남아 있지 않았다. 그것이 국강의 마지막 모습이었다.

문주왕의 뒤를 이어 그의 맏아들이 왕위에 오르니 삼근왕이었다. 그때 나이 겨우 열셋. 왕의 시호가 그의 사후에 붙여지는 것을 감안하면 세 근짜리 왕이라는 시호는 당시 삼근왕이 처해 있던 상황을 극명하게 드러내준다.

모든 권력이 해구에게 집중되자 당연히 다른 귀족세력들이 불만을 가질 수밖에 없었다. 해씨 집안 못지않게 강력한 외척세력이던 진씨 가문은 기회만 엿보고 있었다.

그러다가 마침내 478년 2월 진씨세력의 거두인 좌평 진남이 병력 2천을 일으켜 궁성을 장악했다. 방심하다가 궁성을 빼앗긴 해구는 백강 북쪽으로 달아나 대두성(공주)에 자리 잡고 반격의 기회를 노렸다. 그러나 대세는 이미 진씨 쪽으로 기울었다. 그동안 지나치게 전횡을 누린 해씨 집안에 다른 귀족세력들이 등을 돌렸기 때문이다. 기세가 오른 진남은 덕솔 진로의 정예병 5천을 앞세워 대두성을 함락시키고 해구를 죽였다.

어린 삼근왕은 이듬해 11월, 15세의 나이로 생을 마감했다.

여기서 주목해야 할 대목이 있다. 삼근왕이 죽은 뒤에 왕위에 오른 사람은 여곤의 아들 모대다. 『삼국사기』에는 모대가 어떻게 해서 왕위에 오르게 되었는지 전혀 나오지 않고 『일본서기』 웅략천황조에 그의 즉위와 관련한 기사가 나온다.

23년 여름 4월, 백제의 문근왕(삼근왕)이 죽었다. 천황이 곤지왕의 다섯 아들 중에 둘째인 말다(모대)왕이 젊고 총명하므로 칙령을 내려 궁중으로 불렀다. 친히 머리를 쓰다듬으며 타이르심이 은근하여 그 나라의 왕으로 하였다. 무기를 주고 아울러 측자국(쓰쿠시, 지금의 기타큐슈 지방)의 군사 5백으로 호위토록 하여 그 나라에 보냈다. 이를 동성왕이라 한다.

동성왕은 즉위 이후 줄곧 백제의 옛 명성을 되찾기 위해 많은 노력을 기울였다. 당시의 백제는 거듭되는 정변으로 그 국력이 매우 쇠약하였다. 말갈이 군사를 보내 한성을 침공하고 상당한 국인들을 포로로 잡아갈 정도였다.

그런 수모를 당한 동성왕은 국력을 키우는 데 모든 힘을 기울였다. 성곽을 보수하고 군사들을 조련하는 등 안팎을 다스려 국력을 강화해나갔다.

대륙에서는 흉노의 탁발씨가 북위를 세워 그 세력을 날로 떨치더니 이윽고 대륙백제령을 침공했다. 그동안 만반의 준비를 갖추어놓고 있던 동성왕은 저근, 양무 등의 장수를 보내 북위의 군대를 막아냈다. 북위를 패퇴시킨 동성왕은 남제에 표를 올려 전공을 세운 장수에게 관작을 내려달라고 요청하여 뜻을 이뤘다.

북위는 490년에 다시 군사를 보내 백제를 공격했다. 이번에는 수십만 기병을 앞세우고 쳐들어왔지만 백제 장수 사법명 등의 교묘한 전술로 참담한 패배를 당하고 퇴각해야 했다.

대륙의 패권을 차지할 만큼 막강한 북위의 군대를 이처럼 두 차례나 막아낸 백제는 그 위용을 사해에 떨쳤다. 근초고왕 이후 백제의 강역을 최대로 넓혀 제2의 전성기를 맞이한 동성왕이었다. 그 기세를 몰아 동성왕은 신라에 압력을 넣어 혼인할 왕녀를 요청하는가 하면 군사 강국 고구려의 침공도 보기 좋게 막아냈다.

이렇듯 안팎으로 힘을 과시한 동성왕은 495년에 또 한 차례 남제에 표를 올려 북위와의 싸움에서 전공을 세운 장수들에게 벼슬을 내려달라고 청했다. 남제의 황제는 동성왕의 요청을 받아들여 사법명, 찬수류, 해례곤 등에게 왕 또는 태수, 장군 등의 작호를 내렸다.

그러나 왕권의 기반을 공고히 다졌음을 확인한 동성왕은 이때부터 숨겨져 있던 성품을 드러내기 시작했다. 사치를 일삼고 거만한 행동을 삼가지 않았던 것이다. 499년 여름에는 큰 가뭄이 들어 국인들이 서로 잡아먹는 참극까지 발생했고, 견디다 못한 국인 2천여 명이 고구려로 월경하는 사태까지 벌어졌다. 하지만 동성왕은 이에 아랑곳하지 않고 대궐 동쪽에 8미터 높이의 임류각을 세우고 그 주변에 연못을 조성해 온갖 짐승들을 놓아기르는 등 사치와 향락에 빠져 지냈다. 정사는 뒷전으로 미루고 걸핏하면 사냥에 나서던 동성왕은 결국 그 일로 파멸을 자초했다.

501년 겨울, 웅천과 사비 근처 벌판으로 사냥을 나갔다가 큰 눈이 내려 환궁하지 못하고 한 민가에 머물렀는데, 신하인 백가에게 살해당하고 만 것이다.

환국

　　　　　　본국백제에서 동성왕이 암살당했다는 소식
을 들은 아스카 조정에서는 대왕의 예를 갖추어 성대히 장사지냈다.
무려 보름이나 국상이 이어지는 동안 여곤은 한 번도 얼굴을 보이지
않고 칩거했다.

　며칠 후, 여곤의 부름을 받은 목만치는 여곤이 머물고 있는 별궁으
로 갔다.

　모대의 죽음에 얼마나 상심했는지 안 그래도 백발이 성성한 여곤의
머리는 더욱 세어졌다. 얼굴은 무척이나 야위었지만, 열도의 막후 실
세인 여곤의 눈빛은 매서운 기운을 잃지 않고 있었다.

　"그간 얼마나 상심하셨습니까?"

　목만치가 위로의 말을 건넸다.

　"인명은 재천이네."

　여곤이 짧게 대꾸했다.

목만치는 가만히 여곤을 바라보았다. 세월을 이기는 장사가 없다고 했던가. 여곤은 부쩍 나이 들어 보였다. 그러고 보면 목만치 역시 세월이 비껴가지 않았다. 어느새 목만치의 얼굴에도 굵은 주름이 생겼다. 목만치도 헌칠한 미남청년의 모습보다는 위엄 있는, 장년의 중후함이 더 어울리는 나이가 된 것이다.

한동안 침묵이 이어지다가 여곤이 입을 열었다.

"모대는 성품이 강해서 토호세력을 능히 제압하리라고 생각했네. 하지만 내 오산이었어. 민심을 잃어버린 게지. 원한을 그토록 샀으리라고는 생각도 하지 못했네."

"문제는 백가라는 놈입니다. 감히 제가 모시는 대왕을 시해하다니, 그런 놈은 죽어 마땅합니다."

"이제 본국백제에는 다음 왕위를 이을 사람이 없네. 또다시 이쪽에서 사람을 보내야 하는데, 누구를 보내야 하는가?"

"사마 왕자를 보내십시오."

"사마를 말인가?"

"그렇습니다. 사마 왕자 외에는 달리 적임자가 없습니다."

"나도 사마를 생각했네. 하지만 지금 같은 상황에서는 사마를 보내봤자 또 암살당하고 말 것이네."

"……."

목만치는 비로소 오늘 밤 여곤이 자신을 부른 이유를 깨달았다. 여곤이 가만히 목만치를 바라보았다. 두 사람의 눈길이 오랫동안 마주쳤는데, 여곤이 먼저 시선을 거두었다. 목만치의 대답을 기다리는 것이다. 목만치가 여곤이 원하는 답을 입 밖에 냈다.

"제가 왕자님을 모시고 가지요."

여곤의 얼굴이 환해졌다.

"아아, 정말 그래주겠는가?"

"이제는 백제에 돌아갈 때가 되지 않았습니까?"

"나는 자네가 아직도 본국이라면 고개를 절레절레 흔들 거라고 짐작했네. 자네에게 너무 모진 상처를 안겨준 곳이라서 차마 내 입으로 건너가달라고 말하기 어려웠어."

"세월이 많이 흘렀습니다."

목만치가 담담하게 말했다.

"그러한가?"

"그렇습니다. 장인께서 이곳에 넘어온 것도 아주 오래전입니다. 그때 장인께서는 한창이셨지만, 지금은 머리에 서리가 내렸습니다."

"허허, 자네도 그렇네."

두 사람은 서로의 얼굴을 보면서 쓸쓸하게 웃었다.

"그 땅에 두고 온 미련이며 회한은 다 잊었습니다. 사마 왕자를 모시고 넘어가겠습니다."

"……."

"가서 모대 왕자, 아니 동성왕의 원수를 갚겠습니다. 백가 놈을 기필코 죽여야겠습니다."

여곤이 손을 뻗어 목만치의 두 손을 힘껏 붙잡았다. 뜨거운 열기가 그대로 전해졌다.

"제발 그리해주게. 아비로서 그놈의 원수를 갚지 못한다면 저승에 가서 어찌 아들놈의 얼굴을 볼 것인가."

"염려하지 마십시오. 백가 놈을 꼭 해치우고 사마 왕자를 왕위에 오르게 하겠습니다."

"참으로 고맙네. 처음 만난 순간부터 지금까지 계속 자네에게 신세만 지고 있구만."

"아닙니다. 저 역시 장인어른께 큰 후의를 입었습니다. 제 아내와 자식을 부탁드립니다."

"아니, 함께 데려가지 않으려나?"

여곤이 의외라는 표정을 지었다.

"아닙니다. 아내와 아이는 여기에 두고 가겠습니다."

"그 이유가 뭔가?"

"제 아이는 이 땅에서 꿈을 키우도록 하겠습니다. 대왕께서 제게 하사하신 성씨를 영광스럽게 이어가도록 키우고 싶습니다. 하지만 전 어디까지나 목씨옵니다. 소아만치라는 이름보다는 목만치라는 이름이 제게는 친근합니다. 바로 그것이 제가 본국으로 넘어가는 이유이며, 또 아이를 이곳에 남겨두고 가는 이유입니다."

"……."

한동안 목만치를 바라보던 여곤은 고개를 끄덕였다. 정확히는 모르지만 나름대로 목만치의 심중을 이해할 것도 같았다.

어디서 바람이 불어오는가. 찢어진 문풍지도 없건만 대황초가 일렁거릴 때마다 그림자도 함께 춤을 추었다.

목만치는 밤이 이윽해서야 집으로 돌아왔다.

잠자코 목만치의 의관을 받아들던 목화는 남편의 얼굴이 여느 때와 다르다는 것을 깨달았다. 말이 없어도 민감하게 기미를 알아채는 것은 살을 맞대고 지내는 부부이기 때문일까.

"무슨 일이 있습니까?"

"일은 무슨…… 장인과 이야기를 나누었을 뿐이오."

"아닙니다. 나리께서는 뭔가 다른 수심이 있습니다. 저도 느느니 눈치뿐입니다."

"……."

잠깐 목화를 바라보던 목만치가 희미하게 미소 지었다.

"그대와 한잔하고 싶소."

"이렇게 야심한 시각에 말입니까?"

"술을 마시고 싶으면 마시는 거지, 시각이 무슨 문제요?"

목만치는 술을 사양하지는 않지만 그렇다고 해서 찾아다니면서 마시지도 않았다. 분명 무슨 일이 있다고 목화는 생각했다. 그녀는 시녀를 시켜 주안상을 차려오게 했다.

"아이는?"

"자고 있습니다."

목만치는 목화에게 그다지 살뜰한 정을 표하지 않았다. 항상 데면데면한 얼굴로 목화를 대했다. 목화는 처음에는 남편의 기질 탓이라고 여겼다. 그러나 시간이 흘러도 그런 태도는 변하지 않았다. 목화는 마침내 남편의 가슴에 자리한 한 여인의 정체를 알아냈다.

영원한 비밀은 없는 법이다. 곰쇠를 구슬려 진연과의 관계를 알아낸 목화는 견딜 수 없는 질투심을 느꼈다. 진연을 사이에 놓고 목만치와 여도가 팽팽하게 대립했고, 또 여곤이 그 사이에 끼어들었다가 그 일을 빌미로 왜로 건너오게 되었다는 사실까지 알게 되었을 때 목화는 낙담했다.

목화의 태도가 변한 것을 의아하게 생각하던 목만치는 뒤늦게 그 이유를 알아냈지만 속 좁은 아녀자의 질투로 여길 뿐 그녀를 달래거나 이해시키려는 노력조차 하지 않았다.

그러는 와중에 목화의 질투도 제풀에 스러졌다. 그렇지만 서먹서먹해진 부부의 정이 달리 애틋해질 리 없었다. 그저 오면 오는가, 가면 가는가 하는 무심한 관계가 이어졌다. 하물며 이제는 아예 인이 박혀

서 남다르게 구는 것이 더 이상할 정도가 되었다.

목화는 때때로 그 점이 아쉬웠지만 자신의 타고난 팔자려니 하고
체념했다. 다른 부부들처럼 애틋한 정을 알뜰살뜰 나누기에는 연분이
아니라고 생각했던 것이다. 보통 사람들의 삶이 있듯이 그녀와 목만치
에게는 또 그들만의 길이 따로 있는 것이라고 여겼다.

두 사람은 술상을 가운데 놓고 마주앉았다. 목화가 술을 따르자 단
숨에 잔을 비우고 난 목만치가 그녀에게 잔을 건네고 술을 채워주었
다. 목화는 술잔을 입으로 가져가 축이는 시늉만 냈다. 대황초를 바라
보던 목만치가 지나가는 말처럼 입을 열었다.

"미안하오."

"……."

목만치의 말에 목화가 고개를 들었다. 무슨 일이십니까, 말없는 눈
이 그렇게 묻고 있었다. 그런 목화를 오래도록 응시하다가 목만치가
말을 이었다.

"한자를 잘 부탁하오."

"……."

목화가 놀란 눈으로 목만치를 바라보았다.

"사마와 함께 본국으로 건너가게 되었소."

"동생과 말입니까?"

"그렇소."

"사마가 본국의 왕위에 오르는 겁니까?"

"그렇소."

"그렇다면 모대처럼 또다시 변을 당할 염려는 없습니까?"

"그 때문에 내가 함께 가는 거요."

"본국의 상황이 너무 심각하다고 들었습니다. 조정의 기강이 흐트

러지고 민심이 흉흉하고, 도처에서 도적 떼가 출몰한다 들었습니다."

"염려하지 마시오."

"……."

"날 믿지 않는 게요?"

목만치가 조용히 웃었다. 고개를 젓는 목화의 입술이 살며시 떨렸다.

"비록 예전 같지는 않다고 하지만 나 목만치, 아직은 이 나라 제일의 무장이라고 자부하고 있소. 부인, 사마 왕자가 본국의 왕위에 올라 백제의 사직을 계속 이어가야 하오."

"……."

"참으로 미안하오. 그 말밖에 부인에게 달리 할 말이 없구려."

고개를 숙이고 있던 목화가 얼굴을 들어 떨리는 목소리로 말했다.

"어째…… 다시는 돌아오지 않을 것처럼 말씀하십니까?"

"허허, 그럴 리가 있겠소."

"제게는 그렇게 들립니다."

"부인이 예민한 게요."

"꼭 나리께서 가셔야 합니까? 이번에는 웬일인지 내키지 않습니다. 아버님께 말씀드려서 다른 사람을 보내세요."

"아니 되오. 장인께는 벌써 가겠노라고 말씀드렸소. 그리고 이건 백제 왕실의 사직이 이어지느냐 끊어지느냐 하는 중요한 일이오. 부인의 동생인 사마 왕자의 목숨이 걸린 일이기도 하오."

"하지만……."

"염려 마시오."

"정 그러시면 저도 함께 건너가겠습니다."

"안 되오."

목만치가 단호하게 고개를 저었다. 목화가 원망어린 눈초리로 목만치를 바라보았다.

"왜, 그곳에 두고 온 정인이 그리우신 겁니까? 제가 가면 그 정인에게 미안한 감정이라도 드시는 겁니까?"

뜻밖의 말에 목만치는 목화를 가만히 바라보다가 조용히 말했다.

"이미 죽은 사람이오."

"하지만 나리의 가슴속에는 아직도 살아 있습니다."

"이미 지워졌소."

"제가 아무리 아둔해도 그 정도 눈치는 있습니다."

"……."

목만치는 잠자코 허공을 올려다보았다. 목화의 말은 사실이었다. 진연의 그림자를 결코 떨쳐버릴 수 없었다. 목화를 사랑하지 않는 것은 아니었다. 그러나 목화에게 정이 가면 갈수록 목만치는 죽은 진연에게 더할 수 없는 죄책감을 느꼈다. 어느 날부터인가 목만치는 목화에게 가는 정마저 끊어버렸다. 죽은 사람에게 못할 짓이라 여겨졌던 것이다.

"정말 너무하십니다."

좀처럼 감정의 변화를 보이지 않는 목화의 눈가에 물기가 내비쳤다.

"그나마 나리의 몸만은 제 곁에 두고 있다는 것으로 위안을 삼았습니다. 하지만 이제 나리께서 본국으로 건너가시면 전 나리의 마음과 몸, 어느 것 하나 잡지 못하는 셈이군요."

"내 마음은 항상 여기에 있소."

"아니, 아닙니다."

도리질을 하며 목화가 애써 희미하게 웃었다.

"백강 포구에 있습니다. 나리의 마음은 그곳에 있지요. 그 사실을 일찍이 알았더라면…… 전 나리와 혼인하지 않았을 겁니다. 그저 먼 발치에서 나리를 사모하는 것으로 만족했을 겁니다."

"부인……"

"가십시오. 가셔서 사마를 왕위에 오르게 하십시오. 이 나라 최고의 무장이신 나리의 명성에 결코 부끄럽지 않도록 하십시오. 우리 한자가 자랑스러워할 수 있도록……"

"그럼, 부탁하오."

목만치가 침울하게 말하는 순간 목화가 더 견디지 못하고 몸을 일으켜 그의 가슴에 뛰어들었다. 목만치는 힘껏 목화를 끌어안았다. 그녀는 하염없이 눈물을 흘렸다. 목만치는 손을 뻗어 목화의 눈물을 훔쳐내었다.

어쩌면 이것이 마지막일지도 모른다. 부부간의 애틋한 정을 나누는 것은. 목화뿐만 아니라 목만치 역시 본능적으로 그런 예감을 느꼈다. 목만치는 잠깐 망설이다가 손을 목화의 저고리 옷고름으로 가져갔다. 매듭을 풀자 목화의 눈부시게 흰 젖가슴이 드러났다.

어디선가 처량한 새 울음소리가 들려왔다. 밤이 깊어 이제 새벽으로 가는데 아직도 둥지에 깃들지 못한 새가 있는가. 목만치는 문득 그런 생각을 했다. 자신도 어쩌면 평생 안주할 곳을 찾지 못하고 떠도는 그런 신세가 아닌가.

이른 새벽, 배가 연안으로 접어들고 있었다. 목만치는 뱃전에 서서 망연한 눈길로 다가오는 백강 포구를 바라보았다.

저곳 어디쯤인가. 진연을 가슴에 안은 채 그녀를 잃었다. 두 팔에 안고서도 그녀의 생명을 지켜주지 못했다. 지금도 진연의 눈매가 생생하게 떠올랐다. 숨을 거두면서도 그녀의 눈길은 애타게 목만치의 얼굴을 더듬었다.

살아서는 부부의 연을 맺지 못한 진연. 아름다운 여인으로 성장해서는 단 한 번도 행복한 삶을 살아보지 못한 진연.

목만치는 진연의 생애를 떠올릴 때마다 가슴이 미어지는 듯했다. 견디기 어려운 고통이었다. 눈에 익은 백강 포구를 더듬는 목만치의 눈가가 젖어들었다.

옆에 있던 곰쇠와 수달치가 그런 목만치의 심정을 읽었는지 서로 얼굴을 마주보았다. 특히 곰쇠는 아까부터 잔뜩 찌푸린 얼굴이었다. 자기가 조금만 더 신중했더라면 진연이 그토록 어이없이 목숨을 잃지 않았으리라는 자책 때문이었다.

곰쇠는 체머리를 흔들어 그 생각을 떨쳐버리고는 애써 웃는 낯으로 목만치에게 말을 건넸다.

"주인, 참으로 오랜만에 돌아옵니다. 다시 이 땅을 밟게 되리라고는 생각하지 못했습니다."

"그렇구나."

"참으로 많은 시간이 지났습니다. 사마 왕자님도 늠름하게 자라셨구요."

곰쇠가 눈길을 돌려 저만치 뱃머리에 서 있는 사마를 보며 덧붙였다. 어느덧 장년을 바라보는 사마였다.

"한가하게 감상에 잠겨 있을 때가 아니다. 우리 앞에 어떤 일이 기다리고 있는지도 모른다. 사마 왕자님을 왕위에 무사히 옹립할 때까지 결코 마음을 놓지 마라."

목만치의 엄한 목소리가 울렸다.

상륙을 앞두고 이미 무장을 갖춘 부하들은 모두 목만치의 말을 들었다. 오랫동안 뱃길에 시달려 모두 반죽음이 된 상태지만, 고르고 고른 최정예 병사들이어서 땅 냄새를 맡자마자 빠르게 회복되었다.

부교에 배의 옆구리가 닿자 선원들이 능숙한 솜씨로 밧줄을 매었다. 배와 부교 사이에 널빤지를 놓고 재빠르게 하선한 병사들이 포구를 경계했다.

이윽고 목만치와 사마가 배에서 내렸다. 사마의 얼굴은 긴장으로 잔뜩 굳어 있었다. 왕의 목숨은 한데 내놓은 것이나 다름없었고, 왕실의 위엄은 찾아보려야 찾아볼 수가 없는 본국에 첫발을 내딛는 것이다. 사마가 아무리 강단이 있고, 배포가 크다고 한들 긴장하지 않을 수 없었다.

그나마 사마가 기대는 것은 목만치였다. 사마에게는 스승이자 매부인 목만치가 유일한 바람벽이었다.

땅을 밟은 사마는 숨을 길게 들이켰다. 새벽 공기에 섞여 땅 냄새가 풍겨왔다. 이것이 바로 본국백제의 냄새란 말인가. 비류와 온조 성제로부터 이어져온 백제의 냄새란 말인가. 사마는 다시 한번 숨을 들이켜 본국의 땅 냄새를 맡았다.

동성왕을 살해한 위사좌평 백가는 그 무렵 가림성에 있었다. 가림성은 오랜 농성도 가능할 만큼 성이 견고하고 성안의 물자 또한 풍부하였다. 백가는 동성왕을 시해하고 난 뒤 서둘러 자신의 친위세력을 가림성으로 끌어 모았다. 그리고 사자를 보내 각지의 토호세력을 규합하려고 했지만 그가 기대한 만큼의 호응은 없었다.

크게 실망한 백가는 성안에 틀어박혀 술로 세월을 보내고 있었다. 그런 터에 급하게 사자가 달려와 열도에서 사마 왕자가 백강으로 들어왔다고 아뢰었다.

"사마가 왔다고?"

"그렇습니다."

"사마라고 하면 여곤이 열도로 가다가 각라도에서 낳았다는 그 아이를 말함이냐?"

"그렇습니다."

"이놈의 부여씨도 어지간히 인물이 없는 모양이구나. 툭하면 열도에서 넘어와 왕위에 오르다니 이 백제 땅에는 그다지도 인물이 없단 말이냐?"

"……"

사자는 대답을 하지 못했는데 할 말이 없었던 것이다. 개로왕이 장수왕에게 참수당하고 난 뒤부터 부여 왕실은 그 적통을 이어가기가 참으로 난망하였다. 문주왕, 삼근왕, 동성왕에 이르기까지 모조리 시해당하는 판국에 인물이 남아 있을 턱이 없었다. 그리고 그 주범 중 하나가 다름 아닌 백가였다. 그런 터에 자신의 입으로 인물이 없다고 욕을 해대니 모순도 이만저만이 아니었다.

"그래, 사마라는 그 아이가 지금 어디에 있느냐?"

"웅진성으로 가지 않고 지금 우두성으로 향하고 있습니다."

"우두성? 한솔 해명이 있는 우두성 말이냐?"

"예."

"우두성에 병력이 얼마나 있느냐?"

"2천 정도 되지 않을까 짐작합니다."

"우리는 5천의 병사를 가지고 있다. 걱정할 것 없다."

"나리, 그렇게 안이하게 생각하실 것이 아닙니다."

"뭐라? 안이하다고?"

백가가 눈살을 찌푸렸다.

"사마와 동행한 자가 있습니다. 혹시 기억하십니까? 목만치라는 이름을?"

"목만치……."

백가의 눈이 흐릿해졌다. 동성왕을 살해할 정도로 과감하고 야심에
찬 백가의 눈빛이 갑자기 환갑도 훨씬 더 지나 백태가 낀 눈빛으로 변
해버린 것이다.

"분명 목만치라 했느냐?"

"예."

"개로왕 때 위례성을 탈환한 그 목만치 말이냐? 웅진 천도 과정에
서 해성의 군사들을 모조리 쓸어버린 그 목만치를 말함이냐?"

"바로 그렇습니다."

"흠……."

백가는 가는 신음을 삼켰다.

'나를 죽이기 위해서 목만치가 왔다.'

백가는 공포에 떨면서 그렇게 생각했다.

그 자리에 모인 백가의 심복들도 모두 같은 생각이었는데, 백제국
에서는 목만치의 이름만으로도 전의를 잃게 만드는 힘이 있었다. 문주
왕 때 홀연히 열도로 사라진 목만치, 전설 속의 그 이름이 다시 사람들
의 입에 오르내리기 시작한 것이다.

"한솔 해명, 태자마마께 인사 여쭙니다."

우두성 성주 해명이 부복했다.

사마는 단 위의 의자에 앉아 고개를 끄덕였다. 옆에는 목만치가 서
있었다.

"그대의 충성심에 대해 들었다. 이제 내가 왔으니 그 마음 변하지
말고 백가의 무리들을 토벌하는 데 앞장서주기 바란다."

"명만 내려주십시오. 소신이 목숨을 걸고 반도의 무리들을 처단하겠습니다."

"갸륵한지고. 백가의 무리들을 소탕하고 나면 그대에게 큰 상을 내리겠다."

"성은이 망극하옵니다."

해명이 다시 부복했다. 지켜보던 목만치가 입을 열었다.

"그대의 병사들은 모두 해서 얼마나 되는가?"

"보군 2천에 기마군 백여 명입니다."

"백가 놈의 병력은?"

"정확하게는 모르지만 대략 5천의 보군이라 들었습니다."

"가림성 안의 물자는 어떠한가?"

"백가 놈은 장기농성을 준비해 놓았습니다. 사실을 말씀드리자면 가림성은 성이 워낙 견고한 데다가 성안의 우물은 어지간한 가뭄에도 마르지 않아 공략하기가 어렵습니다."

길게 자란 턱수염을 손으로 쓰다듬던 목만치가 고개를 들어 사마를 돌아보았다.

"제가 적의 동태를 살펴보고 오겠습니다."

"장군께서 친히 가실 필요까지 있겠소?"

"아닙니다. 제 눈으로 직접 보고 오겠습니다. 너무 오랫동안 편하게 지내서인지 이처럼 전쟁을 앞두니 힘이 나는 것 같습니다. 저 같은 무장은 전쟁터에서 죽는 것이 오히려 광영인 법입니다."

"허, 그러시면 다녀오시오."

"예."

목만치가 허리를 굽히며 예를 갖추었다.

달리는 말에 박차를 넣고 채찍을 가하자 말은 숨이 턱밑까지 차도록 힘차게 달렸다. 말발굽이 닿는 곳마다 오랜 가뭄 탓인지 흙먼지가 구름처럼 일었다. 다섯 필의 말들이 모두 그렇게 달렸으므로 마치 돌풍이 흙먼지를 일으키는 것 같았다.

그들은 이윽고 가림성이 저만치 보이는 산언덕에 닿았다. 목만치가 말고삐를 잡아채자 곰쇠와 부하들도 말을 멈추었다.

"저곳이 가림성이냐?"

알면서도 목만치는 그렇게 물었는데 오랜만에 백제에 돌아왔으므로 확인한 것이다. 길라잡이로 나선 해명의 부장이 고개를 끄덕였다.

"예."

"제법 웅장한 성이구나. 쉽게 함락시킬 수 없겠다."

"화공은 어떻겠수?"

곰쇠가 묻자 성을 살피던 목만치가 고개를 저었다.

"안 되겠다. 우선 불화살을 쏘아 올리기에는 성벽이 너무 높고 거리가 멀다. 충차나 운제를 쓰기에도 경사가 너무 가파르다. 짐작한 것보다 더 상황이 안 좋구나."

"그렇다면 성을 포위해서 장기전으로 나가는 것이 어떻겠습니까?"

목만치가 혀를 끌끌 찼다.

"아무리 나이가 먹어도 네놈의 아둔함은 고쳐지지 않는구나. 못 들었느냐? 백가 놈이 장기농성에 대비하고 있다고. 성안에는 마르지 않는 우물이 있는 데다가 일 년은 충분히 먹고도 남을 식량을 비축해두고 있단 말이다."

"……"

"그뿐이냐? 성을 포위하려면 대충 잡아도 1만이 넘는 병력이 필요하다. 우리에게는 기껏해야 우두성의 2천 병력이 전부다."

"제게 결사대를 맡겨주십시오. 제가 야밤에 성벽을 타고 넘어가겠습니다."

"어디서 병법서를 본 모양이다만 이놈아, 백가 놈은 그저 구경만 하겠느냐?"

"저도 내일이면 환갑이올시다. 이놈 저놈 듣기 거북하우."

"그럼 나잇값을 해라."

곰쇠가 입을 댓 발이나 내밀었지만 목만치는 못 본 척했다. 뒤쪽에서 웃음을 참고 있던 수달치와 야금이의 콧방울이 벌렁거렸다. 그들도 흐르는 세월을 어쩌지 못하고 머리에 서리가 하얗게 내린 모습이었다.

가림성을 정찰하고 돌아온 목만치는 쉽게 성을 무너트릴 수 없다고 판단하고는 다른 방법을 모색했다. 그러나 뾰족한 수가 떠오르지 않았다.

하루라도 빨리 가림성을 함락시켜야 사마를 왕위에 등극시킬 수 있었다. 선왕을 시해한 역도들을 그대로 두고 왕위를 계승한다는 것은 웃음거리가 될 염려가 있었다. 게다가 사마 역시 동성왕의 원수를 갚기 전에는 대왕의 자리에 결코 앉지 않겠다는 결연한 의지를 내비쳤다.

목만치는 한솔 해명으로 하여금 군대를 끌고 나아가 가림성 앞 넓은 들판에 진을 치게 했다.

그러나 백가는 결코 성문을 열고 나와 접전하지 않았다. 끝까지 장기전으로 나올 심산이었다. 그렇게 되자 초조해지는 것은 오히려 이쪽이었다. 시간이 흐를수록 왕실의 위신이 자꾸만 떨어지는 것이다.

항용 그렇듯이 일은 엉뚱한 곳에서 그 실마리가 풀리기 마련이다.

가림성으로 들어가는 길목을 철저하게 봉쇄하고 있던 어느 날 밤, 보초 서던 해명의 군사들에게 행적이 수상한 자들이 걸려들었다. 심문

한 결과 그들은 백가가 사방으로 지원을 요청하기 위해 보낸 사자들이 었다. 그러나 백가의 지원 요청은 큰 성과를 거두지 못했으니 토호들이 지난날 문주왕을 살해한 해구의 비참한 최후를 기억했기 때문이다.

해명의 군사들에게 붙잡힌 자들은 백가가 멀리 웅현성(천안)까지 보낸 사자들이었다. 그들이 목만치 앞에 끌려왔다.

"백가와의 약속을 지키려는 네놈들의 의기는 장하다만, 백가는 역적에 불과하다. 어찌하여 역적과 손을 잡고 네 가족의 씨를 말리려고 하느냐?"

사자들은 살아남지 못할 것이라는 공포 때문에 제정신이 아니었다.

"저희는 그저 비천한 목숨 이어가려고 시키는 대로 했을 뿐입니다."

"목숨만 살려주시면 무슨 일이든 하겠습니다."

눈물 콧물이 범벅이 되어 목숨을 애원하는 그들을 바라보던 목만치가 물었다.

"진정 살고 싶으냐?"

"이를 말씀입니까?"

"그러면 내가 시키는 대로 할 수 있겠느냐?"

"무엇이든 시켜만 주십시오."

그 자리에서 죽는 시늉이라도 할 수 있다는 듯 반색하는 그들에게 목만치는 몇 가지를 일러주었다.

그날 밤 백가의 사자들은 목만치의 진막을 떠났다. 미리 기별을 받은 해명의 병사들은 그들이 가림성으로 꽁지 빠지게 달아나는 것을 모른 척했다.

웅현성으로 떠난 사자들이 무사히 돌아왔다는 소식을 접한 백가는 서둘러 그들을 맞이했다.

"그래, 어떻게 되었느냐?"

"나리, 일이 생각보다 잘 풀렸습니다. 웅현성 성주께서 내일 밤 기병 5백의 지원군을 보내주신다고 합니다."

"그게 정말이냐?"

"그렇습니다."

"아아, 이제 한숨 돌렸다. 웅현성 병력이 해명을 기습한다면 이쪽에서도 내응하여 적을 공격하도록 하겠다. 해명, 네놈의 운세도 내일 밤이면 다하는구나."

백가가 웃으며 그중 나이 먹은 자에게 일렀다.

"너는 오늘 밤 성을 빠져나가 웅현성에서 오는 병력을 마중해 내 계책을 그대로 전하라. 공격개시가 임박해지면 불화살을 쏘아서 알리도록 일러라."

"알겠습니다."

백가의 지시를 받은 그는 그날 밤으로 다시 성을 빠져나갔다.

날이 밝자 백가는 성안의 병사들에게 오늘 밤 한 차례 공격이 있을 것임을 알리고 만반의 준비를 갖추도록 했다. 그리고 날이 저물어 웅현성 병력이 해명의 군사들을 기습할 때를 기다렸다.

약조한 시각이 되었다. 백가는 성문 누각 위에 서서 아래쪽 벌판에 쳐진 해명의 진영을 내려다보면서 회심의 미소를 지었다. 잠시 후면 난데없는 기습에 혼비백산할 것이었다.

이제나저제나 기다리고 있던 백가는 돌연 밤하늘에 쏘아 올린 불화살을 보았다. 그와 동시에 함성이 일면서 산언덕을 타고 쏟아져 내려오는 기마군 한 떼가 있었다. 그들은 일직선으로 해명의 진영을 노리고 달려왔다. 함성과 말발굽소리가 천지를 울렸다.

흥분한 백가가 소리 질렀다.

"이때다! 성문을 열고 총공격하라!"

북소리가 났고, 병사들이 성문을 열었다. 그러자 대기하고 있던 3천의 병력이 둑 터지듯 일제히 성문 밖으로 밀려나갔다.

이제 해명의 2천 병력은 웅현성의 5백 기마군과 이쪽의 3천 보군에 의해 협공을 받게 되었다. 해명의 병력이 궤멸된다면 이 기세를 살려 내쳐 사마가 있는 우두성으로 휘몰아쳐 갈 것이었다.

백가는 성루에 서서 그렇게 생각했는데 그의 얼굴이 점차 굳어졌다. 웅현성의 지원병력이라 믿은 기마군들은 당장 요절이라도 낼 듯 해명의 진영 속으로 달려들었지만 왔다 갔다 시늉만 할 뿐 정작 접전을 벌이지 않았다. 자세히 살펴보지도 않고 성문을 연 것이다.

"아뿔싸, 속았다!"

백가의 말이 채 끝나기도 전에 기마군 5백은 그대로 이쪽에서 쏟아져 나가는 3천의 보군 한가운데로 뛰어들었다. 그 기세가 얼마나 사나운지 보군의 대병력이 두 갈래로 쫙 갈라졌다. 그러자 기마군 앞에 성문이 그대로 드러났다.

"막아라! 놈들을 성안에 들여서는 안 된다!"

백가가 발을 구르며 소리 질렀지만 이미 늦었다. 처음부터 성문을 노리고 뛰어든 적의 기마군이었다. 어느새 성문은 기마군들에게 점령당했고, 이쪽에서 나간 3천의 보군들은 앞으로 나서지도 뒤로 후퇴하지도 못했다.

그 순간 북소리가 나면서 해명의 2천 병사들이 기세를 올리며 그대로 공격해 왔다. 백가의 병사들은 계획이 어긋난 데다가 명분에서도 져 싸울 의욕이 없던 터라 싸우는 것은 시늉뿐 이내 태반 넘게 투항하고 말았다.

백가는 이를 앙다물었다. 아직 절망하기에는 일렀다. 성안에 2천의 병력이 아직 고스란히 남아 있었다.

"놈들을 막아라!"

그러나 성안으로 들어온 5백의 기마군들은 앞을 가로막는 백가의 병사들을 무서운 기세로 베어내면서 전진했다.

가림성은 한 시진도 되지 않아 함락되었다. 야금이에게 붙잡혀 끌려온 백가는 아직도 믿기지 않는다는 듯 아연한 얼굴이었다.

목만치와 함께 사마가 입성했다. 사마는 옆에 따르는 시위에게 칼을 건네받고는 백가 앞에 섰다.

"네 죄는 네가 알렸다. 신하로서 대왕을 시해하고 나라의 근본을 밑바닥부터 뒤흔든 네 죄, 백 번 죽어도 부족하다."

그 말과 함께 사마는 백가의 목을 베었다.

그리고 사마는 왕위에 올랐다. 백제의 25대 무령왕이 바로 그였다. 502년의 일이었다.

신검

　　　늠름한 기상을 자랑하는 대왕의 풍모가 확연한 무령왕은 왕위에 오르자마자 과감한 개혁정치를 펼쳐 백제의 옛 영광을 찾기 위한 기반을 다져 나갔다. 무령왕은 이런 날이 오리라고 준비한 것처럼 기대 이상으로 내정과 외치에 힘썼다. 그런 것을 보면 왕재는 타고나는 모양이었다.

　　사마가 왕위에 오른 지 벌써 2년. 세월은 바람보다도 더 빨리 지나갔다. 전장을 헤매는 사이에 세월은 눈 깜짝할 사이에 흘러 목만치의 귀밑머리에도 눈처럼 흰 서리가 내렸다.

　　목만치는 뒷짐을 지고 가만히 밤하늘을 올려다보았다. 뿌옇게 그 형체를 유지하고 있는 달무리를 보면서 목만치는 문득 쓸쓸함을 느꼈다. 이제 자신의 명운도 이쯤에서 수명을 다했다고 본능적으로 직감한 것이다. 열흘 붉은 꽃 없고, 달도 차면 이지러진다고 했다.

　　그렇다고는 하지만 뭔가 남은 듯한 아쉬움을 떨쳐버릴 수 없었다.

무엇인가 빠졌다는 그런 느낌…….

'하루가 다르게 성장하는 아들 한자 때문에 후사에 대한 걱정도 덜었다. 그런데 무엇이 이다지도 허전한가.'

목만치는 자신에게 조용히 물었지만 그 해답은 쉽사리 떠오르지 않았다. 목만치가 머릿속에서 그 질문을 되새겨보고 있을 때였다.

"나리……."

집사가 조용히 다가와 목만치를 불렀다.

"무슨 일이냐?"

"대왕께서 급히 찾으십니다."

"대왕께서? 이 야심한 밤에 말이냐?"

"그렇습니다. 왕궁에서 가마를 보냈습니다."

무슨 일인가. 목만치는 고개를 갸웃거렸다.

후원의 연못 한가운데 놓인 정자에서 무령왕은 주변을 떨친 채 혼자 조촐한 주안상을 마주하고 앉아 있었다. 좀처럼 보기 힘든 모습이었다. 한 나라의 임금이 혼자, 그것도 술시중 드는 이 없이 술상을 앞에 놓고 있다는 것은.

무령왕은 생각에 잠겨 있다가 목만치가 다가오는 소리에 고개를 들었다.

"어서 오세요, 장군."

목만치가 무릎을 꿇어 예를 갖추자 무령왕이 몸소 목만치의 양어깨를 붙잡아 일으켰다.

무령왕은 목만치에게 술을 따라 권했다.

"한잔 드시지요, 장군."

"대왕마마, 황공하옵니다."

"돌이켜보면 세월이 참으로 빠른 것 같습니다. 엊그제 아스카에서 온 것 같은데, 벌써 2년이나 흘렀습니다."

"그렇군요. 저 역시 바로 어제의 일처럼 느껴집니다."

"장군 덕에 과인이 이 자리에 올랐습니다. 참으로 고맙습니다."

"신으로서는 당연히 해야 할 일입니다."

"장군, 전 한번도 마음속으로 장군을 군신관계로 대한 적이 없습니다. 전 장군을 스승으로, 친숙부와 같은 마음으로 대했습니다. 사실상 처남매부지간이기도 하구요. 만일 장군이 안 계셨다면 이 몸은 지금 이 자리에 없었을 것입니다."

"과찬이올시다. 대왕마마께서는 당연히 이 자리에 앉아 계실 만큼 그 용자와 위엄을 타고 나셨습니다."

목만치의 말이 과장이 아닌 것이 무령왕의 용모는 단연 뛰어났다. 젊은 시절의 여곤이 반쯤 무령왕의 모습에 겹쳐 있었다.

무령왕이 목만치의 잔에 술을 채웠다.

"장군, 한잔 더 드시지요."

"이러다간 취하겠습니다."

"오늘 밤은 맘껏 드십시오. 장군에 대한 소문은 많이 들었습니다. 술에도 당할 장사가 없다고 하더군요."

"허허, 그건 헛소문입니다. 제 수하 하나가 소문난 말술이지요."

"아아, 그것도 들었습니다. 곰쇠 장군 말씀이지요. 그이에게 많은 가르침을 받았습니다."

무령왕이 새삼 감회에 찬 표정을 지으며 눈을 가늘게 떴다. 열도에 있을 때 정무에 바쁜 목만치를 대신해서 사마에게 실질적으로 무술을 가르친 곰쇠였다.

"곰쇠 장군이 보고 싶지 않습니까?"

"왜 아니 그렇겠습니까? 그이하고는 마치 친형제처럼 어려운 시절을 함께 거쳐왔습니다. 제게는 둘도 없는 사람이지요."

목만치도 그리움에 젖어서 대답했다. 곰쇠는 대륙백제령 중의 하나인 진평군의 방어사로 가 있었다.

"그렇군요. 무척 보고 싶겠군요."

무령왕이 고개를 끄덕이며 잠깐 생각에 잠겼다. 목만치 역시 술잔에 어리는 달빛을 보면서 침묵을 지켰다. 얼마쯤 시간이 지났을까. 무령왕이 고개를 들었다.

"장군……."

"예, 말씀하십시오, 마마."

"진평군으로 가주십시오."

"……."

목만치가 가만히 무령왕을 바라보았다. 난데없이 진평군으로 가라니…… 이게 무슨 뜻인가. 무령왕의 말뜻을 미처 알아차리지 못한 목만치는 그의 얼굴을 바라보았다. 무령왕이 말을 이었다.

"장군께는 차마 말씀드리지 못하고 며칠 밤을 고민했습니다. 진평군에서 급한 전갈이 왔습니다."

"급한 전갈이라면……."

되뇌던 목만치는 입을 다물었다.

"열도에서부터 본국에 이르기까지 장군께서 얼마나 노고가 많은지 그 누구보다도 잘 알고 있는 처지라 차마 말씀드리지 못했습니다. 그러나 진평군의 전황이 너무 시급하고, 특히 곰쇠 장군이 목 장군을 애타게 찾고 있습니다."

"……."

무령왕이 슬며시 고개를 돌렸다. 목만치의 눈빛을 피하려고 하는 것이다. 한동안 두 사람 사이에 침묵이 흘렀는데 먼저 움직인 쪽은 목만치였다. 반쯤 몸을 일으킨 목만치가 다시 부복하여 예를 갖추었다.

"뉘 명이라 거역하겠습니까? 대왕마마의 명을 받잡겠습니다."

"장군……."

무령왕의 얼굴에 고통스러움과 미안함이 교차되는 표정이 떠올랐다.

"죄송스럽소, 장군. 그대를 평생 동안 전장으로 내모는구려. 이제 손자들을 무릎에 앉히고 재롱을 즐겨야 할 나이에 또다시 장군을 전장으로 내몰다니 이 자리가 가시방석이외다."

"노신을 이처럼 생각해주시니 몸 둘 바를 모르겠습니다."

"장군……."

"하오나 대왕마마, 이 몸은 편안히 자리에 누워서 죽음을 맞이하기를 바란 적이 결단코 단 한 번도 없었습니다. 무장으로 살아오면서 전쟁터에서 이슬로 사라지기를 진정으로 갈망했나이다."

"장군, 고맙소."

무령왕이 손을 뻗어 목만치의 두툼한 손을 감싸 쥐었다. 젊은 군주와 늙은 무장의 체온이 맞잡은 손을 통해 서로에게 흘러들었다.

"과인, 부탁이 있소."

"노신이 할 수 있다면 당연히 들어드리지요."

"꼭…… 살아서 돌아와 주신다고 약속해주시오."

"……."

목만치는 가만히 무령왕을 바라보았다.

"약속드리지요."

"장군을 위해서 불사를 크게 일으키겠소."

"성은이 망극하옵니다."

무령왕과의 술자리를 마치고 집으로 돌아오는 중이었다. 가마의 흔들림에 온몸을 맡긴 채 기분 좋은 취기를 느끼던 목만치는 문득 생각난 듯 밤하늘을 올려다보았다.

달무리는 여전했다. 새벽이 다가오는 시각이었지만 달무리는 달의 모습을 완전히 안개에 싸인 듯 보이게 했다.

목만치는 달무리의 의미를 본능적으로 깨달았다. 그것은 설명으로 알아차릴 수 있는 게 아니었다. 목숨을 칼끝에 올려놓고 생사의 극한에서 평생을 살아오면서 자연스럽게 체득한 본능이자 육감이었다.

며칠 후 환한 달빛이 내리비치는 깊은 밤이었다.

목만치는 후원의 한가운데 석상처럼 서 있었다. 목만치의 얼굴에서는 감히 범접할 수 없는 기운이 뻗어 나오고 있었다.

바람이 불 때마다 꽃잎과 낙엽이 흩어져 날렸는데, 가을이 깊어가는 것이다. 어디선가 국화꽃 향기가 이윽하게 풍겨왔다. 서리 맞은 뒤에야 비로소 그 향취를 강하게 풍기는 것이 바로 국화꽃이었다.

목만치는 무릎을 꿇었다. 그의 앞에는 길쭉한 형체의 비단보자기가 놓여 있었다. 한동안 밤하늘을 우러러 바라보던 목만치는 비단보를 끌렀다. 그 안에 유지가 있었고, 그것을 푸는 목만치의 손이 가볍게 떨렸다.

이윽고 모습을 드러낸 것은 칼 한 자루였다. 시골 대장간에 가면 얼마든지 볼 수 있는 평범한 환도였다.

그러나 칼을 바라보는 목만치의 얼굴은 더할 수 없는 경건함으로 가득 차 있었다. 그의 선조로부터 전해져오는 신검, 바로 그것이었다.

전설 속의 신검치고는 너무 평범했다. 그러나 목만치에게 신검의 모양새 따위는 전혀 관심 밖이었다. 본국검법을 완성한 후손만이 이 신검을 소유할 수 있다는 선조의 유언.

목만치는 가만히 칼집에 든 신검을 손에 쥐었다. 몸을 일으키는 목만치의 얼굴은 더할 수 없는 충만함으로 환해졌다.

목만치는 칼을 옆구리에 붙이고 가만히 숨을 죽인 채 허공을 바라보았다. 어디선가 바람 한 줄기에 실려 한 점 꽃잎이 흩날렸다. 순간 목만치의 손에서 반짝, 하고 무엇인가가 움직였다. 아니, 움직였다고 느낀 것은 생각뿐이었을까.

목만치는 여전히 그대로 서 있었다. 칼도 그대로였다.

한 점 국화꽃잎은 바람에 실려서 그대로 굴러갔다.

목만치의 입가에 희미한 미소가 떠올랐다가 사라졌다. 목만치의 눈에 한 줄기 눈물이 비추었다가 이내 사라졌다.

"하늘이시여, 이제 이 칼의 용도가 다했으니 거두어주시옵소서."

무슨 일이 일어난 것일까. 국화꽃잎은 그대로 굴러가다가 바람이 잦아지자 멈추었다. 환하게 쏟아져 내리는 달빛에 그 잎이 네 갈래로 조각 나 있는 것을 간신히 알아볼 수 있었다. 그러나 너무나 예리하고 빠르게 베어냈으므로 잎은 그대로였다. 아니 처음 그대로였다. 잎맥이 고스란히 살아서 서로 숨을 쉬고 있는 것이다.

무검의 경지. 칼을 뽑지 않고서도 원하는 대로 이루어지는 최고의 경지. 그가 과연 그것을 이루어낸 것일까.

『장자』에 "차검일용광제후천하복의차천자지검야此劍一用匡諸候天下服矣此天子之劍也"라는 말이 있다. 하늘에서 내린 신검이란 한 번 사용하면 마땅히 제후의 잘못을 바로잡고 천하를 복종시킨다는 뜻이다.

돌아서는 목만치의 얼굴은 너무나 평온했다. 그 표정만으로는 무슨 일이 일어났는지 알 수 없었다.

목만치가 떠난 자리에는 달빛만 무심하게 내리비칠 뿐이었다.

명장

긴장한 표정을 감추지 못한 진수는 내관을 따라 복도를 지났다. 온통 황금색으로 빛나는 왕궁 복도는 왕실의 존귀함을 그대로 드러내고 있었다. 곳곳에 늘어진 붉은색 비단이며 바닥에 깔려 발소리를 죽이는 양탄자 등은 왕궁에 처음으로 들어온 진수의 눈을 휘둥그렇게 만들기에 충분했다.

진수가 평생을 걸쳐 몰두해온 분야와는 또 다른 천하제일의 명품들이 눈에 보이는 곳곳마다, 발길이 닿는 곳곳마다 자리 잡고 있었다.

이게 바로 열도와 본국의 차이다. 화려하게 꽃피운 백제문화의 정수다.

비로소 진수는 할아버지와 아버지가 평생을 추구해온 궁극적인 미의 의미를 희미하게나마 깨닫는 기분이었다.

아아, 이제는 알 것도 같다.

평생 그림자를 붙잡기 위해 쫓아다니면서도 실체를 전혀 알아차리지 못한 미의 본질을 어쩌면 이번 기회에 찾을 수 있을 것 같다는 본능적인 예감이었다.

보라, 눈으로 보라.

분명 화려한 것 같으면서도 송나라와 위나라의 그것과는 또 다른 차분함과 품위가 깃들어 있었다. 은은한 기품이 느껴지는 것이다. 고구려의 그 호방하면서도 거친 듯한 투박함과 또 신라의 그 화려함과는 또 다른 무엇인가가 본국에서는 느껴졌다.

이것이 마지막 기회일지도 모른다.

진수는 긴 한숨을 내쉬며 마음을 다잡았다. 이제 환갑을 코앞에 둔 나이였다. 그러면서도 제대로 뭐 하나 이룬 것이 없었다. 장인으로서 자신을 돌이켜보며 진수는 심한 부끄러움을 느꼈다. 이래서야 할아버지, 아버지의 얼굴을 저승에서 만나 뵐 면목이 없었다.

앞서 가던 내관이 뒤처진 진수를 돌아보며 채근하듯 눈짓을 했다. 진수는 정신을 차리고 걸음을 옮겼다

"그대가 진수라는 장인인가?"

"그러하옵니다."

진수는 그대로 고개를 조아리고 머리 위에서 들려오는 소리에 답했다. 내관에 의해 안내되어 들어오는 대로 예를 갖춘 채 절대 고개를 들지 말라는 엄명을 미리 받았던 것이다.

"그대의 명성은 익히 들었다."

"세상에 떠도는 소문은 거의가 믿을 것이 못 되옵니다. 대부분 과장되어 있기 마련입지요."

"그러한가……."

그 말은 딱히 이쪽의 대답을 구하고 있는 것 같지 않았기에 진수는

가만히 있었다. 다시 목소리가 이어졌다.

"세상의 소문을 믿지 말라는 것을 보면 그대는 제법 물리를 깨우치고 있는 셈이로구나."

"저 역시 아직도 아둔하기는 마찬가지옵니다. 미명에서 깨어나고 싶어서 이 나이가 되도록 저잣거리를 헤맸지만 이놈의 눈에는 아직도 무명씨가 박혀 있습니다."

"아직도 무명씨가 박혀 있다?"

"그러하옵니다."

"고개를 들라."

"……."

그러나 진수는 잠자코 있었다.

"고개를 들라 했다."

"하오나 소인은 귀하신 존자께 절대 고개를 들지 말라는 엄명을 받았습니다."

"허허, 그건 걱정할 것 없다. 그대의 얼굴을 한번 보고 싶다. 고개를 들라."

"……."

진수는 천천히 고개를 들었다.

눈앞에 앉아 있는 훤칠한 풍모의 사내. 거칠 것 없이 잘생긴 이목구비에 부리부리한 눈빛, 천하에 보기 드문 미남자가 진수를 응시하고 있었다.

아아, 대왕이시다.

진수는 한눈에 그의 정체를 알아보았다. 불과 2년 전에 이 나라 극상의 자리에 앉은 사마, 아니 무령왕 바로 그이였다.

진수는 왕궁에 불려오면서도 설마하니 대왕마마를 알현하게 되리라고는 꿈에도 생각하지 못했다. 그저 후궁이나 고관대작 중의 하나가 부르려니 여겼다.

그러나 진수는 눈앞에 있는 사내를 보고 그가 대왕임을 확신했다. 비록 곤룡포와 면류관을 쓰지 않았어도 전신에서 풍겨 나오는 위엄과 풍채는 그가 누구인지 똑똑히 말해주었다.

"그대가 집안 대대로 이 나라 최고의 도목수였던 진씨가의 아들이 분명한가?"

"부끄럽습니다만 그렇습니다."

"내 그대 집안의 명성은 익히 들었다. 오래전의 일이었지. 몇 대 위 근초고대왕 때 이 나라의 날로 뻗어가는 위엄을 만천하에 알리고자 신묘한 칼을 만들었다고 들었다. 이름하여 칠지도라 하였느니…… 들어보았느냐?"

"예. 소인 아주 어렸을 때에 선친에게 몇 번 들은 적이 있사옵니다."

"칠지도를 만들었을 때 우리 백제국의 위명이 사해에 닿지 않은 곳이 없었다. 이제 선왕인 동성왕 대에 와서 우리 백제국은 예전의 강역을 거의 되찾았다. 과인은 그 명성을 확고히 하려는바, 그대는 그대 선조들을 본받아 새롭게 백제국의 영광을 나타낼 수 있는 신물神物을 만들어내도록 하라."

"……."

"알아듣겠느냐?"

"성은이 망극하옵니다."

"그대도 열도에서 넘어왔다고 들었다. 그래, 그곳의 형편은 지금 어떠하냐?"

"제가 건너올 당시 열도는 무열대왕이 집정하고 있었사옵니다. 아뢰옵기 황송하오나, 무열왕의 악정이 날로 심해져 민심이 바닥에 떨어졌으며, 길거리에는 굶어 죽거나 얼어 죽는 자들이 가득했습니다. 저역시 무열왕의 악행에 치를 떨다 못해 견디지 못하고 이곳으로 돌아올수밖에 없었습니다."

기록에 의하면 웅략의 뒤를 이어 즉위한 청녕은 단 5년간 재임했을 뿐이다. 그 뒤를 이은 현종, 인현 역시 불과 몇 년밖에 재위하지못했다.

인현의 뒤를 이어 499년에 즉위한 무열왕은 학정으로 유명했는데, 사기는 그의 악행을 다음과 같이 기록하고 있다.

임신한 부인의 배를 갈라 그 태를 보고, 사람의 생손톱을 뽑고서 산마를 캐게 하였으며 머리털을 뽑고 그 사람을 나무 위에 올라가게 한 뒤에 나무 밑등치를 베어 나무 위의 사람이 떨어져 죽게 하였다. 수문에 사람을 집어넣고 수문을 열어 물살에 흘러나오는 사람을 삼지창으로 찔러 죽이기도 했고, 나무위에 사람을 올려놓고 활을 쏘아 죽이고, 여자를 발가벗겨 판자 위에 앉히고, 말을 끌고 앞으로 가서 교접을 시키고, 여자의 음부를 보고 정액을 흘린 자는죽이고, 흘리지 않는 자는 관노로 삼는 등 그야말로 극악무도한 짓을 서슴지않았다. 게다가 매일같이 창기들을 불러놓고 음란한 짓거리를 하거나 나체 춤을 추게 하는 등 변태적인 행위를 일삼으며 주색에 빠져 지냈다.

"무열이 그처럼 학정을 펴기 때문에 내가 그대를 부른 것이다."

"그게 무슨 뜻이옵니까?"

"이대로 무열의 학정을 지켜볼 수만은 없다. 어떻게 지켜온 야마토조정인가 말이다. 무열이 왕위에 있는 지금 국인들의 민심은 날로 왕실에서 멀어지고 있다. 이렇게 되다가는 야마토 조정의 사직이 순조롭게 이어지기 어렵다. 그래서 결단을 내리게 되었다."

"……"

진수는 가만히 대왕을 바라보았다. 다음에 이어질 말이 나름대로 짐작이 갔다.

"무열을 제거하기로."

무령왕이 단호하게 내뱉었다.

"그래서 과인은 사아斯我 왕자를 보내 남대적을 지원할 생각이다. 과인은 남대적이 왕위에 오르기를 바란다. 그대가 할 일은 백제국 대왕인 나 무령왕이 내 동생 남대적이 야마토의 대왕이 되기를 진정으로 바란다는 뜻을 화상경畵像鏡으로 제작하는 것이다."

"화상경이라 하셨습니까?"

"그렇다. 지금까지 있었던 그 어떤 것보다 더 품위 있고, 대백제국의 위엄을 만천하에 떨칠 수 있는 화상경을 만들어라. 그리하여 이 화상경을 보고 야마토 조정의 모든 대신들 이하 국인들이 남대적을 따르도록 하라."

화상경. 고래로부터 대왕의 세 가지 상징 중의 하나인 화상경을 제작하라고 무령왕은 말하고 있는 것이다.

"왜 하필이면 소인을……"

진수가 자신 없는 얼굴로 말끝을 흐렸다.

"그대는 할 수 있다."

"하지만 소인은 보잘것없는 장이에 불과합니다. 비록 평생 장이질에 몰두하였으나 아직도 정을 제대로 잡지도 못할뿐더러 감히 말씀하신 화상경이라뇨? 대왕마마의 위명에 누가 될까 심히 두렵습니다."

"해보거라."

"하오나 대왕마마…….."

"그대의 선조인 진각이 만든 칠지도는 지금도 보기 드문 천하의 보물이 아니냐? 그대는 그 핏줄을 이어받았다. 분명 과인을 실망시키지 않으리라."

"대왕마마…….."

"…….."

무령왕이 가만히 바라보자 진수는 더 이상 물러설 수 없다는 것을 깨달았다. 그리고 그 순간 장이로서의 오기도 불끈 솟아났다.

그래, 한번 해보자. 진수는 이것이 마지막 기회라는 것을 본능적으로 깨달았고, 그 두려움만큼이나 가슴 한편에서는 의욕이 차올랐다. 그래, 내 핏속에는 분명 이 나라 최고의 장인이었던 진각 할아버지의 피가 흐르고 있다.

진수는 그렇게 마음을 다잡았다.

"소인께 기회를 주신다면 죽기를 각오하고 천하제일의 화상경을 만들어보겠습니다."

무령왕의 입가에 흡족한 미소가 떠올랐다.

대왕 앞에 불려갔다 온 날부터 진수의 고민은 시작되었다. 화상경이라니, 더군다나 신물이라니.

담로도에 있을 때 나름대로 명검에 대한 집념을 불태워보기도 했지만 아직 자기 마음에 차는 검 한 자루 완성하지 못했다는 자괴감에 빠져 지내던 진수였다.

제자들은 그런 진수를 안타까운 마음으로 지켜보았다. 대왕과 약조한 시간은 자꾸만 다가오는데, 심혈을 기울여 만든 인물화상경들은 그의 의도와는 전혀 다른 모습이었다. 제작 도중에 집어던진 것도 한두

개가 아니었다.

날이 갈수록 진수는 신경이 날카로워졌고, 술을 마시지 않으면 잠을 잘 수가 없었다. 애꿎은 제자들만 스승의 늘어나는 신경질 때문에 먼발치에서 눈치만 보며 겉돌 뿐이었다.

꽤 오랫동안 일손을 잡지 못하고 술독에 빠져 지내던 어느 날이었다. 진수의 공방에 웬 스님이 찾아들었다.

전날의 과음 때문에 오장육부가 다 뒤집힐 것 같았으므로 진수는 맥없이 공방 앞 평상에 널브러져 있었다.

"나무아미타불 관세음보살……."

모처럼 듣는 청아한 독경소리가 가까워지는가 싶더니 어느 순간 그쳤다. 의아한 생각에 진수는 고개를 돌려 뒤쪽을 바라보았다. 웬 낯선 스님이 웃는 얼굴로 자신을 내려다보고 있었다. 시주를 얻으러 다니는 스님으로 여긴 진수는 귀찮은 생각이 앞서 인상을 찌푸렸다.

"시주라면 저 안쪽으로 들어가보슈."

퉁명스런 진수의 말에도 스님은 연방 싱글거렸다. 가만 보던 진수는 몸을 일으켰다. 어딘지 낯익은 얼굴이었다.

"저, 정암 스님이 아니신가?"

"맞소이다. 용케도 소승을 기억해주시는구려."

"허, 잊을 사람이 따로 있지, 내 어찌 스님을 잊겠소. 열도에 계시는 줄 알았는데 언제 건너왔소?"

"달포쯤 됐소이다. 열도에서 불법을 퍼뜨리는 데 부족한 것이 많아서 그걸 구하러 들어온 참이올시다. 불경은 어찌 마련할 수 있을 것 같은데, 불상을 구할 마땅한 데가 없군요. 그래서 여길 찾아왔습니다."

"불상이라……."

진수가 난처한 얼굴로 말끝을 흐렸다. 정암이 불상을 원한다는 것은 알겠지만 대왕의 엄명이 내린 화상경 제작조차 미뤄지는 참이었다.

정암이 진수의 얼굴을 보다가 입을 열었다.

"진 공장工匠께서 요즘 심려하는 이유를 짐작하고 있습니다. 만일 제 청대로 불상을 만들어주신다면 소승이 진 공장의 고민을 해결해드리지요."

"말씀은 고맙소만, 스님이 제 고민을 해결해주지는 못할 겁니다."

"허허, 속는 셈치구 한번 해보시는 게 어떨까요? 부처님의 가피가 있다면 분명 진 공장의 염원이 이루어질 것입니다."

"그럴까요?"

진수는 반신반의해서 정암을 바라보았다. 정암이 두 손을 들어 합장하며 고개를 끄덕였다.

"분명 그러하실 겁니다."

"……."

망설이던 진수는 정암의 말을 좇기로 했다. 정암이 모처럼 해오는 청을 거절하는 것도 도리가 아니었다. 차라리 머리를 식힐 겸 불상을 만들다 보면 화상경에 대한 좋은 생각이 떠오를지도 모른다.

그렇게 해서 진수는 화상경을 미루고 불상 제작에 들어갔다. 한 달쯤 흐른 뒤 진수는 청동불상을 완성해냈다. 사람들이 모두 감탄을 아끼지 않을 정도로 훌륭한 불상이었다.

그 한 달 동안 여기저기 바쁘게 돌아다니느라 얼굴을 비치지 않던 정암이 마침 때맞춰서 공방에 찾아왔다. 진수가 내놓은 불상을 바라보는 정암의 입가에 미소가 떠올랐다.

"소승이 기대한 것보다 훨씬 훌륭합니다. 이 정도라면 열도에 불법을 퍼뜨리기에 충분하고도 남을 것 같군요."

"마음에 드신다니 다행이오."

"그럼 이제는 소승이 진 공장에게 보답할 차례겠군요."

"놔두시오. 보답을 바라고 한 일이 아니오."

진수가 손사래를 쳤다. 정암은 미소 띤 얼굴로 등에 지고 있던 바랑을 내려놓았다. 아까부터 진수도 궁금하던 참이었다. 평소와는 달리 바랑 밖으로 비단보에 싸인 길쭉한 무엇인가가 빠져나와 있었던 것이다.

정암은 조심스럽게 비단보를 바랑에서 꺼내 진수에게 내밀었다. 진수가 영문 모르는 얼굴로 정암을 바라보았다.

"이게 무엇인지…… 도통 짐작이 가지 않습니까?"

"도무지 모르겠소."

정암이 그러리라는 듯 고개를 끄덕였다.

"아주 오래전의 일이라고 합니다."

"……."

진수는 잠자코 정암을 지켜보았다.

"진 공장의 몇 대 위 조상 중에 천하에 제일가는 명장이 계셨지요. 저 깊은 시골구석에 숨어서 자신의 정체를 드러내지 않으려고 하셨지만 숨겨진 재주는 어쩔 수 없는 법, 끝내는 근초고대왕께 발탁되어 천하제일의 신품을 만드셨습니다."

"……."

진수의 얼굴이 긴장으로 굳어졌다. 귀에 못이 박히도록 들은 이야기였다. 비명에 간 부친 진충은 평생 진각의 솜씨를 뛰어넘지 못했음을 한으로 삼았다.

"근초고대왕께서 왜왕에게 하사하신 칠지도가 바로 그 신품입니다. 잘 알고 계시겠지요."

"알다마다요."

상기된 얼굴로 진수가 끄덕였다.

"하지만 그 어르신께서는 칠지도 말고 또 한 자루의 신검을 만드셨지요."

"그걸 모를 리 있겠습니까? 선친께서 돌아가시기 전까지 그 신검을 찾아서 이 나라 안팎으로 안 가본 데가 없으셨지요. 하지만 끝내 찾아내지 못하였습니다. 저 역시 풍문으로나마 그 신검을 찾아보았지만 허사였습니다."

진수가 쓸쓸하게 말했다.

"신검의 주인에 관한 이야기도 알고 계십니까?"

"전설 같은 얘기지요. 이 세상 누구도 능가할 수 없는 천하제일의 떠돌이 무사였다고 들었습니다. 하지만 사실이라고 믿어지지 않습니다. 그저 누군가가 지어낸 얘기가 아닐까, 요즘에 와서는 그런 생각이 듭니다."

"지어낸 얘기가 아닙니다."

정암의 말에 진수는 얼어붙었다. 정암의 입가에 떠오른 미소의 의미를 깨달았던 것이다.

설마 그럴 리가…….

도무지 믿기 어렵다는 눈빛으로 진수는 정암의 눈을 애타게 붙잡았다. 말보다 먼저 두 사람의 눈이 대화를 주고받았다. 정암이 고개를 끄덕였다.

"바로 그 칼이올시다."

"그렇다면, 그 신검이 실제로 전해져온단 말이오?"

"바로 진 공장 눈앞에 있지 않습니까? 그리고 그 칼의 주인은 다름 아닌……."

"……."

정암의 말을 기다리는 진수의 입가가 파리하게 떨렸다.

"목만치 장군이올시다."

"……!"

너무 놀라서일까, 진수의 입에서는 짧은 비명조차 새어나오지 않았다.

"바로 그 떠돌이 무사는 목 장군의 윗대 어른이셨소. 따지고 보면 진 공장의 핏속에도 목씨 가문의 피가 흐르고 있는 것이지요."

"하면…… 어찌해서 이 칼이 여기에……."

"목 장군이 대왕의 하명을 받아 진평군으로 가면서 소승에게 이 칼을 보내셨소. 이제 더 이상 이 칼을 간직할 이유가 없다는 말씀이셨소. 목 장군은 이 칼이 새로운 임자를 만나서 새롭게 태어나기를 바란다고 하셨소."

"……."

진수는 침묵을 지켰다. 얼마나 지났을까. 제정신을 차린 진수는 제자들을 불러 공방 안을 말끔하게 치우도록 했다.

그는 정암에게 양해를 구한 뒤 목욕을 하고 돌아왔다. 그가 지시한 대로 공방은 깨끗하게 치워졌고 한가운데 제상이 마련되어 있었다. 제상 앞에는 신검을 싼 비단보가 놓여 있었다.

옷을 갈아입은 진수는 제상에 다가가 대황초와 향에 불을 피웠다. 그러고 난 진수는 정성스럽게 술잔을 올린 뒤 세 번 절했다. 정암은 묵묵하게 진수를 지켜보았다.

오랫동안 이마를 바닥에 대고 있던 진수가 이윽고 몸을 일으켰다. 그는 다시 무릎을 꿇고는 떨리는 손으로 비단보를 천천히 풀었는데 유지가 나타났다. 유지를 조심스럽게 벗겨내자 마침내 신검이 모습을 드러냈다.

"……!"

평범하게 생긴 칼집이었다. 진수는 감회에 젖은 눈으로 한동안 그것을 내려다보다가 칼집에서 칼을 뽑아내었다.

그 순간이었다. 공방 안이 번갯불이 친 것처럼 환해지는 듯했다. 그러나 그것은 찰나였다. 드러난 칼날은 등잔불빛을 받아 은은하게 빛나고 있을 뿐이었다. 천하제일의 신검으로 불리기에는 정말이지 너무나 평범해 보였다.

그러나 진수는 자신의 핏줄 속에 흐르는 본능적인 심미안으로 이 칼의 진가를 알아보았다.

아아, 이것이야말로 천하의 명검이다. 신의 솜씨로 빚은, 말 그대로의 신검이로구나.

진수는 정신을 잃을 정도로 감격에 겨워서 신검을 바라보았다.

정암은 어느새 염주를 꺼내어 낮은 소리로 염불을 외고 있었다. 정암 역시 말로만 듣던 신검을 처음으로 보았다. 신검에서는 알 수 없는 품격과 신비로운 기운이 뿜겨져 나왔다.

진수의 두 눈에서 눈물이 흘러내렸다.

진수는 신검을 제상 위에 올려놓고 다시 세 번 절을 올렸다. 이 칼을 만든 진각, 괴짜 대장장이에게 올리는 절이었다. 한 장인으로서 천하제일의 장인에게 올리는 경외의 절이었다. 진수는 자신이 뛰어넘어야 할 분명한 목표를 깨달았다.

진수가 정암에게 말했다.

"이 칼을 보는 순간, 내 눈은 새롭게 태어났소. 지금까지의 나는 그저 허울뿐인 장인이었소. 하지만 이 칼은 그런 나를 새롭게 태어나게 했소. 스님 덕분이오."

"아니올시다. 이건 이미 정해진 인연이며, 그 결과올시다."

"내가 이 칼을 어떻게 하면 좋겠소?"

진수가 궁금하다는 듯 물었다. 염주 알을 손으로 세던 정암이 고개를 들었다.

"소승도 오랫동안 생각해보았소이다. 목 장군께서 소승에게 이 신검을 주신 뜻을 말이외다. 장군께서는 이 칼이 새롭게 태어났으면 하는 바람을 갖고 계셨소. 그렇다면……."

정암이 잠깐 말을 끊었다가 다시 이었다.

"이 칼을 녹여서 화상경을 만들면 합니다. 소승의 개인적인 바람이야 불상으로 만들면 하지만 화상경도 나름대로 의미가 있을 것입니다. 이 칼의 운명은 그렇게 점지되어 있다고 여겨집니다. 화상경이 만들어진다면 그건 분명 수천 년의 세월을 견뎌내겠지요. 그렇게 된다면 화상경은 수천 년이 흐른 뒤에도 오늘의 얘기를 말없이 들려주게 되겠지요. 그렇지 않겠습니까?"

"……."

한동안 생각하던 진수가 입을 열었다.

"스님의 뜻을 받아들이겠습니다. 모든 것은 따지고 보면 덧없는 것, 그러나 그 덧없음조차도 형체로 만들고자 하는 것이 장이의 욕심입니다. 가능할지 모르겠지만 최선을 다해 만들어보겠습니다. 그것이 바로 스님의 뜻이자 목 장군의 뜻이겠지요. 그리고 이 신검이 그토록 오랜 세월이 흘러서야 이 자리까지 오게 된 섭리이겠지요."

"그렇습니다. 일찍이 이런 말이 있지요. '고사지시비하여이지어성패천야顧事之是非何如耳至於成敗天也라.' 일의 시비여하를 생각할 뿐, 성패의 문제는 하늘에 달려 있다는 말입니다. 나무아미타불 관세음보살……."

정암이 머리를 숙여 합장했다. 진수도 합장했다. 등잔불빛에 비친

두 사람의 그림자가 공방 벽에서 흔들거렸다.

진수는 혼신의 힘을 다하여 마지막 한 자를 새겨넣었다.

화룡정점. 마지막 한 획을 새겨넣는 순간 진수는 화상경을 완성해
냈다.

그의 이마에서 굵은 땀 한 방울이 흘러내렸고, 진수는 자신의 뇌리
에서 무엇인가가 빠르게 빠져나간다고 느꼈다.

진수는 화상경을 작업대 위에 내려놓고 긴 한숨을 내쉬었다. 지난
반년 동안, 오직 이 화상경을 만들기 위해 모든 공력을 쏟아 부었다.
마지막 남은 혼까지 쏟아 붓고 난 지금, 진수는 허탈감을 뛰어넘어 설
명할 수 없는 미묘한 감정을 맛보고 있었다.

희열…… 그 비슷한 감정일까.

그것은 여자와 방사를 치르고 난 쾌감과는 또 성질이 달랐다. 모든
것을 초월한, 절대적인 그 무엇과 마주하고 있는 듯한 기분…… . 진
수는 정확히 설명할 수 없었지만 그 비슷한 감정을 느끼며 문득 죽은
진연을 떠올렸다.

화상경 안쪽에 진연의 얼굴이 어려 있었다. 어쩌면 그것은 진수 자
신의 마음이 만들어낸 심상인지도 모른다. 여인으로서 가장 아름다운
나이에 비명에 간 누이. 머리에 백발을 인 지금도 진수에게 진연은 미
의식의 본질을 점하고 있는 존재였다.

화상경을 만들면서 진수는 자주 진연을 떠올렸다.

어쩌면 이 화상경이야말로 열도에 있는 남대적이 아니라 진연에게
바치는 것인지도 모른다. 절대권력의 상징이라는 화상경. 그러나 진수
에게는 그런 의미가 아니라 사랑하는 여인이 들여다보며 자신의 아름
다움을 가꾸는 그런 거울이 되기를 바랐는지도 모른다.

그렇게 만들어진 화상경이었다. 신검을 녹여 만들어낸 화상경. 도무지 표현할 수 없는 신묘한 기운이 풍겨져 나오는 인물화상경을 진수는 마침내 완성해낸 것이다.

진수는 허탈한 마음을 다잡을 수 없어 자리에서 일어났다. 일어서는 그 순간, 진수는 온 세상이 한 바퀴 도는 듯한 기분을 맛보았다. 빙글, 돌던 세상은 이내 캄캄한 어둠으로 바뀌었다.

진수의 수제자는 스승이 자리에서 일어나다가 비틀거리는 것을 보았다. 그러나 그 역시 그것이 스승의 마지막이라고는 미처 생각하지 못했다. 다만 스승도 많이 늙으셨구나, 하는 생각으로 진수를 부축하려고 서둘러 다가왔을 뿐이었다.

진수는 작업대 위에 가만히 엎드린 채였다. 제자가 다가와 진수의 어깨를 조용히 흔들었다. 제자 역시 타고난 장인의 기질이 넘쳐흐르는 청년이었다. 스승의 어깨에 손을 대는 순간 그의 몸에 일어난 변화를 감지한 제자는 자신도 모르게 단발마의 비명을 토해냈다.

"스승님!"

주위에서 일하던 다른 제자들이 놀라서 달려왔다.

"스승님, 스승님!"

진수의 어깨를 연이어 흔드는 제자들의 목소리에는 울음이 배어 있었다. 제자들이 진수의 몸을 바르게 해서 자리에 뉘었다.

진수의 얼굴은 더할 수 없이 평온했다. 입가에 희미한 미소가 떠올라 있었는데, 그것은 시골의 이름 없는 석수장이가 아무렇게나 만든 석불의 자애로운 미소와도 같았다.

"스승님!"

진수의 제자들이 부르짖는 소리가 다시 한번 공방을 뒤흔들었다.

제자들은 스승이 마지막 숨결을 불어넣어 완성한 화상경을 놀란 눈으로 바라보았다.

그랬다, 그것은 감히 말하건대 제왕의 상징이었다. 은은하면서도 기품을 잃지 않은, 천격과는 거리가 먼, 대백제국 사마 융의 위엄을 온 세상에 떨치기에 조금도 모자람이 없는 인물화상경의 찬란한 위용 앞에 제자들은 놀란 입을 다물지 못했다. 그것은 스승이 평생을 추구해 온 미의 철학이었으며, 완성이었으며, 궁극의 추구였다.

왜 진씨 가문이 최고의 장인 가문으로 불리는지 분명하게 말해주는 증거였다.

칠지도에서 인물화상경까지……

한 가문의 피가 흐르고 흘러서 시조로부터 현세에까지 이어지듯이 한 가문의 솜씨 역시 타고난 숙명을 통해서 면면히 이어지는 것이다.

진각이 그랬듯이, 그로부터 몇 대 후손인 진수 역시 자신의 생명을 인물화상경과 바꾸었다. 그것이 진정한 장인의 고집이었다. 조손간에 말없이도 통하는 그것. 바로 그것이야말로 장이들의 마지막 남은 고집이었고, 자존심이었다.

그리고 그 인물화상경은 물경 1500년의 세월을 뛰어넘어 일본 황실의 뿌리가 바로 한국이라는 움직일 수 없는 증거로 살아남아 지금까지 전해져오고 있다.

일본 화가산현和歌山縣 교본시橋本市에는 우전팔번신사隅田八幡神社가 있다. 비록 조그만 신사지만 일본의 고고학계를 비롯하여 역사학계에 크게 이름이 알려진 곳이다.

그 이유는 현재까지 일본에서 발굴된 금석명문으로는 가장 오래된 것으로 알려진 동경銅鏡을 소장하고 있었기 때문이다. 1951년 일본 정부는 이를 국보(고고 제2호)로 지정했고, 현재는 동경국립박물관으로 옮겨 안치하고 있다.

고고학계에서는 단순히 '우전팔번경'이라고 부르는 이 동경 뒷면에는 아홉 명의 인물상과 48자의 명문이 양각되어 있다. 그런데 이 명문에는 '계미년癸未年'과 '대왕년大王年', '사마斯麻'와 '남제왕南弟王' 그리고 '개중비직開中費直' 등 한일 고대사와 관련된 중대한 사실들이 새겨져 있어 보는 이로 하여금 놀라움을 자아내게 한다. 더욱이 이 명문은 한 글자도 손상되지 않아 학계에서는 이를 희귀한 고대 금석문의 사례로 존중하고 있다.

그 명문의 전문을 옮기면 다음과 같다.

계미년(503년, 무령왕 3년) 8월 10일 대왕년, 남제왕이 의자가사궁에 머물 때, 사마가 장수를 염원하여 개중비직(관직) 예인穢人(백제 도래인) 금주리 등 2인을 보내 좋은 백동 2백간을 모아 이 거울을 만들었다.

그렇다면 무령왕은 남대적에게 왜 이 동경을 보낸 것일까. 동경은 예로부터 천황의 상징이요, 신물이었다. 때문에 무령왕이 남대적에게 왕의 상징인 동경을 보낸 것은 학정을 일삼는 무열천황을 제거하고 천황의 자리에 오르라는 뜻이었다. 물론 물심양면으로 지원하겠다는 뜻도 담겨 있었다.

무열천황은 505년 12월에 사망하는데 남대적에 의해 제거된 것으로 보인다. 본국에서 건너온 무령왕의 아들 사아의 합류는 백제계 출신들을 하나로 규합해 남대적을 지원하는 데 큰 힘이 되었을 것이다. 다시 말해 남대적은 백제세력을 기반으로 무열천황을 제거한 것이다.

남대적은 천황의 자리에 올라 수백향手白香 황녀를 황후로 삼는다. 수백향이 황후가 되기 전에 남대적에게는 본부인이 있었다. 그럼에도 부인을 황후로 책봉하지 않고 수백향을 맞아들여 황후로 삼고, 오히려 본부인과 후실들을 후궁으로 삼아 수백향의 명을 받도록 한다. 이는 수백향이 남대적이 천황에 오르는 데 큰 역할을 했음을 짐작케 한다.

그렇다면 여기서 수백향의 신분에 주목해야 할 필요가 있다. 수백향은 황후에 책봉되기 전에 이미 황녀의 신분이었다. 당시 백제인 중에서 황녀로 불릴 수 있는 사람은 무령왕의 딸뿐이었다.

『일본서기』는 중요한 황후들에 대해서, 특히 정변을 일으켜 즉위한 천황의 황후나 모후에 대해서는 그 혈통을 대개 밝히고 있다. 하지만 예외적으로 수백향의 혈통에 대해서는 전혀 언급하지 않았다. 더구나 수백향은 29대 흠명천황의 모후다. 따라서 수백향의 혈통에 대한 기록이 없다는 사실은 『일본서기』 편자들이 고의로 누락시켰음을 의심케 한다.

왜 그랬을까. 그것은 다름 아니라 수백향이 바로 무령왕의 딸이기 때문이다. 다시 말해 남대적은 무령왕의 동생인 동시에 사위가 되는 것이다. 바로 이 대목, 『일본서기』의 편자들이 숨기고자 한 것은 일본 천황가의 뿌리였다. 천황가의 계보가 한국에서 시작되어 이어져왔다는 사실은 결코 태양 아래 드러나서는 안 되는 절대적인 비밀이었던 것이다.

황사풍

"대단하군요. 한눈에 봐도 십만이 넘는 병력입니다."

"……."

"쓸어내도, 쓸어내도 그대로인 것이 사막의 모래 같습니다. 주인."

"그놈, 쓸데없이 말 많은 것은 예나 지금이나 마찬가지구나."

곰쇠가 목만치에게 그예 한마디 듣고 입을 내밀었다. 그러나 고개를 돌린 곰쇠의 얼굴은 기묘하게 일그러져 있었는데, 분명 웃고 있는 형상이었다. 이 얼마 만에 듣는 주인의 잔소리인가.

진평군으로 넘어와 수만을 호령하는 방어사가 된 곰쇠였지만 옆구리가 허전함은 어쩔 수 없었다. 그 이유가 무엇인가 생각해보던 곰쇠는 바로 목만치 때문이었음을 깨달았다. 목만치를 통해 세상과 만났고, 목만치를 통해서 세상을 보았다. 그러고는 모든 세월을 그와 함께해왔다. 1년, 목만치를 본국에 두고 대륙으로 혼자 넘어와 생활한 지벌써 1년이 흘렀다.

그런데 목만치는 지금 자기 옆에 와 있는 것이다. 여전히 변함없는 모습으로.

아니, 변한 것은 있었다. 어느 누구도 어쩌지 못하는 세월. 그 세월의 무게가 목만치를 감싸고 있었다. 칠흑 같던 머리카락이 어느새 흰서리가 내린 것처럼 바랬고, 얼굴에는 주름살이 굵게 파였다. 그것은 다름 아닌 세월의 흔적이었다. 평생을 거친 풍파와 싸워온 무장의 얼굴이었다. 곰쇠 역시 하루가 다르게 변해가는 자신을 느꼈다. 작년이 달랐고, 올해가 달랐다. 어제가 달랐고, 또 오늘이 달랐다.

그러나 오히려 늙어가면서 더욱 매력적인 풍모를 느끼게 하는 사람도 있다. 곰쇠는 목만치의 옆모습을 곁눈질하다가 가만히 안도의 한숨을 내쉬었다.

어쨌거나 지금은 자기 옆에 목만치가 서 있었다. 소아만치가 아니라 목만치로서, 예전과 다름없는 주인으로서 자기 옆에 서 있는 것이다.

다만 달라진 것은 곰쇠의 말처럼 십만이 넘는 적병을 눈앞에 두고 있다는 점이었다. 평소 같으면 두려움을 느껴야 정상일 테지만 곰쇠는 전혀 두렵지 않았다. 목만치가 바로 옆에 있다는 사실 하나만으로도 그렇게 달랐다.

적이 십만이 되든 백만이 되든, 목만치와 함께라면 그것은 숫자놀음에 지나지 않았다. 목만치가 최고의 무장이라는 사실은 바로 그런 점에서도 증명되는 것이다. 주변 사람들에게 그가 가진 불퇴전의 의지가 그대로 전달되는 것, 부장에서부터 말단 보병, 아니 마지기에 이르기까지 한 몸인 것처럼 일사분란하게 움직일 수 있는 군기는 아무나 만들 수 있는 것이 결코 아니었다.

곰쇠는 다시 한번 어깨를 펴고 심호흡을 했다. 그러고는 눈길을 정면으로 돌렸다.

저 멀리 펼쳐진 드넓은 벌판을 가득 메운 십만의 기병들은 위나라 군사들이었다.

위나라는 오래전 백제에 빼앗긴 진평군과 백제군을 되찾기 위해 전면전에 나섰다. 그들에게는 요서와 요동을 하잘것없는 변방의 한민족에게 빼앗겼다는 사실 자체가 치욕이었다. 세계의 중심이라고 자부하는 그들에게는 한갓 오랑캐 민족에게 방대한 지역을 점령당하고, 발해만에서 창해에 이르는 해양을 완전히 제압당한다는 것은 도무지 인정하기 어려운 일이 아닐 수 없었다.

몇 대에 걸친, 아니 몇 왕조에 걸친 그 수모를 이번 기회에 떨쳐버리기 위해 위나라는 국력을 총동원해서 진평군 탈환에 나선 것이다.

곰쇠를 위시한 휘하 장수들은 벌써 1년 넘게 그들의 공격을 잘 막아왔다. 그러나 워낙 막강한 군사력이었다. 막아내도, 막아내도 결코 줄지 않는 대병력 앞에서 곰쇠는 점차 줄어드는 군세를 의식하지 않을 수 없었다. 갈수록 사기가 떨어지는 것도 사실이었다. 용력 하나만으로는 천하제일이라고 하는 곰쇠였지만 이런 상황에서는 별도리 없었다.

그런 절체절명의 위기에 처해 있을 때 목만치가 본국에서 달려온 것이다. 물론 목만치라고 해서 이러한 전세의 차이를 뒤집을 수 없다는 것을 곰쇠는 잘 알고 있었다.

그러나 어쨌든 목만치가 옆에 있다는 사실만으로도 곰쇠는 열 배 스무 배 힘이 났고, 자꾸만 콧구멍이 벌렁거릴 정도로 기분이 좋았다.

"주인, 어떻게 하실 겁니까?"

열기 가득한 고리눈을 부릅뜨고 적진을 응시하고 있는 목만치에게 조바심이 난 곰쇠가 물었다. 대꾸 없이 적진을 응시하던 목만치가 이윽고 돌아보았다.

"네 생각은 어떠냐?"

"저야 다른 생각이 있겠습니까? 그저……."

"말하라."

"그저 되는 대로 쳐들어가서 미친년 굿판 놀듯이 한바탕 쓸어버리는 수밖에 없지 않겠습니까?"

"네 말대로 하자꾸나."

"예? 뭐라고 하셨습니까?"

곰쇠가 눈을 크게 뜨고 목만치를 바라보았다. 목만치의 입가에 희미한 미소가 떠올라 있었다.

"네 말대로 하자고 했다."

"주인……."

"네 말대로 하는 수밖에 달리 방도가 없을 듯싶다."

"주인……."

"적들의 군세는 정예병이 10만, 그 뒤에 20만의 예비병력이 버티고 있다. 그렇지만 우리는 군사를 모조리 끌어 모아야 5만에 지나지 않는다. 그나마 제대로 갖추어진 병력은 3만이 채 되지 않는다. 대백제국의 영광스러운 군사력은 허울뿐이었다. 내가 열도에 넘어가 각 지방을 차례차례 정복하는 동안에, 본국은 제 살덩이가 썩어가는 것도 모르고 있었다. 어쩔 수 없는 운명이다."

"주인……."

"여기서 시간을 보내면서 버티어봐야 승산이 없다. 네 말처럼 정면 승부를 벌이는 수밖에 없다. 죽기를 각오하고 싸우면 살 길이 열리는 법이다. 그것을 믿을 수밖에 없다."

"주인……."

"곰쇠야, 너도 제법 사령의 면모를 갖추었다. 우리가 뚫고 나아가야 할 마지막 방법을 제대로 짚은 것을 보면……."

"주인, 그런 말씀을 하실 때가……."

곰쇠는 목만치의 눈에 떠오른 열기를 보고 말끝을 흐렸다. 지금까지 살아오면서 처음 보는 눈빛이었다. 마치 몽환 속을 헤매는 듯한 눈빛……. 곰쇠는 목만치가 생사의 경계를 넘었음을 본능적으로 깨달았다.

노을이 적병들의 뒤편으로 탈 듯이 번지고 있었다. 역광을 받은 적들의 형체는 어렴풋한 그림자만으로 보였고, 곰쇠에게는 그 모습이 마치 야차와도 같았다. 죽음의 그림자처럼 느껴졌던 것이다.

목만치가 여전히 시선을 적들에게 고정한 채 말했다.

"오늘 밤, 우리 병사들에게 술과 음식을 아낌없이 내놓아라. 마음껏 먹고 마시고 취해도 좋다. 단 오늘 밤뿐이다. 그리고 내일 아침 먼동이 밝는 대로 총공격이다. 알겠느냐?"

"……."

"이놈, 뭐 하고 있는 게냐? 알겠느냐고 물었다!"

"알겠습니다, 장군!"

뒤늦게 정신을 차린 곰쇠가 벼락 치듯 대답했다.

주변에 섰던 장수들이 얼어붙은 듯 이쪽을 응시했다. 목만치와 곰쇠, 두 사람 사이에 오가는 대화를 모두 들었던 것이다. 내일 아침이면 총공격이 시작되리라는 것을.

돌아서는 곰쇠의 눈에서 눈물이 흘러내렸다. 어느 누구도 그 눈물의 의미를 몰랐을 뿐더러 조롱할 만큼 마음의 여유도 없었다. 그러고 보면 기실 모두 울고 싶은 심정이었던 것이다.

피비린내를 맡은 까마귀 떼가 미친 듯이 울면서 하늘을 뒤덮었다.

놈들은 이제 당분간 먹이 걱정 없이 포만감을 만끽할 터였다.

곰쇠는 자꾸만 눈으로 흘러드는 땀방울을 손으로 흩뿌리면서 주위를 둘러보았다. 언뜻 보아도 양옆으로는 약 20여 기의 병사들뿐이었다. 얼마 전까지만 해도 기백 명에 달하던 기병들이었는데, 지금 주변에 남은 것이 그 정도였다.

곰쇠는 어금니를 악다물었다. 자신이 최선봉이므로 뒤에 따르고 있는 병사들이 또 얼마나 남았는지도 몰랐다. 다만 앞으로 헤쳐 나갈 뿐이었다.

처음부터 정상적인 전투는 아니었다. 만일 전략이 있고 전술이 있다면 이런 식의 전투는 애당초 벌어지지 않았을 것이다. 그랬다, 이 순간에라도 퇴군을 알리는 북소리가 울린다면 최악의 경우는 면할 수 있지 않을까. 적들도 전의를 상실한 것은 오래전이니까.

설마하니 3만의 병력으로 30만에 이르는 대병력에, 그것도 정면으로 부딪쳐 오리라고 생각한 사람은 아무도 없었다. 그러나 그것을 지시했고, 감행한 사람은 다름 아닌 목만치였다.

그리고 목만치의 명령이었기에 병사들은 한 몸처럼 움직였고, 도무지 어림도 나지 않는 대병력을 향해 몸을 부딪쳐 갔다. 오랜 농성에 지루해하던 적들은 뜻하지 않은 돌격을 반가워하는 기색이었다. 이쪽에서 정면승부를 걸어왔으므로 오랫동안 소강상태를 보이던 이번 전쟁이 비로소 결말을 내게 되리라는 기대 때문이었다.

하지만 목만치군의 공격이 거침없이 이어지자 적들의 선봉과 중군은 그대로 궤멸되기 시작했다. 평생을 전쟁터에서 보낸 적장들에게도 이런 공격은 전대미문이었고, 어느 병법서에도 나오지 않는 기상천외한 돌격전이었다.

더구나 그들이 공포감을 느낀 것은 상대가 상당한 전과를 올렸음에도 전혀 후퇴할 기미를 보이지 않았기 때문이다.

옥쇄玉碎······.

비로소 적장들은 그 이유를 깨달았다. 목만치군은 스스로 묻힐 자리를 찾고 있었다. 그것을 깨달은 순간 공포감은 전염병처럼 전 진영으로 퍼져나갔다.

죽기를 각오하고 덤벼드는 적을 이길 수 있는 방법은 없다. 저들은 단순한 병사가 아니었다. 미친 것이다. 완전히 미치지 않고서는 죽음을 향해서 달려오는 병사란 존재하지 않는다. 살아남기 위해서 하는 것이 전쟁이고 전투인 것이다. 죽음, 그 자체를 향해서 돌진하는 병사들······ 상상할 수 없는 일이었다.

총 30만의 대병력을 향해 달려드는 3만의 병사들. 그리고 그들 앞에서 추풍낙엽처럼 궤멸되는 대군. 죽음을 향해 달려드는 목만치의 군사들에게 적들은 강한 공포심을 느꼈다.

목만치군은 그저 앞으로만 나아갔다. 도무지 후퇴라고는 모르는 병사들이었다.

위나라 수도에 사자가 연이어 급파되었다. 위기의식을 느낀 북위 조정에서는 결단을 내렸다. 무슨 일이 있어도 이번 기회에 진평군을 기필코 함락시키겠다는 결의였다. 황제는 각 군현에 칙사를 보내 병사와 군마를 징벌했다. 순식간에 50만 대군이 급속히 진평군으로 파병되었다.

『삼국사기』 '백제본기' 동성왕조에 느닷없는 기사 하나가 등장한다. 동성왕 즉위 10년(488년)조에 보이는 북위와의 전쟁에 관한 대목이다. 그 내용은 다음과 같다.

위나라에서 군사를 파견하여 침입하였으나 우리 군사에게 패했다.

이 기록대로라면 북위가 군사를 동원하여 백제를 공격했고, 백제는 그 공격을 물리쳤다는 이야기다. 북위는 투르크족의 일파인 탁발씨에 의해 지금의 산서지방에서 황하 북구, 곧 만리장성 이남, 산동반도 이북 지역을 지배한 북방 유목국가다. 북위는 386년에 건국되어 535년에 망할 때까지 남쪽의 송나라와 중국대륙을 양분하여 지배했다.

북위와 백제는 국경을 맞대고 있지 않았다. 북위와 국경을 맞댄 나라는 고구려였다. 당시 만리장성 북쪽은 모용씨의 국가가 차지하고 있었기 때문에 지금의 요서 지방에서는 북위, 모용씨와 유연 그리고 고구려가 서로 세력을 맞대고 있었다. 그래서 대부분의 기존 사학자들은 '백제본기'의 이 대목을 북위가 고구려를 공격한 것의 오기誤記라고 생각해왔다.

그러나 대륙에 백제령이 엄연히 존재했다는 증거들이 속속 나오면서 '백제본기'의 그 기사가 주목을 받기 시작했다.

백제가 요서 지방에 진출한 것이 사실이라는 증거는 '백제본기' 뿐만 아니라 중국의 사서 여러 곳에서 공통적으로 발견되고 있다.

백제국은 본래 고구려와 함께 요동의 동쪽 천여 리에 있었다. 그 후 고구가 요동을 공략하여 차지하자 백제도 요서를 공략하여 차지하였다. 백제가 다스린 곳은 진평군 진평현이라 하였다.(『송서』 '백제전')

그 백제는 본래 구려와 함께 요동의 동쪽에 있었다. 진나라 시절에 구려가 요동을 공략하여 차지하자 백제 역시 요서, 진평 두 개 군의 땅을 점거하여 스스로 백제군을 설치하였다.(『양서』 '백제전')

그해(490년)에 위로魏盧(북위)가 기병 수십만을 동원하여 백제의 국경을 공격했다. 모대(동성왕)가 사법명, 찬수류, 해례곤, 목간나 등을 보내어 군사를 이끌고 오랑캐 군대를 쳐 크게 이겼다.(『남제서』 '백제전')

위가 군사를 보내 백제를 공격하다가 백제에 패했다.(『자치통감』 '제무제조')

위가 백제를 정벌하여 백제왕 모대를 크게 격파했다.(『건강실록』 영명 3년)

이처럼 많은 중국 고대사서는 백제가 고구려와 함께 중원을 지배했다고 기록하고 있다. 이것을 믿지 않고 잘못된 기록이라고 주장하는 사람은 다름 아닌 우리 사가들뿐이다. 김부식의 『삼국사기』는 백제의 찬란한 해외활동을 전하지 않았다. 뿐만 아니라 중국 사서에 나타난 조공, 책봉 등 굴욕적인 사실들만을 주워 모아 백제사를 크게 욕되게 했다.

근세에 들어와서 중국 땅 호남성湖南城 장사시長沙市에서 한 전곽고분이 발견되었다. 고분을 발견한 중국 고고학자들은 고분이 전래의 한족 양식과는 판이하게 다르다는 사실을 발견했다. 연구 결과 고분의 축조 양식이 공주 송산리에서 발견된 무령왕릉과 완전히 똑같다는 사실이 판명되었다.

고분의 벽돌에는 남제 영원원년(499년)이라는 명문이 새겨져 있었다. 그때가 백제 동성왕 21년으로, 그 5년 전 동성왕은 회수 유역에서 북위의 20만 대군을 격파하였다. 그때 종군한 소란이라는 한인은 훗날 남제의 국주가 되었다.

장사시에서 백제의 전곽고분이 발견되었다는 것은 다시 말해 그곳이 백제의 영향력 아래 있었다는 증거나 다름없다. 이러한 예는 장사시뿐만 아니라 강소성 등 중국 대륙 각지에서 발견된다. 백제가 한반도 강역에만 머물렀다면 결코 일어날 수 없는 일이다.

엄연히 존재하는 기록과 현지에서 출토되는 유적들을 외면하면서 대륙백제의 존재를 부인하는 것은 손바닥으로 하늘을 가리는 것과 다를 바 무엇인가.

백제군과 진평군에 대한 공격이 여의치 않음에 대한 책임을 물어 기존의 도총관이 해임되고, 새롭게 임명된 자가 탁발척이었다.

황제의 사촌동생인 데다가 그의 두터운 신임까지 받는 자였으므로 황제가 이번 요서 백제령에 대해 얼마나 깊은 집착을 보이는지 짐작할 만했다.

50만의 증원군을 이끌고 요서로 달려온 탁발척은 그간의 전황을 보고받고는 혀를 찼다. 수십만의 대군이 불과 수만의 백제군을 이기지 못한 것이다. 도대체 이해할 수 없는 일이었다.

"네놈들은 그저 밥만 축내는 식충이냐? 대체 여기서 한 일이 무엇이란 말이냐?"

새로 부임한 도총관의 호통에 제대로 고개를 드는 자가 없었다. 한참 후에야 대장군 진무가 나섰다.

"면목 없소이다. 그러나 도총관께서도 현장에 나서면 사정을 알게 될 것이오. 백제군들은 도무지 물러설 줄 모르는 불퇴전의 의지를 갖고 있는 데다가 그들을 지휘하는 장수들은 하나같이 용장이오."

"아무리 그렇다고는 하지만 겨우 수만의 병력이다!"

"그렇게 쉽게 생각할 일이 아니외다. 적장은 귀신 같은 용병술을 발휘하고, 따르는 병사들은 마치 한 몸처럼 움직이고 있나이다. 그 기세가 얼마나 흉포한지 열 번 붙으면 열 번 모두 우리 군사들이 패하고 말았소. 도총관께서도 수적 우세만 믿고 경시하지 말고 신중하게 적을 파악해야 할 것이오."

"흠…… 적장의 이름이 무엇이냐?"

"목만치라고 하오이다."

"목만치……."

탁발척은 그 이름을 혀끝에 굴려보았다. 어디선가 한번쯤은 들어본 듯한데, 아무리 기억을 더듬어보아도 알 수 없었다. 그러나 분명 아는 듯한 이름이었다. 생각을 더듬던 탁발척은 이윽고 고개를 저었다.

"직접 시찰에 나서겠다. 앞장서거라."

서둘러 전선을 시찰하는 행차가 갖추어지고, 보무도 당당하게 도총관 탁발척 일행은 전선으로 나아갔다. 꼬박 한나절이 걸려서야 탁발척은 비로소 북위와 백제군이 대치하고 있는 최전방까지 나아갈 수 있었다.

탁록의 드넓고 황량한 벌판을 사이에 두고 멀리 백제군이 농성하고 있는 자오산성이 보였다. 그리고 북위의 군대는 이쪽 벌판 가장자리에 진을 갖춰놓고 있었다.

말없이 정세를 살펴던 탁발척이 물었다.

"저곳에 백제군이 얼마나 있느냐?"

"1만 정도입니다. 그러나 백제군은 저곳에만 있는 것이 아니라 저기 보이는 산 속 여기저기에도 숨어 있습니다. 대개가 천기 정도의 기마병들인데 그 진퇴가 신출귀몰하여 이쪽에서는 도무지 종잡을 수가 없습니다. 그 때문에 성을 포위하기가 녹록지 않은 형편입니다. 이쪽에서 대군을 보내 성을 포위하면 여기저기서 유격군들이 나타나 배후를 치는 바람에 도무지 정신을 차리지 못할 정도입니다."

"놈들을 끌어들일 방도가 없단 말이냐?"

"몇 번이나 유인책을 써보았지만 모두 허사였습니다. 놈들은 척후를 사방으로 보내 우리의 움직임을 낱낱이 파악하고 있습니다. 좀처럼 걸려들지 않습니다."

"……."

탁발척은 주변의 지형을 살펴보았다.

"놈들의 총사령은 어디에 있느냐?"

"저 산 너머에 적들의 본영이 있습니다. 목만치는 아마도 그곳에 있을 겁니다."

"목만치…… 어디선가 들어본 이름이다."

혼잣말처럼 탁발척이 중얼거렸다.

"예?"

채 알아듣지 못한 부종사 오림이 되물었고, 탁발척은 고개를 저었다.

"아무것도 아니다. 저곳은 어디냐?"

탁발척이 들판 한쪽을 가리키며 물었다. 그곳은 마치 쥘부채의 손잡이마냥 들판이 급하게 좁혀지는 곳이었는데, 그 양옆으로는 험한 산세가 끝없이 이어졌다.

"함관령이라는 곳입니다. 워낙 주변의 산세가 급해서 모두 꺼리는 곳이지요."

"놈들을 저곳으로 끌어들어야겠다."

탁발척이 끄덕이며 그렇게 말했다.

"하지만 쉽게 걸려들지 않을 겁니다."

"저곳을 놈들의 무덤으로 만들 계책을 강구해봐야겠다."

주변 정세를 살피고 난 탁발척은 다시 본영으로 돌아왔다.

탁발척은 저녁식사를 마치고 난 뒤 장수들을 진막으로 불러들였다. 탁발척이 날카로운 시선으로 모두의 얼굴을 샅샅이 훑다가 입을 열었다.

"황제폐하께서는 그대들에게 대단히 진노하고 계신다. 벌써 1년이 넘도록 백제령을 뺏지 못했다. 우리 대위국의 체면이 말이 아니다. 그대들도 익히 알고 있겠지만 현재 우리 위국은 곧 천하를 제패할 것이다. 남제는 허울뿐이고 언제라도 우리 대군이 휘몰아치면 한나절이면 함락될 것이다. 그러나 황제께서 남정을 미루시는 이유는 바로 우리 배후에 있는 여타 오랑캐들을 정리하기 위함이다. 그런 터에 그대들은 책무를 다하지 못했을 뿐 아니라 우리 북위의 위명에 큰 손상을 끼쳤다. 그대들의 생사여탈권은 내 손에 있는바, 지금이라도 그대들의 죄를 묻고 싶으나 부질없는 노릇이다. 이번이 마지막 기회인즉 그대들은 배전의 노력을 다하여 백제군을 무찔러라. 알아듣겠느냐?"

"예!"

긴장한 장수들은 군기가 바짝 들어 큰 소리로 대답했다.

탁발척은 한 시진 동안 장수들에게 작전지시를 내렸다. 새롭게 명을 하달받은 장수들은 군례를 갖추며 진막을 빠져나갔다.

탁발척은 갑옷을 벗고 편한 옷차림으로 시종을 불러 술상을 들이게 했다. 결전을 앞두고 긴장을 풀기 위해서였다. 몇 순배 들지 않아서 진막 밖에서 인기척이 들렸다.

"도총관 나리, 소인 서소올시다."

"오, 그래. 들어오너라."

들어선 사내는 흰머리가 희끗희끗한 초로의 늙은이로, 탁발척의 집안 살림을 도맡아 하는 집사장이었다.

"그간 강녕하셨습니까?"

"나야 별일 없다만 네가 여기까지 웬일이냐?"

"마님을 모시고 왔습니다."

"그게 무슨 소리냐?"

탁발척이 놀란 눈을 치켜떴다.

"도총관 나리께서 어명을 받들어 출정하시자 마님께서는 낙양이 답답하다 하시면서 소인을 재촉하셨습니다. 여기저기 유람하시는 마님의 버릇을 잘 알지 않습니까, 도총관 나리."

"아무리 그렇다 하더라도 예가 어디냐? 게다가 이곳은 산천경개가 뛰어난 곳도 아니고, 특별한 구경거리도 없는 곳이야. 오랑캐가 사는 땅일 뿐, 마님이 올 만한 곳이 못 된다."

"저도 그렇게 말씀드렸습니다. 하지만 마님께서 워낙 완강하게 이곳으로 가자고 주장하셔서 도무지 말릴 형편이 아니었습니다."

"허, 거참……."

탁발척이 혀를 끌끌 찼다.

"그래, 마님은 어디에 머물고 계시느냐?"

"이곳에서 백 리 상거한 마을의 촌장 집에 머물고 있습니다."

"너도 알다시피 여긴 전장이다. 그토록 가까운 곳에 있다니 위험할지도 모른다. 서소 네가 잘 설득해서 마님을 모시고 빠른 시일 내에 떠나도록 하여라."

"설득해보겠지만 마님께서 제 말을 받아들이실지 모르겠습니다."

"내가 걱정한다 일러라. 며칠은 머물러 있도록 하겠지만 더 이상은 안 된다. 전장의 상황이 어떻게 변할지도 모르는 일이고, 마님이 그토록 가까이 있어서야 내 마음이 편하겠느냐?"

"알겠습니다."

"가서 마님을 잘 모셔라."

"걱정하지 마십시오. 그거야 제 할 일이 아니겠습니까?"

서소가 부복한 뒤 빠져나갔다.

술잔을 입으로 가져가던 탁발척은 미소를 지었다. 한달음에 아내가 있는 곳으로 달려가고 싶은 충동이 들었다. 탁발척은 누구보다 아내를 귀애했다. 제아무리 아름다운 천하일색이라 하더라도 아내 앞에 서면 빛이 바랬다. 이제 나이 50을 넘어섰지만 세월이 아내의 얼굴만은 비켜 가는지 아직도 청초한 미모가 여전했다.

탁발척은 그런 아내를 아꼈지만 한 가지 아쉬움이 있었다. 아내가 좀처럼 웃지 않는다는 점이었다. 그 이유를 탁발척은 아내의 출신인 송나라가 멸망했기 때문이라고 짐작했고, 아내에게 더욱 큰 정성을 쏟았다.

아내가 유일하게 즐기는 취미가 있다면 그것은 산천유람이었다. 낯선 산천을 찾아다닐 때의 아내는 그동안 구중궁궐에 갇혀 지내던 답답함에서 해방된 듯 모처럼 밝은 얼굴이었고, 활기에 차 있었다.

그것을 알게 된 이후로 탁발척은 아내를 자유롭게 돌아다니게 해주었다. 1년의 거의 절반을 유람으로 보내는 아내였다. 구중궁궐이 화려하다 한들 아내의 타고난 성정은 그곳과는 맞지 않는 모양이라고 탁발척은 여겼다.

그런 아내가 이번에는 서소를 앞세워 이곳까지 나타난 것이다. 어떻게 생각해보면 철이 없는 것도 같지만 자신이 있는 곳까지 나타난 것은 처음이므로 탁발척은 내심 흡족한 심정이었다.

나이가 들면서 아내도 이제는 지아비의 품이 그리워진 것일까.

탁발척은 술잔을 기울이면서 이번 전쟁을 빨리 끝내고 아내와 함께 낙양으로 돌아가야겠다고 생각했다. 황제폐하께서 자신에게 도총관 직을 제수하면서 기대하는 점도 바로 그것일 터였다.

칠흑 같은 어둠을 뚫고 깊은 산길을 나아가는 북위군사들의 행렬이 끝없이 이어졌다. 말의 입에 재갈을 물린 데다가 말발굽에는 두툼한 헝겊을 씌웠으므로 큰 소리가 나지 않았다. 행렬은 무려 몇 시진이 흘러가도록 끝이 나지 않았는데, 무려 2만의 기병들이었다. 앞장을 선 자는 탁발척이 특별히 신임하는 무기였는데, 북위에서도 첫손 꼽히는 맹장이었다.

이틀 동안 야밤을 틈타 행군한 끝에 무기의 군대는 목적지에 당도할 수 있었다. 무기는 이른 새벽의 푸른 빛 속에서 산 아래 펼쳐져 있는 백제군의 본영을 한동안 살펴보았다.

"저곳에 목만치라는 적장이 있다는 얘기냐?"

"그렇습니다."

말머리를 나란히 한 무기의 부관 신지가 대답했다.

"제아무리 용맹을 떨친다 한들 이제 그놈의 운세도 다했다. 놈들을 삼면에서 휘몰아쳐서 함관령 쪽으로 몰아가라. 도총관께서도 탁록 들판을 삼면으로 포위해놓고 함관령 쪽을 열어놓았다. 백제군들이 그곳으로 들어가면 이제 그곳이 놈들의 무덤이 될 것이야."

"장군, 저길 보십시오!"

부관이 가리키는 곳을 향해 무기는 고개를 들었다.

건너편 산정에서 희미한 연기가 피어올랐다. 그쪽에서도 부장 험윤이 이끄는 1만의 기습군이 도착했다는 신호였다. 총 3만의 군세로 백제군의 배후를 치는 것이다.

백제군들은 포위망이 열려 있는 쪽으로 탈출할 것이고, 그렇게 된 다면 자오산성에 농성하고 있는 백제군들과 합류하여 탁록의 들판으로 밀려나갈 것이다. 탁록을 포위한 수십만의 북위군들이 단 한 군데 열려 있는 함관령으로 백제군들을 몰아넣는 것이 이번 작전의 요체였다.

백제군들이 함관령으로 들어서기만 하면 이제 그들은 독 안에 든 쥐와 같은 신세였다. 수십 리에 달하는 함관령은 외길이었고, 그 양옆은 까마득한 절벽이었다. 탁발척은 이미 그곳에도 수만의 매복병들을 대기시켜놓았다. 개미새끼 한 마리 빠져나가지 못할 것이었다.

"모두 준비가 되었느냐?"

"예, 명령만 기다리고 있습니다."

"그럼 불을 피워서 험윤의 부대에 진격명령을 내려라! 우리도 공격이다!"

"예!"

대기하고 있던 병사들이 기름에 적신 솜 꾸러미에 불을 붙였고, 순식간에 불꽃이 피어오르면서 매캐한 연기가 하늘로 뻗어나갔다. 동시에 무기의 칼이 허공을 갈랐다.

"총공격이다!"

산등성이를 따라 길게 늘어서 있던 2만의 기마병들은 무서운 기세로 산을 내달려가기 시작했다. 동시에 건너편 산정에서도 새까맣게 기마병들이 쏟아져 내려왔는데 그 기세가 자못 험악하였다.

뜻하지 않은 기습을 당한 백제군들은 크게 당황했다. 앞쪽에는 곰쇠가 주장으로 있는 자오산성의 병력이 북위와 대치하고 있었기 때문에 설마하니 이렇게 배후를 습격당하리라고는 짐작하지 못했다. 그것도 수백이나 수천이 아닌, 한눈에 보아도 수만의 대병력이 삼면에서 몰려왔다.

막 잠에서 깬 목만치는 서둘러 진막을 뛰쳐나왔다. 상황을 판단한 목만치는 서둘러 퇴각명령을 내렸다.

"자오산성으로 후퇴하라! 쓸데없는 인명 손실을 피하라!"

고수가 퇴각을 알리는 큰 북을 연타했고, 싸울 기세를 잃은 백제군들은 황급히 말머리를 돌려 자오산성으로 달려갔다. 그러나 행동이 굼뜬 병사들은 그대로 북위군들의 제물이 되었는데 순식간에 1천여 명이 죽거나 낙오되었다.

"장군, 제가 막아보겠소!"

목만치에게 달려온 수달치가 핏발 선 눈으로 외쳤다.

"안 된다! 쓸데없는 죽음을 자초할 뿐이야!"

"이미 늦었소! 이대로 가다간 장군의 생사조차 위험하오! 제가 놈들을 지체시키겠소!"

목만치의 대답을 듣지도 않고 수달치가 말을 달려 나갔다.

"나를 따르라! 놈들을 막아야 장군께서 무사하시다!"

수달치 휘하 5백여 병사들이 이를 악물고 말을 돌려 그를 따라 뛰쳐나갔다. 쌍가마와 막돌이 등 당항포 시절부터 수달치를 따르던 부하들이었다. 그들 앞에 죽음만이 기다리고 있음을 모를 리 없는 병사들이었다.

"장군! 어서 서두르시오!"

야금이가 재촉했다. 야금이의 두 눈 역시 핏발이 성성했는데, 수달치의 앞날을 예견했기 때문이다.

그래도 머뭇거리는 목만치의 말 엉덩이를 향해 야금이가 매섭게 채찍을 휘둘렀다. 그 서슬에 목만치의 말이 앞으로 달려 나가기 시작했다. 야금이가 그 뒤를 따르며 소리쳤다.

"장군께서 사셔야 훗날을 도모할 수 있습니다! 장군, 부디 몸 보중하시오!"

"이젠 네놈이 나를 가르치는구나!"

수달치가 5백여 군사들과 함께 뒤를 막는 통에 시간을 벌었다. 그러나 수달치가 끝까지 버티는 데는 불과 반 식경도 지나지 않았다. 수달치와 5백여 군사들은 북위군의 거센 물살에 스러져버렸다.

그때쯤 목만치와 8천여 기병들은 산언덕을 넘어 자오산성으로 향하고 있었다. 계속해서 뒤쪽에서 무기와 험윤이 지휘하는 추격군들이 쫓아왔다.

언덕을 넘어서자 자오산성으로 향하는 길목을 북위의 군대가 가로막고 있었다. 그리고 그 아래 끝없이 펼쳐진 탁록의 들판에는 도무지 숫자를 헤아릴 수 없는 북위의 대군이 기다리고 있었다. 앞뒤에서 적의 협공을 받게 된 것이다.

목만치는 이를 악물었다.

"탁록으로 나아간다!"

목만치가 칼을 뽑아 앞을 가리켰다. 어쩔 수 없는 선택이었다.

그들이 산언덕을 내려가자 북위군들이 사방에서 벌 떼처럼 달려들었다. 목만치가 앞장서서 분전했고, 병사들이 그 뒤를 이어 북위군의 포위망을 뚫기 위해 필사적으로 싸웠다. 그 거친 기세에 놀란 북위군의 포위망이 흐트러졌다. 그러나 그것도 잠시일 뿐, 다시 새로운 북위군들이 나타나 그들을 에워쌌다. 그 와중에 목만치의 군사들은 급격하게 그 숫자가 줄어들었다.

자오산성에서 지켜보던 곰쇠는 부장을 돌아보았다. 부장 역시 굳은 얼굴로 마치 토끼몰이하듯 북위군의 사냥감이 된 백제병사들을 지켜보던 참이었다.

"모든 병력을 준비시켜라!"

"예!"

"장군을 잃고 나면 이 성이 무슨 의미가 있겠느냐? 모두 빠져나가 필사적으로 장군을 구출해야 한다! 알겠느냐?"

"예!"

곰쇠의 명령이 있기 전에 병사들도 탁록으로 뛰어들고 싶은 충동을 누르던 참이었다. 성안의 모든 병사들이 서둘러 말에 올라탔고, 성 문이 열리자 봇물 터지듯 아래로 짓쳐 들어갔다.

앞을 가로막는 북위군사들과 한바탕 접전을 벌인 끝에 적의 허리를 궤멸시키며 마침내 곰쇠의 병사들은 목만치군을 둘러싸고 있는 적들의 포위망을 풀었다. 뜻하지 않게 뒤에서 적을 맞게 된 북위군들은 크게 당황하며 말을 돌려 퇴각하기 시작했다.

마침내 목만치와 합류한 곰쇠가 소리쳤다.

"주인! 괜찮으시오?"

"네 덕을 입었다!"

"주인! 놈들의 병력은 수십만이 넘소. 훗날을 도모합시다! 저기 단 한 곳이 열려 있소! 탈출구는 그쪽뿐이오!"

곰쇠가 앞장서자 병사들이 기를 쓰고 뒤따랐다. 여기서 낙오하면 기다리는 것은 죽음뿐이었다. 곰쇠와 야금이를 비롯한 여러 부장들이 북위군과 분전하면서 앞길을 열었다.

드넓은 탁록의 들판에서 한 떼로 뭉친 백제군들은 날선 기세로 북위군의 포위망을 뚫는 데 마침내 성공하여 함관령으로 향하는 길목으로 들어섰다. 아직 해가 남아 있는데도 함관령에 들어서자 사방이 금세 어두워졌다. 양쪽으로 까마득하게 높은 벼랑이 치솟아 있었다. 두 필의 말이 어깨를 나란히 하고 간신히 지나갈 정도로 좁은 길이 구절

양장처럼 뻗어 있었다.

앞장서 달리던 목만치가 석연치 않은 느낌에 돌연 말의 속도를 늦추었다.

"여긴 어디냐?"

목만치의 물음에 이곳 지리를 잘 아는 부장 하나가 나섰다.

"함관령이라고 낙양으로 향하는 지름길이올시다."

"지형을 보아하니 매복병이 기다리고 있다면 그야말로 몰살당하기 십상이다. 다른 길이 없느냐?"

"없습니다. 이 길은 30리나 계속되는 데다가 보시다시피 양쪽 벼랑이 워낙 높게 솟아 있어서 다른 곳으로 빠져나갈 길이 없습니다."

"놈들의 계략에 빠졌다."

목만치의 말에 사태의 심각성을 알아챈 부장들의 얼굴이 굳어졌다.

"어째 이곳만 열려 있다 했다. 분명 놈들이 매복해 있을 것이다."

그러나 다른 방법이 없었다. 수십만의 북위군사들이 뒤쫓고 있었다. 백제군들은 마지막 후위 행렬까지 함관령에 들어선 뒤였고, 그 입구를 북위의 대군이 틀어막고 있는 것이다. 이제 선택할 수 있는 길은 죽으나 사나 앞으로 헤쳐 나가는 방법뿐이었다.

목만치는 결단을 내렸다.

"이제 되돌아설 수도 없게 되었다. 우리가 살 수 있는 길은 단 하나, 앞으로 나아가는 것뿐이다. 매복을 각별히 조심하고 전진하라!"

후위에서 북위군들과 접전을 벌이는 소리가 난무했다. 그러나 좁은 길이라 행군 속도가 빠를 수 없었다.

그래도 백제군들은 안간힘을 다해 함관령을 빠져나갔다. 10리쯤 달려갔을까, 난데없이 벼랑 위에서 바윗덩어리들이 쏟아져 내렸다. 마치 산사태가 난 것처럼 굴러 떨어지는 바위를 피하느라 모두 허둥댔다.

벌써 수십 명이 바위에 깔려 목숨을 잃었고, 쏟아져 내린 바윗덩어리가 작은 언덕을 만들어 앞길을 막았다.

그와 동시에 하늘을 새까맣게 뒤덮을 정도로 많은 화살이 쏟아져 내렸다. 다시 수백 명이 그 자리에서 목숨을 잃었다. 쓰러져가는 병사들의 신음과 말들의 울음소리가 함관령을 가득 메웠다.

"길을 뚫어라! 무조건 앞으로 나아가야 한다!"

고함을 내지르는 목만치의 두 눈은 금세라도 튀어나올 듯 통분에 가득 차 있었다.

간신히 바윗덩어리와 화살의 소나기를 피해 그곳을 빠져나온 것은 그로부터 한 시진이나 지난 뒤였다. 벌써 수천의 병사들이 죽거나 낙오되었다. 이제 남은 부대는 불과 2천의 병사들이었다. 목만치는 어둠을 헤치고 앞으로 계속 나아갔다. 그 뒤를 곰쇠와 부장들이 따랐고, 다시 놓칠세라 살아남은 병사들이 지친 말을 달래며 쫓았다.

칠흑 같은 어둠이 함관령에 가득 내려앉았다. 중간 중간 그들은 몇 차례나 더 매복군사들을 만났지만 처음과는 달리 소규모였다. 짙은 어둠이 피차간에 방해가 되기는 마찬가지였던 것이다.

행렬의 선두에 가던 야금이가 문득 고삐를 채었다. 야금이가 귀를 기울이자 어디선가 물소리가 들려왔다.

뒤따라 다가온 목만치와 곰쇠도 그 소리를 들었다. 그로부터 얼마쯤 더 나아가자 오른쪽 벼랑을 타고 내려오는 작은 폭포수를 만났다. 새벽부터 물 한 모금 마시지 못하고 잠시도 쉬지 못했던 터라 백제군은 전후에 척후병들을 세워놓고 휴식을 취했다. 물은 꿀처럼 달았고, 허기와 피로 그리고 공포심에 짓눌려 있던 병사들의 원기를 어느 정도 회복시켜주었다.

목만치는 이곳 지리를 잘 아는 부장을 불러 남은 길이 얼마나 되는

지 물었다.

"이제 딱 절반 왔을 뿐입니다."

"내일 새벽이나 되어야 이곳을 빠져나갈 수 있다는 말이냐?"

"그렇습니다만, 또 얼마나 많은 적병이 숨어 있을지 알 수 없는 형편입니다."

"부장이 보기에 적들이 매복할 만한 장소를 짐작할 수 있겠는가?"

"장군께서도 보시다시피 매복할 장소가 달리 있겠습니까? 그저 양옆으로 난 벼랑 위는 모두가 매복장소이옵니다. 애초부터 함관령에 들어선 게 잘못입니다."

그 말이 떨어지기가 무섭게 양쪽 벼랑 위에서 함성이 일었고, 밤하늘에 불화살이 날아들었다.

"모두 피하라! 절벽에 바짝 붙어서 살을 피하라!"

그러나 수많은 병사들이 목숨을 잃은 뒤였다. 게다가 물을 마시느라고 폭포수 주위에 한데 몰려 있던 참이어서 그 피해가 더욱 컸다. 불화살이 얼마나 쏟아져 내리는지 마치 대낮처럼 밝았다.

"이곳을 빠져나간다! 서둘러라!"

어느새 말에 올라탄 목만치가 앞장섰다. 비 오듯 쏟아지는 불화살을 쳐내며 백제군들은 기를 쓰고 앞길을 뚫었다. 10리쯤 달려왔을 때에야 적의 공격에서 벗어날 수 있었다. 다시 백제군 수백을 잃었다. 이제 남은 병사들은 불과 1천이 조금 넘었다. 목만치는 굳게 입을 다문 채 묵묵히 말을 몰았다.

살아오면서 이번처럼 참담한 패배는 처음이므로 목만치는 피가 나도록 입술을 깨물었다. 목만치의 비통한 심정을 짐작한 곰쇠가 옆으로 다가왔다.

"주인, 너무 상심하지 마시오. 언젠가는 꼭 이 울분을 갚을 날이 있으리다."

"그래야지. 그렇지 않고서야 내 어찌 눈을 감을 수 있단 말인가."

"꼭 그럴 기회가 있을 것이외다."

"놈들은 치밀한 계략을 짜고 우리를 사지에 몰아넣었다. 두 눈을 뻔히 뜨고 이렇게 당하다니 너무나 분하다. 나를 믿고 죽어간 부하들의 얼굴을 저승에서 어찌 볼 수 있을까."

"주인, 전투에서 지는 것은 병가지상사입니다. 어찌 한 번의 패배로 그리 마음을 쓰십니까?"

"전투에서 지더라도 전쟁에서 이길 수 있다면 백 번이고 그러한 패배를 무릅쓰겠다. 그러나……."

목만치는 잠깐 한 호흡 쉬었다가 말을 이었다.

"이번 전쟁은 우리가 이길 수 없다는 사실이 고통스럽다."

"주인, 그게 무슨 말씀이오?"

"대세가 기울었단 말이다."

"주인답지 않게 그 무슨 약한 말씀이오? 주인께서는 아스카에서의 일을 잊으셨소? 불과 5백의 군사로 물부 놈의 5만 군사와 대적해서 끝내는 놈의 목을 벤 주인이오."

"지금은 그때와 다르다. 아스카는 좁은 땅이다. 그리고 상대해야 할 적도 단순했다. 물부 하나만을 생각하면 되었단 말이다."

"그런데 지금은 뭐가 다르단 말씀이오?"

"내가 열도와 본국에서 왕실의 위엄을 세우는 동안에 대륙백제는 허울뿐이었다. 저 옛날 근초고대왕과 같은 웅혼한 기상의 군주가 사라졌고, 이곳을 책임진 태수들은 그저 제 안위만 지키고 일신상의 쾌락만 좇기에 급급할 뿐, 누구 하나 대륙정벌에 신경 쓰지 않았다. 그러는 사이에 대륙백제령의 군사력은 안으로 썩어 들어갔다. 그것이 분하다,

곰쇠야."

"주인!"

"내게 잘 단련된 10만의 정병만 있다면, 아니 내가 십 년만 더 젊다면 어떻게 해볼 수도 있을 텐데 그렇지 못하니 이리 분통할 수가 있겠느냐?"

"그건 주인의 잘못이 아니오."

"애초에 열도에 가지 않고 여도를 해치웠다면 어땠을까?"

"……."

곰쇠는 입을 다물고 본능적으로 주위를 둘러보았다. 대역모의 발언이기 때문이었다.

"차라리 내가 그때 왕권을 쥐었다면 나는 모든 병력을 이끌고 창해를 건넜을 것이다. 송나라가 그렇게 허무하게 사라지는 것을 너도 보지 않았느냐? 비록 북위의 기세가 강대하다 할지라도 송나라를 접수할 수 있었다면 저 옛날 우리 부여족의 영광을 다시 한번 떨칠 수 있었을 것이다. 따지고 보면 북위도 근본이 변방에서 떨치고 일어난 흉노족이 아니더냐. 지금에 와서 이런 후회를 한들 부질없는 짓이다만."

"주인……."

"백제왕실의 방패막이로만 지내온 내 인생이 덧없다."

"주인……."

목만치의 침통한 목소리를 곰쇠의 말이 뒤덮었다.

"내 아들 한자는 그렇지 않기를 바랄 뿐이다. 아들의 아들, 내 손자들은 열도의 실질적인 지배자가 되어 아비의 한을 답습하지 않기만을 바랄 뿐이다."

"주인…… 꼭 그렇게 될 거외다."

곰쇠의 목소리도 어느새 무겁게 가라앉아 있었다.

길을 안내하던 부장을 뒤로 물러서게 한 곰쇠는 자신이 직접 앞에 나서 길을 인도했다. 얼마쯤 갔을까.

저만치 횃불이 켜져 있었다. 곰쇠가 고삐를 채었고, 말이 앞발을 높이 쳐들며 멈추었다.

"무슨 일이냐?"

뒤쪽에서 다가온 목만치가 묻자 곰쇠가 앞을 가리켰다. 목만치도 그 횃불을 보고 난 참이었다.

"매복일까요?"

어느새 다가온 야금이가 그렇게 물었다.

"매복이라면 저렇게 자신의 정체를 드러낼 리 없다. 더구나 횃불은 하나일 뿐."

그러나 횃불의 정체를 알 수 없어 모두 머뭇거리고 있는데 횃불이 천천히 다가오더니 누군가 소리쳤다.

"거기, 목만치 장군 계시오?"

목만치와 곰쇠가 어리둥절해서 서로를 돌아보았다.

"경계하지 마시오! 난 장군을 잘 아는 사람이오!"

"네놈의 정체를 밝혀라!"

곰쇠가 마주 소리 질렀다.

"미령 마님이 보낸 사람이오!"

다시 목만치와 곰쇠의 눈길이 마주쳤다.

"혹시 유미령이라는 이름을 기억하지 못하겠소?"

"미령……!"

얼마 만에 들어보는 이름인가. 수십 년 전 가슴에 묻어둔 이름이었다. 그 이름을 듣는 순간, 목만치는 가슴속이 서늘하게 젖어드는 기분이었다.

곰쇠가 말을 몰고 앞으로 나아갔다.

"그대는 누구인가?"

"나는 미령 마님을 모시고 있는 서소라는 집사장일세."

"아아, 서소!"

"그대는 체모를 보아하니 목 장군의 수하인 곰쇠가 아닌가?"

십여 보 앞에서 그렇게 말을 주고받던 두 사람은 이윽고 서로의 얼굴을 알아보았다.

"반가운 마음 앞서나 회포를 풀 시간이 없으니 장군께 나를 안내하게나."

다급한 심정이 묻어나는 목소리였다. 곰쇠는 서둘러 서소를 데리고 목만치에게 돌아왔다.

서소가 목만치의 얼굴을 확인하고 한쪽 무릎을 꿇어 예를 갖췄다.

"소인, 참으로 오랜만에 장군의 용안을 뵙나이다. 그간 강녕하셨습니까?"

"사지에 든 내 처지로는 강녕하다는 말이 나오지 않는구나."

"그러시겠지요. 장군의 얼굴을 확인했으니 횃불을 끄겠습니다. 이목이 두려우니 말입니다."

서소는 서둘러 횃불을 껐다. 다시 칠흑 같은 어둠이 주변을 덮었다.

"설마하니 옛 안부를 묻자고 나타난 것은 아닐 테고 어서 용건을 말하라."

"여기서 한 발짝만 더 나아가신다면 분명 몰살을 면키 어렵습니다. 제 눈으로 매복한 북위군들을 똑똑히 확인하고 온 참이지요."

"……."

"장군께서 살 길은 오직 한 군데올시다. 저를 믿고 따라오십시오."

"아무리 시세가 다급하다 한들 수십 년 만에 만난 자네를 어찌 믿고 우리의 생사를 맡기겠느냐?"

"당연히 그러하시겠지요."

"그렇다."

"그렇다면 다시 말씀 올리지요. 저보다는 미령 마님을 믿고 절 따라 오십시오."

"미령?"

"그렇습니다. 저는 미령 마님의 지시를 받고 왔습니다."

"도무지 이해가 가지 않는군."

목만치가 고개를 절레절레 흔들었다.

"이 험악한 전쟁터에 어찌 아녀자가 끼어든단 말이냐?"

"그럴 만한 사정이 있습니다. 차차 아시게 될 것입니다."

"……."

"장군, 미령 마님을 믿지 못하시겠습니까?"

"……."

"마님께서 장군을 만나시면 이런 시를 들려드리라 하셨습니다. 그러면 아실 거라고……."

"……."

서소가 이윽고 시를 읊기 시작했다.

가을바람 썰렁하고 날씨 싸늘해지니
초목 시들어 낙엽 지고 이슬은 서리되네
제비 떼 돌아가고 기러기 남쪽으로 날아오니
멀리 떠난 님 생각과 그리움에 애끓이네

아아. 까마득하게 잊고 있던 기억이 한순간에 되살아났다. 목만치는 다시 한번 가슴 한 귀퉁이가 무너지는 듯한 소슬함을 느꼈다. 그 언제였던가.

미령과 처음이자 마지막으로 단 한 번 정사를 나눈 그날 밤. 정표를 남겨달라는 미령의 애원에 못이겨 그녀의 속치마에 휘갈기듯 써준 한 시였다.

수십 년의 세월이 지났음에도 그녀는 시를 기억하고 있었고, 지금 서소를 통해 자신을 믿어달라는 증표로 내세우고 있는 것이다. 온몸에 소름이 돋아나는 기분을 애써 억누르며 목만치가 입을 열었다.

"내 그대를 믿겠다."

"그럼 절 따라오십시오. 이 함관령을 빠져나갈 수 있는 유일한 샛길이 있습니다. 타지인들은 전혀 모르는, 이곳 토박이들 중에서도 몇몇 산꾼들만 아는 길이올시다. 오직 그 길만이 장군의 구명길이올시다."

"앞장서거라."

그로부터 한 시진이 지난 후 백제군들은 서소가 안내하는 조도鳥道를 따라 함관령을 벗어나고 있었다. 구비를 돌아가자마자 나타난 큰 바위는 모두 무심코 지나칠 수밖에 없었는데 그 바위 뒤에 인마가 겨우 빠져나갈 수 있는 동굴이 있었다. 동굴을 빠져나가자 급한 벼랑이 이어졌는데, 그 벼랑 위에 한 사람이 간신히 걸어갈 수 있는 길이 나 있었다. 말 그대로 조도였고, 아차 하면 수십 리 벼랑 아래로 추락할 만큼 위험했다.

어둠 속에서 눈짐작만으로 더듬어 간신히 앞으로 나아갔다. 그렇게 두 시진 동안 앞으로 나아가자 길은 아래쪽으로 나 있었고, 간신히 평지로 내려설 수 있었다. 그 와중에도 다시 수십 명의 백제병사들이 발을 헛디뎌 불귀의 객이 되었다.

평지에 들어서자 앞장서던 서소는 걸음을 멈추고 목만치를 돌아보았다.

"장군, 제가 할 일은 여기까지입니다."

"고맙네. 그대 덕분에 사지에서 빠져나올 수 있었네."

"전 어디까지나 마님의 지시를 받는 가노올시다."

"그래, 마님께 감사하다는 뜻을 전해주게."

"그럽지요. 장군, 이곳 지리를 아시겠습니까?"

"나야 이곳이 초행인데 알 리 있겠는가."

"그럼 몇 가지 일러드리지요. 이곳에서 되짚어 남쪽으로 향하면 백제령이올시다. 그리고……."

서소가 잠깐 머뭇거렸다. 새벽 어스름 푸른 기운에 갈등의 빛이 역력한 서소의 얼굴이 드러났다. 서소가 결심한 듯 입을 열었다.

"저기 보이는 산을 넘으면 북위군의 본영이올시다."

"북위군의 본영?"

"장군, 무운을 빕니다!"

그 말을 남긴 채 어느새 말에 올라탄 서소는 박차를 가해 북으로 달려갔다.

목만치는 멀어져가는 소서를 바라보던 눈길을 돌려 그가 가리킨 산을 바라보았다. 이곳 산세에 비해 그리 높지 않은 산이었고, 그 너머에 북위군의 본영이 있는 것이다.

목만치는 한동안 생각에 잠겨 있었다. 부하들의 상황을 살피고 난 곰쇠와 야금이가 다가왔다.

"장군, 살아남은 병사가 겨우 8백여 명이올시다."

보고하는 야금이의 목소리가 침통했다.

"말을 탈 기운은 있더냐?"

"말이야 탈 수 있겠지요."

"칼을 들 기운은?"

"……?"

목만치의 말뜻을 알아듣지 못한 야금이와 곰쇠가 서로 얼굴을 돌아보았다.

"칼을 들 기운이 있느냐고 물었다."

"말을 탈 기운이 있는데 칼을 들 기운이 없겠습니까?"

"그럼 진군준비를 갖추도록 일러라!"

"그게 무슨 말씀이오, 주인?"

곰쇠가 놀란 눈으로 물었다.

"벌써 가는귀가 먹은 게냐?"

"이제 간신히 사지에서 살아나왔소. 게다가 태반이 부상당한 형편인 데다 한 발짝도 떼기 힘들 정도로 지쳤소."

"놈들의 본영이 저 산 너머에 있다. 네놈은 이런 천재일우의 기회를 두고도 그냥 가잔 말이냐? 어제 하루 동안 2만에 가까운 병력을 잃었다. 먼저 간 병사들의 원수를 언제 갚을 것이냐?"

"주인……."

그제야 곰쇠는 목만치의 말을 알아들었다. 마치 야차처럼 미소 짓고 난 곰쇠가 부하들을 향해 돌아섰다.

"장군 말씀을 들었느냐? 먼저 간 동무들의 원한을 갚을 때가 왔다! 손가락 하나 까딱할 힘이라도 있다면 나를 따르거라!"

힘없이 땅바닥에 널브러져 있던 병사들이 주섬주섬 일어났다. 지칠 대로 지쳤지만, 목만치와 곰쇠를 따라 대소 수십 번의 전투에 참가한 병사들이었다. 잠깐의 휴식만으로도 병사들은 새롭게 전의를 다졌다. 게다가 간밤에 잃은 동무들의 원한을 갚겠다는 일념이 없던 힘도 생기게 했다.

병사들이 말에 오르는 것을 확인한 후 목만치는 묵묵히 앞장섰다.

해가 중천에 떴을 때, 그들은 산 정상에 올라 있었다. 드넓은 들판의 한가운데 북위군의 진막이 그득 들어서 있었다. 그 중심에 있는 가장 큰 진막 앞에는 황금색 깃발이 바람에 나부끼고 있었는데, 묻지 않아도 도총관의 진막이었다.

진막의 대부분이 비어 있는데, 백제군과 맞싸우러 간 병사들이 아직 복귀하지 않았기 때문이다. 본영을 지키는 병력은 5천 정도였다.

오랫동안 적 진영을 살펴보던 목만치가 병사들을 돌아보았다. 입가에 미소가 스쳐 지나갔다.

"지옥에서도 살아온 우리다. 염라대왕의 얼굴을 반이나 보고 왔으니 이제 저깟 5천의 북위군사들이 무서울 게 무엇이냐? 먼저 간 동무들의 원수를 갚자! 저놈들을 남김없이 쓸어버리고 진막을 모조리 불태우고 나서 백제령으로 돌아간다! 할 수 있겠느냐?"

"우리들 생사는 진즉부터 장군께 일임했소이다!"

"운이 좋아 살아남은 목숨, 이제 더 이상 미련 가질 것 없소이다!"

"먼저 간 동무들에게 길동무를 보내주겠소!"

아직 기가 죽지 않은 백제군사들이 저마다 떠들었다.

"장하다, 그대들이여!"

목만치의 눈가가 붉게 물들었다. 지켜보던 곰쇠와 야금이, 그 밖의 부장들도 눈시울이 뭉클해지는지 애써 서로의 얼굴을 외면했다.

"자, 가자!"

목만치가 앞장서서 말을 내처 달려갔다.

그 뒤를 8백여 병사들이 한 몸처럼 움직였는데, 방금까지도 다 죽어가던 병사들이라고는 도무지 믿기지 않는 동작이었고, 기세였다.

탁발척이 급보를 받고 귀대한 것은 그날 늦은 오후였다.

말에서 내린 탁발척은 어이없는 눈으로 본영을 돌아보았다. 불길이 스쳐 지나간 드넓은 들판은 숯검댕이로 변해 있었고, 성한 진막이라고는 하나도 남아 있지 않았다. 몇 달 간 수십만의 병사들을 먹일 수 있는 막대한 군량미는 잿더미로 변해 있었다. 여기저기 누워 있는 병사들의 시체를 보던 탁발척은 눈살을 찌푸렸다. 역한 냄새 때문에 제대로 숨쉬기조차 어려웠다.

불과 수백여 기의 백제군들에게 이렇게 참담하게 당한 꼴을 보면서 탁발척은 기가 막힌 나머지 아무런 말도 할 수 없었다. 치밀한 계획으로 백제군들을 사지에 몰아넣었는데, 적장 목만치는 그곳을 용케도 빠져나와 이곳을 쑥대밭으로 만들어놓은 것이다.

전투에서는 이겼음에도 정작 전쟁에서는 진 것이다.

탁발척은 침통한 목소리로 말했다.

"술, 술을 가져오너라."

부종사 오림이 서둘러 낙타가죽으로 만든 술부대를 대령했다. 탁발척은 오림이 내미는 술잔은 거들떠 보지도 않고 술 부대째 입으로 가져갔다. 독주가 사정없이 탁발척의 턱수염을 타고 흘러내렸다. 이윽고 술 부대를 아무렇게나 내던지고 난 탁발척이 말했다.

"모두 철수한다!"

"도총관 나리!"

오림이 만류했지만 탁발척은 고개를 저었다.

"백제군들은 비록 숫자가 적을지라도 그 기상이 우리와는 비교가 되지 않는다. 내 수십 번의 전쟁을 치렀지만 이번만은 우리의 완패다."

"하지만 이렇게 물러설 수 없습니다. 남은 병력을 모조리 동원해 백제군들을 쓸어버려야 합니다!"

"그렇게 해서 무슨 소용이 있겠느냐?"

"예? 도총관 나리, 그게 무슨 말씀이신지?"

"보아하니 백제인들의 기상이 매우 용맹하다. 우리가 수적 우세로 그들을 이길 수 있을지 모른다. 그러나 백제인들은 마음속으로는 승복하지 않을 것이다. 언제까지 우리가 그들을 지배할 수 있다고 생각하느냐?"

"하지만……."

"닥쳐라! 다시 한번 명하지만 철군한다. 알아듣겠느냐?"

"예!"

오림이 고개를 움츠리며 대답했다.

"하지만!"

탁발척이 말을 이었다.

"사지에 빠진 놈들에게 구명줄을 던져준 내부의 밀자가 있다. 무슨 일이 있어도 세작細作을 찾아내라! 그놈을 찾아내지 못한다면 너희 모두를 군령으로 엄하게 다스릴 것이다!"

탁발척의 두 눈은 금세라도 터져 나올 듯 핏발이 성성했다. 둘러선 부장들 중 누구 하나 감히 그 시선을 똑바로 마주치는 자가 없었다.

"북위군이 철군하기 시작했습니다!"

급하게 달려온 전령이 채 군례를 끝내기도 전에 꺼낸 말이었다.

"지금 뭐라고 했느냐?"

그렇게 물은 사람은 곰쇠였고, 목만치 역시 놀란 눈을 치켜떴다.

그들이 있는 곳은 자오산성에서 50리 뒤쪽에 위치한 동주산성의 누각이었다. 목만치는 증원군 2만을 새롭게 충원받아 이곳 산성에 본영을 마련했다. 마침 누각에는 여러 부장들이 모여 있었는데 전령이 가져온 소식에 놀라지 않은 이가 없었다.

"북위군이 철수하고 있습니다."

전령이 거친 숨을 고르며 다시 한번 말했다.

"그게 사실이냐?"

목만치가 가라앉은 목소리로 물었다.

"그렇습니다. 자오산성을 점령한 북위군은 벌써 물러갔습니다."

"허, 어찌 이런 일이 있을 수 있습니까? 장군, 천행이올시다."

야금이가 그렇게 말했다.

"너무 좋아할 일이 아니다. 북위군은 이내 다시 쳐들어올 것이다. 그때는 지금과는 비교가 되지 않을 정도로 더욱 막강한 군사력을 앞세울 것이다. 이번 철군을 결정한 적의 사령은 냉정한 성품이다. 우리를 함관령으로 몰아넣은 솜씨부터가 예사롭지 않았다. 탁발척이라고 했더냐, 이번에 새로 부임한 적장이?"

"그렇습니다."

"탁발씨라면 북위의 황실과 같은 종씨로구나."

"북위 황제의 사촌동생이라고 합디다."

"탁발척이 황제의 사촌이라구?"

"그렇다고 하더이다. 황제 다음가는 실권자라고 들었습니다."

목만치의 시선이 이번에는 곰쇠에게로 향했다. 처음에는 영문을 모르던 곰쇠도 그제야 뭔가 떠오르는 것이 있었다.

함관령에서 죽을 고비를 맞았을 때 길을 향도하던 서소에 대한 의문점이 쉽사리 풀리지 않던 참이었다. 느닷없이 왜 서소가 나타난 것일까.

곰쇠는 아주 오래전 미령이 북위의 실력자에게 시집가게 되었다는 사실을 떠올렸다. 그렇다면 탁발척과 미령이 관계가 있는지도 모른다.

야금이도 뒤늦게야 뭔가 떠오른 기색이었다. 목만치와 곰쇠 그리고 야금이의 시선이 오랫동안 만났다가 떨어졌다.

"척후병을 보내서 자세한 사정을 알아보도록 하라."

목만치의 시선이 자신에게 향했으므로 야금이는 고개를 끄덕인 뒤 누각에서 내려갔다.

"수고했다. 가서 쉬거라."

전령의 노고를 치하한 목만치는 자리에서 일어나 누각 끝으로 다가가 뒷짐을 진 채 위나라 쪽 하늘을 바라보았다. 자신도 모르는 사이 미령에게 너무나 큰 은혜를 입고 말았다. 목만치는 긴 한숨을 내쉬었다.

도총관의 아내로서 적을 돕다니. 미령의 안위에는 아무런 이상이 없는 것일까.

먼 하늘을 바라보는 목만치를 지켜보던 곰쇠가 그에게 다가갔다.

"주인, 설마하니 아닐 것입니다."

"……."

목만치가 곰쇠를 돌아봤는데 말없는 눈이 더 많은 것을 이야기하고 있었다.

"그럴 리 없습니다."

"예감이라는 게 있다."

"주인……."

"아무래도 곰쇠 네가 직접 가서 자세한 사정을 알아보도록 하라."

"주인……."

"미령에게 큰 은혜를 입었다. 무심하게 넘어갈 수 없는 노릇이다."

"……."

목만치의 눈을 들여다보던 곰쇠는 군례를 표했다.

"분부 받들겠습니다."

곰쇠가 서둘러 떠났고, 목만치는 여전히 시선을 북쪽 하늘에 고정한 채였다.

"나는 오직 그대만을 연모했소."

"……."

"내 인생에서 다른 여인을 단 한 번도 생각해본 일이 없소. 그대를 처음 보았을 때부터 내 인생에서 유일한 여자는 당신이오."

"……."

"어쩌면 그것이 나의 불행인지도 모르겠소. 내가 송국에 사절단으로 갔을 때 그대를 만나지 않았더라면 내 인생은 크게 달라졌을지도 모르겠소. 나는 그 순간부터 그대를 사모했지만, 이 순간까지 그대가 나를 마음에 두고 있다는 확신이 없었소. 그리고 그 이유를 지금에서야 깨달았소."

탁발척의 목소리가 침통했고, 그 말끝이 가늘게 떨렸다.

그의 앞에는 여전히 젊은 날의 미모를 고스란히 간직하고 있는 미령이 앉아 있었다.

탁발척이 탁상 위에 놓인 화주를 단숨에 비워냈다. 양미간을 찌푸린 탁발척이 다시 미령을 바라보았다.

"목만치…… 그 이름을 들었을 때 왠지 낯설게 들리지가 않았소. 아주 오래전…… 벌써 수십 년도 더 지난 일이구려. 나와의 혼인을 앞두고 그대가 행방불명이 됐을 때, 그대가 만난 백제인 무장이 있었지. 그자가 목만치임을 나중에야 보고받았는데, 그동안 까맣게 잊고 있었소. 이렇게 오랜 세월이 흐른 후에야 이런 인연으로 그자와 마주치게 되다니…… 당신과 나의 운명이 이렇게 헝클어질 수 있다니…… 이런 악연이 어디 있겠소."

"……."

"믿을 수 없는 일이오. 내게 이런 일이 생기다니……."

탁발척의 얼굴에 비통함이 그대로 묻어났다. 그는 다시 화주를 따라 단숨에 마셨다. 그의 입에서 뜨거운 숨이 토해졌다. 탁발척이 핏기 서린 눈을 들어 미령을 바라보았다.

"그대가 이곳까지 달려온 이유가 그자 때문이오?"

"그렇습니다."

"단지 목만치가 있다는 이유만으로 낙양에서 예까지 그 먼 길을 달려왔소?"

"그렇습니다."

"차라리 부인하기를 바랐소."

"나리를 속이기 싫었습니다."

"이유가 무엇이오? 그대가 부인했더라면 아무 문제 없이 넘어갈 수 있는 일이었소."

"나리가 제게 보여준 단심을 너무나 잘 알기 때문입니다. 끝까지 나리를 속인다는 것은 차마 못할 짓이라고 생각했습니다."

"그 때문에 내 가슴이 이토록 고통스러운데도?"

"세월이 지나가면 잊힐 것입니다."

"그렇지 않소!"

탁발척이 거칠게 고개를 저으며 탁자를 주먹으로 내리쳤다. 그러나 미령은 전혀 놀라지 않고 담담한 얼굴 그대로였다.

"차라리 몰랐다면, 그랬다면 나는 여전히 그대를 바라보면서 행복했을 거요."

"그럴 수도 있었겠지요. 하지만 나리와 저 자신을 끝까지 속이는 것이 과연 행복한지 의문이었습니다."

"그렇게도…… 그렇게도 그 사내를 마음에 담아두었소?"

"그분은 제게는 처음이자 마지막 남정입니다."

"그렇다면……."

얼굴이 온통 일그러진 탁발척이 말끝을 더듬었다.

"그렇다면…… 나는 도대체 무엇이오? 나는 그대에게 어떤 존재란 말이오?"

"죄송합니다. 어떤 처분이든 각오하고 있습니다."

"내가 그대를 진정으로 연모하고 있다는 걸 모르오? 내 가슴을 두 쪽으로 갈라 그대에게 보여주고 싶은 심정이오."

"잘 알고 있습니다. 그렇기 때문에 나리를 속이기 싫었습니다."

"어리석은 사람……."

탁발척이 한숨을 토해냈다.

"지금이라도 마음을 고쳐먹을 수 없소? 내겐 오직 그대뿐이오."

"나리, 그건 자기기만입니다. 자존심 때문에 그렇게 말씀하고 계시지만, 저의 존재는 나리께 큰 수치가 될 것입니다. 나리께서는 분명 시간이 흐르면 그 점을 견디지 못할 것이옵니다."

"……."

"저를 이대로 보내주십시오. 각오하고 있습니다."

"……."

"……."

"수십 년 전의 짧은 연정 때문에 그대의 인생을 망쳐도 좋다니…… 난 도무지 그대를 이해할 수 없소."

"그러시겠지요. 저 역시 저 자신을 이해할 수 없었습니다. 그러나 백제군 총사령이 목만치라는 이름을 들었을 때 전 이미 나리의 정실이 아니라 그때의 여인으로 돌아가 있었습니다. 아주 오래전의 일이었고,

그토록 많은 세월이 흘렀음에도 그 불씨가 고스란히 살아 있으리라곤 짐작도 하지 못했습니다."

"……."

"나리, 참으로 죄송합니다. 무엇보다도 나리가 그동안 제게 보여주신 깊은 후의를 배반하는 것이 무엇보다 가슴 아팠지만 전 제 충심을 따르고 싶었습니다. 이해하지 못하신다더라도 원망하지 않겠습니다. 많은 죄를 짓고 갑니다. 용서하십시오."

미령이 탁발척을 향해 머리를 숙였다.

"……."

"……."

두 사람은 말없이 서로의 눈을 바라보았다. 이윽고 탁발척이 고개를 돌리며 소리쳤다.

"거기 아무도 없느냐?"

"예! 대령하고 있사옵니다!"

문 밖에서 대기하고 있던 병사들이 대답했다.

"죄인을 낙양으로 압송하라! 중죄인임으로 각별히 유념해야 할 것이야!"

"……."

모든 상황을 알고 있는 병사들이므로 차마 쉽게 대답이 나오지 않아 머뭇거렸다.

"뭣들 하느냐? 어서 죄인에게 칼을 채워서 압송하래두!"

"예!"

문이 열리고 병사들이 들어섰다.

탁발척은 자리에서 일어나 미령을 등지고 섰고, 병사들은 조심스럽게 미령에게 다가갔다. 미령이 탁발척의 뒤에 대고 다시 한번 절을 했다.

"나리의 단심은 영원히 잊지 않겠습니다."

미령이 병사들의 재촉을 기다리지 않고 먼저 방을 빠져나갔다.

탁발척은 여전히 천장을 올려다본 채 미동도 하지 않았다. 이윽고 그의 두 눈에서 눈물이 흘러내렸다.

"곰쇠가 돌아왔느냐?"

벌써 몇 번째 묻는 질문에 차마 이번에도 거짓말을 하기가 난감해진 야금이가 머뭇거렸다. 목만치가 눈치 빠르게 야금이의 표정을 읽고는 엄한 표정을 지었다.

"이놈! 왜 묻는 말에 대답이 없느냐?"

"장군⋯⋯."

"곰쇠가 돌아왔느냐고 물었다."

"오긴 왔는데⋯⋯."

"그런데?"

"장군께 보고드릴 게 없다고 그냥 처소로 들어갔습니다."

"뭐라?"

목만치의 눈에서 불똥이 튀었다.

"그냥 들어가? 이놈이 군령을 아주 우습게 보는구나. 당장 그놈을 이리 불러오지 못할까?"

노기에 찬 음성이었다. 야금이는 난처한 얼굴로 고개를 숙였다.

"이놈, 뭐 하느냐?"

"장군, 곰쇠 부장은 지금 술에 취해 있습니다. 내일 아침에 부르시는 것이 어떠신지⋯⋯."

"뭐? 술에 취해? 이놈들이 지금 군장을 희롱하는 게냐?"

"그게 아니오라……."

"닥쳐라, 이놈! 나이를 먹더니 공사도 구별하지 못하느냐? 네놈이 곰쇠를 감싸 안을 처지더냐?"

"장군……."

"앞장서라!"

"장군, 밤이 깊었습니다."

"어서 앞장서지 못할까?"

목만치가 자리를 떨치고 일어섰다. 그 서슬에 야금이도 어쩔 수 없었다.

야금이를 앞세운 목만치는 곰쇠의 처소에 들어섰다. 곰쇠는 술을 마시고 있었지만, 야금이의 말과는 달리 전혀 취한 기색이 아니었다. 느닷없이 들이닥친 목만치를 본 곰쇠가 낭패한 기색을 감추지 못하고 얼른 허리를 숙였다.

"주인, 이 야심한 밤에 어인 일입니까?"

"이놈 봐라, 어인 일이냐니?"

목만치가 어이없다는 듯 코웃음을 쳤다.

"마침 잘 오셨습니다. 저 혼자 마시기 적적하던 참이올시다."

"이놈!"

목만치가 고함을 내질렀다. 그러나 이런 일에는 워낙 이골이 난 곰쇠는 놀라지 않고 태연했다. 정작 놀란 사람은 야금이였고, 금세라도 불똥이 튈 것을 각오한 얼굴이었다.

"주인도 참, 나이 잡수니 노여움만 느십니다."

"……."

곰쇠의 얼굴을 노려보던 목만치가 문득 생각을 바꾸었는지 맞은편에 가 앉았다. 어리둥절해 있는 야금이를 향해 목만치가 말했다.

"나가 있거라. 아니, 술 한 동이만 더 가져오너라."

"예."

불똥이 튀지 않은 것만으로도 안심한 야금이는 얼른 방을 나섰다. 야금이가 술동이를 가져올 때까지도 두 사람은 그대로 앉아 서로를 노려보고 있었다.

그런 분위기에 질린 야금이는 얼른 술동이를 내려놓고 사라졌다.

"⋯⋯."

"⋯⋯."

두 사람 사이에 긴 침묵이 오갔다. 이윽고 먼저 입을 연 쪽은 목만치였다.

"말하라."

"말할 것 없소이다."

"이놈, 죽고 싶으냐?"

낮지만 단호한 목소리로 목만치가 으르렁거렸다.

"살고 싶소이다."

"그럼 말하라."

"말할 게 없소이다."

"진정이냐?"

"⋯⋯."

자신을 노려보는 목만치의 시선을 끝내 이기지 못한 곰쇠가 고개를 돌렸다.

"이놈! 날 똑바로 보고 말하거라!"

"⋯⋯."

곰쇠가 고개를 돌렸는데 눈가에 물기가 비쳤다.

"이놈, 말하라."

이번에는 목만치의 목소리가 부드러웠다.

"말하기 싫소이다."

"말할 게 없는 것이 아니라 말하기 싫다?"

"그렇소이다."

"이유가 뭐냐?"

"주인의 성정을 익히 알기 때문이오."

"이놈, 그렇다면 더욱 얘기해야 한다."

"안 됩니다."

곰쇠도 단호했다. 그 순간이었다. 방 안에 날카로운 빛이 반짝인다 싶더니 어느새 목만치가 뽑아든 칼날이 곰쇠의 목에 닿아 있었다.

"주인……."

"어서 말하라."

"이깟 칼이 무서워서 내 말할 것 같소? 절대 말 못 하오!"

"말하라."

여전히 목만치의 목소리는 침착했는데, 이미 모든 것을 짐작하고 있는 듯했다. 칼을 힘없이 거둬들이며 목만치가 중얼거렸다.

"미령 때문이냐?"

순간 곰쇠의 두 눈에서 더 이상 참지 못한 눈물이 흘러내렸다.

"그렇소이다."

곰쇠의 목소리도 젖어 있었다.

"……."

목만치는 묵묵하게 정면을 바라보고 있었다. 아니 텅 비어 있는 눈빛이었다.

"주인이 짐작한 대로 탁발척이 미령 아씨의 부군이었소. 지금 미령 아씨는 중죄인이 되어 낙양으로 압송 중이라 하오."

"……."

"참으로 어리석은 일이 아닐 수 없소. 난 도무지 여자의 마음을 이해할 수 없소."

"……."

"수십 년도 더 전의 일이오. 주인과의 그 짧은 연정이 아직도 남아 있다는 게 도무지 믿기지 않소."

목만치가 자리에서 일어서자 곰쇠도 따라 일어섰다.

"주인!"

"가겠다."

"안 되오, 주인!"

곰쇠가 양팔을 벌리고 앞을 가로막았다.

"날 막지 못한다, 이놈!"

"그렇기 때문에 내가 말할 수 없었던 거요!"

"그 여인은 나를 위해 자신의 모든 것을 내던졌다. 그것을 알면서도 나보고 가만히 있으라는 게냐?"

"제멋에 취한 행동일 뿐이오."

"이놈, 말조심하거라."

"주인, 절대 못 가오."

"어서 비켜라!"

"차라리 날 베고 가시오."

"이놈, 어서 비키지 못하겠느냐?"

"주인, 지금 가시면 그건 죽음일 뿐이오."

"상관없는 일이다."

"죽음이 두렵지 않소?"

"이미 오래전에 생사를 초월했다. 그것이 내가 무장으로서 이름을 떨치게 된 비결이다. 알겠느냐? 알았으면 비켜라!"

"그리는 못 하오! 나도 함께 가겠소!"

"네놈이 뭔 상관이기에 함께 가겠다는 게냐?"

"왜 상관이 없소? 주인은 내 모든 것이오. 주인이 가는 곳에 내가 있는 것이야 정해진 숙명이 아니겠소."

"이놈, 이제는 필요 없다. 분이와 네 아들놈이 있지 않느냐?"

"주인도 열도에 마님과 한자 공자님이 계시오."

"이놈, 넌 나서지 마라."

"그럼 못 가오!"

"정말 널 죽여야겠느냐?"

"그렇소. 차라리 죽여주시오."

곰쇠가 목을 길게 늘어트렸다. 그렇다고는 하지만 워낙 밭은목이라 더 나올 것도 없었다.

"소인도 가겠소이다!"

순간 문이 열리고 야금이가 뛰어들었다.

"다 들었소이다. 장군께서 가시면 저도 아니 갈 수가 없소이다!"

"이놈들!"

"혼자는 못 가십니다!"

"이번 길은 가면 살아온다는 보장이 없다."

노기를 누그러트린 목만치가 말했다.

"상관없소이다. 장군께서도 그런 심정 아니오이까?"

"이놈들……."

목만치의 눈빛이 문득 허탈해졌다.

이른 새벽, 동주산성의 문이 열리고 세 필의 말이 달려 나왔다. 세 필의 말은 한참을 달려가다가 잠깐 멈추었다. 동주산성이 아스란히 보이는 지점에서였다. 성을 돌아보는 세 사람의 감회는 남달랐다. 언제 다시 돌아올지 기약할 수 없었다.

이윽고 세 사람은 말머리를 돌려 박차를 넣었다. 이른 새벽이었음에도 그들이 떠나간 자리에서는 누런 흙먼지가 자욱이 일었다. 곧 거세게 불어 닥칠 황사풍의 조짐이었다.

초혼가

　　목만치와 여곤의 최후는 어느 사기에도 기록되어 있지 않다. 시작은 있으되 그 끝이 없는 것이다.

　도법이 예언한 대로 목만치의 일생은 험난한 가시밭길이었지만 그의 후손들은 찬란한 영화를 누렸다. 목만치가 대륙의 풍진 속으로 사라져간 이후, 그의 후손들은 소아만치에서 소아마자를 거쳐 소아입록에 이르기까지 150여 년 동안 고대 일본의 정치제도를 혁신했다. 그들은 둔창屯倉을 신설하여 운영했으며, 전부호적田部戶籍을 작성하여 농업정책과 인구정책을 체계적으로 관리했다. 또 불교를 수용하여 사찰을 세우기도 했다. 그들은 일본이라는 나라를 만드는 데 필요한 정치, 경제, 문화, 종교 등 모든 방면의 기틀을 닦은 것이다.

　592년, 절대권력을 잡고 있던 소아마자 대신은 동한직구東漢直駒를 시켜 숭준천황을 살해한다. 그 이유는 소아마자가 숭준을 천황으로 옹립했는데, 천황이 그의 강력한 힘을 경계하여 제거하려다가 들통 났기 때문이다. 소아마자는 숭준을 잔인하게 살해했고, 최소한의 예도 없이 그의 유체를 버렸다. 이것은 소아 가문의 권력과 위엄을 보여준 상징적 사건이었다.

그는 천황을 살해했음에도 누구에게도 비난받지 않고 죽을 때까지 야마토 정권의 실권자로 군림했다. 그러나 645년 이른바 '대화개신'을 통해 소아입록이 살해되면서 소아 가문은 그 종지부를 찍는다. 그때 소아 가문의 역사서인 『천황기』와 『국기』도 불태워지고, 소아 가문의 역사와 실체는 어둠 속으로 사라져버리고 만다. 새롭게 등장한 권력은 전해져오던 역사를 모두 부인하고 천황가의 계보에서 백제의 그림자를 지워버렸다.

그때는 이미 백제가 나당연합군에 의해 멸망하고, 열도에서 구원군까지 보냈지만 백강전투에서 몰살당하는 등 대세가 기울어진 다음이었다. 다시 말해서 본국이라는 존재가 사라진 마당에 더 이상 백제의 분국임을 주장할 이유가 없어진 셈이었다. 이에 새롭게 열도의 지배자로 등장한 세력은 백제의 흔적을 완전히 지우기 위해 기존의 역사를 깡그리 부인하고, 엉터리로 조작한 역사를 만든다. 그리고 새로운 국가명을 만들기에 이르는데, 해가 뜨는 곳이라는 의미의 '일본'이 그 시기에 처음으로 등장하는 것이다.

아스카 문화는 곧 소아 가문의 역사였다. 소아 가문은 150년간 절대권력을 휘두르며 아스카를 지배했다. 무릇 역사란 완전히 지울 수 없는 법이어서 기록에서도 이런 편린을 찾아볼 수 있다.

소아도목의 딸 견염원은 흠명천황의 비가 되어 용명천황과 추고천황을 낳았다. 그리고 그녀는 서명천황의 대후大后이기도 하다. 또한 원정천황을 비롯하여 지통천황, 문무천황, 원명천황도 소아마자의 피를 이어받았다. 그 후에도 성무천황과 여제인 효겸천황도 소아마자의 피를 이어받은 것으로 역사는 전하고 있다.

혈통을 더할 나위 없이 중요하게 여기던 고대 사회에서 소아마자의 자손들이 몇 명씩이나 천황의 지위를 차지했다는 것은 소아 가문의 힘이 어떠했는지 잘 말해주는 증거다. 특히 황극천황 원년(642년), 소아 가문의 마지막 지배자인 소아입록은 왕궁에 소아씨의 조묘祖廟를 세우고 중국 천자만의 특권이라 할 수 있는 팔일무八佾舞까지 추도록 했다. 하지만 천황을 능가하는 권세를 누리던 그도, 바로 그 권세 때문에 쿠데타로 살해당하고 만다.

꿈속에서 목만치와 조우한 이후, 나는 시공을 초월한 시간을 보냈다. 1500년 전의 백제와 고구려, 신라 그리고 왜에 이르기까지 나는 비현실적인 시공 속에서 호접몽을 꾸었다.

그런데 그 호접몽이 다만 덧없는 꿈이 아니라는 것을 일깨워준 계기가 있었다. 우연히 한국의 한 TV 방송국에서 천황가에만 비밀리에 전해져 내려온다는 황실 제사를 추적하고 있음을 알게 된 것이다.

일본 황실의 제사라……. 정말 흥미로운 소재였다. 하지만 쉽게 취재허가가 나지 않아 TV 방송국은 벌써 몇 년째 궁내청과 섭외문제를 놓고 줄다리기를 하는 중이었다.

나는 백방으로 수소문한 끝에 다큐멘터리팀의 연출자와 선을 댈 수 있었다. 취재를 준비하느라 김PD는 마침 도쿄에 와 있었고, 그에게 몇 통의 전화를 한 끝에 나는 호텔 커피숍에서 김PD를 만날 수 있었다.

이렇게 다짜고짜 만나자고 해서 미안하다, 그러나 나 역시 황실 제사에 관해서 상당한 관심을 갖고 있다, 가능하다면 취재할 때 동행할 수 있도록 해달라는 나의 요청에 김PD는 곤란한 기색을 표했다.

"돕고 싶지만 솔직히 말해서 우리도 섭외가 성공할지 장담할 수 없어요. 게다가 궁내청에서 취재허가가 나도 제사 현장을 직접 촬영할 수는 없습니다. 단지 제사에 참석하는 사람들 일부와 인터뷰하는 정도입니다."

"그 정도라도 괜찮습니다."

하지만 김PD는 쉽사리 허락하지 않았다. 별 수 없이 나는 가장 쓰고 싶지 않은 방법을 택했다. 지연과 학연을 동원한 것이다. 사실 좁은 반도 땅에 살면서 한 다리 건너서 얽히고설키지 않은 사람이 몇 명이나 될까. 당연한 이야기지만 같은 배달민족인 김PD와 나는 금세 함께 친분을 맺고 있는 몇 사람을 찾아냈고, 비슷한 시기에 고만고만한 학교를 다녔다는 동질감으로 마음을 열 수 있었다. 이런 점에서 80년대에 대학교를 다녔다는 사실은 큰 무기였다. 광주 항쟁을 비롯해 86년 민주화 대투쟁 등 역사적 격변기의 현장에 함께 있었다는 사실은 짙은 동류의식을 불러일으켰다.

우리는 어느새 자리를 옮겨 지하 바에서 맥주를 마시며 '김 형, 이 형' 하는 식으로 허교했고, 시간이 흘러서 맥주가 양주로 바뀌었을 때는 이 새끼, 저 새끼로 변해 있었다. 그리고 술자리가 파할 무렵, 김PD는 내게 조건을 달아서 취재에 동행하는 것을 허락했다.

짐작은 했지만 취재결과는 상당히 충격적이었다.

'한신韓神을 모셔오라'는 초혼가와 춤이 매년 두 차례씩 황궁에서 거행되는데, '신무천황제 神武天皇祭(4월 3일)'와 '현소어신악제 賢所御神樂祭(12월 중순)'가 바로 그것이다. 이 자리에는 천황과 직계가족이 직접 참배한다.

취재팀이 주목한 부분은 제사에서 반복적으로 부르는 초혼가였다.

"나 한신韓神도 한韓을 모셔오너라. 한韓을 모셔, 한韓을 모셔오너라."

"아지매阿知女, 오게於介, 오게於介."

역사 기록과 전문가들에 의하면 '한신韓神'은 '한반도 계열의 신'이라는 게 정설이다. 한신은 신라계열의 신 소잔오존素盞嗚尊의 자손인데, 실제로 일본 전국 8만여 개에 달하는 민간 신사神社 가운데 4만여 개 이상의 신사에서 소잔오존 계열의 신을 모시고 있다.

주목할 것은 그 다음 노래 가사였다. 한국인이면 단번에 그 내용을 파악할 수 있는 말이었다. 그러나 일본의 학자들에게는 오랫동안 그 말의 의미조차 깨닫지 못한 수수께끼의 단어였다.

"아지매, 오게, 오게"라는 말은 현재 일본에서는 해석이 안 되는 고대의 신라 말이다. 일본식 이두로 표기한 것인데, 일본어 고어사전뿐만 아니라 역사사전에도 나오지 않는 말이다. 그러나 한국인이라면, 특히 경상도 출신이라면 단번에 그 뜻을 알 수 있다. '아지매'는 경상도 사투리로 아주머니를 뜻하며 고대에는 신성한 여자라는 뜻으로 통용되었다. '오게'는 '오시라'는 사투리와 다름없다.

그리고 또 한 가지 놀라운 사실은 일본 천황가의 제사에 우리 전통 무속이 그대로 재현되고 있다는 것이다.

'신상제新嘗祭'는 매년 11월 23일 거행되는데 천황이 즉위하는 해에는 대상제가 대신한다. 그러나 절차와 내용은 두 가지가 거의 같다. 신상제가 열리기 전날 22일 밤부터 새벽까지 황궁 내 능기전綾綺殿이라는 전각에서 천황을 대상으로 무당굿인 진혼제가 완전 비공개로 열린다.

무녀가 방울을 들고 굿을 하고 붉은 천으로 싸인 상자 속의 천황 옷을 끈으로 여러 번 묶는다. 천황의 영혼을 몸 한가운데 안치시키기 위한 절차다. 무려 2000년 전 한반도에서 건너간 샤머니즘의 전통이 세계적 경제도시 도쿄의 황거에서 천황이 지켜보는 가운데 행해지고 있는 것이다.

신상제 전날 밤 굿을 통해 영혼을 몸 한가운데 정좌시킨 천황은 다음 날 신상제를 주관한다. 천황은 제사장의 자격으로 목욕재계하고 흰 비단으로 만든 제사복으로 갈아입은 뒤 비공개 속에 제사를 거행하는데, 제사복은 백제에서 전해진 복장이라고 했다.

취재를 끝낸 뒤 나는 충격에 휩싸여 아무 일도 할 수 없었다.

천황궁의 한 방 안에서 황실 직계가족만 참석한 가운데 일본 천황이 백제식 전통복장을 하고 '아지매, 오게, 오게'를 되뇌고 있는 장면을 상상하자 소름이 오싹 끼쳤다. 참으로 이질적인 장면이 아닐 수 없었다.

그렇다, 바로 그것이었다. 일본 천황가에서 오랫동안 비밀리에 숨기고자 한 것은.

그것은 그들의 뿌리였다. 결코 태양 아래 드러나서는 안 되는 비밀의 뿌리. 그들은 안간힘을 다해 진실을 땅 속에 묻어버렸다. 그러고는 천황궁의 비밀스러운 방에서 그들만의 초혼가를 부르고 있는 것이다.

그러한 충격을 달래기 위해 나는 오랫동안 벼르고 벼르던 이즈모를 찾아갔다. 온갖 미스터리로 점철된 일본 건국신화의 비밀을 풀 열쇠를 이즈모에서 찾을지도 모른다는 기대감을 갖고서였다.

시네마 현의 이즈모 시. 신화의 땅, 신들의 고향이라 부르는 이즈모.

일본에서 가장 큰 섬인 혼슈의 남서쪽. 동해를 사이에 두고 우리나라 포항과 일직선으로 마주보고 있는 곳에 이즈모는 자리하고 있다. 한자 표기는 출운出雲. 구름에서 나온다는 표현이 멋을 부렸다는 느낌을 주지만 내력을 알고 보면 더 깊은 뜻이 있다.

이 도시에서 가장 유명한 것은 일본 제일의 신사라는 이즈모대사出雲大寺로 저승세계를 지배하는 신, 우리 표현으로 말하자면 염라대왕을 모시는 신사다.

일본 신화에 의하면 그는 살아서는 일본의 왕이었고, 죽어서는 저승세계의 왕이 되었다. 살아 있을 때는 세속의 최고권력자였고, 죽어서는 저승세계의 최고권력자가 되었으니 더 이상 행복할 수가 없는 듯싶지만 실상은 달랐다. 그는 새롭게 떠오르는 해를 위해 죽음을 택할 수밖에 없는 운명이었다.

그러니 출운이라는 이름은 신사에 모신 저승세계의 왕 때문에 붙은 게 아니라 떠오르는 태양을 위한 것이었다. 허나 그에게도 한 가지 위안이 있으니 그의 이름이 아직도 영광의 세월을 살던 그 시절의 이름으로 불린다는 것이다.

그의 이름은 오쿠노누시大國主命, 큰 나라의 명령을 내리는 주인이라는 뜻이다. 비록 이름은 그러하나 그의 영혼은 자유롭지 못하다. 이즈모대사에 모셔진 그의 신좌神座는 정면을 향하지 않고 옆으로 돌아앉아 있다.

그곳을 찾는 사람들은 오쿠노누시에게 절을 하지만 정작 그는 참배를 받지 못한다. 저승세계의 왕인 오쿠노누시를 대신해서 이승사람들의 참배를 받는 것은 입구를 가로막고 있는 다섯 명의 신들이다. 어객좌오신御客座五神이라고 부르는 그 다섯 명의 신들은 해의 여신 아마테라스의 후예들로 오쿠노누시의 뒤를 이어, 다시 말해 오쿠노누시에게 일본의 지배권을 빼앗은 야마토 조정의 신들이다.

저승을 지배하는 신 오쿠노누시가 바라보는 서쪽에는 그가 죽음을 맞았다는 이즈모의 바닷가 이나사 해변이 있다. 한적한 어촌 이나사의 조그마한 백사장 한편에는 방파제가 있다. 폭이 좁고 높이도 낮아 어쩐지 옹색한 느낌을 주는 방파제. 멀리서 보면 지네가 누워 있는 것처럼 길쭉한 그 방파제에 파도는 쉼 없이 밀려와서 부딪치고 깨진다.

그러나 그 앞 바다는 넓고도 넓다. 수평선이 한없이 이어진 광활한 바다는 파란 많은 한일 간의 역사를 안고 오늘도 험난하게 울렁거린다.

지금 이 순간 방파제에 부서지는 파도처럼, 흩날리는 물거품처럼, 수천 년 동안 끊임없이 이 바닷가 모래밭에 부딪친 포말들도 그렇게 흔적 없이 사라졌으리라.

그리고 이 바닷가에 발을 내디딘 수많은 사람들. 그들도 부서져서 허공에 떠오르는 그 순간 조그만 무지개를 만들고 사라지는 물거품처럼 기나긴 역사 앞에서는 찰나와 같은 인생을 살고는 흔적 없이 사라졌으리라.

사람이 가면 무엇이 남는가. 그런 생각조차 부질없다. 사람들이 영위한 삶은 모이고 모여서 역사가 된다. 그리고 어느새 그 역사는 살아 숨 쉬는 거인이 되어 우리를 압도한다.

얼마나 많은 도래인들이 이 현해탄을 건넜을까. 이 검은 바다에 그들의 가녀린 혼을 묻은 사람은 또 얼마나 많을 것인가. 그래도 죽은 이보다는 더 많은 사람들이 검은 바다를 무사히 건너서 이 이즈모 해안의 모래밭에 반갑게 입을 맞추었으리라.

신라 8대 아달라왕 때 바윗돌을 타고 일본에 가서 왕이 되었다는 연오랑과 세오녀가 다다른 곳이 바로 이즈모 바닷가다. 한반도에서 배를 띄우면 물결 따라 절로 도착한다는 이즈모 바닷가에 발을 내딛은 사람들이 일본의 역사를 만들었다.

먼저 도착해 살던 사람들은 새로 도착한 사람들 앞에서는 문명을 모르는 미개한 토매인일 뿐이었다. 그리고 세월이 지나 또 다른 배가 도착하면 그들도 다시 토매인들로 취급되었다. 그렇게 새로운 이민자들이 도착하면서 만들어진 것이 일본의 역사다.

여기서 주목해야 할 것은 태양신 아마테라스의 존재다. 왜 그녀에게 태양신이라는 칭호를 붙였는가. 과연 태양의 의미는 무엇인가. 우리는 여기서 백제와 고구려의 뿌리인 부여의 존재를 떠올려야 한다.

대륙의 동쪽 끝까지 이른 사람들이 세웠다는 부여. 해부루 왕 때 천제天帝의 아들을 칭하며 주몽의 어머니 유화를 납치해 압록강변에서 정을 통했다는 해모수로 잘 알려진 부여.

부여는 까마귀를 해의 사자로 신성시했다. 그 까마귀의 상징은 바로 세 갈래로 갈라진 발이다. 이름하여 삼족오三足烏. 일본 천황가의 문양이 바로 그 삼족오인 것이다.

일본은 왜 삼족오를 문양으로 쓰게 되었는가. 왜 오쿠노누시를 멸망시킨 천황의 시조가 태양의 자손임을 자처했는가.

이점이 바로 한일 고대사의 비밀을 푸는 열쇠인 것이다.

태양을 숭배한 부여의 정통성을 이어받았다는 것은 일본을 건국한 아마테라스가 바로 한반도에서 건너온 인물이라는 사실을 뜻하는 것이다.

이즈모에 다녀온 며칠 후 나는 다시 오사카를 찾아갔다. 옛 이름 나니와쓰難波津.

동성과 무령과 계체, 자신의 아들 셋을 백제와 왜, 두 나라 대왕에 등극시킨 곤지왕. 여곤은 한일 양국의 고대사에 수수께끼 같은 역할을 했다.

백제왕실에서 왜왕실로 건너온 백제인 곤지왕은 그 후에도 계속 왜왕실에서만 살다가 카와치 땅에서 서거한다.

지금 오사카부의 하비키노시羽曳野市가 그 옛날 카와치 지방의 아스카 터전인데, 이곳에 바로 그 유명한 '곤지왕 신사'가 있다. 요즘 들어 이 신사는 주로 '아스카베 신사'라고 부르는데, 곤지왕을 제신으로 모시고 해마다 제사 지내는 사당이다.

이와 같이 곤지왕은 생전에 왜 왕실에서 백제왕가의 조상신 제사를 도맡았으며, 죽어서는 왜나라 백제왕부의 제신이 되었던 것이다.

현재 곤지왕 신사가 자리 잡고 있는 일대는 곤지왕의 후손들인 아스카베씨, 후나씨 등 백제인 왕족들이 살던 큰 고장이었다. 지금도 580여 기의 옛 무덤들이 남아 백제인들의 자취를 보여주고 있다.

나니와쓰. 곧 난파진은 지정학적으로 한반도의 본국 백제에서 고대 왜 본토에 진입하는 데 가장 좋은 항구다. 본국백제에서 인력과 물자를 수월하게 지원받을 수 있는 곳이므로 난파진 일대가 백제왕부의 새 터전이 된 것이다.

그렇기에 오사카 일대의 옛날 명칭은 '백제군'이다. 고대 백제인들은 험난한 파도를 헤치고 열도에 건너가 이룩한 새로운 식민지 항구를 난파진으로 명명하고, 이 일대에 백제군이라는 행정구역을 설치한 것이다.

이 백제군이야말로 5세기 초 카와치 왕조를 시작한 인덕천황의 본거지였다. 백제인 인덕천황은 부왕인 응신천황을 계승해서 왕위에 오른 뒤 곧 지금의 오사카 땅인 카와치의 난파진 나루터에 왕궁高津宮을 지은 것이다. 그래서 난파진은 인덕천황의 이른바 '카와치 왕조'의 번영의 터전으로 자리 잡게 된다.

그리고 이 카와치 왕조가 다름 아닌 백제의 망명지이며, 분국이라는 결정적인 증거는 다음으로 증명된다.

응신천황 대에 백제에서 전해진 칠지도, 응신천황의 아들인 인덕천황의 무덤에서 발견된 청동거울 그리고 무령왕이 아우인 계체천황에게 전한 인물화상경 등은 모두 열도의 카와치 왕조가 백제의 후왕들이 다스리던 백제왕부였음을 입증하는 매우 귀중한 고고학적 증거 자료다.

그러나 이제는 전설 속으로 사라져간 덧없는 시간들.

칠지도와 인물화상경은 지나간 시간만큼 앞으로도 또 얼마나 많은 시간들을 맞이하게 될 것인가. 그 영겁의 시간. 그리고 그 속으로 완벽하게 사라져간 비밀들. 시간의 풍화작용. 그 앞에서는 사랑도, 열정도, 증오도, 야망도 흔적 없이 사라지고 마는 것이다.

나는 난파진 나루에 서서 왕인 박사의 '매화송梅花頌'을 가만히 외워본다. 일본의 고유시가인 와카和歌를 최초로 지은 이가 다름 아닌 왜에 문자를 가르쳐준 왕인 박사라는 사실은 의미심장한 일이 아닌가.

지독히도 쓸쓸한 여운이 남는 그 노래를 흥얼거리면서 1500년간의 시공을 넘나든 호접몽을 여기서 접기로 한다.

난파진에는
피는구나 이 꽃이
겨울잠 자고
지금을 봄이라고
피는구나 이 꽃이

　　　　　　　그때는 이렇게 먼 길인지 몰랐다. 어둠 속에
서 산길을 헤맬 때도 이 밤이 지나면 광명을 볼 수 있으리라 믿었다.
그러나 빛은 너무도 멀리 있었고, 산은 산에 연하여 끝이 없었다.

　목만치.

　그 이름을 발견한 순간 나는 그의 모습을 보았다. 아니 내가 본 것
은 허상인지도 모른다. 그러기에 그처럼 길고 긴 암중모색의 시간이
필요했을 것이다.

　목만치와 함께 한 지난 5년간은 솔직히 고통스러웠다. 그러나 자학
증처럼 그 고통은 묘한 회열을 함께 수반했다. 목만치의 흔적을 뒤쫓
으면서 어느덧 나는 1500년 전으로 돌아가 있었고, 한반도와 열도, 대
륙을 떠돌고 있었다. 조금씩 목만치의 얼굴이 그 윤곽을 드러내는 것
같았다.

　하지만 몇 번이나 중도에 포기하고 싶은 충동이 들었다. 감당할 수
없는 일을 벌였다는 낭패감과 모자란 재능에 대한 회의가 끊임없이 나
를 괴롭혔다. 그러나 그대로 포기하기에는 목만치란 인물이 너무도 매
력적이었다. 그를 되살려내고 싶은 욕망을 버릴 수 없었다.

　예도鋭刀보다 둔도鈍刀가 더 무섭다는 옛말이 있다.

그 말이 내게는 커다란 위안이 되었다. 나는 우직하게 한 걸음 또 한 걸음을 내디뎠다. 『목만치』는 그렇게 해서 세상에 빛을 보게 되었다.

돌아보니 참으로 먼 길을 에둘러 왔다.

젊은 시절, 어느 것에도 마음을 두지 못하고 떠돌았다. 문학을 전공했지만 마음은 영상미학을 떠나지 않았다. 더 오래전에는 그림 그리는 것을 업으로 삼겠다고 생각한 적도 있었다. 또 한동안은 나무집을 짓는 일에 열정적으로 빠져 지냈다. 땀 흘리며 생생하게 체험하는 육체의 대가를 믿고 싶었기 때문이다. 하지만 뜻대로 되지 않는 것에 인생의 묘미가 있다고 했던가. 결국 한때 외면한 문학으로 다시 돌아온 것을 보면 정해진 숙명이라는 것이 있지 않은가 생각해본다.

목만치. 사서에는 단 두 문장으로만 등장하는 인물. 국내에는 그에 대한 기록은 더 이상 존재하지 않는다. 그런 인물을 되살리는 작업은 결코 쉬운 일이 아니었다. 그럼에도 나는 왜 목만치에 매달렸는가.

우리를 둘러싼 암울한 정치현실 때문이다. 독립군을 잡던 일본헌병의 후손이 과거사 단죄를 외치고, 탐관오리의 후손이 개혁의 기치를 높이 들고 우리 국민을 질이 낮다고 매도한다. 아픔을 다독거리기는커녕, 아문 상처를 헤집어 굵은 소금을 뿌려 문대기까지 한다. 그러는 사이 우리는 신명을 잃어버렸다. 우리에게 원대한 비전을 제시하고 진정으로 감복해 따르게 하는 지도자를 만나지 못한 것은 우리의 불행이다. 살림살이야 좀 팍팍하면 어떤가. 내남없이 어려웠던 시절을 겪어낸 우리다. 허리띠를 졸라맬망정, 함께 가야 할 목적이 있다는 것만으로도 우리는 위안을 삼을 수 있다. 그러나 지금은 체념을 넘어서 포기한 상태. 믿는 도끼에 발등을 찍힌 국민들이야말로 울어도 시원찮을 판이다. 나 역시 신新 '시일야방성대곡是日也放聲大哭'이라도 써서 통곡하고 싶은 심정이다.

　영웅이 없는 시대. 『목만치』를 세상에 내놓는 이유다. 깊은 상실감에 빠진 동시대인들에게 조금이라도 위안을 줄 수 있기를 바란다. 좁은 반도가 아니라 열도와 대륙을 넘나들면서 끝없이 자신을 완성하기 위해 나아간 목만치. 그의 생애를 읽으면서 다시금 신들메를 고쳐 맬 작은 힘을 얻었으면 한다. '상유십이미신불사尚有十二 微臣不死'(아직도 배가 12척이나 있고 미천한 신도 죽지 않았습니다). 그래도 희망을 버리기에는 아직 이르다. 밤이 가장 깊을 때, 새벽이 가깝다는 것은 아직 진리일 것이므로.

　기획을 맡아 고민을 함께 해주신 박현찬 위원님, 흔쾌히 출간을 결정하고 원고작업에 힘써주신 예담출판사와 편집부에 깊이 감사드린다. 그 밖에도 이 책이 나오기까지 많은 분들의 도움을 받았다. 삼가 인사를 드린다. 끝으로 이 책을 정한 많았던 어머니 영전에 바친다.

세상천지가 탐스러운 눈으로 뒤덮인 새벽, 木川山房에서

이익준

인물화상경

일본 우전팔번신사(隅田八幡神社)에서 발굴된 인물화상경. 이 동경에는 9명의 인물화상이 주조되어 있고, 그 둘레에 48자의 명문이 새겨져 있다. 일본 정부는 1951년에 이를 국보(고고 제2호)로 지정했고, 현재는 동경국립박물관에 안치되어 있다. 그런데 이 명문에는 '계미년(癸未年)', '대왕년(大王年)', '사마(斯麻)'와 '남제왕(南弟王)' 그리고 '개중비직(開中費直)' 등 한일 고대사와 관련된 중요한 내용이 담겨 있다. 그 원문과 해석은 다음과 같다.

원문

癸未年 八月日十 大王年 南弟王 在意紫沙加宮時 斯麻念長壽 遣開中費直穢人今州利二人等 取白上同二百杆 作此竟

해석

계미년(503년, 무령왕 3년) 8월 10일 대왕년, 남제왕이 의자사가궁에 머물 때, 사마가 장수를 염원하여 개중비직(관직) 예인(穢人, 백제 도래인) 금주리 등 2인을 보내 좋은 백동 2백간을 모아 이 거울을 만들었다.

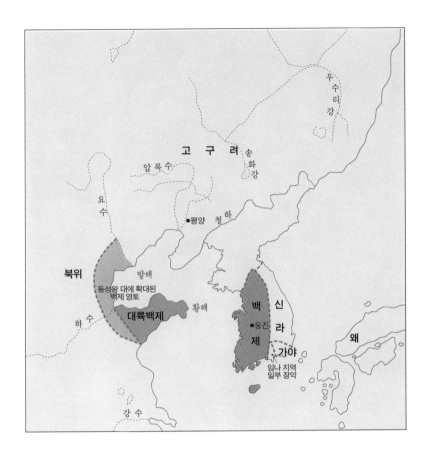

동성왕 시대의 백제 영토(A.D. 500년경)

동성왕은 즉위 후 줄곧 백제의 옛 명성을 되찾기 위해 노력했다. 백제 땅 중에 가장 크게 잃은 곳은 역시 대방 지역의 대륙 영토였다. 한반도에서도 한강 북쪽 땅 일부를 고구려에게 빼앗기지만, 그것은 그다지 넓지 않았다. 하지만 백제의 대륙 영토는 발해와 황해의 해안선을 따라 요서 지역에서 양자강에 이르는 광활한 땅이었다. 동성왕은 잃은 영토를 회복하는 것이 옛 영화를 되찾는 지름길이라고 생각했다. 동성왕의 그런 의지는 당시 요서 지역을 장악한 북위와 부딪치는 결과를 낳는다. 전쟁은 488년과 490년 두 차례에 걸쳐 벌어졌고, 이 전쟁에서 승리한 백제는 요서 지역까지 영토를 확대한다. 또한 무역 중심지였던 임나 지역의 일부를 차지한다.(자료 출처 : 박영규, 『한 권으로 읽는 백제왕조실록』)

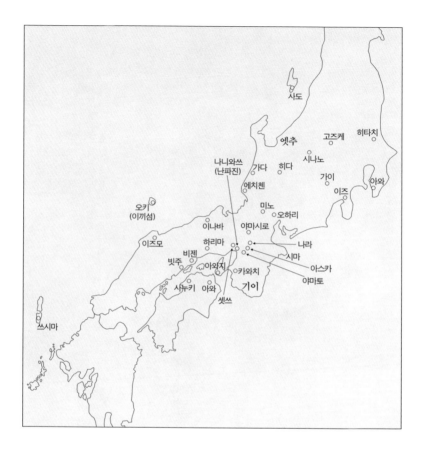

소아 가문과 야마토 정권

백제에서 넘어가 웅략천황에게서 소아 지방을 식읍으로 받고 소아라는 성씨까지 하사받은 목만치. 그리고 그의 후손인 소아마자, 소아하이, 소아입록까지 소아 가문은 150여 년 동안 고대 야마토 정권의 실권자로 군림하며 정치, 경제, 문화, 종교 등 모든 방면의 기틀을 닦았다. 그런데 592년, 절대 권력을 잡고 있던 소아마자가 동한직구(東漢直駒)를 시켜 숭준천황을 살해하는 사건이 발생한다. 그 이유는 소아마자가 숭준을 천황으로 옹립했는데, 천황이 그의 강력한 힘을 경계하여 제거하려다가 들통 났기 때문이다. 이 일은 소아 가문의 권력과 위엄을 상징적으로 보여주는 것이다. 그러나 소아 가문도 645년 이른바 '대화개신'을 통해 소아입록이 살해되면서 그 종지부를 찍는다.

백제와 야마토 왕실의 계보

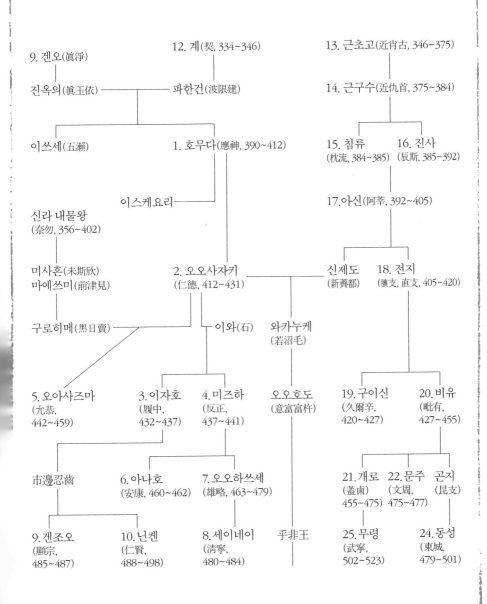

9. 겐오(眞淨)

진옥의(眞玉依) ──── 파한건(波限建)

12. 계(契, 334~346)

13. 근초고(近肖古, 346~375)

14. 근구수(近仇首, 375~384)

이쓰세(五瀨)   1. 호무다(應神, 390~412)

15. 침류   16. 진사
(枕流, 384~385)   (辰斯, 385~392)

이스케요리

17. 아신(阿莘, 392~405)

신라 내물왕
(奈勿, 356~402)

미사혼(未斯欣)
마에쓰미(前津見)

2. 오오사자키
(仁德, 412~431)

신제도
(新齊都)

18. 전지
(膄支, 直支, 405~420)

구로히메(黑日賣)   이와(石)   와카누케
(若沼毛)

5. 오아사즈마   3. 이자호   4. 미즈하   오오호도   19. 구이신   20. 비유
(允恭,   (履中,   (反正,   (意富富杼)   (久爾辛,   (毗有,
442~459)   432~437)   437~441)   420~427)   427~455)

市邊忍齒   6. 아나호   7. 오오하쓰세   21. 개로 22. 문주   곤지
                   (安康, 460~462) (雄略, 463~479)   (蓋鹵)   (文周,   (昆支)
                                                              455~475) 475~477)

9. 겐조오   10. 닌켄   8. 세이네이   平非王   25. 무령   24. 동성
(顯宗,   (仁賢,   (清寧,   (武寧,   (東城,
485~487)   488~498)   480~484)   502~523)   479~501)

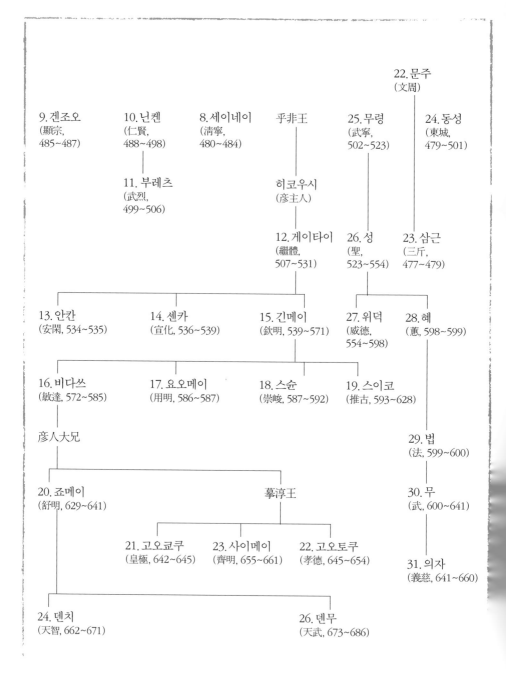